24

DECLASSIFIED

OPERATION HELL GATE

24 DECLASSIFIED : OPERATION HELL GATE
by Marc Cerasini

COUNTER TERRORIST UNIT

24

DECLASSIFIED

OPERATION HELL GATE

작전명 헬 게이트

마크 세라시니 지음 | 서 경 옮김

마그마북스

이 소설을 고국이나 해외에 있는 최전선에서
매일같이 테러에 맞서 싸우시는 분들께 바칩니다.

감사의 글

하퍼콜린스의 호프 이넬리와 조시 베하르에게 그들의 비전, 지도 그리고 지원에 대해서 감사를 드리고 싶습니다. 또한 20세기 폭스社의 버지니아 킹에게도 그녀의 지속적인 격려에 대해서 감사를 드립니다.

획기적인 아이디어로 에미상을 수상한 "24"의 기획자 조엘 서노우와 로버트 코크란, 그리고 그들의 재능 있는 각색 팀에게 매우 특별한 감사를 드립니다. 그리고 특별히, 잊을 수가 없는 캐릭터인 잭 바우어에게 생명을 불어넣어 준 키퍼 서덜랜드에게 감사드립니다.

나의 작품 에이전트인 존 탤보트에게도 계속적인 지원에 감사드립니다. 그리고 특히 아내인 앨리스 알폰시에게 개인적으로 고마움을 전합니다. 한 남자로서 그녀보다 더 나은 배우자를 바랄 수는 없을 겁니다—글을 쓰는 데에나 삶을 사는 데에 있어서.

삶을 관료주의 속에서 보낸 사람들은 일반적으로 규칙들을 깨뜨리는 것을 두려워했다. 그것은 해고를 당하는 확실한 길이었고, 또한 사람들에게 그들의 경력을 내던져 버리는 일이라고 생각하도록 위협했으니까. 하지만… 제임스 그리어는 그가 필요로 했던 모든 지침을 주었다. *자네가 옳다고 생각하는 것을 하게.*

— 톰 클랜시

『*긴급명령*』

서로를 북돋워주고 격려합시다. 그리고 자신의 땅에서 자유를 위해 싸우는 자유인 한 사람이 지상의 어떤 노예 같은 용병보다 훨씬 뛰어나다는 것을 전 세계에 보여줍시다.

— 조지 워싱턴

일반 수칙, 사령부,

뉴욕, 1776년 7월 2일

총알을 맞아도 무사한 것만큼 호쾌한 일은 없다.

— 윈스턴 처칠 경

『*말라칸드 야전 부대*』

24
DECLASSIFIED

작전명
헬 게이트

1993년 세계무역센터가 공격을 받은 후, 중앙정보국(CIA)은 테러리즘의 위협으로부터 미국을 보호하는 임무를 수행하는 국내 부대를 신설했다. 워싱턴 D.C.에 본부를 둔 대테러부대(Counter Terrorist Unit)는 미국 주요한 도시들에 현지 지부를 설립했다. 초기부터 CTU는 나머지 다른 연방 법집행기관들로부터 적대감과 회의론에 직면했다. 관료주의적인 저항에도 불구하고 몇 해 지나지 않아 CTU는 주요 세력으로 부상했다. 테러와의 전쟁이 시작된 후로 다수의 초기 CTU 임무들이 기밀 자료에서 해제되었다. 다음은 그것들 중 하나이다.

프롤로그

필요악.

어쩔 수 없는 일이라고 잭 바우어는 임무수행 결과보고를 합리화했다. 임무는 끝났고, 현장 조사도 마무리되었다. 눈 깜짝할 사이에 삶과 죽음의 결정이 내려졌다. 현재의 관료주의적인 사고방식은 진술에 대한 대비책을 필요로 했다. 사후 비판에 대한 대비책의 일환으로써 말이다. 그런 사실로 미루어 보면 리처드 월시가 진행하는 작전 후 면담은 그런 것을 상당히 수월하게 해주는 편이었다.

전형적인 중간관리자들이 키보드 두드리기, 스피커폰, 그리고 온갖 첨부 파일들의 수렁에 빠져 허우적거리고, 끊임없이 되풀이되며 지루해서 죽을 지경인 검토 회의 때문에 옴짝달싹 못하는 곳에서, 월시는 전직 육군 특수부대원이자 과거 현장 요원으로서 데스크 쪽으로 옮겨가긴 했지만 날카로운 감각만은 결코 잃어버리지 않았다. 애매모호한 변명으로 발뺌하지 않고 신념과 윤리를 가지고 조직을 관리해온 그는 극히 보기 드문 부류의 정직한 사람으로서, 잭으로 하여금 그의 노력들이 가치 있는 일이었다고 느끼게 만들었다.

"자리에 앉게나, 바우어 특수요원."

월시는 이날 아침 워싱턴 D.C.로부터 날아왔다. 그는 한 대의 휴대용 테이프 녹음기와 두 대의 마이크가 나란히 놓여 있는 회의용 탁자 뒤쪽에 앉았다. 탁자의 중앙에 놓인 정사각형 모양의 모니터들은 컴컴했는데, 그것은 이 방에 있는 모든 감시와 녹음 장치들이 작동하지 않고 있음을 의미했다. 잭이 말하려고 하는 것은 예민한 사안이라 극비로 분류되기에 충분했다. 월시와 그의 상관들은 어떤 녹음기록들에 대해서, 또한 원칙적으로 구술된 녹음기록들의 어떠한 분석에 대해서도 유일한 통제권을 원했다.

잭은 회견실로 들어와서 문을 닫았다. 즉시 바깥쪽 사무실의 컴퓨터, 전화기, 목소리, 팩스 장비, 그리고 발걸음 등의 소음들이 벽과 천장에 부착된 방음용 격자창들에 의해 차단되었다. 잭은 월시로부터 탁자의 건너편 쪽에 앉았지만 등을 뒤로 기대지는 않았다. 그는 긴장을 풀지 않았다.

월시는 마이크들 중 하나를 그가 있는 쪽으로 슬쩍 밀고 난 다음, 푸른색 플라스틱 서류철을 펼치고 두 팔을 탁자 위에 편하게 내려놓았다. 큰 키에 건장한 체구를 가진 그는 회색 신사복 정장을 입었는데 어깨 부분이 꼭 맞는 듯 보였고, 빨간색 줄무늬의 실크 넥타이는 돌출된 목젖 아래로 너무 꽉 조여 맨 듯했다. 월시의 태도는 냉정하고 침착하고 전문가다웠고, 그의 팔자 콧수염은 과거 법 집행자들의 환영(幻影)을 떠올리게 했다.

한참동안 월시는 예리한 푸른색 눈으로 파일들을 조용히 훑어보고 있었는데, 잭의 경험상 그의 두 눈은 사소한 것도 놓치는 법이 없었다. 40대 후반임에도 그의 얼굴은 나이보다는 더 들어 보였다. 나이와 근심으로 인한 주름진 얼굴에는 흰머리가 듬성듬성한 엷은 갈색 머리카락 아래로 그 특유의 무표정이 그대로 남아 있었다. 겉으로 보기에 월시는 미국의 최근 신설된 대테러 조직의 숙련된 비밀 첩보원이라기보다는 오히려 악의 없는 표정과 태도를 가진 정부 관료, 대학교수, 또는 청소년 상담가 같았다. 그러나 실제로 리처드 월시는 그러한 일들 모두를 해왔으며, 그리고 가장 어울리는 일은 잭이 알고 있던 한에서는 멘토로서의 역할이었다.

월시는 무엇보다도 잭을 첩보 세계로 불러들인 장본인이었다. 처음에는 제삼자의 권유로 육군 최정예 델타 포스에 입대했고, 이후 새로 창설된 그리고 여전히 논란이 적지 않은 이 대테러부대의 모병에 선발되었다. 잭은 오랫동안 CTU가 현존하고 있는 건 리처드 월시의 미래를 보는 통찰력 덕택이 아닌가 하고 생각해왔다. 비록 조직의 시발은 중앙정보국(CIA)

의 일개 분과 내에 있는 국내 부대로서 극비로 분류되었지만 말이다.

CTU에 있는 많은 사람들은 잭 바우어가 외모상으로도 월시를 닮았다고 생각했다—반달 모양의 눈썹, 덥수룩한 콧수염, 그리고 13년 이상 힘들게 터득한 경험은 빼고 말이다. 비슷한 점은 두 사람 모두 똑같이 연갈색 금발에다 사람을 동요시키는 시선을 가졌다는 것이다. 반면, 리처드 월시에게는 잭 바우어의 흉악한 문신들이 없었다—몇 개는 비밀 첩보 업무에서 얻었지만 대부분은 잭의 개인적인 지침에 관한 것들이었다. 그리고 바우어에게는 월시의 실용적인 인내심과 매끄러운 외교적 수완이 결여되어 있었다.

비록 눈에 띌 만한 카리스마가 있는 건 아니지만, 월시는 충직한 도덕적 권위를 위해 힘껏 노력함으로써 워싱턴 D.C.에서 설득력 있는 영향력을 드러내 보였고, 그의 견해와 전문 지식은 정파를 떠난 존경을 받았다. 월시는 결코 타고난 정치가는 아니었지만, 학계와 워싱턴 정계 내부에 충분한 시간을 할애해서 필요할 때에 관료적인 일들을 원활히 추진하는 데에 수완을 발휘하기도 했다.

잭은, 그와 대조적으로, 살아오면서 단 한 권의 경제서적을 읽은 적도, 조직의 관리를 위한 개인적인 수법들을 고민하느라 밤잠을 못 이룬 적도 없었다. 그렇지만 여태까지는 효과적이고 활력을 불어넣는 지휘관으로서의 확고한 평판을 발현해

오고 있었다. 비난거리가 될 만한 골치 아픈 유형의 문제를 해결하는 특수부대 지휘관이라는 명목으로 고용되었으니까. 그러나 정보국 내의 월시의 상관들 중 일부는 그가 통제 불능의 인물이라는 점을 염려했다. 그리고 가장 최근인 이번 임무로 인해 그들의 그런 생각을 더욱 확고하게 해주었다.

"시작하지." 월시가 거두절미하며 말했다. 그가 테이프 녹음기를 작동시켰다. "특수요원 리처드 월시, CTU 로스앤젤레스 관리 책임자. 임무수행 결과보고는 잭 바우어, CTU 로스앤젤레스지부 소속 특수요원."

잭은 몸을 앞으로 구부리며 마이크에다 대고 명확하게 말했다. "6월 3일, CTU 로스앤젤레스 사무소는 일반 전화 회선으로 걸려온 한 전화 통화를 통해서 한 익명의 제보를 받았습니다. 통화자인 남성은 우리에게 경고를 했는데, 그 사람은 화물 비행기 한 대가 로스앤젤레스 국제공항으로 접근할 때 그 항공기를 격추하려는 어떤 급박한 음모가 있다고 확신한다는 것이었습니다. 이 전화 통화는, 그 녹음 기록과 필사본은 CTU의 정보 데이터베이스의 커널 19A에 들어 있는 파일 1189에 첨부되어 있으며, 세부적이고 명확했고, 또한 시간, 날짜, 그리고 공격 장소를 언급하고 있습니다. 저는 즉각 경보를 발령했습니다…."

"알메이다는 그 통화와 경보 발령 사이에 30분 정도 시간 지체가 있었다고 그의 임무수행 결과보고에서 진술했네만."

"라이언 슈펠이 제이미 패럴에게 그 통화의 녹음 기록을 어세(語勢)분석장치로 검토하라고 지시했습니다. 통화자의 진실성을 측정하기 위한 의도로 말입니다."

"분석 결과는?"

"그 시점에선 결론이 나지 않았습니다. 저는 독단적으로 이 위협은 충분히 신뢰할 만하다는 결론을 내렸고 적절한 행동을 취했습니다. 대테러부대의 한 특수기동 팀이 제 지휘 아래 LAX(로스앤젤레스 국제공항)로 급파되었습니다. 우리는 잠재적인 참사를 방지할 만한 시간에 가까스로 도착한 듯 했습니다…."

하얀색 공항 정비용 승합차는 포장도로에서 그 검은 아스팔트를 따라 나란히 늘어서 있는 잡목 덤불 쪽으로 방향을 틀었다. 그 측면 도로는 혼잡한 이스트 임페리얼 하이웨이와 800미터도 떨어지지 않은 거리에 나란히 뻗어 있었다. 먼지가 차량 뒤쪽에서 소용돌이쳤고 건조한 남부 캘리포니아의 대기 속에서 맴돌았다.

조수석에 앉은 잭 바우어는 긴장했다. 갈색 먼지 구름은 그들의 출현을 테러범들에게 흘릴 정도로 크게 일었지만, 지금까지는 아무 일도 일어나지 않았다. 만일 정보 제공자의 말이 정확하다면 시간은 거의 다 되었다.

"또 다른 정비용 승합차가 7번 활주로 근처에 보인다," 잭이 말했다. "차량 식별 번호 1178 찰리(C)-빅터(V)."

운전석에서 토니 알메이다는 아침의 태양이 내뿜는 눈부신 빛 때문에 실눈을 떴다. 토니는 잭보다 일곱 살 아래였다. 라틴계로 시카고 태생인 그는 해병대 출신의 독신으로 컴퓨터공학 석사 학위를 가지고 있었다. 중간 정도의 키, 근육질의 몸, 짧게 깎은 검은 머리 그리고 아랫입술 밑에 좁다란 수염. 서류상으로 알메이다는 꽤 훌륭했다—정찰 및 저격 훈련과정(Scout-Sniper School)과 감시 및 표적 포착 훈련과정(Surveillance and Target Acquisition Platoon School)을 거쳤으니까. 하지만 잭은 실전에서는 그를 전적으로 믿기에는 충분치 않다고 여겼다.

"두 사람이 안에 있는 것 같습니다." 알메이다가 조용히 말했다. "둘 모두 정비용 제복을 입고 있고요."

잭 역시 공항 정비용인 아래위가 붙은 작업복을 입고 있었다. 그러나 검은색 전투용 차카(chukka, 복사뼈까지 오는 부츠)는 군대 표준 지급품이었다. 그가 평탄하고 특색 없는 전경을 쌍안경으로 계속해서 살피고 있을 때—회색 콘크리트 활주로들, 검은 아스팔트 측면 도로들, 갈색 목초들—바우어의 헤드셋이 치직거렸다.

"1178 찰리-빅터는 정식 인가를 받은 정비 차량입니다." 커씨언 요원이 승합차의 화물칸에서 알려왔다.

"알았네." 잭이 대답했다.

지나 커씨언은 바우어가 더 많은 정보를 전달해주기를 기다렸다. 그녀는 20대 후반으로, 잭과 마찬가지로, 결혼해서 딸 하나를 두고 있었다. 전직 LA경찰청 경찰특공대(SWAT)였던 그녀 역시 월시에 의해 선발되었다. 그녀는 지금 밴 뒤쪽의 창문도 없는 공간 속에 네 명의 덩치 큰 남자들과 한데 몰아넣어져 있었다. 그녀는 아무것도 볼 수 없었다. 그녀와 마찬가지로 모두들 부피가 큰 전투 장비를 갖추고 있었다. 검은색 케블러 방탄 헬멧, 방탄복 제복, 반응 벨트(response belt: 난폭한 혹은 부상당한 개인을 다루는 데 사용되는 벨트), 권총집, 무기, 그리고 차카. 그러나 남자들과는 달리, 지나는 긴장으로 초췌해지고 구슬땀이 맺힌 얼굴을 한 채 무릎 위에 올려놓은 휴대용 컴퓨터의 균형을 잡고 있었다. 곧은 갈색 앞머리 아래로 보이는 그녀의 초록빛 눈은 모니터 화면에서 한시도 떼지 않았다. 평평한 화면 전체에 걸쳐 국제공항의 일일 정비 계획과, 도착 시간과 출발지를 포함한 비행 목록들이 띄워져 있었다. 심지어 외부 판매상들의 납품 계획조차도. 그 자료들은 잘 배열되어 있는 네모난 진열창 속에서 상하좌우로 화면 이동을 했다. 지나는 재빠른 곁눈질로 각각의 것들을 차례로 훑어보면서 정보의 모든 조각을 평가하고 있었다.

"또 다른 차량을 발견했어. 2시 방향. 콘크리트 전력 창고 근처." 잭이 쌍안경의 배율을 높이며 말했다. "검은색 포드 익스플로러로 정식 LAX 보안 스티커가 앞 유리창 안쪽에 부착되어 있고." 잭은 조심스럽게 차량 번호판의 숫자를 읽어 나갔고, 표적의 위치를 찾아냈다고 거의 확신했다.

커씨언 요원이 흥분을 감추지 못한 목소리로 응답했다. "그 차량은 도난당한 거예요. 팜데일에 있는 에섹스 가의 한 진입로에서, 이틀 전에요."

잭은 쌍안경을 옆 좌석 위로 내려놓고, 공항 작업복 안쪽의 어깨용 권총집에서 시그사우어(SigSauer, 스위스 무기제조사) P228 권총을 꺼내들었다. 그는 탄창을 확인하고 약실에 여분의 총알 한 발을 추가로 장전해서 탄약의 용량을 최대인 13발까지 늘렸다. 그런 다음 헤드셋에 대고 말했다.

"전술 2팀, 우리 얘기 알아들었나? 이상."

그들의 뒤쪽 어딘가로부터, 어떤 목소리가 응답했다.

"알아들었습니다, 1팀."

"자네들이 지금 움직였으면 하네. 우리의 좌표를 따라오게. 도착 추정 시간은 얼마인가?"

"추정 시간은 2분이 넘진 않을 겁니다."

잭이 내뱉었다. "너무 길어."

"만일 우리가 떼를 지어 몰려들면 틀림없이 이목을 끌고 말 겁니다." 토니가 그에게 일러주었다.

공격팀의 지휘자인 쳇 블랙번 요원이 운전석 쪽으로 헬멧을 쓴 머리를 들이밀었다. "공격용 헬기라도 한 대 불렀어야 하는 거 아닌가."

잭은 블랙번을 흘낏 보았다가 눈길을 돌렸다. "공항 안으로 헬기를 불러들이는 위험은 감수할 수는 없어. 항공 교통량이 너무 많아."

"현장에 세 명이 보입니다. 한 명이 차량 안에 더 있습니다." 토니의 목소리는 차분했지만, 두 손은 운전대를 목 조르듯 꽉 쥐고 있었다.

"이 승합차를 최대한 가까이 접근시켜. 우리가 다가가는 것을 눈치 채지 못하게 주의하면서." 잭이 말했다.

"너무 늦었어요." 토니가 말했다. "한 놈이 확실하게 우리를 보고 있네요."

토니는 승합차를 천천히 움직였다. "들어봐요, 잭. 그들이 실제로 보고 있는 것은 정비 차량 한 대가 그들 쪽으로 다가오고 있는 것뿐이에요. 왜냐면 이런 승합차들은 공항에 널려 있거든요. 그러니까 제 말은 표적을 그냥 지나쳐서 주위를 돌자는 겁니다. 그리고 나서 놈들 뒤를 덮치는 거죠, 전력 창고를 엄폐물로 삼아서요. 그렇지 않으면 결국 총격전이 벌어질게 확실합니다."

잭은 그 작전을 머릿속으로 그려보고는, 고개를 끄덕였다. "좋아, 한번 해 보자고."

지나 커씨언의 목소리가 잭의 헤드셋 속에서 또 한 번 치직거렸다. "바우어 특수요원?"

"그래."

"항공기 한 대가 7번 활주로를 향해서 남서쪽으로부터 접근 중입니다. 내셔날 익스프레스 화물 항공 111편으로, 텍사스 오스틴에서 오는 겁니다. 일반적인 화물 목록이에요. 승무원은 셋…, 채 2분도 남지 않았어요…."

바우어가 그 정보를 소화시키는 동안 밴은 꾸준히 용의자들에게 접근하고 있었다. 한동안 검은색 익스플로러 차량 주변에서 어느 누구도 움직이지 않았다. 적어도 그 일당 중 한 명은 그들을 주시하고 있었는데도 말이다. 마침내 그 남자들 중 한 명이 그 정비용 승합차 쪽으로 등을 보이고는 무릎을 꿇고 앉더니, 뭔가 낯선 물체를 하늘을 향해 겨누었다. 먼 거리임에도 불구하고, 그 장치는 왠지 불길해 보였다—두 개의 검은색 발사관이 금속 손잡이에 부착되어 있었으니까. 그 장치는 무척이나 다루기 어려워 보였는지, 그 남자가 그것을 고정시키기 위해서 그의 어깨 위에다 올려놓고 있었다.

"저건 대포 같은데," 잭이 말했다. "뭔가 새로운 종류의 지대공 미사일 말이야. 저건 어떤 표적을 향해 자동 추적을 하는 것처럼 보여."

토니가 의심스러운 듯 물었다. "확신해요?"

"확신을 가질 시간 없어. 지금 움직여야 해. 밟아."

토니가 가속 페달을 힘껏 밟자 밴은 앞으로 튀어나갔고, 잭은 갑작스런 발진에 좌석에서 뒤로 휙 쏠렸다.

"준비해." 블랙번 요원이 덜커덩거리는 화물칸 안쪽에서 고함쳤다.

지나 커씨언은 휴대용 컴퓨터의 덮개를 탁 닫고, 헤클러 앤 코흐(Heckler & Koch, 독일의 총기개발사) 자동소총을 등쪽 벨크로 가죽끈에서 꺼내 들었다. 그녀는 25발들이 탄창 하나를 최첨단 기술의 자동소총 안으로 밀어 넣고, 사격 조종간을 반자동으로 바꾸고, 헬멧에 부착된 안면 보호대를 내렸다.

전방의 그 남자는 여전히 무릎을 꿇은 채 검은색 익스플로러 차량 옆에 있었는데, 겉보기에는 그들의 접근을 알아차리지 못한 것처럼 보였다. 그의 어깨에 놓여 있는 그 장치는 여전히 구름 한 점 없는 하늘을 겨냥하고 있었는데, 그쪽 상공에 항공기 한 대의 희미한 형체가 나타났다. 갑자기 그 일당 중 하나가 정비용 승합차를 가리키더니 총을 꺼내 들었다.

"총이야! 엎드려!" 바우어가 소리치며 경고했다.

첫 발이 앞 유리창을 박살냈고 굉음을 내며 화물칸을 관통했다. 그 탄환은 뒷 문짝에 사출구 하나를 뚫었는데, 문짝이 경첩에서 떨어질 정도로 대단했다. 강철 문짝이 떨어져 나가는 바람에 햇빛이 화물칸 안으로 쏟아져 들어왔다.

바깥쪽에서는 그 사수가 357 매그넘을 다시 겨누었다. 이번엔 잭 바우어를 향해서. 알메이다는 차량을 콘크리트 진입통로 안내판 쪽으로 획 틀었다. 앞바퀴가 부딪쳤을 때 밴이 꽤 높이 튀어올랐기 때문에 두 번째 탄환이 운전석 대신 엔진 블록을 강타했다. 승합차가 수증기와 연기를 울부짖듯 내뿜기 시작한 동시에 엔진이 멈추었다. 전진하던 탄력으로 엔진이 멈춘 차량이 용의자들 가까이로 미끄러졌고, 그 용의자들은 몸을 숨길 곳을 찾아 모두 앞다투어 움직이고 있었다. 또 다른 탄환이 이미 박살난 창문을 통과해서 화물칸 쪽으로 날아들었다. 이때 잭은 고깃덩이를 철썩 때린 듯한 소리와 놀란 비명소리를 들었다. 누군가가 맞은 것이었다.

마침내 하얀색 승합차는 구르다가 멈추었는데, 포드 익스플로러로부터 10여 미터도 떨어지지 않은 곳이었다.

"밖으로! 움직여!" 잭이 소리쳤다. 그는 자기 쪽 문짝을 거칠게 열어젖히고 황량한 갈색 풀밭으로 몸을 굴렸다. 먼지 구름에 에워싸인 그는 검은색 익스플로러를 간신히 볼 수 있었다. 헤드셋을 통해 들리는 외침과 아우성을 통해 잭은 블랙번과 나머지 전술팀 대원들이 심각한 손상을 입은 승합차의 옆쪽과 뒤쪽의 문을 통해 튀어나와서 대응 사격을 퍼붓고 있다는 것을 알았다.

마침내 갈색 먼지들 사이로 어느 정도 시야가 확보되었다. 잭은 용의자들 중 한 명이 콘크리트 전력 창고 쪽으로 달려가는 것을 발견했다. 다른 두 명은 세 번째 남자가 타고 있는 검은색 익스플로러 안으로 몸을 날렸다. 한 명은 부상을 당한 것이 뚜렷했고, 다른 한 명은 그 생소한 어깨-거치용 무기를 꼭 쥐고 있었다.

"놈들을 이 지역을 벗어나지 못하게 해!" 잭이 소리쳤다.

곧바로 그는 벌떡 일어섰다. P228 권총을 손에 쥔 그는 홀로 달아난 도주자를 쫓아 전력 창고 쪽으로 향했다. 콘크리트 사각 구조물에서 불과 몇 미터 앞에 이르렀을 때, 뜨거운 가스 물결이 그를 덮쳤고, 곧바로 귀청이 터질 것 같은 폭발음이 뒤따랐다. 익스플로러가 오렌지색 화염 속에서 폭발하는 순간 잭은 공중으로 휙 날려갔다. 세 명의 탑승자는 집어삼켜졌다. 남김없이 불에 타 희생되었다.

옷은 불에 그을렸고 귀가 웅웅거리는 와중에도 잭은 넘어질 듯 비틀거리면서 앞으로 돌진했다. 그는 전력 창고의 철문을—열기 때문에 아직도 뜨거웠지만—등으로 세차게 부딪쳤다. 매복을 경계하면서 그는 두 손으로 무기를 꽉 쥔 채 정사각형의 창고 양쪽 구석을 힐끗 쳐다보았다. 결국 잭은 딱딱한 바닥에 웅크렸고 창고의 뒤쪽으로 몸을 굴렸다.

그 남자는 바로 거기에, 잭이 짐작했던 곳에 있었다. "꼼짝마! 손들어."

그는 대략 스물다섯 정도로 보였다. 마른 몸통에 근육질의 팔뚝. 그는 검정색 진 바지와 가죽조끼 차림이었고, 기름을 바른 긴 머리에, 금을 씌운 앞니가 두드러져 보였다. 그는 무릎을 꿇은 채, 한쪽 부츠를 벗어서 손에 쥐고 있었다. 그는 바닥에 놓여 있는 어떤 물체를 이제 막 부수려는 것처럼 보였다. 그가 뭐라고 중얼거렸지만, 잭은 귀가 여전히 울려대고 있어서 그 말을 알아들을 수가 없었다.

"꼼짝 말라고 했을 텐데."

그 남자는 잭을 노려본 다음 부츠를 들어올렸다. 잭이 무기를 내리고 그들 사이의 공간을 단번에 건너뛰었다. 잭은 그 남자를 거칠게 들이받았고, 어깨를 이용해서 그를 쓰러뜨렸다. 부츠는 잡목 덤불 쪽으로 날아가 버렸다. 그 남자는 일어서려고 몸부림을 쳤지만, 잭이 P228의 총구를 그의 관자놀이에 갖다 대자 그제야 눈에 띄게 얌전해졌다.

"움직이면 죽여버리겠어."

어렴풋하게나마 귓속에서 윙윙거리는 소리 너머로, 잭은 쿵쿵대는 발걸음 소리를 들었다. 두 명의 블랙번 요원의 대원들이 전력 창고의 양쪽 측면에서 나타났다. 위협적인 전투복과 헬멧 차림으로 무장한 그들은 용의자에게 무기를 겨누었고, 용의자는 두 손을 위로 들어올렸다.

"그 자를 데려가게." 잭이 명령했다.

요원 한 명이 그 남자의 조끼를 쥐고 그를 바닥에서 끌어올렸다. 다른 요원은 그의 팔을 비틀어 뒤로 돌리고 플라스틱 수갑을 양 손목에 걸쳐서 채웠다. 잭은 손과 무릎 쪽으로 시선을 돌리고 바닥을 살폈다. 그는 찾고 있던 것을 30초 만에 발견했는데—검은색 플라스틱 장치로 권총의 탄창 같은 모양이었고, USB 단자와 측면의 아주 작은 새김 글자를 제외하면 별다른 특징은 없어 보였다—그 글자는 동양의 문자, 아마도 일본어 같았다.

잭이 자신의 청력이 돌아왔다는 것을 알아차린 건 보잉 727의 굉음을 들었을 때였다. 그 항공기의 바퀴들이 타르 포장의 7번 활주로의 위로 미끄러졌고, 그 동체에는 눈에 익은 빨간색과 금색의 내셔널 익스프레스 문양이 보였다.

잭은 일어나서 포로에게 그 장치를 보여주었다.

“이게 뭐지?”

포로가 능글맞게 웃어대자 요원들 중 한 명이 손등으로 매섭게 그를 가격했다. 잭은 재빨리 그 둘 사이로 끼어들었다. “됐네.” 그는 짧게 말했다. 그는 수수께끼 같은 물건을 자신의 작업복 주머니 안으로 집어넣고 포로의 주머니를 뒤졌다. 버터플라이 칼 하나와 지갑 하나를 찾아냈는데, 그 안에는 1000달러가 넘는 현금과 여러 이름으로 발급된 신용카드들, 그리고 브룩클린 주소의 뉴욕 주 운전면허증이 들어 있었다. 잭은 사진을 죄수의 얼굴 옆으로 들어 올려 비교해 보았다. 일치했다.

잭은 헤드셋의 음조를 맞추려다가 그제서야 폭발, 혹은 교전의 와중에 그걸 잃어버렸다는 것을 알아차렸다. “교신해서 토니 알메이다를 불러보게. 그래서 뉴욕 출신의 단테 얼리에 관한 구할 수 있는 모든 정보를 구해서 나한테 알려달라고 전해줘.”

“그와 교신이 되지 않습니다.” 요원들 중 한 명이 말했다. “알메이다는 현재 통신망에 없습니다.”

두 요원이 포로를 데리고 떠나자 잭은 전력 창고의 전면 쪽을 둘러보았다. 앞쪽으로 빈 뼈대만 남은 익스플로러가 보였는데, 너무 뜨겁게 불타고 있어서 접근할 수 없었다. 녹아버린 타이어에서 시커먼 고무가 마치 물처럼 흘러내렸고, 탑승한 사람들은 형체를 알아볼 수 없었다. 훨씬 더 앞쪽에는 그들의 도착했을 때 타고 왔던 흰색 정비용 승합차가 여전히 연기를 내뿜고 있었고, 야구공 크기만 한 탄환 구멍 하나가 석쇠창에 문신처럼 뚫려 있었다.

두 대의 CTU 전술 공격용 차량이, 연기가 나는 흰색 승합차 뒤쪽에서 막 달려오고 있었다. 5인조로 이루어진 공격팀은 각 차량들이 완전히 멈추기도 전에 뛰어내렸다. 잭은 손목시계의 디지털 화면을 힐끗 쳐다보더니, 첫 번째 탄환이 날아든 이후 100초도 채 경과하지 않았다는 사실에 깜짝 놀랐다.

잭은 토니가 더 이상 쓸모없어진 승합차의 문이 열린 화물칸 옆에 서 있는 모습을 보고는 안도의 한숨을 내쉬었다. 블랙번 요원도 토니 옆에 헬멧을 벗은 채 서 있었는데, 가죽 같은 갈색 두피가 땀으로 번들거리고 있었다. 그제서야 잭은 밴 밖으로 어중간하게 큰 대자로 드러누워 있는 사람 형체를 보았다. 요원들 중 한 명이 유탄에 맞은 것이었다. 잭은 그 철썩했던 소리를 떠올리며, 한 줄기의 피가 요원의 부서진 헬멧에서 밴 바깥쪽으로 흘러내린 것을 보았다. 그는 앞쪽으로 달려가 지나 커씨언의 놀란 상태로 생기를 잃어버린 두 눈을 들여다볼 수 있을 정도로 가까이 다가섰다.

"개자식."

토니는 잭의 욕설 소리에 몸을 돌렸다.

"후송용 헬기를 요청해." 잭이 그에게 말했다.

"이미 불렀습니다. 1분 내로 도착할 겁니다. 하지만 너무 늦었어요, 잭. 그녀는 숨을 거뒀어요…."

바우어는 파손된 승합차에 몸을 기댔는데, 멈춰버린 엔진은 쉬익 또는 펑 하는 소리를 내면서 식어가고 있었다. 그는 메마른 공기를 빨아들였다. 마치 아드레날린을 온몸을 통해서 짜내는 바람에 결국 모두 빠져나가 버려 그를 쇠약하게 만들어버린 것처럼. 그리고 지나의 남편과 딸을 생각하면서…. 또한 자신의 아내인 테리와 딸인 킴도.

"건져낸 거라도 있습니까?" 토니는 그 자리에, 바로 그의 얼굴 앞에 있었다.

잭이 서글픈 눈으로 쳐다보았다. "포로의 이름은 단테 얼리, 그리고 플라스틱 조각 하나…."

90분 후, CTU 로스앤젤레스 지부의 정예 팀이 회의실에 있는 탁자 주위에 둘러앉아 있었다. 흑갈색 머릿결에 뚜렷하게 각이 진 얼굴과 크고 표현력이 풍부한 입을 가진 백인 여성인 니나 마이어스는 잭을 곤경에 빠트리게 하는 일이 거의 없는 핵심 참모로서, 잭이 LA국제공항에서 체포한 남자에 대한 정보를 신속히 전달하기 위해 모임을 제기했다.

니나는 마치 기계 같은 사람이었다—신뢰할 수 있고, 효율적이고, 체계적이었다. 미혼으로 30대 중반인 그녀는 뛰어난 재능의 정보 분석가이자 국내외의 대테러리즘 정책에 있어 존경받는 권위자로서 좋은 평판을 받고 있었기에 CTU에 합류하게 되었다. 그녀는 잭이 이제껏 만났던 사람 가운데 열정과 책임의 정도가 자신과 잘 어울리는 것 같은 몇 안 되는 사람 중 하나였다. 그러나 잭과는 달리, 그는 아랫사람을 격려하고 보호하는 것의 중요성을 알고 있지만, 니나는 요원들을 감정을 배제한 태도로써 관리했다. 잭은 이것을 진지함에서 비롯된 '단순명쾌함(directness)'이라고 합리화했다. 어쩌면 그가 그녀를 이해하는 것은 그녀가 맡은 바 일들을 지독할 정도로 잘 처리했기 때문일 수도 있고, 그녀가 외형상 아내인 테리를 닮았기 때문일 수도 있다. 그러나 니나에 대해서 한 가지만은 확신했다. 그녀의 침착한 푸른 눈빛은 그의 눈빛만큼이나 사물을 꿰뚫어본다는 것 말이다.

"7년 전, 단테 얼리는 속칭 '아파치'라는 이름으로 브룩클린에 있는 레드 후크 계획단지에서 싸구려 크랙 코카인을 판매하는 하찮은 마약상이였습니다." 니나가 말문을 열었다. "18세의 나이에, 들리는 바에 의하면, 첫 번째 살인을 저질렀습니다. 경쟁 관계에 있는 마약 판매상이었죠. 그 이후, 단테 얼리는 뉴욕 시의 마약 무대에서 두각을 나타내기 시작했고 최근에는 전국적인 인물이 되었습니다. 얼리는 현재 마약과 무기의 밀매에 전념하고 있는 것이 확실한데, 대부분이 멕시코 국경을 넘나들고 있습니다. 그는 지난 5년간 11건의 갱단 살인사건에 연루된 혐의를 받고 있습니다. 그 안에는 무고한 식료품점 주인을 살인도 포함되어 있는데, 그는 얼리의 직속 부하들 중 한 명에 대해서 증언하기로 동의했었죠. 즉, 단테가 조직한 '콜럼비아 스트리트 파시'(Posse, 뉴욕에서 활동하는 중남미계 갱단)라는 갱단의 한 일원에 대해서요…."

"이 정보에 대한 출처는?" 잭이 물었다.

니나는 가지런히 내려뜨린 까만 단발의 앞머리를 뒤로 쓸어 넘기고는 그를 똑바로 쳐다보았다. "대부분은 뉴욕 시 경찰청과 메트로폴리탄 조직폭력 전담반입니다. 마약단속국(DEA)에서도 지난 5년 동안의 얼리의 활동 추정에 관한 개요를 제공해 주었습니다."

"FBI에서 제공해야 하는 것들은?"

"아직은요. 그들은 우리의 정보 요청에 대해서 아직 아무런 반응을 보이지 않고 있습니다, 현재 진행 중인 어떠한 조사에 대해서도요."

"표준 운영 방침이죠." 토니가 소견을 말했다. "연방수사국은 그들의 정보를 공유하지 않습니다. 게다가 CTU한테는 훨씬 더 심하죠."

마일로 프레스만은—시스템 전문가로 20대 중반이며, 감수성이 예민한 성격이고, 부드러운 두 눈을 가졌고, 한쪽에만 귀고리를 했다—잘 다듬어진 연필로 탁자를 톡톡 두드렸다. 잭이 알기론 마일로는 꽤 유능한 요원이었다, 가끔 고지식할 때도 있지만.

"아무래도 그들의 데이터베이스를 몰래 뒤져봐야겠네요." 그가 제안했다.

알메이다가 눈을 굴렸다. "우리들은 같은 편이 돼야만 하는데 말이야."

아담하고 젊은 히스패닉계 여성인 제이미 패럴이 출력물 한 장을 내놓았다. 제이미는 수석 프로그래머였다. 이혼을 한 후 어린 아들 하나를 키우고 있는 어머니이자 LA 토박이인 그녀는 마이크로소프트 시애틀 사무소에서 근무하다가 월시에 의해 선발되었다. 잭이 알기론 그녀는 충직한 직원이며 어떠한 압력에도 믿음직스러웠다. "연방항공관리청의 데이터베이스를 검색한 결과, 단테 얼리의 이름이 프랑스 마르세유 행 승객 목록에 6번이나 올라와 있는 사실을 찾아냈어요. 지난 2년 동안 그것도 홀로 말이죠."

마일로 프레스만은 더부룩한 아래턱 수염과 면도하지 않은 뺨을 긁었다. "많은 양의 헤로인이 아직도 마르세유로부터 들어오죠. 아마도 그는 프렌치 커넥션(프랑스 마약 밀수 조직)과 연관된 듯하네요."

"나는 불법 무기 거래 쪽을 더 염두에 두고 있는데." 잭이 말했다. "얼리는 이미 총포류 밀수에 전념하고 있으니까. 그건 또한 그가 국제적인 테러리즘과 연관되어 있고 사업의 확장을 기대하고 있다는 의미일 수도 있어."

"그의 일당들이 사용했던 무기는요? 폭발 현장에서 회수되었나요?" 마일로가 물었다.

잭은 고개를 저었다. "잡동사니뿐이었어. 우리가 알고 있는 어떠한 지대공 미사일 시스템과도 전혀 유사하지 않았네. 우리가 가진 거라곤 정체불명의 물건뿐이야, 얼리가 파괴하려고 애쓰고 있었던 것 말일세."

"그건 일종의 기억 장치예요," 마일로 프레스만이 말했다. "그리고 잭의 말이 옳을 수도 있어요. 이 메모리 스틱은 어떤 종류의 표적화 시스템과 결합하여 작동할 겁니다. 데이터의 전송을 위한 접속단자가 있고, 방대한 양의 정보를 수용할 수 있는 것으로 보이는 칩이 안에 들어 있으니까요."

"예를 들자면?" 토니가 물었다.

마일로는 어깨를 으쓱했다. "어떤 보안 암호로 차단되어 있어서, 사이버 수사대가 지금 그에 대한 작업을 하고 있어요. 그들이 조만간 답을 알아낼 겁니다."

"외관 표면 위에 새겨진 일본어 문자는 뭐지?"

"그건 한국어에요, 잭." 니나가 말했다. "명확히 하자면, 북한이죠."

순간 당황스런 침묵이 이어졌다.

"이번 조사를 본격적으로 추진할 필요가 있겠어. 달려들어 보자고." 잭이 말했다.

니나가 앞으로 나섰다. "다행이에요. 해병대에서 그 장치를 시험할 수 있도록 그들의 특수 화기 부대 장교 한 사람을 보내주기로 동의했어요. 그들은 그것과 유사한 것을 예전에도 본 적이 있는 것 같아요."

마일로가 고개를 들었다. "그러면 내장되어 있는 소프트웨어는?"

"정보국 분과 쪽에서 그 안에 들어 있는 데이터를 추출하기 위해서 소프트웨어 보안 전문가 한 사람을 파견할 모양이에요. 아무래도 그 여자는 한국 소프트웨어의 복잡한 사항에 대한 전문가인 것 같아요."

"단테 얼리는 어때?"

"그는 우리를 완전히 무시하고 있어요." 토니가 대답했다. "진짜 독한 놈이에요. 마치 우리가 방안에 없는 것처럼 행동하더군요."

잭은 회의용 탁자의 중앙에 있는 모니터들 중 하나를 작동시켰다. 단테 얼리는 취조실에 있는 하나뿐인 의자에 앉아 앞쪽을 똑바로 응시하고 있었고, 두 팔은 등 뒤에서 수갑이 단단히 채워져 있었다. 잭은 화면의 영상을 관찰했다. "이놈을 엮어 넣을 덫이 필요해. 무슨 일을 벌이고 있었는지, 누구를 위해 일하고 있는지 꼭 알아내야만 해."

전화 벨소리가 그의 생각을 방해했다. 잭은 회의실 전화기에 응답했고, 잠시 듣고만 있었다. 그런 다음 곧 수화기를 쾅 내려놓았다.

니나는 그의 눈을 바라보았다. "무슨 문제가 있나요?"

"FBI 요원 한 사람이 보안 출입구에 두 명의 연방 보안관을 대동하고 왔어. 단테 얼리의 신병 인도를 요구하기 위해 이곳에 왔다는군."

"그들은 그걸 요구할 수 없어요!" 토니가 손을 들어올렸다. "우리는 이번 작전에 대해서 다른 기관들에게는 아직 입도 벙긋 하지 않았어요. 도대체 FBI가 어떻게 알았죠?"

잭은 모니터를 다시 힐끗 본 다음 일어섰다. "토니, 니나. 저 불청객들을 가로막고 시간을 좀 끌어봐. 난 지금 당장 얼리와 이야기를 해야겠어."

알메이다는 팔짱을 끼고 머리를 가로저었다. "제발요, 잭. 무리에요. 우리가 얼마나 오랫동안 그들을 붙잡아둘 수 있을 거라고 생각해요?"

잭은 토니를 응시했고, 목소리는 부드러웠지만 단호했다. "할 수 있는 데까지 해봐." 그는 문을 향해 성큼성큼 걸어갔고, 그 문을 확 열어젖혔다. 라이언 슈펠이 진로를 막아섰다. 그 CTU 지부 책임자는 잭에게 시선을 고정시켰고, 잭은 그 시선을 피했다.

"이보게, 잭…."

"라이언, 제가 꼭 가야 할 곳이…."

"자네가 꼭 있어야 할 곳은 바로 여기네, 바우어 특수요원." 슈펠이 냉정하게 말했다. "자네와 난 같이 앉아서 안내되어 올 FBI의 헨슬리 특수요원을 기다리고 있어야 하네." 슈펠은 잭의 어깨 너머를 쳐다보았다. "자네들은 각자의 자리로 돌아들 가게. 당장."

그들이 줄지어 나가는 동안, 니나는 잭에게 곁눈질을 보냈고, 토니 알메이다는 역겨운 표정을 감추지 않았다.

"반가운 소리네요," 마일로 프레스만이 시계를 힐끗 보면서 말했다. "전 한 시간 전부터 비번이었어요."

제이미 패럴은 문 앞에 잠시 멈추어서 잭의 표정에서 어떡해야 하는지 신호를 읽으려 했다.

"자리로 돌아가게, 제이미." 슈펠은 '충직한 참모'로서의 행동을 보고 불쾌해 하면서 명령했다. 그는 예전에도 잭의 측근들이 염려하는 경우를 경험해서인지, 그것이 맘에 들지 않았다. 그 아담한 여자가 나가자 그는 문을 닫았다. 그런 다음 라이언 슈펠이 몸을 돌리자 잭 바우어가 정면으로 다가섰다.

"FBI가 얼리를 데려가도록 놔둬서는 안 됩니다." 잭은 목소리는 부드러웠지만 단호했다. "적어도 그를 심문해 보기 전까지는 말입니다."

"나도 어쩔 수 없는 일이네."

"라이언, 전 오늘 요원 한 사람을 잃었어요. 그녀는 겨우 28

살이었어요."

"나 역시 가슴이 아프네." 라이언은 잭에게서 몸을 돌렸고 손끝으로 회의용 탁자를 따라서 쓸어내렸다. "자네한테 좋은 소식은 내가 자네에게 책임을 묻지 않겠다는 거네. 비록 전화 제보에 대한 음성 분석이 확인될 때까지 자네가 취한 행동을 내가 보류하라고 충고했음에도 불구하고 말일세."

"시간이 없었어요, 라이언. 아시잖아요. 그리고 얼리 때문에 우린 너무 큰 대가를 치렀어요. 싸우지 않으면 그를 그냥 넘겨줘야 한단 말입니다."

슈펠은 자리에 앉아 등을 뒤로 기대더니 두 팔을 벌렸다. "우리는 모두 같은 편일세, 잭. 관계부처 간 공조라는 의사표시로 생각하게나."

거의 알아차릴 수 없을 정도로 잭이 움찔했다. "FBI와의 공조는 첫날부터 일방통행이었어요. 아시잖아요, 라이언."

"아마도 이번 의사표시로 변화가 생기겠지."

하지만 잭은 단테 얼리를 보내준다고 해서 달라질 것은 아무것도 없다는 것을 알았다. 현재의 행정부는 의도적으로 다양한 정부의 법 집행기관과 정보기관들 사이에 뚫고 지나갈 수 없는 장벽을 세워 놓았다. 그들은 정보를 공유하도록 허용되지 않았다. 심지어 동일한 용의자들, 동일한 범죄 행위들이 연루된 경우라 하더라도 말이다. CIA는 CTU의 창설을 허가한 것은 그러한 위험할 정도로 제한적인 장벽들을 교묘히 우회하는 데 있어서의 일종의 실험 기관으로서였지만, 그 장벽들은 더욱 높아져 가는 것만 같았다. 오늘날 관계부처 간 공조는 좀처럼 드물 뿐만 아니라, 불법이었다. 잭은 자신이 불합리한 정책이라고 생각한 규제 하에서 발끈한 반면, 실용적이고 야심적인 라이언 슈펠은 적응하는 쪽을 택했다.

슈펠은 직업 관료로서 새로운 전형이었다. 워튼(펜실베이니아 대학교 경영대학원)의 MBA 과정을 수료한 그는 정보기관 내 보좌역을 거쳐서 승진했다. 따라서 현장 업무 경험도 없고, 군대 혹은 경찰 훈련도 받지 않았는데, 그러한 사실들이 바우어의 머릿속에 의혹을 만들어냈다. 냉전 후 워싱턴은 이미 주변 정보기관들로부터 나오는 위력을 실감하고 있었다. '*상호협력(give and take)*' 그리고 '*타협(compromise)*' 그리고 '*정치적 공정(political correctness,* 사회적 약자들에 대해 차별적인 언어 사용과 행동을 피하는 원칙. 흔히 PC라고 말한다)' 같은 용어를 현 연방제도 속에서 생존의 조건으로 만들어내는 것을 보면서. 이제 그 연방 제도는 특별한 종류의 행정가를 양육하고 있었다. 정보 요원보다는 좀 더 정치적 동물을 말이다. 잭은 그러한 부류의, 즉 망망대해의 표면을 떠돌고 있는 사람에 대해 염려했다. 그러한 곳에 월시 같은 사람들이 있었다. 하느님 감사합니다. 그리고 또한 슈펠 같은, 모든 결정적인 의사결정마다 승진을 고려하여 행동하기를 꾸물거리는, 혹은 정중하게 사양하는 사람들도 있었다. 국가의 안보에 문제가 되는지의 여부는 관계없이 말이다.

"실례하겠습니다, 여러분." 문이 노크 소리도 없이 열렸다. 슈펠의 젊고 말쑥한 보좌관인 제이슨 리들리가 FBI 특수요원 프랭크 헨슬리를 안내하며 회의실로 들어왔다. 정중하게 고개를 끄덕이고 나서 리들리는 재빨리 자리를 떠났다. 슈펠은 일어나서 그 남자와 악수를 나누었다. 바우어는 이미 서 있었다.

"헨슬리 특수요원, 이름은 익히 들어서 알고 있습니다." 라이언 슈펠이 말했다. "데니스 스페인 씨로부터 전화를 받았습니다. 뉴욕의 윌리엄 치버 상원의원의 수석 보좌관말입니다. 그가 당신이 방문할 거라고 언급하더군요."

"치버 상원의원은 얼리 사건에 대해서 예의 주시하고 계십니다." 헨슬리가 대답했다.

"이쪽은 CTU 특수요원 잭 바우어입니다. 그가 공격팀을 지휘해서 말하셨던 그 사람을 체포했습니다."

프랭크 헨슬리는 미간이 좁은 눈을 통해 바우어를 응시했는데, 그의 눈은 진한 암청색이어서 거의 검은색에 가까웠다. 진한 눈썹과, 반질반질하게 뒤로 빗어 넘긴 텁수룩한 검은 머리 아래로 보이는 헨슬리의 냉소는 얼굴 위에 영구적으로 고정된 듯이 보였다. 턱 모양, 얇은 입술 그리고 매부리코까지 모두 약간씩 틀어져 있었는데, 마치 그 남자의 영원한 우거지상과의 더 나은 조화를 위해서인 것 같았다. 키가 잭만큼이나 큰 헨슬리는 약간 마른 편이지만 다부져 보였고, 딱 맞춘 진회색 양복, 민무늬의 하얀색 이집트 면 셔츠, 밝은 푸른색 타이 차림이었다.

"헨슬리 특수요원." 잭이 손을 내밀었다.

헨슬리는 주먹을 움켜쥐듯 손을 꽉 쥐고 나서 허리에 손을 편안하게 놓았다. "당신이 바로 그 작자로군요, 2년 동안의 땀, 피, 그리고 노력을 날려버린."

잭도 팔을 내렸다. "무슨 말인지 모르겠군요."

"나는 2년 동안 노력을 기울였는데 그 중 9개월은 비밀 첩보 활동이었죠. 단테 얼리를 기소하는 데에 필요한 증거를 수집하느라 말이요. 그 사건은 거의 마무리 되었어요. 레드 후크에 있는 은신처에서 그를 체포하려던 참이었는데, 그의 일당들과, 은닉한 총기와 마약까지도…," 슬슬 격분하기 시작하던 헨슬리는 주먹으로 다른 쪽 손바닥을 향해서 철썩 소리가 나도록 세게 쳤다. "우리는 얼리 그 개자식을 끊임없이 감시했어요. 도청장치들과 전자 감시장비도 갖추고 말이오. 내 동료는 그 빌어먹을 집음용 증폭기를 가지고 6주 동안이나 그 자식 주변을 따라다녔단 말이오."

잭은 눈도 깜박거리지 않았다. "사정이 그러한데, 어떻게 얼리가 로스앤젤레스에까지 나타나서 화물 항공기를 향해 대공미사일을 조준하게 되었단 말입니까?"

대답을 하는 대신, 헨슬리는 고개를 돌려 닫힌 문을 응시했다. 선량한 눈길로 20초 정도쯤. "이틀 전, 얼리는 우리의 감시망을 빠져나갔어요." 그가 마침내 말했다. "내 동료를 죽이고 달아났죠. 훔친 신용카드와 가짜 신분증을 사용해서 캘리포니아로 날아간 거죠. 그 다음에 들은 건 당신이 그를…."

"동료분의 일은 유감입니다." 잭이 말했다.

헨슬리는 고개를 끄덕였다. "당신 또한 오늘 누군가를 잃었다고 들었습니다, 바우어 특수요원."

잭은 주제를 바꾸었다. "다시 한 번 말해 주겠습니까, 어떻게 얼리의 체포에 관한 소식을 들었는지?"

헨슬리는 능글맞은 미소를 지었고, 이내 표정을 감추면서 눈살을 찌푸렸다. 찰나의 표정이었지만 헨슬리가 거짓말을 하고 있다는 것과, 자신과 라이언이 속고 있다고 바우어가 의심을 사기에는 충분했다.

"얼리에게는 많은 동료 패거리들이 있습니다. 이곳 LA에 말이죠. 시카고와 디트로이트 역시 마찬가지고요." 헨슬리는 부드럽게 말했다. "우리는 다른 FBI 관할구역 사무소들과 공조하여 전국지명수배를 내렸고, 운 좋게도 오늘 아침 비밀 스파이 요원 중 한 명이 그를 사우스 센트럴 지역에서 봤답니다. 막 급습하려던 참이었는데…."

"우리가 당신 일에 끼어들었단 말이군요." 잭이 유감스럽다는 미소를 억지로 내보이며 말했다.

"게다가 그 상황에서 너무 많은 무력을 사용했죠." 헨슬리가 덧붙였다.

"그자의 동료들이 접근 중인 항공기를 향해서 지대공 미사일을 막 발사하려는 참이었습니다. 조치를 취할 수밖에 없었습니다." 잭이 대답했다.

헨슬리는 모호한 표정을 순간 번득였다. 그는 시선을 바우어를 향해 겨누었다. "그 미사일 발사장치를 회수했습니까?"

라이언 슈펠이 두 사람 사이에 끼어들었다. "불행하게도 그 미사일 발사장치는 유실되었습니다. 단테 얼리의 동료들이 그들의 도주 차량 안에서 자폭했을 때 말이죠."

슈펠은 그들이 회수한 메모리 스틱에 대해서는 언급하지 않았다. 잭은 그것이 의도적이었다고 확신했는데, 그건 라이언 역시 헨슬리가 거짓말을 하고 있다고 의심한다는 뜻이었다.

헨슬리가 눈살을 찌푸렸다. "그러면 이런 터무니없는 주장들을 뒷받침할 만한 어떠한 증거도 가지고 있지 않다는 말이군요, 그렇습니까?"

"말하려는 바가 뭡니까, 헨슬리 요원?"

"글쎄요, 슈펠 씨. 단테 얼리가 지난 2년간 미국 국경을 넘나들며 무기들을 밀수해온 것은 틀림없는 사실입니다. 그러나 그는 신중함과는 매우, 대단히 거리가 먼 사람이죠. 그런 무기들을 사용한 걸로 봐서는 말입니다. 그러니까 단테의 그 알량한 패거리들이 체포를 피하려고 자폭을 저질렀다는 견해는…" 헨슬리는 코웃음을 치면서 머리를 흔들었다. "그들은 도시의 양아치들일 뿐이에요, 일본의 가미가제나 이슬람교의 테러분자들이 아니라. 자살은 그들의 스타일이 아니란 말입니다."

슈펠을 외면한 채, 헨슬리는 잭을 바라보았다. "당신네 대원들이 수많은 총알들을 마구 쏴댄 것이 그 승합차를 폭발시켰을 가능성도 있지 않을까요?"

"없습니다." 잭이 침착하게 말했다. "그럴 가능성은 전혀 없습니다."

헨슬리는 잭의 적개심을 감지하고 한 발 물러섰다.

"좋습니다. 사정이야 어쨌든 당신들이 FBI 수사에 대해서는 알 수 없었겠지요. 게다가 당신네같이 새롭게 결성된 부대는 걸음마를 배우기 전에 몇 번은 넘어질 뻔하기 마련이니까."

헨슬리는 암청색 눈을 잭에게 고정시켰고, 잭은 모욕을 애써 무시하면서 눈길을 피했다. 잭은 헨슬리가 능숙한 협잡꾼이라는 사실을 이해했다. 이제 바우어가 솜씨를 발휘할 차례가 되었다.

"보세요." 잭은 회한을 느끼는 듯한 적당한 음조로 시작했다. "FBI는 이번 수사에 많은 시간을 투자했습니다. 그 점은 이해합니다. 하지만 우리 역시 얼마간의 땀과 약간의 피를 흘렸습니다. 사상자 발생 사건에 딸려 있는 모든 보고서를 처리해야만 하는 사실은 말할 것도 없고요."

잭은 팔을 헨슬리의 어깨에 슬쩍 올려놓았다. "지금 당장

나가서 단테 얼리를 우리가 함께 조사해 보는 건 어떨까요? 그자는 몇 시간 동안 그 독방에 앉아 있었습니다. 내가 부드럽게 달랠 테니, 당신은 그와 하고자 하는 거래를 하면 될 겁니다. 나는 조금도 참견하지 않겠습니다. 내가 보고서를 작성할 수 있을 만큼의 충분한 정보만 얻으면, 당신은 그 포로를 뉴욕으로 데려갈 수 있고 우리는 피차 발뺌할 수 있는 변명거리를 얻는 겁니다."

헨슬리는 머리를 가로저었고, 잭은 그가 그렇게 나올 것을 이미 눈치채고 있었다.

"그렇게 할 수는 없소, 바우어. 얼리는 진술을 하든 안 하든 간에 적어도 대여섯 건의 개별적인 수사에 영향을 끼치고 있으니까. 물론 FBI 수사죠."

"그러면 당신의 상관에게 이야기를 좀 해보죠." 잭이 말했다. "어쩌면 뭔가 풀어나갈 수 있을 겁니다."

또다시 헨슬리는 머리를 가로저었다. 이번엔 그 능글맞은 웃음을 전혀 숨기려 들지도 않았다. "그들도 역시 취조실에 앉히기를 원하고 있어요. 얼리는 한마디로 월척이거든요. 수많은 양반들이 그물에 걸리기만을 바라고 있어요. 하지만 뉴욕 연방수사국 절반이 단지 그와 몇 마디 나누기 위해 여기 CTU로 날아올 만큼 중요하진 않단 말입니다."

"내가 뉴욕으로 날아가면 되겠군요." 잭이 말했다.

헨슬리는 눈을 깜박거렸다. 잭이 밀어붙였다. "당신은 FBI

전용기를 타고 왔겠죠, 그렇죠? 나는 그걸 얻어 타고 당신과 함께 동부 해안으로 가겠습니다. 되돌아올 때는 민간 항공기를 타지요."

잭은 슈펠에게 지원 요청의 눈길을 보냈다. 라이언은 경고의 눈빛을 쏘아댔지만 판을 뒤엎지는 않았다.

"잭의 제안은 일리가 있습니다." 라이언이 말했다. "내 생각엔 치버 상원의원께서도 이 타협안에 만족하실 것 같습니다. 그래도 미심쩍은 게 있다면, 내가 스페인 씨와 이 문제에 대해 지금 바로 이야기를 하도록 하죠." 그런 다음 슈펠은 전화기를 향해 손을 뻗는 감탄할 정도의 인상적인 연기를 보여주었다.

잭은 억지로 웃음을 숨겨야만 했다. 슈펠이 무엇이 가장 중요한가를 판단하고 행동을 하다니, 그건 다시는 못 볼 수도 있는 멋진 장면이었다.

헨슬리는 손을 들어올렸다. "좋습니다, 당신이 이겼어요. 하지만 만약 이것이 시간을 끌거나 당신 혼자서 얼리와 이야기하기 위한 어떤 계략이라면, 잊어버리시오. 그는 CTU와 어떠한 거래도 흥정하지 않을 것이요. 그 점을 확실히 하기 위해서 밖에 있는 두 명의 연방 보안관들을 지금 이 순간부터 뉴욕시에 도착할 때까지 단테 얼리와 동행하게 할 겁니다."

잭은 팔짱을 끼고, 헨슬리의 눈길과 마주했다. "그는 내 포로입니다. 그리고 CTU 규약상 단테 얼리는 당신의 관할구역에 도착할 때까지는 내 감독 아래 있어야 합니다. 그 말은 그 자는 내 손목 쪽으로 수갑이 채워져야 한다는 것을 의미합니다. 명확하게 확실히 하자는 겁니다. 내가 주위에 없을 땐 어느 누구도 그와 이야기하려고 해서는 안 된다는 것을요."

헨슬리는 고개를 끄덕였다. "좋습니다, 바우어 요원. 당신이 원하는 대로 하죠. 하지만 뉴욕에 바퀴가 닿자마자, 단테 얼리는 내 겁니다."

1

다음 이야기는 오후 9시부터 오후 10시 사이에 일어난 것이다.

오후 9:04:52

뉴욕, 퀸스 상공

안정되게 윙윙거리던 제트 엔진 소리가 갑자기 요동쳤다. 잭은 눈을 뜨는 즉시 경계 태세를 취했고, 잠깐이나마 잠이 들었다는 사실에 깜짝 놀랐다. 그는 비행기 좌석에, 그것도 단테 얼리의 바로 옆에 앉아 있었고, 그 수배자는 여전히 그의 팔에 한 쌍의 니켈로 도금된 강철 수갑으로 묶여 있었다. 두 명의 연방 보안관들은 통로 건너편, 또 다른 의자 무리 속에 앉아 있었다. 젊은 보안관의 좌석은 뒤로 젖혀져 있었는데, 그는 입을 벌린 채 잠들었고 부드럽게 코를 골고 있었다. 나이든 남자는—대략 마흔 살로—깨어 있었지만, 거의 경계를 하지 않고 병에 담긴 물을 홀짝거리면서《스포츠 일러스트레이티드》잡지의 모서리가 접힌 책장을 훌훌 넘기기에 여념이 없었다.

프랭크 헨슬리 특수요원은 어디에도 모습이 보이지 않았다. 그는 LA 국제공항을 이륙하자마자 곧장 별도로 구분된 객실로 들어갔고, 그 이후로는 모습을 나타내지 않았다. 잭은 앞쪽 객실에 침상이 있어서 헨슬리가 몇 시간이나마 잠을 잘 수 있는 기회를 활용하고 있을 거라고 짐작했다.

헨슬리를 보면서 바우어는 적들에게 포위당한 요새화된 마을에서 안전하게 몸을 숨기고 있는 한 군인을 연상했다. 피할 수 없는 공격을 기다리는 대신, 공격적인 지휘관은 초계병들을 내보내서 적들을 찔러보는 선부른 행동을 저지르곤 한다. 헨슬리의 가시 돋친 말들은—잭에게, CTU한테, 심지어 라이언 슈펠에게까지 쏘아댔던—세상이 가까이 다가오지 못하도록 헨슬리 스스로가 세운 심리적인 방어책으로부터 주의를 돌리기 위해 박자를 조절한 것처럼 보였다.

잭은 일어나 앉아 수갑이 채워진 손목이 허용하는 한까지 죽 기지개를 폈다. 그런 다음 주위를 둘러보았다. FBI 전용기는 민간 항공기처럼 설계되지는 않았다. 일반적인 기내 좌석들처럼 열이 없었고, 몇 좌석씩 무리지어 있을 뿐이었다. 모두 합쳐 약 십여 개 정도. 일부 좌석들은 고정된 탁자 주위에 놓여 있었고, 나머지는 동체를 따라서 창문 가까이에 놓여 있었다. 비행 승무원 또한 없었다. 그들을 대신하고 있는 것은 꽉 들어찬 냉장고 한 대, 커피메이커 한 대, 전자레인지 한 대였다.

잭은 미리 동부서머타임(Eastern Daylight Time)에 맞춰 놓은 손목시계를 힐끗 보았다. 거의 35분 가량 잠들어 있었음을 알아차렸다—지난 15시간 동안 가장 긴 휴식이었다. 바우어는 몸을 앞으로 숙이며 얼굴을 문질렀다. 그런 다음 포로를 확인했다. 단테 얼리는 FBI 전용기가 이륙하고 '안전벨트 착용' 표시등이 꺼지자마자 몸을 웅크려 둥글게 말았고, 그 상태로 빠르게 잠들어 버렸었다. 잭은 그를 흔들어 깨웠고, 얼리는 곧바로 화장실에 가게 해달라고 요구했다. 여전히 수갑에 함께 묶여 있었기 때문에 잭은 포로를 앞쪽으로 호송했고, 그런 다음엔 스스로 해결하도록 했다. 비좁은 공간인 화장실에서조차 두 사람은 한마디도 나누지 않았다.

그들이 객실로 돌아왔을 때, 잭은 헨슬리가 모습을 다시 드러낸 것을 보고 놀랐다. 그 FBI 요원은 두 명의 연방 보안관들과 함께 탁자들 중 한 곳에 앉아 있었는데, 연방 보안관들은 정신을 차렸는지 외견상으로는 경계를 취하고 있었다. 헨슬리는 바우어와 포로가 들어오는 것을 쳐다보았고, 곧바로 자신의 PDA(휴대용 정보 단말기)에다 자료를 입력하는 작업으로 되돌아갔다. 장벽. 잭은 그것이 여전히 그자리에 놓여 있음을 알았다. 헨슬리는 그가 이제까지 만나봤던 사람들 중 가장 전문적인 법 집행기관의 요원이었다—아니면 뭔가 다른 일이 그의 반쯤 감긴 눈 뒤에서 벌어지고 있는 중이었다.

"벨트를 매시오. 5분 내로 착륙할 예정이니까." 헨슬리가 명령했다. 가느다란 막대 모양의 판독용 펜을 작은 PDA 화면 위에 그대로 유지한 채로.

잭은 얼리를 창문 근처에 있는 좌석으로 밀어넣었다. 그런 다음 포로를 벨트로 고정시켜 주저앉혔다. 자신의 벨트도 고정시킨 후 그는 창밖을 내다보았다. 저 멀리 아래로 퀸스 자치구의 깜박거리는 불빛들이 눈앞에 펼쳐진 광경을 볼 수 있었는데, 부드러운 금빛이 검보라색 밤하늘을 배경으로 한층 더 빛나 보였다. 잭의 위장이 울렁거릴 정도로 항공기가 급강하했고, 그런 다음 수평 비행을 유지하면서 활주로를 향해 최종 진입을 시작했다. 날카롭게 울어대는 소리에 이어서 쿵 하는, 착륙 장치가 전개되는 신호가 들렸다. 보조 날개가 내려가면서 항공기는 과감하게 속도를 줄였다.

잭은 곁눈질로 헨슬리가 좌석 벨트를 풀고 일어나서 기지개를 켜는 모습을 지켜보았다. 보안관들은 그에게 별다른 관심을 두지 않은 채 창밖 혹은 전방을 바라보고 있었다. 헨슬리는 다른 사람들에게서 등을 돌렸고, 재킷 안으로 손을 뻗어 PDA를 양복 안주머니 속으로 조심스럽게 집어넣었다. 손이 다시 밖으로 나왔을 때, 거기엔 '글록 19(Glock, 오스트리아 총기류 제조사)' 한 정이 쥐어져 있었다. 준소형이고 9mm 표준 탄환을 사용하는 반자동 강화플라스틱 권총으로 무기 감지기에도 검출되지 않는다. 한 번의 부드러운 동작으로 헨슬리는 안전장치를 풀었고, 격철을 뒤로 잡아당겼다. 그런 다음 그는 돌아서서 권총을 두 보안관 중 몸집이 큰 쪽을 향해 겨누었다.

그 남자는 글록을 보았고, 놀라움에 입이 벌어졌다. 그때 한 발의 총성이 객실 전체에 울려 퍼졌다. 생명을 잃은 경찰관은 머리 뒷부분이 터져나가자 돌발적으로 경련을 일으켰지만, 안전벨트가 그를 의자에서 쓰러지지 않도록 유지시켰다. 핏덩어리가 시체 뒤쪽의 담갈색 플라스틱 패널로 튀었고, 걸쭉한 검은색 방울이 바닥 쪽으로 흘러내렸다.

충격을 받은 또 다른 보안관이 헨슬리를 멍하니 바라보는 사이 잭은 P228로 손을 뻗었다. 바우어가 총집을 풀어 총을 꺼내 드는 순간, 단테 얼리가 움직임이 자유로운 손으로 잭의 얼굴을 정통으로 가격했다. 잭은 비틀거리며 턱에서 화끈거리는 통증을 느꼈다. 시그사우어는 손에서 떨어져 나갔고 건너편 바닥으로 튀었다. 바우어는 얼리의 손이 자신의 목을 찾아서 더듬는 것을 느꼈다—움직임을 방해하는 수갑 때문에 소용이 없었지만. 얼리가 계속해서 잭의 목을 조르기 위해 애를 쓰는 동안, 잭은 안전벨트를 풀어서 좌석 밖으로 몸을 빼냈고 손목의 바로 윗부분으로 얼리의 턱 아래를 강타했다. 얼리의 머리가 뒤쪽으로 홱 젖혀졌다.

그 사이 권태로운 표정을 짓고 있던 헨슬리는 두 번째 보안관의 이마를 쏘았다. 그 젊은이는 자신의 업무용 리볼버를 꺼내보지도 못했다. 그런 다음 그는 몸을 돌려 무기를 잭 바우어를 향해 겨누었다. 하지만 CTU 요원은 단테 얼리의 몸을 방패로 삼아 뒤로 숨은 채, 팔뚝으로 무기력한 포로의 목을 단단히 감고 있었다. 욕설을 주절대던 헨슬리는 글록을 빈 의자 위로 내려놓더니, 자신의 FBI 업무용 리볼버를 꺼내들고 두 남자를 향해 총구를 겨누었다.

"쏘지 마." 단테 얼리가 구슬프게 말하면서 움직임이 자유로운 팔을 파멸을 피하기 위해 뻗었다. "젠장, 쏘지 말란 말이야."

"당신 포로의 말을 듣는 게 좋을 거야." 잭이 야유하듯 말했다. "나를 해치우려면 단테를 그대로 관통해야만 할 테니까." 잭은 말을 하면서 바닥에 놓여 있는 자신의 총을 힐끗 보았는데 너무 멀리 있어서 어떤 도움도 되지 못했다.

헨슬리의 애매모호한 눈빛이 표독하게 변했다. "자네 꽤 웃기는군, 바우어. 뭣 때문에 너는 내가 저 양아치 개자식을, 그것도 내 파트너를 죽인 놈의 목숨을 신경 쓸 거라고 생각하는 거지?"

잭이 불안하게 지켜보는 가운데 헨슬리는 방아쇠에 걸린 손가락을 죄었다.

오후 9:16:07

로스앤젤레스, CTU 본부

"제 가방은 제가 들 수 있어요, 정말 감사합니다!" 젊은 여성은 공항으로 그녀를 마중 나와 CTU 본부까지 차로 모셔다주는 임무를 마친 경호전문회사 수행원에게 요금을 지불했다. 그녀는 그 수행원의 호의를 사양하면서 이중으로 된 유리문을 통과했다.

젊은 여성은 꺽다리에다 너무 말랐지만, 보라색 초미니 스커트와 몸에 꼭 끼는 검은색 타이츠 아래 드러난 다리는 군살없이 튼튼했고 근육질이었다. 발에 비해 큰 사이즈의 '닥터 마틴' 부츠가 페인트칠을 하지 않은 콘크리트 복도 위에서 또각또각 소리를 내는 가운데, 길고 가느다란 팔이 꽤 부피가 큰 여행용 가방을 뒤에서 끌었다. '바람 계곡의 나우시카'(미야자키 하야오 감독의 애니메이션, 1984) 티셔츠 뒤로 가죽 끈으로 둘러맨 분홍색 '헬로 키티' 배낭에는 개인용 컴퓨터, 휴대전화기, MP3 플레이어, 그리고 PDA가 각각 한 대씩 들어 있었다. 옆으로 둘러멘 커다란 검은색 가방이 연약해 보이는 어깨에 매달린 채, 그녀가 내딛는 힘찬 걸음걸이에 맞춰서 흔들거렸다.

그녀가 빠른 속도로 앞으로 걸어가는 것을 본 경비원은 재빨리 보안 데스크를 돌아 나와 진로를 가로막았다. "그 자리에 멈추세요, 아가씨. 그 안으로 들어가시려면 출입허가증이 필요합니다."

"제가 보안허가증을 발급받을 시간 정도는 있어요. 하지만 그러면 숙박할 곳을 찾을 겨를이 없잖아요? 이런, 그러니까 내 말은, 뭐 그렇게 서둘지 않아도 돼요. 그냥 호텔 하나만 잡아주시면 된다구요!"

젊은 여성의 머리는 가냘픈 체구 때문인지 좀 커 보였다. 그녀의 어렴풋한 얼굴 생김새와 큰 입매는, 비단결 같은 길고 곧은 검은색 머리카락 뒤로 가려져 있었고, 얼굴에 비해 지나치게 큰 검은 테의 안경 덕택에 겨우 구별되었다. 커다란 렌즈 뒤에는 크고, 호기심이 많아 보이는 아몬드 모양의 눈이 있었다. 그녀의 유일한 화장은 검은색 아이라이너뿐이었다.

젊은 여성이 커다란 신발을 참을성 없이 톡톡 두드려대는 동안, 경비원은 그녀의 CTU 신분증과 워싱턴 D.C. 사무소로부터 전속 발령을 확인했다. 마지막으로 그는 탁자 위에 고정된 디지털 카메라로 그녀의 사진을 찍은 다음, 그녀에게 CTU 시설 전부가 아닌 일부 시설에만 접근을 허용하는 자기(磁氣) 띠가 붙은 작은 플라스틱 신분증을 건네주었다.

젊은 여성은 공식적으로 출입 절차를 끝내자마자, '아메리칸 투어리스터' 가방을 툭 걷어차서 끌기 편하도록 기울였다. 그런 다음 그 가방을 자신의 뒤를 따라 구르도록 잡아끌면서 CTU의 분주한 지휘본부의 중심부로 힘차게 걸어갔다. 기술자들과 분석가들은 그녀의 주변을 종종걸음 치고 다니면서도 무시한 채 이 부서에서 저 부서로 분주하게 움직이고 있었다.

"이봐요! 이곳 책임자와 이야기를 하고 싶다구요."

니나 마이어스가 그 외침을 듣고서 자리에서 일어났다.

"무슨 일이죠?"

그 아가씨는 여행용 가방을 내려놓고 눈앞에서 걸리적거리는 몇 가닥의 머리카락을 입으로 불어버렸다. 그녀는 니나에게 뼈만 앙상한, 매끄러운 상아빛 피부의 손을 내밀었다. "제 이름은 '대수 민'이에요. 여기 계신 누군가가 제가 오는 것을 알고 있을 텐데요."

"당신이 그 소프트웨어 전문가?"

젊은 여성은 고개를 끄덕였다. "만약 그게 한국에서 만들어진 거라면 제가 충분히 해킹할 수 있죠."

니나는 놀라움을 감출 수 없었다. 그녀는 나이도 좀 있고, 경험도 많은 사람을 기대했었다. 어쩌면 전직 군 출신으로, 남북한의 비무장지대에 관한 전문가일 거라고—아니면 적어도 '성인'이거나. 대수 민은 17살쯤 되어 보였고, 행동거지는 더 어리게 보였으니까.

니나는 그 여자와 악수를 했다. "반가워요. 나는 니나 마이어스에요. 아가씨는…."

"친구들은 나를 도리스라고 불러요."

니나는 그녀의 가방을 들어올렸다. "따라오세요, 팀의 나머지 사람들을 소개시켜 줄게요."

제이미는 자신의 자리에서 시간별 보고서를 작성하고 있는 중이었는데, 마일로 프레스만이 그녀의 어깨 쪽으로 다가왔다. "이봐, 저기 좀 봐."

그녀는 마일로의 눈길을 좇았다. "세상에. CTU에서 지금 초등학생을 모병 중인가?"

"빨리, 모니터를 보고 있는 척해." 마일로가 속삭였다. "저들이 이쪽으로 오는 것 같아."

니나와 도리스가 다다랐을 때, 마일로와 제이미는 겉보기에는 정보 자료의 바다에 푹 빠져 있는 것처럼 보였다. "일을 방해해서 미안해요." 니나는 비꼬는 기색 없이 말했다. "소개시켜 주고 싶은…."

"도리스예요. 반가워요."

"마일로는 보안시스템 전문가이고, 제이미는 수석 프로그래머예요. 당신은 이번 임무 기간 동안 이들과 함께 일하게 될 거예요."

마일로와 제이미는 눈빛을 교환했다. 니나는 예비용 워크스테이션 쪽으로 건너가서 전원을 켰다. "제이미, 그 메모리 스틱에서 우리가 복원한 암호화된 데이터 전부를 6번 워크스테이션으로 보내주겠어요, 도리스가 예비 평가를 시작할 수 있게요?"

제이미가 언짢은 얼굴을 했다. "잭이 얼리 사건과 관련된 모든 자료에 4급 기밀 취급허가를 부여해 놓았는데…."

"괜찮아요. 나는 도리스에게 '3급' 기밀 코드를 부여할 거예요."

니나의 등 뒤에서 마일로가 제이미를 향해 침울한 표정을 지어 보였다.

"설마, 농담하신 거죠." 제이미가 이의를 제기했다. "저도 아직 3급 취급허가를 받지 못했어요. 여기서 근무한 지 6개월이 지나도록요."

니나는 벌떡 일어서며 앉아 있는 제이미를 굽어보았다. "자리에 위협을 느끼는 거예요? 만약 그렇다면 이해할게요. 하지만 걱정하지 말아요, 이 상황은 일시적인 것뿐이에요. 도리스가 암호를 해독할 때까지만요."

마일로는 도리스가 키보드 앞에 앉는 것을 지켜보았다. 일 분도 지나지 않았는데 그녀는 데이터의 분리 작업을 시작했다, 진짜와 가짜를 골라내 가면서. 그는 듬성듬성 난 염소수염을 긁었다. "작업하는 속도를 보니, 뭐 그리 오래 걸리지는 않겠는데…."

오후 9:21:51

뉴욕, 퀸스 상공

단테 얼리는 헨슬리 특수요원의 손에 들린 무기의 총구를 빤히 내려다보고 있었는데, 눈은 부릅떴고 입술엔 땀을 흘렸다. 잭 바우어의 팔뚝은 그의 목을 죄고 있었다.

"도대체 무슨 짓을 하려는 거야?" 단테가 부릅뜬 눈으로 헨슬리를 응시한 채 컥컥거리며 말했다. "이건 우리가 이야기했던 게 아니잖아. 이건 거래에 없는 거잖아."

잭은 얼리를 뒤에서 껴안은 상태에서 자신 쪽으로 끌어당겼고 그의 귀에 대고 말했다. "무슨 거래? 말해, 헨슬리와 어떤 거래를 했는지."

"입 닥쳐, 너희 둘 다." 헨슬리가 말했다.

얼리는 잭을 무시하고 헨슬리를 노려보았다. "당신이 날 죽이면 모든 거래는 날아가게 될 거야."

바우어는 얼리를 질질 끌면서 뒤로 물러섰다. 그의 등뼈가 여압실(與壓室, 기압이 일정하게 유지되는 객실) 벽에 닿은 게 느껴졌다. 그는 위험을 감수하고 창밖을 힐끗 쳐다보았다. 지표면에 빠르게 다가오고 있어서 잭은 고속도로 위에 있는 자동차들과, 사람들이 있는 분주한 도심의 거리들도 볼 수 있었다.

"지금 쏴서 동체에 구멍을 내면, 객실의 압력이 떨어질 거야." 잭이 경고했다.

헨슬리가 움찔했다. “지면에 거의 다 이르렀어. 그 정도 위험은 감수해야지.”

엔진의 윙윙거리는 소리가 점점 두드러지면서 항공기가 속도를 감소하기 시작했다. 한순간 난기류가 항공기를 흔들어댔고, 그 영향으로 헨슬리의 다리가 휘청거리면서 조준이 흐트러졌다. 우려했던 대로 얼리는 몸부림을 쳐대며 바우어가 꽉 쥐고 있는 팔뚝에서 벗어나려 했지만, 잭은 더욱 견고하게 붙잡았다. 잠시 후, 헨슬리가 안정을 되찾고 조준을 제대로 했다. “내가 말한 대로일세, 바우어. 바퀴가 활주로에 닿는 즉시 얼리는 내 소유야.”

곁눈질을 통해서 잭은 창문 바깥쪽에서 어떤 섬광을 보았다. 헨슬리 역시 그것을 보았다. 번쩍이는 오렌지색 물체가 무리지어 있는 낮고 평범한 콘크리트 건물들로부터 비행기를 향해서 피어올랐다.

잭이 얼리를 객실 바닥으로 밀쳐내는 순간, 눈부시게 노란 불덩어리 하나가 비행기의 우측 창문들에서 번쩍거렸다. 내부 경보음이 울려댔고 비상용 산소 마스크가 천장 칸에서 떨어지는 동시에 항공기가 갑자기 기울었고 실내등이 깜박거렸다.

곧바로, 큰 폭발음이 닥쳐 귀청이 터질 듯한 가운데, 충격파가 창문들을 박살냈다. 객실 내부는 갑자기 최대 속도로 가동하는 건조기의 내부와 흡사해졌다. 종이, 컵, 방석, 잡지, 넵

킨 따위의 못 박혀 고정되지 않은 모든 것들이 객실 주의를 날아다니거나 아니면 밖으로 빨려 나갔다.

잭은 엔진들이 항공기의 고도를 유지하기 위해서 극도로 가동되고 있는 소리를 들었다. 곧이어, 엔진들이 멈추었고 바퀴들이 활주로 위로 쿵 내려앉았지만, 착륙 장치가 그 충격을 감당하기엔 너무 무리였다. 타이어들이 터지고, 강철 버팀대가 뚝 부러지면서 착륙 장치가 꺾이고 말았다. 불타는 항공기는 좌현 쪽으로 꺼떡거리다가 동체를 콘크리트 바닥에 부딪쳤고, 억수같이 뿜어대는 뜨거운 백색 불꽃들을 꼬리에 달아 질질 끌면서 미끄러져 나아갔다.

오후 9:32:18

로스앤젤레스, CTU 본부

토니의 유선 전화기가 울렸다. 책상 너머로 손을 뻗어 수화기를 들었다. "알메이다입니다."

"해병대 대위 한 분이 보안 데스크에서 방문 수속 중인데 마이어스 양을 만나 뵙기를 요청하고 있습니다. 그런데 참모장님이 호출에 응답하지 않고 있어서요."

"니나는 시애틀 지부의 빌 뷰캐넌과 화상 회의 중이에요." 토니가 대답했다. "내가 그리로 바로 가죠."

토니는 그의 컴퓨터에 잠금 설정을 하고 보안 데스크로 향했다. 가는 도중에 그는 제이미의 자리에 들러 그 수상한 메모리 스틱에 관한 최신 출력물을 집어 들었고, 그것을 팔 안쪽에 껴둔 서류철 속에다 찔러 넣었다. 그는 그 전에 우선 그것을 힐끗 보았고, 지난 두 시간의 이른바 '전문가 분석'을 통해서도 아무것도 발견하지 못했다는 것을 알고 실망했다.

보안 데스크에서 토니는 해병대원들이 모두 평등하게 태어나지 않는다는 사실을 발견했다. 이 남다른 대위는 말총머리 모양으로 묶은 금발, 푸른색 군복 정장 차림의 죽여주는 몸매, 두 개의 은색 선장(線章)과 잘 어울리는 맑고 푸른 두 눈을 가지고 있었다.

"대위님." 토니가 그녀에게 미소와 함께 손을 내밀며 말했다. "알메이다 요원입니다. 여기 CTU의 정보 책임자죠."

거의 토니만큼 키가 큰 그 여성은, 드러내놓고 미적 가치를 감상하는 그의 눈길을 마주하자 그의 손을 꽉 움켜쥐었다. "제시카 슈나이더 대위입니다. 대한민국에 있는 특수화기 분석부대의 지휘관입니다."

그녀의 이름이 그의 기억 세포들을 자극했지만, 그 정황은 생각나지 않았다. "로스앤젤레스에 오신 것을 환영합니다. 저와 함께 가시죠. 필요하신 정보는 제가 알려드리겠습니다."

그들이 분주한 지휘본부를 통과하며 이동하는 동안, 슈나이더 대위가 군인다운 거동을 취하는 사이 토니는 그녀의 제복에 장식된 약식 훈장들과 부대 기장(旗章)들을 판독했다. "해병대 제1사단." 토니가 알아챘다. "당신과 저는 어느 정도는 똑같은 굴욕을 견뎌낸 것처럼 보이는군요."

희미한 미소가 그녀의 도톰한 입술에 걸쳤다. "당신도 해병대원?"

"예전에요."

"온갖 재미가 그립겠군요. 그 시절 말이에요."

토니는 텍사스 특유의 약간 느린 말투를 식별해 냈는데, 그가 감지한 또 다른 실마리는 주목할 만한 것이긴 했지만 아직까지 관련성을 알아내진 못했다. 그들은 사이버-분석과 앞에 도착했다. 토니는 키 카드를 잠금 장치에 밀어 넣고 문을 열었다. "여기 CTU에서도 재미있는 일들이 많이 있죠."

토니는 슈나이더 대위에게 의자를 권한 다음, 메모리 스틱에 대한 최신 보고서를 그녀의 코앞에 내밀었다. "이게 우리가 알아낸 겁니다, 지금까지요."

슈나이더 대위는 서류철을 펼쳤고, 그것을 죽 넘겨 보았다. 그녀는 그 물건을 찍은 사진 두 장을 들어 올리더니 면밀하게 살폈다. 잠시 후, 그녀는 주머니 안쪽으로 손을 집어넣었고 테가 있는 독서용 안경을 꺼내 품위 있게 썼다. "이 메모리 스틱을 어디에서 발견했죠?"

"오늘 아침, LA 국제공항에서요." 토니가 대답했다. "그것은 테러 용의자의 손에 들린 어떤 발사관들 배열체에 부착되어 있었어요. 그 장치는 견착 발사용(shoulder-fired) 대공 미사일 발사장치 같았어요. 불행하게도 우리는 테러분자와 그 장치 모두를 잃고 말았죠. 그 일당이 체포당하는 것을 피하려고 자폭해 버렸거든요."

슈나이더 대위는 서류철을 닫았다. "당신들이 회수한 이 데이터 스틱은 최첨단 휴대용 대공 미사일 발사장치에 들어가는 한 부품이에요. 북한의 호전적인 정권이 개발한 것으로 추정되고 있죠."

토니는 깊은 인상을 받았다. "확신하는군요."

"예전에 한 번 본 적이 있어요. 그 발사장치를요, 메모리 스틱이 아니라."

"한국의 비무장지대에서요?"

슈나이더 대위가 머리를 가로젓자 그녀의 금발 말총머리가 까닥까닥 움직였다. "텍사스와 멕시코 사이의 국경에서요. 약 8주 전, 마약단속국이 마약 중독자들을 급습하는 과정에서 어떤 발사장치를 손에 넣었죠. 그 시스템은 상당히 진보된 형태더군요. 그것에 대해서 '롱 투쓰(Long Tooth)'라는 암호명이 펜타곤에서 부여되었어요. 그 발사장치는 연결된 두 개의 사격용 발사관들과, 미사일 자체에 접속해서 작동시키는 컴퓨터 프로그래밍 장치 하나를 가지고 있어요. 불행하게도 미사일은 단 하나도 회수하지 못했기에 우리도 그것의 위력은 아직까지는 몰라요."

"어떻게 해병대에서 그것에 관한 내용을 알게 되었죠? 마약단속국이 군부와 정보를 공유하고 있는 줄은 미처 몰랐는데요."

"제가 알게 된 건… 개인적인 인맥을 통해서예요. 하원정보감독위원회 소속의 누군가를 알고 있거든요."

토니 알메이다는 순간 눈을 깜박거렸고, 저도 모르게 나오려던 신음소리를 가까스로 억눌렀다. "당신 아버님, 그분이 혹 텍사스의 로이 슈나이더 하원의원?"

대위가 끄덕였다. 불편함을 감추기 위해 그녀는 화제를 돌렸다. "그 메모리 스틱에서 어떤 데이터라도 복원한 게 있나요?"

"그건 암호화되어 있습니다. 현재 북한의 소프트웨어에 대한 전문가가 암호를 풀기 위해 노력 중에 있습니다. 진척된 보고 사항은 없습니다."

슈나이더 대위는 곧바로 그것을 느꼈다. 즉각적인 냉담함. 그녀의 아버지에 대한 한마디 언급, 그 결과는 이러했다. 군더더기를 잘라낸 단축어, 긴장한 태도, 조심성 있는 시선. 그녀는 놀라울 정도로 얼마나 빨리 그 사람이 태도를 바꿨는지 생각했다. 그녀는 CTU 요원의 반응에 깜짝 놀랐다기보다는 적지 않은 실망을 했다. 그가 그렇게 쉽게, 그리고 충분히 예상한 대로, 모든 사람들과 마찬가지로 똑같은 추정을 했다는 데에 대해서. 그녀가 얼마나 열심히 일을 했건, 그녀가 무엇을 성취했건 간에, 매번 동료들이 그녀의 아버지의 신원을 깨닫는 순간마다 그들은 그 즉시 능력보다는 족벌주의를 통해서 그녀가 지위와 신분을 얻었다고 추정하니까.

슈나이더 대위는 일어섰고, 그 서류철을 팔 안쪽에 끼었다. 그녀가 말을 꺼냈을 때, 그녀는 원래 목소리에다 싸늘함을 덧붙였다. "알메이다 요원. 당신네 그 전문가를 만나서 암호 해독이 얼마나 진행되고 있는지를 직접 보고 싶습니다."

오후 9:41:24

존 F. 케네디 국제공항

잭이 처음으로 느낀 감각은 고통이었다. 늑골이 상한 것 같았다. 뭔가 따뜻하고 끈적거리는 것이 머리에서 얼굴 옆으로 똑똑 떨어졌다. 그는 뭔가 치직거리는 소리를 들었다. 꼼짝도 하지 않은 채, 잭은 한쪽 눈을 슬며시 떠서 머리 근처의 부서진 패널에 매달려 덜렁거리는 전선 하나를 발견했다. 흘끗 아래를 내려다봤을 때 강철 수갑이 여전히 손목에 채워져 있는 것이 보였지만, 사슬의 반대편 끝에는 한 쌍의 빈 수갑뿐이었고 열쇠는 주머니에서 사라져버렸다. 잭은 크게 심호흡을 하다가 짙은 연기에 목이 막힐 뻔했는데, 순간적으로 단순히 안개가 낀 상황으로 생각했던 것이다.

항공기의 실내 비상등이 여전히 작동 중이었고, 기체는 이상한 각도로 틀어져 있었다. 잭은 자신이 한쪽 구석으로 내던져졌으며, 비행기 좌석이 받침대에서 떨어져 나와 그를 보호했다는 사실을 깨달았다. 가늘게 눈을 뜬 그는 속눈썹 사이로 얼리가 비상구 근처에 서 있는 것을 보았다. 그는 문을 여는 데 애를 먹고 있었다. 충돌의 영향으로 아마도 출입구가 찌그러진 모양이었다.

휘청거리면서 연기를 헤치던 조종사가 앞쪽 객실로부터 모습을 드러냈고, 허리춤에서 권총을 서투르게 만지작거렸다. 얼리는 그 자리에 얼어붙었는데, 무장하지 않은 데다 의지할 것도 없었다. 그때 한 발의 총성이 크게 울렸고, 또 한 발이 뒤따랐다. 조종사는 뒤에 있는 차단벽 쪽으로 나가떨어졌으며, 바닥에 부딪히기도 전에 죽었다. 프랭크 헨슬리가 어둠 속에서 모습을 드러내며 글록을 재장전했다.

그는 얼리를 쳐다보았다. "바우어는 어디 있지?"

"젠장, 내가 왜 널 도와줘야 하지, 친구? 자네는 조금도 거리낌 없이 나를 쏘려고 했잖아."

"멍청하게 굴지 마." 헨슬리가 대답했다. "허풍 떨어본 거야. 일부러 거칠게 말한 것뿐이라고. 너도 그딴 것들은 다 알잖아. 어쨌거나, 방금 저 조종사를 쏴서 너를 구해줬잖아."

얼리는 수갑에 쓸려 따끔거리는 손목을 문질렀다. 그런 다음 견고한 비상구 문짝을 걷어찼다. "바우어는 저쪽에 있네,

친구. 망할 놈의 의자 아래에. 어찌되든 상관없잖아. 우리가 살아서 여기를 빠져 나갈 수는 없을 테니까…."

헨슬리는 잭이 있는 쪽을 힐끗 쳐다보았고, 바우어의 다리가 잔해 더미에 깔려 꼼짝 못하고 있다는 것을 알아차렸다. 그는 라텍스 장갑과 손수건을 주머니에서 꺼내서는, 장갑을 끼고 글록을 손수건으로 조심스럽게 닦아냈다. 그런 다음 글록을 왼손으로 바꿔 쥐고, 업무용 리볼버를 오른손으로 꺼내 들고 바우어에게 접근했다.

반쯤 감은 눈을 통해서 잭은 헨슬리를 지켜보고 있었다. 그러나 불타는 항공기 안에서 시체놀이를 하는 것은 더 이상 선택사항이 아니었다. 그는 행동해야만 했다. 헨슬리가 의자를 끌어내 치워버리는 순간, 잭은 머리 위쪽 전선을 붙잡고 여전히 불꽃을 일으키는 그 끝 부분을 헨슬리의 왼팔에다가 찔렀다. FBI 요원은 길게 울부짖으며 뒤로 나가떨어지는 동시에 리볼버를 발사했고 글록을 손에서 떨어뜨렸다. 총알은 잭을 비켜가 버렸고, 그는 몸을 구르면서 글록을 낚아챈 후 거꾸로 엎어진 좌석을 엄폐물 삼아 뒤로 뛰어들었다.

"그를 죽여 버려!" 얼리가 미쳐 날뛰었다. 치직거리는 화염 소리와 펑 하고 강철들이 파열하는 소리 너머로, 멀리서 사이렌 소리가 들려왔다. "빨리 그를 제거하는 게 좋을 거야. 만약 그가 사실을 털어놓으면…."

"닥쳐!" 헨슬리는 잠시 잭을 살펴보고는 사격을 개시했다.

얼리는 머리를 붙잡은 채로 울먹이고 있었다. "나는 여기서 죽고 싶지 않아."

꼼짝도 할 수 없던 잭은 탈출구를 찾아 주변을 둘러보다가 1.5미터 정도 떨어진 곳에 있는 비상구 하나를 발견했다—그곳까지는 탁 트인 공간이었다. 그는 거기에 도달해서 레버를 풀어야만 했고, 그리고 그것이 찌그러져 있지 않기를 바라야만 했다. 물론 헨슬리가 그를 명중시키기 전에 말이다. 잭은 그 가능성이 1할도 채 되지 않는다고 생각했지만 선택의 여지가 없었다.

갑자기 부서진 항공기가 다시 요동을 쳤는데, 외부 어딘가에서 연속적인 폭발이 일어나고 있었다. 연이은 폭발의 위력은 비행기를 뒤흔들어댔고, 탑승객들도 이리저리 튀어다니게 했다. 그후 두 가지 일이 벌어졌다. 헨슬리가 바닥에 고정된 탁자 쪽으로 휙 내던져졌다. 그 너머로 몸이 뒤집히면서 머리를 세차게 부딪치는 바람에 그의 업무용 리볼버가 단테 얼리의 발아래로 굴러갔다. 또 하나는 찌그러졌던, 좀 전까지 단테에게 전혀 양보할 기색이 없던 출입구가 덜컥 열리면서 질식할 것만 같던 객실에 시원한 밤공기가 가득 차기 시작했다.

얼리는 망설이지 않았다. 헨슬리의 무기를 집어 들고 비상구를 통해 뛰어내렸다. 잭은 고함을 지르며, 휘청거리며 두 발로 섰다. 여전히 글록을 손에 쥔 그는 동일한 비상구 쪽으로 뛰어갔고, 출입구 앞에 멈추어 서서 얼리의 진로를 바라보았다. 그런 다음 그는 몸을 돌려 헨슬리를 찾기 위해 노력했지만, 그러기엔 연기가 너무나 짙었다. 동체 내부의 질식할 듯한 어둠 속에서 그는 살해된 연방 보안관 중 한 사람의 시체에 부딪쳤다. 잭은 그 남자의 재킷 안으로 손을 넣어서 장전된 브라우닝 하이-파워 한 자루와 여분의 탄약을 찾아냈다.

잭은 선택을 해야만 했고 최선이 어느 쪽인지를 알았다. 그는 헨슬리를 찾는 것을 포기했다. 그 대신 박살난 항공기 밖으로 기어 나왔고 포장도로를 가로지르며 달리기 시작했다. 도망자 얼리를 뒤쫓아서.

오후 9:52:09

로스앤젤레스, CTU 본부

마일로 프레스만은 자신의 워크스테이션 앞에 앉아 있었는데, 제이미 패럴의 칸막이와 도리스가 작업장을 차린 예비용 컴퓨터 스테이션 사이에 위치해 있었다.

마일로는 한 시간이 넘도록, 누가 듣거나 말거나, 일 때문에 퇴근도 못하고 여자 친구와 떨어져 있게 되었다며 푸념을 늘어놓고 있었다. 아무래도 한솥밥을 먹는 동료들 모두가 애정 파괴범 같은 사람들이 되었다며 제이미 패럴에게 투덜거렸다.

"이봐." 제이미가 말했다. "네가 무슨 일을 하는지 그녀가 이해하거나 아니면 이해 못하거나 둘 중 하나라고."

"티나가 예전엔 이해하곤 했어요. 그런데 지금은 이해를 못해요."

마일로의 주머니에서 다운로드 받은 그린 데이(Green Day, 미국의 락 밴드)의 벨소리가 흘러나왔다. 물론 티나였다. 휴대폰 대화는 곧장 말싸움으로 변질되었다. 제이미와 도리스는 마일로의 속셈에 대한 모든 단어를 들었다. 그가 통화를 은밀히 하려고 일부러 애쓰지는 않았으니까.

제이미는 도리스가 약간 감을 잡을 수 있도록 해주었다.

"당연히 나한테 다른 여자가 있는 건 아니지." 마일로가 여자 친구에게 말했다.

"아니겠지," 제이미가 속삭였다. "하지만 토니가 너한테 슈나이더 대위를 소개시켜줄 때 보니까 확실히 뭔가를 기대하는 눈치던데."

도리스는 커다란 안경을 검지로 밀어 올렸다. "대체 저 아가씨는 우리가 갖지 못한 뭘 갖고 있는 거죠?"

제이미는 어깨를 으쓱하고는 미소를 지었다. "금발머리, 부자 아빠, 그리고 남자들을 침 흘리게 만드는 늘어진 섹시한 말투."

도리스는 미소로 화답하며 머리를 흔들었다. "제복을 입은 바비 인형이 따로 없네. 세상은 너무나 불공평하단 말이야."

오후 9:55:21

존 F. 케네디 국제공항

"헨슬리 요원! 헨슬리 요원!"

사이렌이 울부짖고 비상등이 번쩍거렸다. 멀리 거대한 비행기 격납고가 불타오르는 가운데, 오렌지색 화염들이 검은 밤하늘을 핥듯이 널름대고 있었다. 한 소방관이 시커먼 두 손을 입 주위에 컵 모양으로 갖다대고 헨슬리의 이름을 한 번 더 외쳤다.

다른 대원들도 이름을 부르기 시작했고, 그들의 커다란 목소리들 뒤로 대여섯 개의 손전등에서 나온 강렬한 빛줄기들이 이어졌고, 불빛 기둥들이 연기로 자욱한 어둠을 헤치고 일렬로 나아갔다. 비행기 잔해 속 깊숙한 곳에서 누군가 콜록거렸다.

"저쪽이다! 누군가 살아 있다." 한 소방관이 소리쳤다.

회색 줄무늬 양복을 입은 한 땅딸막한 남자가 석면포 차림의 응급 구조대원들을 밀치고 지나가며, 부서진 기체를 에워싼 방화 거품을 철벅철벅 튀겨댔다. 발이 미끄러지는 데도 그는 부러진 날개 위로 기어올랐고 비상구를 살금살금 통과해서 선실 안으로 들어갔다. "프랭크! 자넨가? 자네 여기 있나?"

"이쪽이네." 목소리 하나가 힘없이 소리쳤다.

"그쪽으로는 들어갈 수 없습니다." 한 소방관이 외쳤다. "그쪽 날개엔 아직 연료들이 있습니다. 이 항공기가 충격에도 폭발하지 않은 것은 기적입니다."

특수요원 레이 굿맨은 그 남자의 말을 무시했다. "프랭크, 말해 보게. 프랭크." 그가 다시 소리쳤다.

소방관들 중 한 명이 가리켰다. "누군가 저 너머에서 움직이는 것 같습니다."

몇 분 후, 굿맨과 그 소방관은 프랭크 헨슬리를 잔해 밖으로 데리고 나왔다. 헨슬리는 두 사람 사이에 축 늘어진 채로 매달려 앰뷸런스에 이르렀다. 즉시 의료보조원들이 헨슬리를 들것 위로 올려놓고, 그의 얼굴에 산소마스크를 씌웠다. FBI 요원은 완전히 걸신이 들린 듯 공기를 들이켰다. 굿맨 요원이 그의 눈앞에 어렴풋이 나타났다.

"도대체 어떻게 된 건가, 프랭크?"

헨슬리가 머리를 흔들었다. "모르겠네··· 어떤 미사일이, 내 생각엔···."

"미사일이었네, 그래 맞아." 굿맨이 끼어들었다. "단테 얼리는 어떻게 됐나? 보안관들은, 그들은 모두 총을 맞은 것 같던데."

헨슬리가 끄덕였다. "그건 그 CTU 요원의 짓일세, 잭 바우어. 어떻게 그가··· 그는 글록을 숨겨서 탑승한 게 틀림없네. 조종사가 최종 진입을 하고 있을 때, 바우어가 총을 쏘기 시작했네. 보안관들을 살해하고…."

헨슬리는 마치 물 밖으로 나온 물고기처럼 헐떡였다. 한 의료보조원이 그를 안정시켰지만 그는 응급대원을 밀어내며 일어나려고 발버둥쳤다. "비행기가 지면에 부딪쳤을 때, 바우어가 조종사도 역시 쏴버렸네. 그런 다음 그는 얼리의 탈출을 도왔네…."

"진정하게, 프랭크."

"자네는 이해 못해." 헨슬리는 산소마스크 뒤에서 신음하며 끙끙 댔다. "그 놈을 막아야 해, 잡아야 하네. 사살하든 생포하든 간에. 잭 바우어는 배신자이자 살인자야, 그러니 놈을 꼭 막아야 해…."

2

다음 이야기는 오후 10시부터 오후 11시 사이에 일어난 것이다.

오후 10:02:02

로스앤젤레스, CTU 본부

“잭 바우어와 용의자 단테 얼리를 뉴욕 시로 수송하던 FBI 항공기가 30분 전 착륙하던 도중 불시착했습니다.”

충격을 받은 채 믿을 수 없다는 목소리들이 지휘본부 안에서 터져 나왔다. 니나 마이어스가 유리로 둘러싸인 잭의 사무실로 이어지는 철제 계단을 막 내려왔다. 그녀는 그들의 직속상관의 상황에 대한 최신 정보를 알리기 위해 위기대응 팀 전원을 소집했다. 그룹의 중앙에는 토니 알메이다, 제이미 패럴, 그리고 마일로 프레스만이 서 있었다. 도리스와 슈나이더 대위는 한 걸음 물러난 채 경청하고 있었다.

"아직까지는," 니나 마이어스는 여기저기서 웅성대는 가운데 말을 이었다. "무슨 일이 일어났는지 공식적인 담화는 없습니다. 비공식적으로 저는 비행기가 JFK 공항에 착륙할 당시 격추되었다고 추정하고 있습니다. 아마도 단테 얼리가 정보 당국에 비밀을 누설하는 것을 막기 위해서였을 테죠. 소방대원들과 응급구조대원들이 추락 현장에 지금 막 도착했답니다. 불이 붙은 잔해들이 근처의 격납고 내부에 옮겨 붙어 보다 큰 화재를 일으키는 바람에 구조대가 현장에 접근하는 것을 방해하고 있답니다…."

제이미의 얼굴은 매우 창백해졌다. "그러면 생존자가 있는지를 알 수 없단 말이군요."

"아직 어떠한 말도 없습니다…."

"잭은 새로운 CDD(Cyclic Delay Diversity, 4세대무선데이터 전송기술) 위성 통신기를 가지고 있어요. 교신을 시도해 볼 수 있습니다." 제이미가 제안했다.

"잠시 더 기다려보도록 하죠. 우리는 '라디오 사일런스'(radio silence, 무선 침묵. 전파를 발사할 수 있는 장비의 전부 또는 일부가 통신보안상의 이유로 일정 시간 동작을 중지하고 있는 상태)를 준수해야할 의무가 있어요. 통신 규약을 따라야만 합니다. 잭은 작전 현장에 있어요. 우리에게 연락을 취할 겁니다."

제이미가 입술을 깨물었다. "그래도 추적 장치를 작동시켜 봐야겠어요."

니나가 끄덕였다. "그 통신 방법을 가동시키세요, 하지만 명령을 받을 때까지는 신호를 전송하지 마세요. 우리 외 나머지 사람들에게도 '위협경고 시각(Threat Clock)'이 동부서머타임에 맞춰 3시간 앞당겨진다는 점을 통지하세요." 그녀는 손목시계를 힐끗 보았다. "그 시각을 10시 5분 52초로 맞추겠습니다. 여러분들의 초정밀시계들, 부서의 시계들, 그리고 개인용 계시기들도 시간을 똑같이 맞추세요."

"잭에게서 연락이 올 때까지 우리는 무엇을 하죠?" 토니가 질문했다.

"정말 잭한테서 연락이 올까?" 마일로가 속삭였다.

"우선, 모두가 뉴욕 시로부터 흘러나오는 모든 통신들을 감시해 주었으면 합니다." 니나가 말했다. "즉, 긴급 무선 통신, 경찰 무선 주파수대, 소방서와 의료 관공서, 교통국, 시 그리고 주정부의 보안 주파수들, 전부 다."

대원들이 각자의 자리로 돌아가기 시작했다. 마일로는 휴대전화가 주머니 속에서 울리는 소리를 들었다. 그는 발신자의 신원을 확인했고, 마음속으로 신음을 내질렀다. 의심할 여지가 없는 티나의 또 다른 눈물어린 음성 메시지.

"한 가지 더요." 니나가 소리쳤다. "CTU는 지금 공식적인 감금 상태에 있습니다. 현재의 위기 상황이 해결되기 전까지는 아무도 이 건물을 떠날 수 없습니다… 예외는 없습니다."

마일로는 욕설을 내뱉고는, 휴대전화의 덮개를 열어 티나의 저장된 전화번호를 수신 거부로 돌려놓으려고 했다. 제이미 패럴이 손을 뻗어서 휴대전화의 덮개를 확 닫아버렸다.

"상황이 우리 손에 달렸어, 마일로. 일을 시작해. 너와 네 여자 친구와는 다른 날을 잡아서 키스를 하고 노닥거릴 수도 있잖아."

오후 10:28:52

뉴욕, 퀸스

그 선술집의 상호는 '타티아나스(Tatiana's)'였다. 저급한 싸구려 술집으로 퀸스의 한 공업구역에 있는 막다른 길의 맨 끝에 위치해 있었다. 콘크리트 벽돌로 지은 건물에 두꺼운 대형 유리 블록으로 창들을 낸 타티아나스는 파란색 전기 네온으로 장식되어 있었고, 채광창 하나와 위성접시 하나가 지붕에 달려 있었다. 잡동사니가 널려 있는 주차장에는 한껏 멋을 부린 SUV들, 고성능으로 개조한 차들, 할리-데이비슨 대형 오토바이, 그리고 어중간하게도 뉴욕 번호판을 단 최신형 검은색 메르세데스 한 대가 빽빽이 들어차 있었다.

타티아나스는 도시의 그늘진 이 지역에 있어서 활동의 중심지였고, 연방기관의 구속에서 달아난 단테 얼리의 목적지였다. 공항에서의 혼란을 틈타 도망쳐 나온 얼리는 JFK 공항의 경계 울타리를 빠져나왔고, 혼잡한 고속도로를 가로지른 다음, 황폐한 2층짜리 연립주택들을 지나쳤다. 마침내 그는 콘크리트, 먼지, 그리고 낙서로 가득한 버림받은 공업지역에 들어섰다—낙서들 중 가장 마지막 것은 갱의 표식으로 보였다. 작은 공장들과 자동차 부품 수리점들이 군데군데 움푹 패인 거리의 양쪽을 따라 줄지어 있었는데, 간간이 가시철사로 위쪽을 두른, 길게 뻗은 철조망 울타리로 막아 놓거나 덧문을 꽉 닫아놓은 버려진 건물도 있었다.

무덥고 후덥지근한 밤중에 보이지 않는 그림자처럼, 잭 바우어는 도망자의 한 걸음 한 걸음을 집요하게 추적했다. 비록 맨해튼과 비교하여 어디쯤에 있는지 확신하지는 않았지만, 잭은 아직도 JFK 공항과는 가깝다는 것을 알았다. 왜냐하면 2분 혹은 그 정도마다 비행기들이 머리 위로 낮게 으르렁거리며 최종진입을 시도했기 때문이었다. 이내 잭은 CDD 통신기 속에 장착된 GPS 시스템을 작동시키고 자신의 정확한 위치를 측정하려고 했다. 하지만 잭은 어떠한 이유로도 추적을 멈추는 위험을 감수할 수는 없었다. 단테 얼리가 빠르게 움직이고 있었으므로 잭은 그가 최종 목적지에 도착할 때까지 그림자처럼 미행하기로 결정했다.

버려진 차들의 뼈대들이 길게 뻗은 거리에 어질러져 있었고, 다양한 모델의 차량들에서 뜯겨져 나온 잡다한 부속품들도 같이 나뒹굴고 있었다—좌석들, 범퍼들, 찢어진 타이어들,

운전대들. 찹 샵(chop shop, 훔친 차를 해체하여 그 부품을 파는 곳)의 천국이라고 잭은 추측했는데, 그것은 그가 마침내 타티아나스에 도착했을 때 단골손님들의 성향을 알기 쉽게 해주었다. 잭은 도망자가 삭막한 거리의 가운데를 따라 걸어 내려오며, 네온이 번쩍거리는 떠들썩한 선술집으로 향하는 것을 지켜보았다. 오래전에 유행한 랩 음악이 출입문을 통해 흘러나오는 가운데, 건장한 이탈리아인 용모를 가진, 올리브색 피부의 젊은 사내가 헐렁한 청바지와 몸에 딱 달라붙는 소매 없는 티-셔츠를 걸친 채 비틀거리며 밖으로 나와서, '할리'에 기어오르고는 시동을 걸고 엔진을 한껏 회전시켰다. 먼지 구름 속에서 차퍼(chopper, 앞바퀴에서 핸들 바까지 금속판을 댄 개조한 오토바이)가 으르렁거리며 주차장을 빠져나갔고, 단테 얼리를 지나쳐 도로 위로 올랐다.

잭은 뼈대만 남은 처참한 렉서스 뒤로 헤드라이트를 피해서 몸을 숨겨야만 했다. 껍데기만 남은 자동차 옆으로, 깨지고 녹슨 엔진 덩어리에 잡초들이 싹을 틔웠다. 단테 얼리의 시선은 모터사이클을 좇았고, 그의 눈길은 차퍼가 시야에서 사라진 후에도 한참이나 어두워진 거리 위에서 꾸물대고 있었다. 얼리는 어둠 속에서 고함소리가 들리자 그제서야 마침내 돌아섰다. 잔뜩 주차된 자동차들 틈에서 한 떼의 패거리가 나타났다. 잭은 다섯 명의 히스패닉계 사내들을 가늠해 보았는데, 모두 20대 초반에서 중반이었으며, 똑같이 헐렁한 청바지와 단추 달린 셔츠를 풀어헤쳐 소매 없는 하얀 티셔츠 위에 받쳐 입고 있었다. 푸른색 반다나(bandana, 목이나 머리에 두르는 화려한 색상의 스카프)도 다양한 모양으로 두르고 있었다—머리띠나 스카프처럼. 그리고 저마다 고리 모양을 한 핏빛 가시덩굴 문신을 목 주위에다 하고 있었다.

그 패거리들은 한 지역의 갱단임을 나타내는 표식을 모든 가지고 있었다—똑같은 모양새의 복장, 똑같은 색의 반다나와 문신들. 잭은 LA 경찰청 특수기동대(SWAT)와 함께 했던 작전 활동에서 그런 기초적 것에 관한 지식들을 충분할 정도로 습득했다—손동작, 몸짓, 상징(낙인), 피부색 등. JFK 공항과 근접한 것으로 보아 잭은 자신이 여전히 퀸스에 있다는 것을 알았다. '라틴의 왕들(Latin Kings)'은 그 자치구에서 가장 활동적인 갱단으로 알려져 있었다. 그러나 단테 얼리에게 접근하고 있는 이 패거리들은 트레이드 마크인 다섯 개의 뾰족한 끝을 가진 왕관을 문신 혹은 복장에다 과시하지 않았다.

로스앤젤레스는 수십 년간 갱의 활동이 끊이지 않는 곳이었다. '블러드'(Bloods, LA 지역의 갱단이며 크립스와는 앙숙)와 '크립스'(Crips)만으로도 그 도시를 '드라이브-바이 슈팅'(drive-by shooting, 달리는 차량을 이용한 총격)에 있어서 세계의 수도로 만들었다. 여전히 그들 마약거래 갱단들은 나라 안 거의 모든 주에 걸쳐 '세트(sets)'라고 하는 자발적인 하부 조직 혹은 지부를 가지고 있었다. 그래서인지 그들은 흑인 갱들이 지배적이었지만, 여러 다른 인종의 패거리들도 직접 가입한 경우가 아니라면 전혀 알아볼 수 없도록 그들의 명칭과 상징색(Bloods는 빨강색, Crips는 파란색)을 받아들였다.

잭은 푸른색 반다나 때문에 이들 젊은 사내들이 크립스 패거리들의 일당일 거라고 추측했지만, 크립스는 문신을 선호하는 편은 아니었고 게다가 그들의 목을 둘러싸고 있는 동일한 문신들은 멕시칸 마피아 쪽 같아 보였다. 그 조직은 수십 년 전 캘리포니아 교도소 내에서 출발하였고, 그 후 전국에 걸쳐서 단원들을 확보했다. 그 갱단 역시 푸른색을 선호했지만, 그들의 상징 기호들인 'MM'(Mexican Mafia 머리글자), La Eme(문자 M의 스페인어), '13'(M은 알파벳의 13번째 문자), (삼각형 모양의) 세 개의 점 등은 어디에도 보이지 않았다.

패거리 중 네 명은 그 위에다 진청색 더스터(먼지막이용 긴 외투)를 입고 있었는데, 단추를 채우지 않아서 밤바람에 펄럭이고 있었다. 그 코트는 늦봄의 따듯한 밤에는 어울리지 않았다. 누군가 뭔가 자동화기 같은 것을 숨기고 싶어 하지 않는 이상에는. 갑자기 그 패거리 중 땅딸막하고 체구가 다부진 머리를 박박 밀은 한 사내가 갱 말투를 사용하면서 단테를 불렀다.

"아파치, 내 형제!"(Apache, mi hermano!)

그는 앞으로 나서며, 단테를 힘차게 끌어안았다. 두 남자가 가로등의 불빛 아래에서 서로를 등을 두드리는 동안, 다른 젊은 사내들은 그들 주위를 보호하는 둥그런 모양의 형태를 취했다.

"그래, 아파치다, 그래!"(Ese, Apache! Ese!)

"죽는 날까지, 전사로!"(Hasta la muerte, guerrero!)

그제야 잭은 알았다. 이 사내들은 '콜럼비아 스트리트 파시'라는 단테가 조직한, 어느 쪽과도 동맹을 맺지 않은 브룩클린 기반의 갱단 일원들이라는 것을. 잭은 쏜살같이 길을 가로질러 주차장으로 슬며시 들어가 가장 가까이에 있는 자동차 뒤로 몸을 숨겼다—Z28 카마로 쿠페, 금속성 녹색 바탕에 경주용처럼 하얀색 줄무늬 하나를 넣어 다시 도색한 차였다. 은밀하게 차량들 사이로 걸음을 옮기면서 얼리로부터 3~4미터도 채 떨어지지 않은 곳에 다다랐다. 그들의 대화를 명확히 듣기엔 충분했다.

"여기 오기까지 정말 행운이었네, 전사들," 얼리가 말했다. "그 역겨운 비행기 안에서 죽을 거라고 생각했다고."

머리를 민 사내가 웃었다. "그건 행운이 아니에요, 아파치. 패디(paddy, 아일랜드인을 가리키는 속어)들이 당신을 위해 오늘 밤에 정말로 해냈다고요."

조심스럽게 잭은 머리를 들어 올려 얼룩 한 점 없는 자동차의 유리창을 통해 엿보았다. 두 남자가 불빛 속으로 걸어 들어왔다. 정중하게 갱단 사내들이 길을 터주었다. 새로운 남자들은 여름용 맞춤 양복을 흠잡을 데 없이 차려 입었다. 잭은 두 사람 중 젊은 쪽인, 불타는 듯한 빨간 머리에 술 취한 듯 발그레한 얼굴을 한 사내는 30대 중반으로 추정했다. 다른 한 쪽은 적어도 10년은 더 들어보였고, 넓은 어깨에다 날카로운 인상 그리고 어두운 회색의 머리카락을 갖고 있었다.

단테 얼리는 두 남자를 바라보았다. "자네들 솜씨 좋더군." 그가 말했다.

빨간 머리가 이를 드러내며 씩 웃었다. 그가 말을 하자, 아일랜드 사투리가 진하게 나왔다. "선물을 가져왔소, 아파치. 당신의 수고에 대한 보답이요."

빨간 머리가 검은색 메르세데스의 트렁크를 전자 키로 소리내며 열었다. 나이 든 남자가 안으로 손을 넣어서, 서류가방 하나를 꺼냈다. 잭은 트렁크 안에 더 잘 들여다보기 위해서 노출될지도 모르는 위험을 감수하면서 자동차 뒤에서 조심스럽게 몸을 일으켰다. 트렁크 전등의 흐릿한 불빛 속에서 잭은 미사일 발사장치 하나를 보았는데, 한 쌍의 강철 발사관이 어슴푸레 빛나고 있었다. 곧바로 트렁크가 닫혔고, 잭은 몸을 다시 숙이면서 습한 밤공기 속에서 숨을 들이쉬었다.

"뭘 해야 하는지는 알고 있을 거요." 은발의 나이 든 남자가 말했는데, 그는 발음엔 사투리가 거의 없었다. "오늘밤 이후, 다시는 연락하지 마시오."

얼리는 서류가방을 받고, 두 사람에게서 등을 돌리고 그의 패거리들과 협의를 시작했다. 두 남자는 한가롭게 걸어가서 메르세데스에 기대어 그들이 상의하는 것을 지켜보았다. 잭은 글록을 허리띠에 찔러 넣은 다음, 짙은 회색 재킷 안쪽으로 손을 넣어 CDD 통신기를 다시 꺼냈다.

오후 10:41:14

로스앤젤레스, CTU 본부

니나 마이어스의 사무공간에 있는 스피커가 치직거렸다. "제이미에요. 잭 바우어와 연결이 되었어요."

"잭을 내 스피커폰을 연결시켜줘요. 당신도 같이 들었으면 해요. 그리고 가능하다면 마일로에게도 연결해줘요."

니나는 토니 알메이다와 라이언 슈펠에게 그녀의 칸막이 너머로 손짓을 했다. "잭이에요."

"잭? 어떻게 된 건가? 자네는 괜찮나?" 라이언은 짐짓 사무적인 말투로 물었다. 긴박한 속삭임 속에서 잭은 지난 한 시간 동안의 사건들을 요약했다. 그는 그들에게 헨슬리의 보안관들 살해, 비행기의 격추, 얼리의 탈출, 타티아나스 주차장에서의 접선, 두 명의 아일랜드 인과 그들의 자동차 트렁크 내부의 미사일 발사장치 등에 관해 이야기를 했다.

"그건… 글쎄, 대단한 이야기로군, 잭." 라이언이 미심쩍다는 듯이 말했다. "이것을 뒷받침해줄 만한 어떤 거라도 있나?"

"아직까진 없습니다." 잭이 대답했다. "하지만 어떤 차량이든 확보해서 그 메르세데스가 어디를 가든지 뒤쫓을 작정입니다. 제가 미사일 발사 장치를 손에 넣고 그들을 체포한다면, 우리는 이 문제를 해결할 수 있습니다."

"그 포로는 어떤가?" 라이언이 말했다. "단테 얼리를 그냥 도망치도록 놔둬서는 안 되네."

"제가 CTU로 위치 신호를 보내고 있으니까 제이미가 제 소재를 정확히 잡아낼 수 있을 겁니다."

몇 초 후, 제이미가 말했다. "됐어요, 잭이 모니터에 잡혔습니다. 지금 그 지역의 격자 지도를 마주 겹치는 중이에요."

"나는 신경 쓰지 마, 제이미." 잭이 말했다. "추적장치를 작동시켰으면 좋겠는데."

"정말 그렇게 하기를 원해요, 잭?" 토니가 이의를 제기했다. "그 화학 건전지는 대략 12시간밖에 사용할 수 없어요."

"바라건대, 필요한 시간이 그뿐이면 좋겠군. 그렇게 해, 제이미. 추적장치가 제대로 작동하는지도 알아야 하니까."

잠시 후 제이미가 신호를 전송했다. 잭은 위험을 무릅쓰고 갱단의 회합을 엿보았다. 그 회합은 끝나고 해산하는 중이었다. 단테 얼리와 문신을 한 남자는 흰색 SUV에 올라탔는데, 대화가 더 남았는지 꾸물거렸다. "서둘러, 제이미. 이제 그 추적장치가 필요해."

"그 사람의 신호를 잡았어요. 당신의 위치로부터 20미터도 채 되지 않아요." 제이미가 약간 지체한 후 말했다. "그런데 문제가 하나 있어요, 잭. 이곳과 뉴욕과의 거리 때문에 위성 중계에 있어서 22초의 실시간 지연 현상이 발생해요."

"그 정도는 감수하는 수밖에 없어." 잭이 말했다. 그는 메르세데스의 차량 등록 번호를, 그 다음 단테가 타고 있는 SUV의 번호를 제이미에게 일러주었다. "그 번호판들에서 어떤 쓸모 있는 정보라도 캐낼 수 있는지 살펴봐. SUV는 아마도 도난당한 걸 거야. 하지만 다른 차량에 관해서는 뭔가 쓸 만한 것을 찾아낼지도 몰라."

라이언이 목소리를 높였다. "자네, 뭘 어떡할 작정인가, 잭?"

"미사일 발사장치를 실은 메르세데스를 뒤쫓을 겁니다."

"잭! 기다려," 슈펠이 소리쳤다. "그 포로는 어떡하고? FBI는 또 어떡하고? 그들이 조만간 수많은 질문들을 던져댈 텐데…."

하지만 전화는 끊어졌다. 바우어가 대화를 끝내버린 것이었다.

얼굴이 달아오른 슈펠은 니나에게로 돌아섰다. "도대체 여기서 무슨 일이 벌어지고 있는 거야?" 그가 따져 물었다. "만약 우리가 얼리를 놓치면 이 사건을 파헤칠 수 있는 기회마저도 잃어버리는 거라고."

"우리는 얼리를 놓치지 않을 겁니다." 니나가 그를 안심시켰다. "의료팀이 체포 이후에 단테 얼리를 검사하면서 그의 피부 속에다 피하 추적장치를 심어놓았습니다. 우리는 그가 앞으로 12시간 동안 행동하는 모든 움직임을 추적할 수 있습니다."

"그거 다행이군." 라이언이 말했다. "그렇지만 현재로서는 얼리는 방정식의 일부분에 불과할 뿐이야. 우리는 더 많은 것을 알아낼 필요가 있어. 그러니 FBI 특수요원 프랭크 헨슬리에 대해서도 자네가 알아낼 수 있는 모든 것을 찾아내 주었으면 하네. 그리고 그 정보를 한 시간 내로 내 책상 위에 올려놔 주었으면 하네."

오후 10:59:26

타티아나스 주차장

잭이 전화를 끊은 것은 얼리가 흰색 SUV의 문을 닫고, 머리를 민 덩치 큰 사내가 운전석으로 오르는 걸 보았을 때였다. 잠시 후 흰색 익스플로러가 주차된 곳에서 후진했다. 얼리의 패거리들 중 나머지 일원들은 뒤쪽에 그대로 남아서 그들의 두목이 서둘러 떠나는 것을 지켜보고 있었다.

잭은 신발에서 철사 하나를 슬며시 꺼냈고, 그것을 머리 옆에 있는 열쇠구멍 안쪽으로 넣어 서서히 움직였다. 자물쇠를 비틀어 여는 데에는 10초도 채 걸리지 않았지만, 잠시 머뭇거렸다. 실내등이 다른 사람들에게 그의 존재를 알려줄 수도 있다는 염려때문에.

그것보다 잭은 '콜럼비아 스트리트 파시' 갱들이 개머리판이 제거된 소형 우지 기관총을 꺼내는 것을 지켜보았다. 32발짜리 확장 탄창을 총의 하단 부분에 밀어 넣은 다음, 그 장전된 총을 긴 외투 안으로 슬며시 감추었다. 무기들을 감춘 채, 그들 네 명은 타티아나스 정문 쪽으로 향했다.

두 명의 아일랜드인은 그들이 움직이는 것을 지켜본 다음, 검은색 메르세데스에 올라탔다—젊은 사내가 운전석에, 나이가 든 남자는 조수석에. 훌륭하게 튜닝된 엔진이 부웅 거리며 경쾌한 소리를 냈다.

시간이 없었다.

잭은 카마로의 문을 열고 앞좌석 안으로 몸을 말아 들어가서는 재빨리 문을 다시 닫았다. 눈에 띌 위험을 감수하기보다는 계기반 아래로 기어들어가 바깥 가로등의 희미한 불빛 속에서 작업을 했다. 먼저 조심스럽게 운전대 덮개를 떼어내 점화 계통의 내부가 훤히 드러나도록 했다. 닳아 해진 전선들을 억지로 뜯어냈고, 그것들의 피복을 벗겨내 불꽃을 일으키기에 충분할 만큼 금속 부분이 드러나도록 했다.

외부로부터 잭은 메르세데스 엔진의 부웅 하는 소리를 들었는데, 그 순간 그 차량이 그를 지나쳐 갔다. "제발, 제발." 그는 다급하게 식식거렸다.

돌연 차량 내부가 완전히 어두워지면서 가로등의 불빛이 가로막혔다. 잭은 고개를 들었다.

카마로를 둘러싼 한 무리의 화가 난 불량배들이 잭을 내려다보고 있었다. 꾀죄죄하고 적대적이고 꽤 취한 듯한 그들은 지루해졌는지 뭔가 재밋거리를 찾고 있는 중이었다. 그들은 결국 찾아내고 말았다. 젊은이들 중 하나가 씩 웃으며 버터플라이 칼로 묘기를 부렸고, 또 다른 젊은이는 단단한 야경봉으로 그의 손바닥을 찰싹거리며 두드렸다.

"이런 우라질 놈이 내 쿠페에서 뭔 짓을 하고 있는 거야?" 땋아서 늘어뜨린 머리를 흔들거리며 오른쪽 뺨에 번개 모양의 문신을 한 검은 피부의 한 사내가 으르렁댔다. 콘로(cornrows, 머리털을 여러 가닥으로 땋아 머리에 붙인 흑인 머리형) 스타일 머리 모양이 그의 두피를 십자형으로 교차하고 있었다.

잭은 감정을 억누르면서 검은색 메르세데스가 빠르게 사라지는 것을 지켜보았다.

1 2 **3** 4 5 6 7 8 9
10 11 12 13 14 15 16 17
18 19 20 21 22 23 24

다음 이야기는 오후 11시부터 오후 12시 사이에 일어난 것이다.

오후 11:04:12
타티아나스 주차장

잭은 앞유리를 통해서 차를 에워싼 십여 명의 호전적인 얼굴들을, 바라건대 비무장이며 전혀 위협적이지 않다는 눈길로 응시했다. 검은색 메르세데스는 사라졌고, 미사일 발사장치는 그 차의 트렁크 안에 여전히 무고한 생명들에게 알 수 없는 위협적인 존재로 숨어 있었다. 그럼에도 불구하고 잭은 그 심각한 문제는 잠시 옆으로 밀어놓는 수밖에 없었다.

젊은이들에게 맞서면서 싸움이라는 위험을 무릅쓰기보다는 피해갈 수 있을지도 모른다는 요량으로, 잭은 양손을 운전대 위에 올려놓고 그들에게 무장하지 않았다는 사실을 납득시키려 했다. "이봐, 내가 이 일을 해명하겠네. 내 이름은 바우어. 나는 연방요원…."

"네가 그 엿 같은 연방 뭐시기라고?" 번개 문신을 한 덩치 큰 사내가 소리쳤다. 그는 씩 웃으면서 금으로 된 앞니를 드러냈다. "그렇다면 더욱 네 머리에다 구멍을 내야 쓰겠군. 감히 내 애마를 훔치려 들었으니까."

"이봐." 잭이 말을 이었다. "그냥 날 보내주면 이 문제는 다 해결할 수 있네…."

누군가가 문을 확 열어젖혔다. 강력한 주먹들이 안으로 날아들어 잭을 가격했다. 그는 기껏해야 두세 놈만이 실제로 공격하고 있다고 어림잡았다. 패거리들 중 나머지는 뒤로 물러나 지켜보며 자극하는 소리를 내지르면서 구경거리를 즐기고 있었다.

잭에게 달라붙은 사내들이 그를 두들겼다. 잭은 차 안에서 견뎌냈고 저항하지는 않았다. 아직까지는. 그보다 그는 머리를 가슴 안쪽으로 숙였고, 좌석 위에서 몸을 말아 방어적인 태세를 취하면서 약한 부분들을 보호했다. 벨트에 있는 글록도 더불어. 그는 왼쪽 팔로 어깨의 권총집을 보호했는데, 그곳에다 죽은 보안관의 총을, 자신의 총을 잃어버린 직후에 슬쩍 넣어 두었었다. 머지않아 두 무기 모두 필요할 것이다. 그때 휙 하는 소리를 듣는 동시에 느꼈다. 누군가가 그의 머리를 향해 야구 방망이 혹은 각목으로 크게 휘두른 것이었다.

비스듬히 스쳐갔기에 망정이지, 눈에서 불이 번쩍 하는 대신 시체가 됐을지도 몰랐다.

사내들이 잭을 차량 밖으로 끌어내서 포장도로 위로 내동댕이쳤다. 그는 몸을 굴렀고 발길질을 피하면서 그들에게 실망감을 안겨주었다. 결국 번개 문신을 한 덩치 큰 사내가 몸을 구부려 바닥에 떨어진 잭의 무기를 집어들려고 했다. 잭은 있는 힘을 다해서 사내의 사타구니를 걷어찼다. 비명 소리가 밤하늘을 갈랐고, 잭은 다시 한 번 발길질을 날리면서 그 사내의 길게 땋아 늘인 머리털들을 한 움큼 쥐었다. 그는 머리털들을 이용해 그의 머리를 잡아끌어 포장도로에다 내려쳤고, 사내는 기절한 채 침묵해버렸다.

잭은 등을 차에 기댄 채로 글록을 손에 들고 일어섰다. 패거리들 대부분이 그때 흩어져 달아났는데, 차 뒤로 숨거나 거리로 내빼고 있었다. 하지만 다섯 명의 사내들은 그 자리에 그대로 서서 자신들의 총을 급하게 꺼내들었다. 만일 그들이 그때 사격을 했다면, 잭은 이 세상 사람이 아니었을 것이다. 그 대신 그들은 무기를 이리저리 흔들어대는 어리석은 위협 방식을 시작하며 모욕과 협박 들을 퍼부었다.

"총싸움을 하고 싶냐, 후레…."

"형씨, 해보라니까, 방아쇠를 당겨, 그럼 우리도 갈겨…."

"뒤지고 싶냐, 멍청아, 하긴 누구 앞에서 까불고 있는지도 모르니…."

그들은 훈련되지 않았고, 서툴렀고, 특별히 영리해 보이지도 않았지만 엄청 떠들어댔다. 전문가들도 아니고 동네 불량배에 불과했지만, 일단 화력이 우세했다. 5대 1. 잭은 경험상 이런 교착상태는 결코 오래 지속되지 않는다는 것을 알고 있었다. 누군가는 항상 참을성이 없거나 혹은 몹시 겁을 집어먹거나 혹은 멍청하거나 하기 마련이니까, 아니면 세 가지 모두 다거나. 게다가 상황이 어떻게 종료되건 간에, 누군가는 반드시 죽음으로 끝을 맺고 만다.

잭은 이 난국을 풀어야만 했고, 유일한 방법이 어떤 건지도 알고 있었다. 그는 글록을 들어 올려서 조준했다.

오후 11:08:36

타티아나스 선술집

조지 팀코는 네 명의 사내들이 선술집 안으로 걸어 들어오는 순간 그들이 골칫거리라는 것을 알아차렸다.

그 시간까지만 해도 꽤 조용한 밤을 보내고 있었다. 적어도 타티아나스 기준에서는. 몇몇 주먹다짐들이 초저녁에 벌어지긴 했지만, 난투극은 알렉시에 의해 처리되었다. 그는 135kg이 넘는 술집의 경비원이자 실패로 끝난 소련의 아프가니스탄 침공 전쟁의 참전용사였으니까. 올가와 베루, 두 아가씨는 안달이 난 젊은 사내들로부터 짭짤한 팁을 챙기고 있었다. 그 사내들은 달러 지폐를, 그녀들이 무대 위에서 춤을 추건 아니면 플로어 위에서 술을 날라다 주건 간에 그녀들의 몸에 꽉 끼는 끈 팬티 안으로 쑤셔 넣었다. 포켓 당구대 두 대는 모두 사람들로 붐볐고, 단골손님들은—대부분 퀸스의 '모터 클럽'에서 온 폭주족들—대체로 그들끼리 얌전하게 행동하면서 엄청난 양의 맥주를 마셔대고 있었다.

조지는 오늘밤 승리를 확신하고 있었는데—위성 방송이 막 끝났고, 불가리아 축구팀은 경기에서 무척이나 유리했는데도 아르메니아 팀에게 졌다—그것은 조지에겐 엄청난 배당금을 의미했다. 그는 항상 이길 가망이 없는 팀에게 돈을 거니까. 그는 개인용 사모바르(러시아의 물 끓이는 주전자)에다 자축의 의미로 차를 끓였다.

그때, 즉 8분 전에, 푸른색 긴 외투를 입은 사내들이 도착해서는 조지의 저녁 시간을 망쳐놓았다. 그들은 문을 통해 조용하게 들어왔고, 누구에게도 말을 걸지 않았다. 심지어 자기들끼리도. 그들은 이가 없는 노인네 유리도 무시했는데, 그 노인네는 늘상 입구 옆에 앉아 자신의 맥주를 아까운 듯 천천히 마시면서 입장하는 아무에게나, 누군가는 맥주 한 병을 권해줄 거라고 기대하면서 손을 내밀곤 했다.

그 사내들은 심지어 가슴을 드러낸 차림으로 무대 위에서 정신없는 힙합 노래에 맞춰 몸을 흔들고 있던 베루에게조차도 눈길 한 번 주지 않은 채, 벽을 따라 늘어선 칸막이들 중 한 곳에 다함께 앉았다. 전문가의 눈을 가진 조지도 그곳이 정확하게 자신도 선택했을 장소라는 것에 주목했다. 그 칸막이에서 그 사내들은 포켓 당구대에 모여 있는 무리들을 지켜볼 수 있었고, 금전등록기 근처에 있는 알렉시와 카운터 뒤에서 맥주를 꺼내고 있는 니콜로에 대한 경계의 눈길을 유지할 수도 있었다.

올가가 어슬렁거리면서 약간 추파를 담은 농담으로 그 사내들의 관심을 끌기 위해 애써 보았지만, 중얼거리는 주문 이상을 끌어내는 데에는 실패했다. 피처 하나와 머그잔 네 개. 또 다른 불길한 징후.

이제 그 사내들은 맥주를 다 비우고 슬슬 움직이기 시작했다. 그들도 일어난 건 조지가 김을 내뿜고 있는 사모바르에서 차를 따르기 위해 카운터 뒤에 있는 의자에서 일어났을 때였다. 사내들이 그에게 접근하는 동안, 조지는 그들에게서 등을 돌린 채 차에 설탕을 넣고 있었다. 그는 그들의 시선이 그를 지켜보고 있는 것과, 척추의 맨 아랫부분이 따끔거리는 것을 느꼈다. 그가 30년 전 모국인 우크라이나에서 불량 청소년 시절에 습득한 여러 위험 본능 중 하나였다.

그 시절에 위험 요소들은 경찰 혹은 KGB, 즉 서방의 스파이 활동에 대적했던 소비에트 정보기관의 한 지부였다. 하지만 늘상 갈망한 것은 동지를 소비에트 기관에 투옥시켜서 미국 달러를 거래하는 것이었는데, 그 짓을 조지와 그 범죄 조직에 속한 그의 동료들은 정기적으로 저질렀다. 달리 어떻게 소비에트 정권 안에서, 국내 화폐가 인쇄된 액면 금액보다도 훨씬 가치가 없는 곳에서 윤택하게 살 수 있겠는가?

다행히도 조지에겐 미국은 그가 옛 소비에트 연방에서 일상으로 저질렀던 류의 범죄 사업을 하는 데는 비옥한 땅이었다. 그래서 철의 장막이 걷히고 KGB 기록들이 대중에게 공개되었을 때, 조지가 비밀경찰에게 제공했던 특정 정보가 세상에 드러나게 되었다. 그 정보는 우크라이나 마피아에 속한 조지의 경쟁자들에게는 지옥행을 입증했고, 그들 대부분은 시베리아로 보내졌다. 몇몇 다른 이들은, 조지의 평가에 있어서 특히나 더러운 놈들은, 음란한 감옥의 샤워실에서 엎드린 채 생을 마감했고, KGB 간부의 총알들이 그들의 뒤통수에 박히기도 했다. 오로지 그가 제공했던 증거 때문에.

불행히도 그러한 사내들에게는 친척들, 친구들 그리고 공범자들이 있었다. 진실이 밝혀지자 많은 이들이 복수를 추구했다. 그래서 조지는 서둘러 이민을 갈 수밖에 없었다.

여기 미국에서, 경제적으로 억압이 덜한 세상에서 그는 새롭게 시작할 수 있었다. 미국에서는 경찰이 별 문제가 되지 않았고, KGB 같은 파시스트 조직도 존재하지 않았다. 그곳에도 물론 위험요소들이 더러 있었다. 바로 여기 미국에서, 조지를 받아들인 이 나라에서, 그 위험 요소는 무더운 여름밤 더스터를 입은 네 명의 젊은 갱단원들의 방문으로 다가왔다.

조지는 알렉시에게 눈빛을 쏘았다. 그 경비원은 준비가 된 듯 보였는데, 그의 우람한 손이 사냥용 재킷 속 불룩한 부분으로 뻗을 태세였다.

그래, 틀림없이 각오하고 있을 거야, 조지는 깊이 생각했다. *때론 쇠약해진 알렉시가 조금 둔하긴 하지만 말이야.*

조지는 대체로 러시아인들을 경멸했지만, 그의 냉혹한 가슴 속에는 아프간 전쟁의 참전용사에 대한 애착을 늘 품고 있었다. 바로 지금, 긴장된 이 순간에, 문득 이런 생각이 들었다. 자신의 측은한 마음이 오늘밤 그를 죽음으로 이끌지도 모른다고.

그래도 하는 수 없지.

어느 정도의 운명을 직감한 조지 팀코는 차가 든 머그잔의 뜨거운 김을 코로 음미했다. 마치 그것이 마지막인 것처럼. 그런 다음 그는 암살자들에 맞서기 위해 몸을 돌렸다.

바로 그때 큰 혼란이 일어났다—하지만 조지가 기대했던 방식은 아니었다.

갑자기 선술집의 두꺼운 대형 유리 블록으로 된 창들이 폭발하면서 부서진 파편들이 눈사태가 난 것처럼 안으로 쏟아져 들어왔다. 천장에 매달린 조명 시설이 산산조각 나며 뜨거운 불꽃들이 소나기처럼 흘러내리는 가운데, 술집 대부분이 어둠 속으로 빠져들었다. 두 개의 거미줄 모양의 총알 구멍 때문에 카운터 뒤에 있는 벽 전체를 덮은 거울의 매끄러운 표면에 균열을 가기 시작했다. 세 번째 총알이 핑 소리를 내며 팀코의 이마를 지나쳐 벽에 고정시켜 놓은 박제된 들소 머리에 구멍을 뚫었다.

마지막 총알은 1갤런들이(3.8리터) 잭 다니엘 술병을 박살냈고, 그 뒤를 잇는 정적 속에서 조지는 값진 갈색 특효약이 마모된 단단한 재목의 마룻바닥 위로 뚝뚝 흐르는 소리를 들었다.

그 여파가 사라지자, 총격이 시작되었을 때 탁자 아래로 몸을 던졌던 단골손님들은 그제서야 비틀거리며 일어났다. 성난 고함을 지르며 그들은 하나밖에 없는 출입구 주위로 우르르 몰려들면서 동시에 건물을 탈출하기 위해 모두들 안간힘을 썼다.

오후 11:09:47

타티아나스 주차장

그 불량배들이 멍한 상태로 마비가 되어버린 건 잭이 글록을 사람들이 꽉 들어찬 선술집을 향해 발사했을 때였다. 잭은 사격을 하면서 안에 있는 손님들의 머리들보다 훨씬 높이 유지하도록 주의를 기울였다.

곧바로, 위험해 보이는 한 떼의 성난 손님들이 타티아나스로부터 쏟아져 나왔다. 잭은 빈 글록을 떨어뜨리고는 두 손을 들어 올렸다.

술집의 출입구에서, 길고 번지르르한 말총머리의 폭주족 하나가 총을 꺼떡거리고 있는 젊은 사내들 쪽을 가리켰다. "저기 놈들이 있어! 우리에게 총질을 해댄 잡것들이 저기 있어!"

불량배들은 도망치면서 주차된 차량들 사이로 잽싸게 사라져버렸다. 잭은 홀로 서 있었다, 두 손을 든 채로. 폭주족들이 다가왔다, 비우호적인 태도로.

"도대체 무슨 짓을 한 거야?" 한 사람이 고함을 질렀다. 그 사람은 주머니에서 어떤 임시 경관 배지를 꺼내 들었다.

잭은 계속 팔을 올리고 있었으므로 만일 그들이 그의 몸을 뒤졌다면 또 다른 총을 찾아냈을 것이다—그리고 다른 것도. 갑자기 자동 화기의 연속적인 집중 사격이 어두워진 선술집 내부에서 발사되었다. 곧바로 바텐더가 정문을 열어젖히고 튀어나와 거리를 향해 전력을 다해 뛰었다. 그는 몇 걸음을 떼기도 전에 한 줄기의 9mm 탄환들이 출입구를 통과하며 그를 뒤쫓았고, 그의 등에다 피투성이의 붉은 구멍들을 뚫어버렸다. 바텐더는 잠시 비틀거리더니 콘크리트 바닥으로 곤두박질쳤다.

그걸 목격한, 임시 경관 자격을 가진 폭주족 역시 등을 돌리고 달아났고, 고함을 지르는 남자들과 비명을 지르는 끈 팬

티에 하이힐 차림의 두 여자도 일제히 우르르 달아났다. 잭 주변의 모든 엔진들이 시동을 걸기 위해 굉음을 내질렀다. 승용차들, 트럭들, 모터사이클들의 소음으로 인해 요란하게 짖어대던 총성이 묻혀버릴 정도로.

선술집 내부에서는 총격전이 계속되었다. 자동 화기의 사격에 처음으로 맞대응한 것은 어떤 대구경 권총의 단발 총성들이었다. 그때 잭은 귀에 익숙한 소리를 들었는데, 동유럽에서 델타포스로 복무했던 경험으로 쉽게 알아차릴 수 있었다—독특하고 날카로운 소리를 가진 소련제 AK-47 자동 소총.

잭은 그 무기를 선택한 인물에 대해 호기심이 동했다. 또한 단테 얼리가 직접 저격수들을 그 선술집 안에 들여보냈다는 생각이 떠올랐다. 그것은 암살자들이 목표로 삼은 희생자가 무엇이든 간에 지금 전개되고 있는 음모에 연루되어 있다는 것을 의미했다. 이 인물은 미사일 발사장치와, 그리고 그것을 가지고 달아난 두 사람에 대해서 뭔가 알고 있을지도 몰랐다. 잭에게 정말로 행운이 따른다면, 그는 얼리의 암살자들 중 한 명을 생포할 수도 있고, 어쩌면 단테가 어디에 몸을 숨기고 있는지도 알아낼 수도 있을 것이다.

그래서 달아나고 있는 차량들이 타티아나스 선술집으로부터 서둘러 멀어지는 동안, 잭은 브라우닝 하이-파워를 어깨의 총집에서 꺼내들고 건물을 향해 조심스럽게 다가갔다.

오후 11:28:58

로스앤젤레스, CTU 본부

라이언 슈펠은 니나 마이어스와 토니 알메이다에게 최신 소식을 알려주기 위해 제이미의 자리를 찾았다. 제이미는 모니터 상의 격자 지도를 살펴보고 있는 중이었다. 단테 얼리의 GPS 부표가 간헐적으로 깜박거렸다. 다른 한편에선 니나가 마약단속국의 데이터베이스에 접속을 시도하고 있었고, 토니는 잭이 일러준 자동차 번호판을 추적하고 있었다.

"마침내 FBI로부터 소식이 왔네." 라이언이 알렸다. "뉴욕 본부에서 잭 바우어에 대한 체포 영장을 발부했다는군."

제이미가 폭발했다. "말도 안 돼요. 혐의가 뭐죠?"

"두 명의 연방 보안관 살해와 FBI 조종사에 대한 상해. 연방 수감자에 대한 탈출 방조, 바로 단테 얼리."

"라이언, 그게 터무니없는 소리라는 건 잘 아시잖아요." 니나가 말했다.

"나도 그게 억지스럽게 들린다는 건 인정해." 라이언이 수긍했다. "하지만 특수요원 프랭크 헨슬리가 비행기 추락 사고에서 살아남았네. 따라서 그가 그의 상관들과 이야기를 나누었고, 그것이 그의 진술이었다는구만."

"다른 생존자는 없습니까?" 토니가 물었다.

"잭과 단테 얼리를 제외하고 말인가? 조종사뿐일세. 하지만 그는 말할 수 있는 입장이 아니야."

"FBI가 그를 숨기고 있습니까?"

라이언이 불쾌감을 언뜻 내비쳤다. "그 사람은 혼수상태일세, 토니."

알메이다는 슈펠의 말투에 발끈했다. "잠깐만요, 라이언. 어쩐지 사건의 전말에 대한 FBI 측 설명을 믿는 것처럼 들리는데요."

"나는 믿지 않네. 그리고 나는 어떤 것을 불신하지도 않네. 단지 납득이 되기를 기다리는 거지…."

"그렇지만 잭이 말한 것을 들었잖아요. 그는 결백해요, 아시잖아요." 니나가 반박했다.

"그거야 알 수 없는 일 아닌가." 슈펠이 대답했다. "또 다른 목격자가 나설 때까지는 무슨 일이 일어났는지 해석이 분분할 걸세. 앞으로 일어날 일들은 자네들에게 달려 있네. 자네들이 나를 납득시켜야만 할 걸세, 잭 바우어가 말한 것이 진실이라는 것을."

"당신을 납득시키라고요?"

"그래, 토니. 나를 납득시켜 보게나. 왜냐하면 나야말로 상황을 호전시키고 국방장관을 납득시킬 사람일 테니까, 잭 바우어가 분별없이 덤빌 사람이 아니란 걸 말일세."

오후 11:34:27

타티아나스 술집

조지 팀코는 한 탁자 아래에 몸을 웅크리고 있었다. 또한 옆으로 쓰러진 또 다른 탁자를 부족하나마 보호막으로 삼아 주변으로 핑핑 거리며 날아다니는 9mm 탄환들로부터 방어하고 있었다. 여전히 따뜻한 잔을 손에 움켜쥐고 있던 그는 무의식적으로 벌컥 마셨다. 혀를 데어가면서.

어슴푸레한 선술집 내부 어딘가, 부서진 유리창 바깥쪽 간판의 파란 네온 사인이 비추는 곳에서 노령의 유리가 여전히 암살자들이 그 자리에서 기어나오지 못하도록 끈질기게 틀어막고 있었다. 구식 AK-47이 덜컹덜컹거리며 총구에서 밝은 빛을 내뿜었다. 조지는 빈 탄창들이, 신중하게 연발 사격을 끝낸 뒤에 하나씩 바닥에 떨어져 튀는 소리를 들을 수 있었다.

조지는 미소를 지으며, 문 앞에서 동전을 구걸하던 노인네가 느슨한 벽널 뒤의 공간에서 갑자기 자동소총을 끄집어내는 순간 한 암살자의 얼굴에 나타난 놀란 표정을 떠올렸다. 어느 누구도 대응을 하기도 전에, 유리는 사격를 개시하며 그 갱단원의 가슴에 한 줄의 피투성이 구멍들을 수놓았다—이봐, 이가 없다고 못 씹는 건 아니라고. 죽은 사내는 여전히 쓰러진 그 자리에 드러누워 있었다. 머리는 비스듬히, 눈은 허공을 멍하니 응시한 채로. 그가 들고 왔던 우지 기관단총은 조지의 손이 미치는 곳 바로 너머에 놓여 있었다.

또 다른 우지가 불을 뿜었고, 그 사격 세례로 거울의 남은 부분이 박살나면서 카운터 뒤로 요란스럽게 부서져 내렸다. 조지는 더러운 바닥에 달라붙은 채, 네 명의 암살자들이 영업장 안으로 처음 발을 들여놓는 순간 한 자루의 권총도, 아니 뭔가 일격을 가할 수 있는 거라도 무장하지 않은 자신의 부주의함을 저주했다. 그보다는 그의 고용인들이 일을 처리할 수 있다고 믿었으니까. 이제 니콜로는 죽었고, 유리는 궁지에 몰려 있었다. 비록 그 노인네는 여전히 용감하게 싸우고 있지만. 쇠약해진 알렉시는 총에서 손을 뗀 지 너무나 오래 되었고, 그래서 조지는 최악의 상황을 염려했다.

그는 자세를 바꾸어 바닥에 놓은 우지를 잡아보려고 애를 써보았다. 그의 움직임이 사격 세례를 이끌어냈는데, 마룻널에 구멍을 숭숭 뚫어댔고 그의 머리 근처 의자를 박살냈다. 유리가 한 차례의 집중 사격으로 화답했는데, 암살자의 사격을 그의 보스로부터 주의를 돌리기 위한 마지막 탄약이었다.

조지 팀코는 욕설을 내뱉었다. 그는 그런 충성스러운 사람들을 보호하고 싶었지만, 그로 인해 이미 그들이 목숨을 잃은 게 아닐까 하고 두려워했다. 오직 행운이나 수호천사만이 이제 그들 모두를 구할 수 있을 것이다.

오후 11:41:09

타티아나스 선술집

잭 바우어는 선술집 뒤쪽으로 슬며시 다가갔고 철제 덤프스터(Dumpster, 녹색의 대형 쓰레기통 상표명)를 발판으로 이용해서 타르를 칠한 평평한 지붕으로 올라갔다. 잠시 대기하고 있을 때 총성이 울렸다. 곧바로 그는 채광창을 통해 어둑해진 선술집 안쪽을 엿보았다. 외부 네온 간판의 파란 불빛 덕에 세 명의 저격수들을 가늠할 수 있었다—다른 누군가가 바로 밑에서 움직이면서 AK-47을 사용하고 있었다. 얼리의 수하들 중 둘은 선 채로 산산조각 난 포켓용 당구대 뒤에서 9mm 우지를 발사했다. 잭은 유리한 위치에서 세 명의 형체들은 보았다—둘은 바닥에, 세 번째는 탁자를 가로질러 쭉 뻗어 있었다. 그들 중 두 사람은 얼리의 수하들이었다. 잭이 그들의 더스터를 알아보았으니까. 세 번째는 잭이 알지 못하는 인물이었는데, 아마도 죽은 것 같았다.

잭은 채광창으로부터 몸을 숙였고, 위성접시에 기댄 채 다음 행동을 숙고했다. 그는 얼리의 수하들 중 적어도 한 사람은 생포해야만 했다. 정보를 빠르게 캐내기 위한 최선책은 용의자들에 대한 거친 심문이다. 그는 얼리의 양아치들 중 어느 누구라도 재빨리 입을 열도록 할 수 있다고 확신했다—만약 그들이 어떠한 것이든 쓸모 있는 정보를 가지고 있다면.

잭은 또한 단테 얼리가 암살단을 보내 제거하려한 인물 또은 인물들과 이야기하기를 바랐다. 잭은 '내 적의 적은 친구다'라는 격언에 항상 동의하지는 않았지만, 지금 당장은 이쪽 대서양 해안에 있는 동맹자를 활용해서 그가 직면한 CTU의 지원 열세를 보충할 수도 있으니까. 그리고 만일 얼리가 누군가 죽기를 바랐다면, 그것은 필시 그 인물이 그 갱단 우두머리를 다치게 할 수 있는 뭔가를 알고 있기 때문일 것이다. 잭은 그 부분도 역시 알기를 바랐다.

아래쪽 선술집 내부에서 AK-47의 단발 사격에 이어 철컥하는 빈 탄창의 공허한 소리가 뒤따랐다—그 사수에게 탄환이 떨어진 것이었다. 얼리의 수하들 역시 알아챘다. 파란 네온 불빛 속에서 그림자들처럼 그들은 포켓용 당구대 뒤에서 슬며시 빠져나와 무방비 상태가 되어버린 사내의 측면으로 움직였다.

잭은 채광창 너머에서 균형을 잡고 무기를 재장전했다. 그는 유리를 향해 총을 쐈고 선술집의 가운데로 뛰어내렸다. 잭은 깜짝 놀란 청부 살인자 앞에 웅크린 자세로 착지했다. 그 사내가 우지를 들어 올리는 동시에 잭이 사격을 해서 그 사내의 머리 윗부분을 날려버렸다.

잭은 부서진 탁자 아래로 숙였다가 다른 사내가 그를 향해 사격을 하는 순간 몸을 굴렀다. 그 충격으로 바닥에서 파편들이 튀었다.

"포기해, 그러면 해치지 않겠다." 잭이 소리쳤다. 그 사내는 또 한 차례의 총격 세례로 대답했다—그 총격 또한 공허한 철컥 소리로 끝을 맺었다.

잭은 벌떡 일어나서 무기를 겨누었다. 파란색 더스터를 입고 있던 그 사내는 두려움에 떨며 쳐다보았고, 그런 다음 무기를 손에서 떨어뜨렸다.

"앞으로 나와, 그러면…."

갑자기 총성들이 선술집을 가득 채우는 동시에 한 차례의 긴 연발 사격이 긴 코트를 입은 사내의 몸에다 피투성이 구멍들을 뚫어버렸다. 잭이 휙 돌아서며 본 것은 그를 마주하고 있는 건장한 사내였다. 그 남자는 잭의 시선과 마주치자, 즉시 우지를 떨어뜨렸고 팔을 들어 올렸다.

"나를 꼭 좀 도와주시오." 조지 팀코가 간청했다. "거기 있는 그 개자식이 내 친구를 쐈소. 내… 내 생각에 그가 죽어가고 있소."

4

다음 이야기는 오전 12시부터 오전 1시 사이에 일어난 것이다.

오전 12:01:00

로스앤젤레스, CTU 본부

지휘본부를 향해 가던 도중, 토니 알메이다는 제시카 슈나이더 대위를 우연히 만나 보조를 맞추며 걸었다.

"어디로 가십니까, 대위님?"

"당신과 가는 곳과 같아요."

토니는 걸음을 멈추고 그녀를 마주보았다. 니나는 CTU 위기대응 팀을 도리스의 자리로 소집했다. 그가 알기로는, CTU 팀은 국방부(DOD, Department of Defense)에서 온 어떠한 인물도 포함시키지 않았다—또한 해서도 안 되었다.

"그렇지만 당신은 위기대응 팀의 일원이 아닐 텐데요." 그가 그녀에게 알려주었다.

"이젠 일원이에요, 알메이다 특수요원. 니나 마이어스가 나에게 기밀 취급허가를 격상해 주었다고 방금 통보해 주었어요."

토니는 눈길을 돌렸다. "RHIP(Rank has its privileges, 지위에는 그에 따르는 특권이 있다)." 그는 중얼거렸다.

슈나이더 대위는 푸른 눈을 그에게 고정시켰다. "당신 말이 옳아요. 지위에는 그에 따르는 특권이 있어요. 하지만 정말로 제 지위가 당신을 성가시게 하나요?"

토니는 오른쪽과 왼쪽을 힐끗 보았다. "그건 당신의 지위가 아닙니다." 그는 그들의 대화가 사적으로 보이게 충분할 정도로 조용히 말했다. "그건 당신이 하원세입위원회(House Ways & Means Committee)의 영향력 있는 위원과 혈연관계이기 때문입니다."

"누구도 자신이 태어난 환경을 어찌할 수는 없어요. 하지만 어떠한 연줄이라도 나를 후원해준 적이 일체 없었다는 것만은 당신에게 보증할 수 있어요… 나는 내가 가진 지위와 직책을 스스로 얻었다고요."

그녀는 토니가 자신의 진의를 분명히 밝히기도 전에 몸을 돌리고는 당찬 걸음으로 걸어갔다. 그는 그녀의 경력 궤적에는 쥐꼬리만큼의 관심도 없었다. 그녀의 직계 인척이 정부의 또 다른 기관에 있다는 것이 그에게 소화불량을 가져다주었다. 만약 제시카 슈나이더 대위가 CTU 로스앤젤레스 지부에서 이들이 무슨 일을 그리고 어떻게 하는지에 대해서 판단을 내리기로 결심했다면, 그녀는 그 판단을 그녀의 아버지에게 전달할 수도 있을 것이다. 미국 의회의 한 감독위원회의 요직에 앉아서 막강한 영향력을 휘두르는 그분에게 말이다. 왜 니나가 그런 것을 *가지지* 못했을까?

토니는 홀로 지휘본부의 바닥을 부단히 가로질렀다. 그는 위기대응 팀의 회의 장소에 도착해서 목격한 것은 여러 동료들이 젊은 한국계 미국인 여성이 칸막이 안에서 기지개를 켜는 걸 조용히 지켜보고 있는 광경이었다. 구경꾼들을 등지고 있던 도리스는—머리를 긴 목 옆으로 기울인 채—발가락 끝으로 균형을 잡고 있었다. 발레를 하듯 우아한 몸짓으로 한쪽으로, 그 다음엔 반대쪽으로 살짝 내렸다가 올렸는데, 태평스럽게도 관객들을 이목을 전혀 눈치채지 못하고 있었다. 마침내 그녀가 머리 위로 팔을 뻗고 한 바퀴 돈 다음 눈을 떴을 때, 다른 사람들이 지켜보고 있는 사실을 알아차렸다. 드문드문 박수가 이어졌다. 도리스는 얼굴을 붉히며 두 팔을 옆으로 내려놓고, 맨발인 발바닥을 제자리로 다시 내려놓았다.

"죄송해요. 너무 오래 앉아 있어서 그런지 기지개를 좀 켜야 했어요…."

니나는 팔짱을 끼고 마치 아이의 응석을 받아주는 듯한 표정을 한 채 쳐다보고 있었다. 마침 토니와 슈나이더 대위가 도착하자 그녀가 시작할 준비를 했다. “수민 씨, 당신이 밝혀낸 것들을 사람들에게 알려주세요.”

“알겠어요.” 도리스가 말했다. 그녀는 신발을 의자에 대고 톡톡 두드리고 살며시 신은 다음 키보드를 두드렸다.

“그 칩에서 정보를 분리하는 일은 실제로 제가 생각했던 것보다는 훨씬 더 간단했어요. 누가 이것을 프로그램하였든 간에 남한(대한민국)의 회사들이 장난감 컴퓨터들, 즉 그들이 자국의 아이들을 위해서 만드는 물건들에 사용한 것과 똑같은 알고리듬을 사용했어요. 이런 종류의 프로그램에 대해서 오클랜드에 있는 삼촌의 장난감 공장에서 연구했거든요. 그래서 그 패턴을 즉시 알아차렸죠. 암호화 작업, 그러니까 북한이 그 정보를 뒤에다 숨기려고 노력한 것 역시 아주 기초적이었어요. 대체로 파악하기가 너무나 쉬어서 암호화 프로토콜조차 필요 없었어요. 혹시나 해서 가져오기도 했고 제 개인용 컴퓨터에서 다운로드도 받아놓았는데….”

도리스가 재잘대는 동안, 커다란 HDTV 모니터가 활기를 띠었고 여섯 개의 정보 창들이 나타났다. 각각의 영상 출력창에 디지털로 표현된 여러 종류의 항공기들이 나타났다. 그 영상이 바뀌면서 각 개별적 항공기를 다양한 각도로 보이도록 해주었고, 항공기의 열 신호로 이루어진 영상이 뒤를 이었다.

수십 대의 항공기들이 전시되었는데, 모두 서방에서 사용되는 민항 항공기들이었다. 정기 여객기, 화물 항공기, 심지어 연구용, 소방용, 기상 측정용 항공기도 그 칩의 확장 데이터베이스에 포함되어 있었다.

"이게 다 뭐죠?" 제이미 패럴이 물었다.

"이게 다 메모리 스틱에서 다운로드한 자료들이에요." 도리스가 말했다. "일부 남아 있는 것들은 여기저기 흩어져 있는 하찮은 데이터 변형물들뿐인데 아직 파악하지는 못했어요. 그것들에 대해선 계속 작업할 작정이긴 해요, 어쩌면 뭔가 중요한 것을 찾을 수도 있겠죠."

"우리가 보고 있는 것이 정확하게 뭐죠?" 마일로가 물었다.

"아주 자세한 민간 항공기 목록처럼 보이는데." 토니가 말했다.

"완전 자세하죠." 도리스가 말했다. "이 소프트웨어는 수십 개에 달하는 특별한 유형의 유럽, 미국, 그리고 일본 항공기들을 외형과 열 신호, IFF(Identification, Friend or Foe, 피아彼我식별) 주파수, 무선 주파수들에 따라서 구별할 수 있어요, 그 밖의 것들로도요. 게다가 필요한 정보를 압축해서 어떤 다른 시스템으로 다운로드까지도 할 수 있는 프로그램이죠. USB 포트를 통해서 메모리 스틱과 결합하여 작동할 수 있는 어떤 시스템이든지요…."

"그게 대공 미사일 본체 내부에 있는 컴퓨터 유도 시스템이 될 수도 있습니다." 슈나이더 대위가 말했다. "일단 프로그램이 설정되고 발사가 되면, 미사일은 스스로를 메모리 스틱에서 다운로드한 정보를 따라서 목표물까지 유도할 수 있습니다."

니나의 얼굴이 긴장으로 굳어졌다. "이 장치를 가지고 그들의 의도대로, 테러리스트들은 원하는 어떤 항공기도 정확히 찾아내서 격추할 수 있겠군요. 그들은…."

슈나이더 대위가 손을 들었다. "꼭 그런 것은 아닙니다." 그녀가 끼어들었다. "견착 발사용 대공 미사일의 유효 범위는 아주 제한적입니다. 일반적인 순항 고도에 있는 민간 항공기는 아마도 위험에 처하진 않을 겁니다. 어떤 표적 항공기가 아주 낮은 고도에서 비행하고 있어야만—이를테면 이륙 혹은 착륙할 경우에만—롱 투쓰 미사일이 실질적으로 유효하게 될 겁니다."

"왜 테러리스트들이 공항에 있었는지 설명이 되는군요." 토니가 말했다. "그들은 성공 확률을 극대화시키길 원한 겁니다."

"하지만 이것이 그들의 표적 선택은 설명하지 못하고 있어요." 니나가 대꾸했다. "단테 얼리의 갱단이 목표로 한 화물 비행기에는 격추를 정당화할 만한 것은 전혀 아무것도 실려 있지 않았어요. 그것은 일반적인, 야간 우편물과 소포물로 가득 찬 화물기로 배정된 727기종이었어요. 화물은 착륙 직후 확인 작업에 들어갔고, 우리의 감독 하에 교통안전위원회의 감시관들에 의해 확인되었어요."

"어쩌면 격추는 상징적인 것일 수도 있어요. 테러리스트들이 어떤 경고를 보내길 원했을 수도 있고요." 제이미가 말했다.

"아니면 테스트였을 수도 있죠." 토니가 말했다. "그들이 그 표적 인식 시스템이 실제로 작동하는지 여부를 확인해 보기를 원했을 수도 있습니다. 실제 목표 대상을 구하기 전에 홍보용으로써 말이죠."

니나가 짧고 검은 머리 숱들을 귀 뒤로 걷어 넘겼다. "단테 얼리의 목표가 무엇이든 간에 우리는, 이 과학기술을 가지고, 그와 그의 공모자들이 특정 항공기를 표적으로 삼을 수 있는 능력을 갖고 있다는 것을 알아냈어요. 심지어 혼잡한 공항 바로 위 붐비는 하늘에서도 말이에요."

니나는 슈나이더 대위를 바라보았다. "저는 실제 메모리 스틱을 다음으로 당신에게 넘길 겁니다. 그것을 분리하고 다시 조립하면서 그 물건을 역설계를 해보시고, 각각의 개별적인 부속품의 원제조업자나 또는 그것들을 용해해서 주요 성분 광물들을 추적해 보세요. 시간이 얼마나 걸리더라도, 어디에서 이 장치가 만들어졌고 어디에서 그 제조업자가 부품들을 구했는지 밝혀내 주었으면 합니다."

슈나이더 대위는 그 메모리 스틱을 꼽혀져 있던 데이터 접속구로부터 뽑아냈다. 그녀는 그 장치를 정전기 방지용 마일라(Mylar, 상표명) 봉투 안으로 넣고는 사이버 수사대로 되돌아갔다.

그녀가 사라지자 토니는 니나와 대면했다.

“뭘 어쩌시려고 슈나이더 대위에게 위기대응 팀에 자리를 내준 겁니까? 그녀는 현장 요원이 아니에요. 컴퓨터 기술자란 말입니다. 슈나이더 대위는 현장 경험도 전혀 없고 더군다나 CTU 소속도 아니라고요.”

“우리한테는 그녀의 전문가적 의견이 필요해요.” 니나는 여전히 도리스의 어깨 너머로 HDTV 화면 전체에 걸쳐 득실거리는 영상들을 응시한 채 대꾸했다.

토니는 머리를 가로저었다. “나는 그 해명을 받아들이지 못하겠어요. 대체 슈펠이 이 모든 일에 대해서 무슨 말을 했습니까?”

니나는 꼿꼿이 서서 토니 알메이다를 마주 대했다. “라이언 슈펠은 지금 워싱턴과 전화회의 중이에요. 그는 대책을 강구하고 있는 중인데, 그건 현재로서는 무척 중요한 일이에요. 그 말은 그가 위기대응 팀을 감시할 시간이 없다는 뜻이고, 그래서 그가 이 업무를 나한테 맡긴 거에요. 당신이 잊어버린 모양인데, 잭 역시 나에게 책임을 맡겼어요. 그래서 내가 이 상황을 지휘하고 있는 거고요, 내 방식대로요.”

오전 12:11:18

타티아나스 선술집

조지 팀코는 친구의 머리를 피로 얼룩진 손으로 흔들어 얼렀다. 잭은 누더기가 된 플란넬 셔츠를 찢어서 쓰러진 남자의 총상들을 살펴보았다. 잭은 그 남자가 세 군데의 총상을 입었다는 것을 알 수 있었다—가슴, 어깨, 복부. 어깨의 총상은 생명을 위협할 정도는 아니었다. 복부의 총상이 얼마나 나쁜 상태인지는 말하기 힘들었지만, 가장 큰 부상은 헛김소리를 내는 가슴의 상처였다. 잭이 그 총상 구멍을 애써 틀어막고 그에게 숨을 쉬어보라고 했을 때, 그 남자는 헐떡거렸고, 물이 들어찬 폐에서 넘쳐 흐르며 입으로 흘러내리는 피로 인해 숨막혀 했다.

그 남자는 운명은 정해졌고 잭은 그 사실을 알았다. 하지만 건장한 신체에다 상대를 꿰뚫어 보는 듯한 회색 눈을 가진 사내의 명령하면서도 간청하는 요청 앞에, 잭은 15년 이상의 육군 복무 기간과 이후 정예 대테러 조직인 델타포스 복무 중에 획득한 모든 응급처치 기술을 적용해 가면서 행동에 착수했다. 잭은 어떡해든 출혈을 막으려고 애를 써보았지만, 부상을 입은 남자의 눈은 점점 흐릿해졌다.

“알렉시, 정신 차리게.” 팀코는 그를 흔들면서 강요하듯 말했다.

"그를 옮겨야만 합니다." 잭이 말했다.

그들은 함께 그 남자를 들어서 탁자 위에 올려놓았다.

"빛이 더 필요합니다."

팀코는 카운터 뒤로 몸을 숙였고 건전지로 작동되는 손전등을 가지고 돌아왔다. 잭은 그 남자의 몸을 조심스럽게 옆으로 돌려 총알의 출구 상처를 확인했다. 두 군데였다. 하나는 테니스공만큼이나 컸는데, 그 남자의 척추 일부분이 삐져나와 있었다.

탁자 위의 남자는 눈을 뜬 채 고통으로 헐떡거렸고, 탁자 위에서 세차게 몸부림을 쳐댔다. 그는 상처들에도 불구하고 대단한 정신력으로 싸워나갔다.

"알렉시, 알렉시! 계속 나를 봐. 정신 차려." 팀코가 간청하듯 말했다.

그는 자기에게 몸을 기울이고 있는 팀코를 보자 안정을 찾았다. 알렉시는 기침을 해댄 다음, 피로 물든 탁자 위로 다시금 쿵 쓰러졌다.

"나 여기 있네, 알렉시." 팀코는 그를 안심시켰고, 그의 두 눈은 젖어들면서 그 남자의 손을 잡고 꽉 쥐었다.

알렉시는 팀코를 올려다보고는 애써 미소를 지어보였다. 그는 두 눈을 감고 러시아어로 중얼거렸다. "헬리콥터 소리를 들립니다. 그들이 곧 이리로 와서 나를 데려갈 겁니다…."

잠시 후, 알렉시는 숨을 거두었다.

"유감입니다." 잭이 조용히 말했다.

팀코가 고개를 끄덕이는 순간, 한 방울의 눈물이 그의 눈에서 흘러내리며 면도를 하지 않은 뺨의 까칠한 수염 속을 헤매었다. "알렉시는 꽤 괜찮은 사내였네… 러시아 돼지치고는."

잭은 죽은 남자의 벌거벗은 몸에 숨겨진, 십자 무늬의 오래된 흉터들을 유심히 보았다. 누군가 칼을 사용해서 깊은 상처의 고통을 가한 결과 그의 복부와 가슴의 살을 갈가리 찢어놓았다. 잭은 그런 형태의 칼자국은 인간이 견딜 수 있는 최대한의 고통을 주기 위한 의도라는 것을 알고 있었다.

"이 남자. 아프가니스탄에서 싸웠군요." 잭이 말했다.

조지는 고개를 돌렸다. "터무니없는 소리 마시오."

"흉터는 거짓말을 하지 않습니다." 잭이 대답했다. "이 남자는 무자헤딘(이슬람 전사)에게 고문을 당했습니다."

"당신은 누구요? 나한테서 원하는 게 뭐요?"

"잭 바우어라고 합니다. 이 동네 사람이 아닙니다. 저는 일거리를 찾아서 왔죠. 공항에서 바로 이곳으로 와서 동료를 만날 예정이었는데…."

팀코는 코웃음을 쳤다. "지금 누가 거짓말을 하고 있는 거요, 잭 바우어 선생? 미국에 오기 전, 나는 가장 세상에서 힘든 학교에서 훈련을 받았소—옛 소비에트 연방에 있는 지하범죄 조직 말이오. 나는 한 가지를 터득함으로써 공산주의 집행자들을 한 수 앞지를 수 있었소. 경찰의 고약한 냄새를 구별하는 법을 말이오, 원산지가 어디든 간에."

팀코는 코를 킁킁대며 과장된 몸짓으로 공기를 들이마셨다. "당신, 잭 바우어 선생, 아주 진한 향을 갖고 있구먼."

총신 하나가 잭의 갈비뼈 쪽으로 파고들었다. 그가 몸을 돌려 발견한 것은 이가 없는 늙은이 한 명이 우지 기관총을 겨누고 있는 모습이었다.

"내 친구, 유리를 소개하지. 그의 겉모습에 현혹되지 말게나. 유리는 영어를 이해하지는 못하지만, 골칫거리는 보기만 해도 알아차리지. 게다가 십여 가지의 다른 방법으로 사람을 죽일 수도 있다오."

그런 다음 조지 팀코는 잭의 등을 두드렸다.

"자네가 무기를 건네주기만 하면, 우리는 함께 앉아서 진한 차를 나눠 마시고, 그리고 신사답게 이야기할 수 있을 거요."

오전 12:38:19

퀸스, 우드사이드

검은색 메르세데스는 루즈벨트 대로의 어두운 직선도로를 따라 고가(高架)의 지하철 선로 아래를 나아가고 있었다. 강철 버팀목들이 부스러지고 있는 콘크리트에 감싸인 채 색유리창 너머로 반복적으로 지나쳐 갔다. 교통량이 극히 적은 야밤의 이런 시각에도, 차들이 혼잡한 상업지역의 주도로의 양쪽 측면을 따라 이중으로 주차되어 있어서 운행을 곤란하게 만들고 있었다. 샤머스 린치는 모든 장애물을 비켜 나갔다.

그는 가속페달을 밟아 노란불을 뚫고 나아갔다. 차는 움푹 팬 구덩이를 지나쳤고 샤머스는 무거운 미사일 발사장치가 트렁크 안에서 튀는 소리를 들었다—아니면 들었다고 상상했거나. 반사적으로 그는 뒷거울을 힐끗 쳐다보았는데, 언뜻 보인 것은 불그스레하고 깨끗하게 면도한 그의 턱과, 불타는 듯이 붉으면서도 깔끔하게 다듬은 그의 두발이었다. 전문가다운 용모로 전문가다운 의상, 전문가다운 행동에 걸맞아 보였다.

기억할 수 있는 한 샤머스는 자신의 나이보다 젊어 보이는 것을 몹시 싫어했다. 이제는 서른다섯 살, 눈가에는 잔주름이 잡혔고 이마에도 주름살이 새겨졌다. 샤머스는 자신도 모르는 사이에 소년다운 얼굴이 어느 순간 사라져버린 사실을 알았다—언제, 얇은 입술 주위의 주름들이 깊어졌는지, 뺨이 그의 형처럼 여위고 앙상해졌는지, 갈색 눈이 냉혹해졌는지—하지만 그는 최근에야 자신이 그것을 어리석게도 오랫동안 갈망한 게 아닐까, 라고 생각하기 시작했다.

그는 그리프를 숭배하지 않았던 때가 언제인지 기억할 수 없었다. 그리프는 열 살은 더 많고, 십 년은 더 영리하고, 주저함 없이 따를 수 있는 사람이었으니까. 정지 신호 덕에 샤머스는 브레이크를 밟고, 옆 좌석에 앉아서 가로등 사이의 어둠 속을 강렬하게 응시하고 있는 남자를 힐끗 쳐다보며 관심을 기울일 수 있었다.

담갈색 여름용 정장, 금색 윈저 매듭을 한 넥타이, 그리고 윤기 있는 로퍼(끈 없는 가죽구두) 차림의 그리프는 전형적인, 일에 시달리는 뉴욕의 사업가로 쉽게 통할 것처럼 보였다. 잘생긴 젊은 자유 투사의 모습은 사라지고 없었다. 아일랜드인 특유의 검은색 머리카락은 그의 은빛 머리 위에 한 가닥도 남아 있지 않았고, 평소의 창백한 표정은 솔직히 유령 같아 보였다. 그러나 그리프의 결의에 관한 한 흐릿한 것은 아무것도 없었다. 샤머스가 기억하는 한, 그리프는 그들 두 사람을 위해서는 충분할 만큼의 격렬한 확신보다 더 많은 감정을 드러내곤 했고, 그의 결정이나 계획 들의 어떠한 의문 제기에 대해서는 막연한 아버지의 불명예도 덧붙이곤 했다. 여하튼 샤머스가 그의 형에게 실제로 이의를 제기했던 적은 한 번도 없었다.

그들 부친의 죽음은 1972년 영국 육군의 손에 의해 저질러졌는데, 그 사건은 그리프가 불의를 통감하는 데에 불을 지폈다. 그는 교회 지하실에서 연설했고, 시민 인권 시위를 준비했고, 지역 정치인들에게 청원했다. 그 당시에 그들의 모친마저 한 펍(pub) 폭격으로 인해 살해되었다. 그 사건은 그리프의 열의에 기름을 부은 격이 되었다. IRA(Irish Republican Army, 북아일랜드의 반영反英 지하 군사 조직)는 그 후 그리프의 가족이 되었고, 복수는 추진체가 되었다. 샤머스는 본질적인 증오를 떠맡기에는 너무 어렸다. 그는 주로 필요성에 따라 역할을 수행했다—형의 애정에 대한 필요성, 그리고 궁극적으로는 형을 존경하는 마음에서.

볼이 발그레한 어린아이임에도 불구하고, 그는 그리프가 그의 가치를 알아보게 만드는 방도를 찾아냈다. 귀엽고 순진하게 생긴 주근깨투성이의 얼굴은, 샤머스가 항상 혐오해 왔지만, 오히려 남의 눈에 띄지 않게 플라스틱 폭탄을 몰래 장치하는 데에 도움이 되었다—북아일랜드 내 영국 보안대(Royal Ulster Constabulary) 주둔지 부근의 버스 정거장, 현 정부 지지자의 준군사적인 집단들이 종종 방문하는 펍, 영국 육군 검문소 등에. 그것은 그에게 하나의 자긍심이 되었고, 폭발물을 숨기거나 전달하고, 폭발을 지켜보고, 전우들의 인정을 얻는 등의 어느 정도 성과를 이뤄냈다.

그들은 동포의 자유를 위해 싸우고 있었다. 억압적이고 권위적이고 식민지적인 법규들로부터 말이다. 인권위원회는 그들의 편이었다. 영국인들은 그들 군대가 그의 동포들을 아무런 혐의도 없이 일주일 동안 감금하고 '심문'할 수 있도록 허락하지 않았는가? 그들의 법원이 심문하는 내내 모욕적인 처우를 통해 얻어낸 자백을 근거로 하여 유죄를 선고하도록 허락하지 않았는가? 공정한 재판의 판결을 받을 그들의 권리를 빼앗아가지 않았는가? 그리프는 당시 그에게 사태를 분명하게 알도록 해주었다. 사태를 올바르게 알도록….

"우리의 전쟁은 정당한 거야. 그리고 우리는 그 전쟁 속에 있는 군인들이야. 영국 놈들은… 그들은 우리들에게 '테러리스트'라는 꼬리표를 달려고 애쓰고 있어. 하지만 그렇다면, 그럼 그들은 뭐야, 응? RAF(Royal Air Force, 영국 공군)는 2,000톤의 폭탄을 드레스덴(독일의 문화 유적 도시, 2차 대전 때 단지 독일에 정신적 충격을 주기 위해 군사시설이 전혀 없는 이곳에 미·영 연합군이 폭격을 가해 대략 4만 명 이상이 사망함) 민간인들에게 떨어뜨렸는데도 '테러리스트'가 아니란 말인가? 그들은 수천 명이 죽어나간 남아프리카공화국의 강제 수용소에 시민들을 강제로 가두었는데도 '테러리즘'의 유죄가 아니란 말이야?"

그들의 전쟁이 정당하든 아니든, 결국, 그리프와 샤머스 모두 그들이 패배자가 되었다는 것을 깨달았다. 그들 생애에 있어 최고의 업적이자 '대의(大義)'를 위한 가장 중요한 성과가 되었어야 했던 일로 인해 그들은 간신히 영국 군대를 따돌리고 유조선에 몸을 숨겨서 북아프리카를 향해 떠났다. 모든 것은 1981년 봄 이후로 변해버렸다. 그들은 고향으로 다시는 돌아갈 수 없었고, 그들의 실제 이름도 다시는 사용할 수 없었다. 하지만 샤머스는 그리프를 믿었고 그리프는 기대에 부응했다. 그들이 투쟁을 계속할 수 있는 방도를 찾아낸 것이다.

"*우리 형제들에게 총이 필요하지 않을까?*" 그리프가 그에게 말했다. "*그들에게 폭발물과 무기들이 필요하지 않을까? 그것이 바로 우리가 제공해야 할 것들이야. 대의는 여전히 우리들*

편이야. 이제 우리는 또 다른 방법으로 싸우게 될 거야….”

물론 그리프는 그 모든 것들을 아주 오래전, 거의 17년 전에 말했었다. 그때 이후로 그들의 조국은, 그들이 기억하고 있던 그 조국은 견해를 바꾸었다. 폭력을 자발적으로 포기해버린 평화 협정은 IRA의 정치 부문 조직의 거센 반대에 부딪쳤다. 그들의 동지들이 기나긴 지옥 같은 형량을 받고 영국 교도소에서 썩어가고 있는 동안, 국민들 의사의 주안점은 무장해제에 소모되고 있었던 것이다.

그리프의 핸드폰이 울렸다. 그는 그것을 꺼내 젖혀 열었다. 샤머스의 시선은 형의 손, 손목, 그리고 한때 손가락이었던 굳은살이 박인 혹에 생긴 뒤틀린 폭발의 흉터로 이끌렸다. 상처들은 깊어지면서, 거미줄처럼 팔을 타고 올라갔다. 길게 뻗은 상처는 깔끔하게 재단된 정장 아래에 감춰져 있었다. 수년 동안, 샤머스는 그것들을 영광의 상처로 생각했다. 겨우 지난 몇 주 전에서야 그는 보상을 청구하기 시작했다….

“우리가 뭘 하고 있는 거지, 그리프? 이 일은 ‘대의’와는 아무런 상관이 없잖아.”

“우리는 대의를 저버리지 않았어, 셰이. 그게 우리를 저버린 거지.”

그리프는 뭔가 불길한 징조가 있다고 말했었다. 계획의 수정들이 불가피하다고도. 샤머스는 동의하지 않았다. 여전히 선전을 펼치고 있는 ‘진정한 IRA(real IRA, 과격파)’ 같은 분파

그룹들이 있지 않는가? 오모(Omagh, 영국 북아일랜드에 있는 행정구) 폭격만으로도 투쟁은 여전히 진행 중이라는 것을 증명했다. 500파운드짜리 폭탄 하나로 작은 마을 하나 전체를 완전히 파괴하면서 28명을 죽이고 수백 명을 다치게 만든 것은 영국 법규 아래에서의 평화는 확실성이 없다는 것을 충분히 증명하지 않았는가?

하지만 그리프는 뜻을 굽히지 않았다. 그는 무기 구입을 위한 현금이 고갈되었다고 주장했다. 그래서 샤머스는 현금만이 당분간 그가 생각하는 모든 것이라는 것을 깨달았다.

"*힘 내, 임마.*" 그는 샤머스에게 말했다. "*새로운 물주와 나타났으니 우리는 우리의 사업을 벌일 수 있고, 그 일을 함으로써 부자가 될 거야. 우리 둘 다 이것이 소말리아의 지저분한 무기 시장에서 더러운 군벌을 돌봐주는 것보다는 훨씬 더 낫다는 것을 알고 있잖아.*"

빨간불이 깜박거리며 초록색으로 바뀌었고 샤머스는 메르세데스를 전진시켰다. 형의 핸드폰 대화를 귀를 기울이면서도 그는 비좁고 붐비는 거리를 따라 고급 승용차를 노련하게 운전했다. 샤머스가 추론한 바로는, 예상 밖의 장애물이 발생한 것 같았다—골치 아픈 소식이, 그것도 전체 작전이 성공적으로 막을 내리기 24시간도 채 남지 않은 시각에 날아들었다. 그리프의 공손한 어조의 목소리로 봐서, 샤머스는 그들의 동업자가 만족하지 않았고 형이 문제를 해결하기 위해 애를 써야 한다는 결론을 내렸다.

"걱정하지 마세요. 제가 처리하죠. 단테와 그의 패거리들을 처리한 것처럼요. 타지에게 물건은 아침까지 그곳에 도착될 거라고 전해주세요. 그건 제가 보증하죠."

그리프는 대화를 끝내고 핸드폰을 닫았다. 그리고 앞을 똑바로 응시했다. "일이 복잡하게 되었군."

"그래서?"

"단테 녀석이 메모리 스틱 하나를 잃어버린 것에 대해 언급이라도 했었나?"

"한마디도 없었어." 샤머스가 대답했다. "나는 그게 미사일 발사장치와 함께 폭발해버렸다고 생각했는데."

그리프는 넌더리를 내며 한숨을 쉬었다. "그건 그 녀석이 우리 동업자에게 말했던 이야기고, 하지만 그 사람은 의심을 하는 것 같아, 나 역시 그렇고. 난 연방기관이 그 스틱을 가지고 있다고 생각된단 말이야. 연방수사국이 아니라, CTU 쪽이."

"CTU! 그들이 그걸 크랙(복사방지나 등록기술 등이 적용된 상용 소프트웨어의 비밀을 풀어서 불법으로 복제하거나 파괴하는 것) 할 수 있을까?"

"물론 그들은 할 수 있겠지…. 하지만 시간이 좀 걸릴 거야."

"시간은 충분해?"

그리프는 억지로 웃었다. "아, 글쎄…. 세 글자로 된 단어가 또 뭐가 있지, 응? SAS(Special Air Services, 영국 공군특수부대), FBI, CIA—이젠 CTU까지—우리는 그 다른 모든 기관들을 상대했었고, 우리는 언제나 은신처들이 손상되지 않은 채로 벗어났었지."

샤머스는 아무 말도 하지 않았다. 미소를 짓거나 웃지도 않았다. 그의 손은 운전대를 꽉 쥐었다.

"차를 세워. 바로 여기에." 그리프가 명령했다.

"하지만 펍은 아직도 몇 블록 떨어져 있잖아."

"차를 세워." 그리프의 목소리는 단호했고, 경망스러운 모습은 사라졌다.

인적이 거의 드문 인도에는 한 떼의 남자들과 서너 명의 여자들이 아일랜드 펍들 주변에 모여서 담배를 피우고 수다를 떨며 술을 마시고 있었다. 이 지역은 우드사이드라 불리는데, 수년 동안 아일랜드 이민자들을 위한 안식처가 되어왔다. 그건 여전했다. 비록 요즘에는 넘쳐나는 새로운 이민자들과 인도를 나누어 사용하고 있지만. 100년이 넘는 오래된 펍과 선술집 들은 이제 한국인 청과물 가게들, 중국과 필리핀 식당들, 그리고 아랍인들이 운영하는 신문 가판대들과 무선전화 상점들 틈에 드문드문 자리잡고 있었다.

샤머스는 메르세데스를 불 꺼진 배관용품 상점 앞에 있는 자리에다 세웠다. 머리 위를 지나는 열차의 그림자 속에서, 그는 엔진을 끄고 전조등도 껐다. 플러싱과 맨해튼을 오가는 7

번 열차가 머리 위에서 덜컹거리며 지나갔다.

"여기서 기다려."

그리프는 차문을 열고 자동차의 뒤쪽으로 향했다. 샤머스는 뒷거울을 통해서 형을 지켜보았다. 트렁크가 열리고, 무거운 것이 안쪽에서 이동하는 것을 느낄 수 있었지만 그리프가 무얼 하려고 하는지는 알 수 없었다. 잠시 후, 트렁크가 닫히고 그리프는 돌아왔다. 그는 자리에 앉고 나서 은백색의 금속 서류가방을 그들 사이의 좌석에 내려놓았다—그가 단테 얼리에게 건넸던 것과 일란성 쌍둥이처럼 똑같이 생긴 것이었다.

샤머스는 가방을 의아스럽게 바라보았다.

"미사일 발사장치에서 메모리 스틱을 꺼내 여기에 넣어 둘게." 그리프가 설명했다. "리암에게 이 가방을 애틀랜틱 대로에 있는 비밀 장소로 배달을 시켜. 녀석에게 이 가방을 타지 외에는 아무에게도 주면 안 된다고 단단히 일러줘. 그리고 택시나 콜 서비스를 이용해도 안 돼. 그것들은 추적당할 수도 있는 주행일지를 기록하니까."

샤머스는 머리를 가로저었다. "내가 할게, 그리프. 리암은 아직 어린애야. 게다가 지금은 새벽 1시고. 캐이틀린이 입에 거품을 물고 법석을 떨 거야."

"나는 네 계집이 무슨 생각을 하는지 눈곱만큼도 관심 없어. 그리고 너는 가면 안 돼. 우리 중 누구라도 그 비밀 장소 근처 어디에서라도 눈에 띄는 위험을 감수할 수는 없어. 리암이 그걸 해야만 해. 그리고 더 이상 뭐라고 하지 마. 너는 그 애 나이 때 훨씬 더 많은 일들을 했어, 내 기억으로는…. 게다가 그 애와 걔 누이는 너에게 충분한 빚을 지고 있잖아—그런 자선 사업은 쓸모가 있다면 좋을 텐데."

"리암이 아침에 그걸 가져갈 수 있을 거야…."

"오늘밤이야. 서둘러." 그리핀은 자신의 무뚝뚝함을 후회하는 듯 보였다. 달래는 듯한 목소리로 덧붙였다. "네가 캐이틀린과 함께 밤을 보내고 싶어 한다는 걸 알고 있어. 리암을 내보내고 재미를 봐. 그냥 가게에 있는 게 아침에 제일 먼저 할 일이니까. 재산들을 처분하고, 미진한 것들을 마무리 지어야만 해, 전세 낸 비행기가 이륙하기 전에 말이야." 그는 샤머스의 어깨를 툭 쳤다. "기운 내, 동생. 네가 주거를 또 바꾸는 걸 별로 좋아하지 않는 건 알아. 하지만 우리가 가려는 곳은 여자들이 해변만큼이나 아름답다고 하더라."

서류가방을 손에 든 샤머스는 고개를 끄덕이고 차에서 내렸다. 그리핀은 운전석으로 슬며시 들어가서 민첩하게 U-턴을 했고 반대편 방향으로 빠르게 사라졌다. 또 다른 고가의 열차가 덜컹거리며 머리 위를 지나갔고, 샤머스는 마지막 몇 구획들을 한가롭게 걸으며 모퉁이에 있는 '라스트 켈트(Last Celt)'라는 이름의 펍으로 향했다.

오전 12:57:24

로스앤젤레스, CTU 본부

슈나이더 대위는 기밀로 분류된 서류철을 팔 아래에 낀 채로 지휘본부의 2층 발코니로 난 철제 계단을 올라갔다. 그녀는 거기에서 제이미 패럴과 마주쳤는데, 제이미는 잭 바우어가 돌아올 때까지 니나 마이어스가 그의 사무실에서 업무를 볼 거라고 그녀에게 말해주었다.

그녀는 똑똑 두드린 다음, 문을 열었다. "마이어스 요원? 잠시 시간을 내주시겠습니까?"

니나는 고개를 들고는 깜짝 놀랐다. 그녀는 읽고 있던 파일을 닫고, 앉은 의자에서 편안히 뒤로 기대었다. "들어오세요, 슈나이더 대위."

해병대원은 의자에 슬며시 앉았다. 금발의 말총머리는 풀어헤쳐져 있었고 눈가에는 조금 지친 듯한 기색이 보였지만, 슈나이더는 빈틈 없는 말투와 힘이 넘치는 목소리로 말했다. "보고를 드릴 만한 약간의 진척 상황이 있습니다."

니나는 눈을 깜박였다. "메모리 스틱에 관해서죠. 빠르시네요."

"그 장치를 분해해 보니, 내부 회로는 북한에서 제조된 것이 확실합니다. 칩들은 평양에 있는 제2 마이크로칩 공장에서 생산되었고, 내부 회로도 아마 그곳에서 조립되었을 겁니다. 하지만 재미있는 것은 이 스틱은 후에 좀 더 기술적으로 제작되었다는 사실입니다. 그것은 USB 접속단자를 달도록 개량되었고, 내부에서는 멕시코에서 제조된 몇 개의 라우터(router, 데이터 전송 시의 최적 경로를 선택하는 장치)를 발견했습니다."

"누가 개량 작업을 했는지 단서가 있나요?"

슈나이더 대위는 고개를 저었다. "아직은 없습니다. 하지만 이걸 찾아냈습니다."

그녀는 서류철 안으로 손을 넣어 한 장의 디지털 사진을 꺼냈다. "이것은 중앙 버스(bus, CPU를 다른 내부장치와 연결하는 전송 공동회로) 단자의 표면을 50배 확대한 것입니다. 일련번호를 주목해 보세요…."

니나는 그 출력물을 집어 들었다. 13자리의 숫자들과 문자들의 배열이 폴리머(중합체) 표면에 찍혀 있었다.

"이걸 추적할 수 있습니까?"

슈나이더 대위가 끄덕였다. "충분한 시간만 주어진다면요. 대략 5,000여 개의 회사들이 미국, 멕시코, 그리고 캐나다에서 이런 버스 단자를 제조할 수 있도록 인가를 받았습니다. 또 각각의 이들 회사들은 이런 단자들을 구매하는 수천의 고객들을 가지고 있습니다…."

"그래서 불가능하다고 말하는 건가요?"

"그렇지는 않습니다." 슈나이더 대위가 대답했다. "국방부, NSC(국가안전보장회의), 상무부, 심지어 국무부까지도 그러한 기술적으로 민감한 장치들의 판매에 대해서 주시하고 있습니다. 그들 중 한 곳은 이 일련번호를 기록으로 반드시 가지고 있을 겁니다. 하지만 그러기엔 수많은 정보를 분류 조사해야 하는 데다, 여러 다른 장소에 떨어져 있습니다."

"어떻게 도와주면 될까요?" 니나가 물었다.

"대용량의 메모리와 랜덤 시퀀서(random sequencer, 무작위 배열분석장치)를 가진 컴퓨터에 대한 사용 권한이 필요합니다. 그것만이 짧은 시간 내에 그 많은 자료들을 대조 확인할 수 있는 유일한 방법입니다."

니나는 주저하지 않았다. 그녀는 인터컴 버튼을 눌렀다.

"제이미에요."

"슈나이더 대위에게 중앙 컴퓨터와 접속해서 작동하는 스테이션 하나를 마련해 주었으면 해요. 무작위 배열분석장치와 DSL(digital subscriber line, 전화선을 이용한 고속 통신 기술) 접속도 필요해요." 니나가 말했다.

"알겠어요. 마일로에게 일러 둘게요. 배열분석장치는 5분 내로 설치해서 작동될 수 있도록 할게요."

"됐나요?" 니나가 슈나이더 대위에게 말했다.

"대단하네요. 감사합니다." 슈나이더 대위가 일어서면서 말했다. "어떤 컴퓨터 회사가 그 개량 작업을 했는지 몇 시간 내로 정확하게 해결할 수 있도록 하겠습니다."

1 2 3 4 **5** 6 7 8 9
10 11 12 13 14 15 16 17
18 19 20 21 22 23 24

다음 이야기는 오전 1시부터 오전 2시 사이에 일어난 것이다.

오전 1:04:12

타티아나스 선술집

잭은 마치 손님처럼 대우를 받았다. 유리는 그를 선술집 뒤쪽에 있는 개인 욕실로 안내했다. 그 노인네는 잭의 베이고 긁힌 상처들을 위해 붕대와 소독약까지도 제공했다. 잭은 몸을 씻고 있을 때, 바깥쪽 주차장에서 나는 엔진 소리를 들었다. 욕실 안에는 창문이 없었기 때문에 그는 수건으로 얼굴을 닦고 셔츠를 머리 위로 미끄러지듯 입었다.

전형적인 뉴욕 구역 내라면, 술집 안에서의 총격전은 경찰, 구급차, 신문기자, 그리고 어쩌면 소방차까지도 불러들였을 것이다. 그러나 이곳에서 총격전이 벌어진 이후 잭이 들은 유일한 사이렌 소리는 아주 멀리서 들리는 것뿐이었다—필시 JFK 공항에서의 비행기 추락 사고에 따른 대응일 터였다.

타티아나스 자체가 외떨어진, 홀로 사용하고 있는 건물인 데다가 일대에는 자동차 폐차장들과 공터들이 길게 늘어서 있었다. 경찰이 총격전에 대해서 알 수 있는 유일한 방법은 단골손님들 중 하나가 911에 전화를 걸었을 경우뿐이었고, 타티아나스의 단골손님들은 술집 주인만큼이나 경찰과 연관되는 일이 없기를 바란 것이 분명했다. 그래서 잭은 밖에 주차된 차량들이 정부의 어떤 공권력 기관들—지역, 주(州), 혹은 연방—쪽이 아니라는 것을 알았을 때에도 그다지 놀라지는 않았다.

유리는 잭을 문 앞에서 만나 선술집 안쪽으로 안내했다. 그 공간은 이제 십여 명의 남자들로 가득했는데, 나이도 몸집도 다들 제각각이었다. 그들은 금발, 흰 피부, 그리고 옅은 색의 눈동자를 보아 모두 동유럽인들로 보였다. 그들은 서로 우크라이나 말로 대화를 했다. 얼리의 수하들 시체들은 보이지 않았다. 알렉시의 시체도 마찬가지로 치워졌다. 남자들은 바닥을 청소했고, 부서진 탁자와 의자 들을 밖으로 옮겼다. 목수 하나는 부서지고 피로 얼룩진 마룻널에 망치질을 했다. 다른 사람들은 총알로 벌집이 된 벽에 회반죽과 깨끗한 페인트를 바르고 있었고, 그러는 동안 두 명의 턱수염을 기른 남자들이 AK-47로 무장한 채 출입구를 지켰다.

조지 팀코는 잭에게 앞쪽으로 오라고 손짓했다. "이곳은 너무 시끄럽소. 나와 함께 갑시다."

팀코의 사무실은 그처럼 덩치가 큰 사내에겐 작은 것처럼 보였다. 구식 매킨토시 컴퓨터가 놓여 있는 오래된 철제 책상 뒤로 창문 하나가 잡초가 무성한 어둡고 황량한 공터를 바라보도록 나 있었다. 의자들은 편안했고, 차는—뜨겁고 거의 시럽의 농도에 가까울 정도로 무척 달아서—놀랍도록 자극적이었다.

또한 책상 위에는 잭의 시계, PDA, 그리고 그냥 일반적인 핸드폰처럼 보이는 CDD 위성 통신기가 놓여 있었다. 팀코는 그 물건들을 잭 쪽으로 슬며시 밀었다.

"이것들은 다시 가져도 좋소, 친구. 총은 아니오, 아직까지는. 총질은 오늘밤에 충분히 했으니까."

얼마간의 언쟁 후, 잭은 팀코에게 그가 자신을 믿을 수 있도록 하기 위해 충분한 사실을 말했다. 팀코는 여러 개의 범죄성 사업체들을 운영했다고 솔직하게 인정했지만, 테러리스트 활동에 관한 한 어떠한 연루도 부인했다.

"그딴 일들은 정치적인 것들이오, 잭 바우어 선생. 미국에 건너온 이후로 나는 내 자신에게 약속을 했소, 절대로 정치적인 일에는 관여하지 않겠다고. 그건 더러운 비즈니스니까."

"그렇다면 어째서 단테 얼리의 패거리들이 당신을 죽이려 했습니까?"

팀코는 어깨를 으쓱했다. “내 생각엔 그건 당신이 언급했던 그 다른 쪽 사람들과 관련이 있소. 바로 린치 형제들이오.”

“메르세데스에 있던 남자들?”

덩치 큰 남자가 끄덕였다. “나는 그들을 아주 잘 알지. 그들은 암살도 꺼리지 않소.”

“좀 더 말해보세요.”

“린치 형제들이 모습을 드러낸 건… 아마 일 년 전쯤일 거요. 그들이 ‘콜롬비아 스트리트 파시’와 사업을 시작한 것도 그즈음일 거고. 그리프 린치가 몇 주 전 나를 찾아와서 사업 기회를 제안했어요. 나는 거절했지. 하지만 그의 반응으로 봐서, 그리핀 린치 선생에게 ‘아니오’라고 말한 사람들은 그리 많지 않았을 거요.”

“어떤 종류의 사업 기회를 그가 제안했습니까?”

“대략 공항들과 밀수에 관한 거였지. 그는 특정한 종류의 무기들을 다룬 경험이 있는 사내들을 찾고 있었소.”

“견착 발사용 대공 미사일 같은 건가요?”

팀코는 어깨를 으쓱했다. “그가 자세히 설명하진 않았소.”

잭은 눈썹을 치켜 올렸다. “하지만 조지, 당신은 큰 돈을 벌 수 있는 기회를 찾고 있는 영리한 사업가처럼 보입니다. 왜 이 일을 거절했습니까?”

“그 거래는 정치적으로 들렸소.” 팀코가 대답했다. “좀 전에도 말했듯이, 나는 정치에는 절대로 관여하지 않소이다.”

사무실 문이 열렸다. 유리가 들어왔다. 고성능 자동소총이 노인네의 어깨에 둘러메져 있었다. 팔에는 쟁반 하나가 들려 있었다.

"아, 드디어 뜨거운 음식이군." 조지는 한숨을 쉬었며 말했다. "같이 드십시다, 잭 바우어 선생. 당신은 어떤지 모르지만, 나를 더욱 허기지게 만드는 건 총질을 당하는 거지—개중에서도 그게 빗나갔을 때지, 안 그런가?"

오전 1:16:38

라스트 켈트

자리는 거의 비어 있었고, 마지막 손님은 카운터에서 도니 머피와 농담을 주고받고 있었다. 펍은 창문에 있는 밝은 간판이 꺼졌기 때문에 이제는 어둑했다. 그래서인지 마호가니 재목의 카운터와 칸막이들, 떡갈나무 벽널들, 액자에 담긴 흑백 사진의 잊힌 권투 선수들, 야구 선수들, 지역 연예인들, 그 모든 것들이 남아 있던 빛마저 빨아들이는 것처럼 보였다.

"자네에게 할 말이 있어, 도니. 그 빌어먹을 메츠(Mets, 뉴욕시에 본거지를 둔 미국 프로야구 구단) 때문에 오늘밤에 큰 손해를 봤네." 팻이 말했는데, 그는 머리가 벗겨진 데다 도박 애호가로 유명했다.

"어쩔 수 없는 거잖아?" 도니가 굵직한 바리톤 음성으로 말했다. "전쟁의 운수 아니겠나. 자네가 자네 돈을 걸었으니까 어떤 결과든 받아들여야지."

구부정한 어깨, 짧게 깎은 백발, 연푸른 눈, 그리고 겅중거리는 절름발이인 도니는 마치 어린이 야구 팀을 코치하는 노인처럼 보였지만, 실은 전과자이자 예전 웨스티(Westie, 뉴욕의 갱)에서 펍 주인으로 변모한 사람이었다. 겨우 몇 사람만이 도니가 절름발이가 된 것이 수십 년 전 교도소의 경쟁 상대가 배후에서 조종한 악의적인 무릎 쏘기(kneecapping, 죽이지 않고 무릎 부근을 쏘는 수법) 때문이라는 것을 알고 있었다.

홀로 탁자에서 저녁에 벌어들인 얼마 되지 않는 팁을 세고 있던 캐이틀린은 미지근한 차 한 잔을 홀짝거렸다. 그녀는 소문으로만 도니의 과거에 대해서는 들었을 뿐이었다. 그가 아일랜드 갱스터였고 맨해튼의 웨스트사이드 지역의 해결사였다는 것을. 그래도 그가 십년 혹은 그 이상을 뉴욕의 악명 높은 싱싱 교도소에서 보냈다는 것은 더 이상 비밀은 아니었다. 캐이틀린은 대체로 그 소문을 무시했다. 그녀는 도니를 그저 관대하고 걸핏하면 화를 내는 노인일뿐이라고 알고 있었는데, 그건 그가 그녀가 미국에서 처음으로 가진 실질적인 직업과, 그녀와 그녀의 동생이 살 수 있는 장소도 제공해 주었기 때문이었다. 그것도 그들이 무일푼으로 절망적이었을 때 말이다.

"잘 자게, 팻. 내일 보세." 도니가 소리쳤다. "그리고 다음번

엔에도 홈 팀에게 걸라고."

뉴욕 메츠의 시합은—서부 해안에서 생방송으로 중계되었는데—30분 전에 끝났고, 펍은 일부 축하 술자리가 끝난 후 완전히 텅 비어버렸다. 카운터 뒤에 있는 텔레비전에는 이전 경기의 주요 장면 방송이 어느새 소리 없는 존 F. 케네디 공항에서의 비행기 추락 사고 장면으로 바뀌어 있었다.

캐이틀린은 제멋대로 흘러내린 적금색 머리카락을 얼굴에서 쓸어 올리고, 밤새 쟁반들을 나르느라 뻐근해진 목을 주물렀다. 한숨을 쉬면서 그녀는 지폐들을 한 장의 냅킨 안에 돌돌 말아서 그녀의 블라우스 안쪽으로 그 돈뭉치를 밀어 넣었다. 한때는 우윳빛깔에 부드러웠던 캐이틀린의 연한 피부는 이제 누르께하고 거칠어졌다. 비단결 같았던 예전의 머리카락은 곱실해지고 헝클어졌다. 아량 있는 입매는 미소를 짓기보다는 찌푸려 있을 때가 많았고, 그리고 립스틱—지나친 빨간색—때문에 그 감정은 피곤해 보이는 얼굴 위에서 더욱 두드러졌다.

사춘기 시절의 포동포동했던 살은 자신도 모르는 사이 지난 몇 개월 만에 사라져버렸다. 긴 다리는 한때는 맵시 있었지만 짧은 검은색 스커트 아래에서 가늘고 파리해 보였다. 하지만 몇 군데의 변화는 확실하게 호전되었다—나이가 들면서 개성과 아름다움이 얼굴에 더해졌고, 멋지게 조각된 듯한 광대뼈는 더욱 눈에 띄었고, 초록색 두 눈은 피로 때문에 더욱 두드러진 주름에도 불구하고 커다랗고 생기가 있었다. 그렇긴 해도 스물두 살인 캐이틀린은 그녀가 중년의 나이로 보이기—그리고 느껴지기—시작한다고 생각했다.

"문단속 잘 해, 캐이틀린." 도니가 말했다. "그리고 어서 자도록 해."

그녀가 막 일어서려고 할 때, 튼튼한 떡갈나무 문 위에 달린 종이 한 차례 울리더니 문이 활짝 열렸다. 캐이틀린은 샤머스 린치가 문턱에 서 있는 것을 보고는 가슴이 덜컥 내려앉았다. 샤머스가 잠시 들를지도 모른다고 말하긴 했었지만, 캐이틀린이 이제 와서 감히 쉬고 싶다고 말하기엔 너무 늦어버렸다. 그가 이미 이곳에 와버렸으니까. 은백색의 금속 서류가방을 손은 꽉 쥔 채로.

샤머스는 캐이틀린을 못 본 척하면서, 도니에게 인사를 나누고 샘 아담스(Sam Adams, 맥주 브랜드) 한 병을 받아들었다. 캐이틀린은 일어나서 카운터 뒤에 있는 차가운 컵을 가져다주었고, 차는 싱크대 속으로 쏟아버렸다. 샤머스는 한 모금을 마신 후, 그녀의 눈을 바라보고 한쪽 눈을 깜박였다. 캐이틀린이 보답한 미소는 억지스러웠다. 샤머스가 잠시 후에 손짓해서 그녀를 부르자, 도니는 요령껏 카운터의 반대편 끝으로 자리를 옮겼고 텔레비전의 볼륨을 키웠다.

샤머스는 그의 팔로 캐이틀린의 엉덩이를 슬며시 둘렀다. "보고 싶었어?"

"나름요." 캐이틀린이 말했다. "취했어요?"

샤머스는 그녀의 입술에다 홍건한 키스를 감행했다. 립스틱이 번질 정도로. 캐이틀린은 저항하지 않았다. 샤머스는 손에서 은백색 가방을 내려놓았다. "리암은 어디 있어? 녀석에게 일거리를 가져왔는데."

"걔가 어디 있다고 생각하세요? 당연히 자고 있죠. 그 이야기는 아침에나 할 수 있을 거예요."

샤머스는 고개를 저었다. "미안해, 자기야. 기다릴 수 없어. 그건 중요한 컴퓨터 부품이야. 오늘밤에 꼭 전달해야 해, 그래야 아침에 있을 첫 번째 비즈니스를 위해 모든 일이 매끄럽게 진행된다고."

"제 동생은 한밤중에는 밖에 나가지 않을 거예요, 샤머스, 당신이나 당신 형이 무슨 말을 하든 간에요."

"이건 큰 건이야, 캐이트. 내가 리암에게 기회를 주기 위해서 그리핀을 설득했단 말이야. 그리고 보수도 진짜 괜찮아. 녀석은 잘 해낼 거야. 그리고… 음, 어쩌면 걔는 올 여름에 전자제품 매장에서 일을 배울 수 있을 거야."

캐이틀린은 샤머스를 곁눈질로 쳐다보았다. "당신이 그렇게 할 수 있다고요?"

"내가 실제로 결정할 수 있는 건 아니야. 그리프가 보스잖아. 하지만 그는 리암을 좋아해. 그리고 녀석이 스스로 책임감 있는 모습을 보여준다면…." 샤머스의 눈길은 흔들리지 않고 캐이트의 초록빛 시선과 눈싸움을 벌였다.

그가 말한 것이 무슨 의미인지를 수긍한 그녀는 샤머스에게 그녀의 아파트 열쇠를 건넸다. 그는 그녀의 온기가 아직 남아 있는 열쇠를 꽉 쥐고는 다시 한 번 윙크했다.

"위층에서 봐." 그는 부드럽게 말했다. "문 닫고 난 후에."

그런 다음 샤머스는 남아 있는 맥주를 마저 마시고 카운터에 올려놓은 서류가방을 움켜쥐고는 펍의 뒤쪽으로 어슬렁거리며 걸어갔다. 그는 작은 문을 열고 그 뒤로 나 있는 좁은 계단을 올라 캐이틀린과 그녀의 남동생이 나누어 쓰고 있는 이층의 갑갑한 아파트로 향했다.

샤머스는 열다섯 살인 리암이 침낭 속에 웅크린 채 눈을 감는 걸 보았다. 가구들이 딸린 방 두 개짜리 아파트에는 침대가 하나밖에 없었고, 캐이틀린이 사용하는 것이었다.

샤머스는 부드럽게 리암의 다리를 툭툭 건드렸다. "일어나라." 그는 정장의 재킷을 벗고 넥타이를 풀며 말했다. "내가 너를 위해 일거리를 하나 가져왔다, 녀석아. 당장 일어나."

소년은 일어나 앉아서 더부룩한 머리를 문질렀다. 누나처럼 적금색 머리카락이었다. "이봐요, 셰이. 지금 몇 시에요?"

샤머스는 웃으면서 스니커즈(고무창을 댄 운동화) 한 켤레를 소년에게 툭 던졌다. "200달러를 벌 수 있는 시간이지, 선불로 말이야. 추가로 100달러는 네가 그 일을 마친 후에 주지."

리암은 즉시 잠이 확 깼다. 그는 침낭을 둘둘 말아서 조그만 텔레비전 앞에 있는 작은 소파 뒤로 휙 던졌다. 그런 다음 그는 옷을 입기 시작했다—청바지, 흰 티셔츠, 그 위에다 짙은 감색의 두꺼운 스웨터, 샤머스가 던져준 지저분하고 닳아 빠진 스니커즈.

남자는 소파에 털썩 앉았고 가방을 바닥에서 미끄러뜨려 리암에게 건넸다. "이걸 반드시 타지에게 전달해줘야 해, 다른 사람은 절대로 안 돼. 지하철을 이용하고. 택시나 콜 서비스도 안 된다. 그곳에 어떻게 가는지는 기억하지?"

리암은 끄덕였다. 샤머스는 지갑으로 손을 뻗었고, 현금으로 200달러를 꺼내서 소년의 손에 쥐어주었다. "만약 어떤 문제라도 생기면, 내가 예전에 일러준 대로 꼭 행동해야 돼. 기억하지?"

소년은 끄덕였다. 샤머스는 서류가방을 조심성 있게 바라보았다. "그리고 무슨 일이 있어도 가방을 열어봐서는 안 돼. 알겠지?"

"알겠어요, 샤머스."

"그러면 출발해라. 그리고 나가는 길에 누나에게 이리로 올라오라고 전해라. 내가 누나를 기다리고 있다고…."

오전 1:24:18

로스앤젤레스, CTU 본부

"이봐, 티나. 내가 말한 건 그냥 금요일 밤에 내 친구들과 함께 외출하고 싶다는 얘기였다고…."

모니터 앞에 있는 의자에 앉아 있었는데도 슈나이더 대위는 마일로가 핸드폰으로 통화하고 있는 상대방의 눈물어린 흐느낌 소리를 들을 수 있었다.

"나는 절대로 너와 같이 있는 게 지겨워졌다고 말한 적 없어, 자기야. 나는 그 잡지 기사에 뭐가 쓰여 있건 상관 안 해. 나는 그렇지 않다고." 마일로가 주장했다.

"울지 마, 나는…."

슈나이더 대위는 마일로를 마주 보았다. "방해하고 싶진 않아요, 프레스만 씨, 하지만 국방부 데이터베이스와 연결하는 데에 약간 문제가 생긴 것 같아요."

마일로는 핸드폰을 손으로 가렸다. "그건 당신이 잘못된 라우팅(router에 의한 최적 경로의 선택) 프로토콜을 사용해서 그래요. 우리 쪽 연결 통신망을 사용해 보세요. CTU는 국방부와 언제나 접속 상태를 유지하고 있거든요. CIA도 마찬가지고요. 보안 코드는 '33—ZZ/'에요."

슈나이더 대위는 키보드를 두드렸다. 잠시 후 CTU의 랜덤 시퀀싱(무작위 배열분석) 프로그램이 국방부에 저장된 디지털 자료 전체에 검색하며 메모리 스틱에 인쇄된 일련번호와 일치하는 긴 문자열을 찾기 시작했다.

"이봐, 티나." 마일로가 핸드폰을 귀에 가까이 갖다 대며 말했다. "여기에 문제가 생겼어, 난 정말로 일해야만 해…."

"제 생각엔 상무부로부터의 자료 전송이 방금 끊어진 것 같아요." 슈나이더 대위가 말했다. 그녀는 마일로의 주의를 커다란 HDTV 모니터의 캄캄한 자료 창 쪽으로 돌리게 했다.

"아니에요." 마일로가 핸드폰을 가리면서 말했다. "깜박이는 빨간 커서를 보세요. 검색이 완료되었어요. 시퀀서를 통해서 결과물을 출력해보세요."

"그건 어떻게 하는 거죠?"

마일로는 손가락을 들어 세 개의 숫자를 눌렀다. 그리고 엔터.

"뭐라고." 마일로는 핸드폰에 대고 말했다. "여자 목소리를 들었다고. 내 상관이야… 그래, 티나, 당신 말이 맞아. 제이미의 목소리처럼 들리지 않은 건 제이미가 아니니까 그렇지…. 그래, 제이미 패럴은 여전히 내 상관이야. 그렇지만 지금은 또 다른 상관이랑 이야기하고 있는 중이라고."

"프레스만 씨? 이게 뭘 의미하는 거죠?"

마일로는 고개를 들어 자료 창에서 국방부 데이터베이스를 바라보았다. 노란불이 깜빡거리고 있었다. 그의 여자친구가 계속 재잘대고 있었지만 마일로는 더 이상 듣고 있지 않았다.

그는 자료 창을 좀 더 자세히 보기 위해 일어서면서, 멍하니 넋을 잃은 채 핸드폰을 닫아 주머니 안으로 떨어뜨렸다.

"믿을 수가 없군." 마일로는 놀란 듯 헐떡였다.

"뭐죠?"

마일로는 눈을 깜박였다. "나는 이 모든 일이 시간 낭비라고 생각했거든요. 거대한 디지털 건초더미 속에서 조그만 바늘 하나를 찾는 것처럼요. 하지만 당신이 해냈어요, 슈나이더 대위. 당신이 일치하는 것을 찾아냈다고요."

오전 1:38:09

라스트 켈트

리암은 닳아빠진, 중고품 할인판매점에서 구입한 스니커즈를 신고 계단을 뛰어 내려갔다. 펍은 텅 비어 있었다. 도니 머피는 포레스트 힐스로 막 떠났는데, 그곳은 그가 지금도 살고 있는 곳이자, 그와 고인이 된 그의 부인이 지난 20년 동안 함께 생활했었던 작은 벽돌집이 있는 곳이었다. 도니는 자신이 부재중일 땐 캐이틀린이 그 펍을 잘 돌보리라 믿었다. 그것은 그와 그녀가 맺은 거래의 일부이며, 그 대가는 위층에 있는 우중충한 아파트를 이용하는 것이었다.

캐이틀린은 리암에게 뜨거운 차 한 잔을 건넸다. "난 나가

봐야 해, 누나."

"앉아서 마셔. 한밤중에 온 시내를 헤매고 다녀야 할 테니까."

"하지만 샤머스가 누나를 기다리고 있어. 나한테 누나를 올려 보내라고 했단 말이야."

캐이틀린이 발끈했다. "난 제 마음대로 불러댈 수 있는 하녀가 아니라고. 샤머스 린치 그 사람은 자기가 누구라도 되는 줄 아는 모양이지, 망할 놈의 영국 황태자?"

리암은 웃으면서 칸막이 안으로 슬쩍 들어왔다. 캐이틀린은 그에게 설탕 그릇 하나와 쇼트브레드(밀가루와 설탕에 버터를 듬뿍 넣고 두툼하게 만든 비스킷) 쿠키들이 놓인 접시 하나를 가져다주었다. 그녀는 바닥에 놓인 가방을 힐끗 보았다. "가방 안에 있는 건 뭐야? 오늘밤에 어디로 가는 거야?"

"어떤 컴퓨터 부품일 거야, 내 생각엔." 리암은 어깨를 으쓱했다. "그걸 브룩클린에 있는 타지라는 놈에게 갖다줄 거야."

"브룩클린?"

"브룩클린 하이츠. 식은 죽 먹기야. 7호선 기차를 타고 타임스 광장에 간 다음, 2호선으로 갈아탈 거야. 그렇게 하면 애틀랜틱 대로 근처까지 갈 수 있어. 거기서부턴 걸어가야 해. 걸어가는 수밖에 없지만 전에도 그렇게 했던 적이 있으니까…."

"하지만 한밤중은 아니었잖아."

리암은 조금 남아 있는 차를 마저 마셨고, 쿠키는 손도 대지 않은 채 가방을 들었다.

"뭐 다른 거라도 먹고 싶은 게 정말 없는 거야?"

"그렇다니까, 배고프지 않아."

캐이틀린은 동생의 덥수룩한 머리와, 양치기 개처럼 얼굴 앞으로 흘러내린 적금색 앞머리를 손으로 쓰다듬었다. 어쩜 머리가 이렇게 길게, 빨리 자랄까? 그녀는 의아해했다. 내일 제일 먼저 그녀는 머리를 손질해줄 작정이었다. "말해봐, 리암, 거짓말하지 말고. 이 배달 건은 정직한 거지?"

"당연하지. 무슨 생각을 하는 거야? 샤머스는 전자제품 매장을 갖고 있어. 그 사람은 범죄자가 아니라고."

캐이틀린은 한숨을 쉬었다. 그녀는 리암이 샤머스를 형처럼 존경한다는 것을 알고 있었다. 그들은 그에게 많은 신세를 진 건 확실했다. 그녀에겐 일자리를 찾아주었고, 리암에겐 가톨릭 학교 학비를 지불해 주었다. 하지만 샤머스와 그의 형은 엄밀히 말해 갓 세탁한 시트 같은 깨끗한 사람들은 아니었다. 그녀는 그들이 이 펍 안에서 충분히 수상해 보일 정도로 조용히 이야기하는 것을 보곤 했기 때문에 그들이 모든 컴퓨터 부품들을 합법적인 도매 유통을 통해서만 거래하지는 않는다는 걸 추측할 수 있었다. 그들이 훔친 상품을 조무래기 갱단들에게 넘기는 것인지, 혹은 조직 범죄의 희생양이 되곤 하는 어수룩한 멍청이들이 운전하는 트럭에서 '빼돌려진' 것을 상자 채로 구입하는 것인지, 그녀는 확실하게 알지는 못했다. 그녀는 단지 리암이 그들의 사업에 말려드는 것을 원치 않을 뿐이었다. 그녀의 남동생이 악명 높은 도둑으로 변해가는 모습을 두고 볼 수는 없었으니까.

"리암, 샤머스가 뭐라고 했는지 말해봐. 나는 그 사람이 뭘로 널 부추겼는지 정확히 알고 싶어."

그는 어깨를 으쓱했다. "타지는 브룩클린에 어떤 가게를 갖고 있어—식품판매점. 그 사람한테는 신용카드와 은행카드 그리고 현금들을 취급하는 전산화된 금전등록기 같은 게 있어. 아마도 그게 고장 났나봐. 나는 그 사람한테 어떤 종류의 부품을 가져다주는 거고, 그게 다야."

"다른 건 없어?"

"진정해, 누나. 전에도 이 일을 해본 적 있어, 알잖아."

"하지만 이렇게 터무니없는 시간은 아니었잖아."

리암은 웃었다. "게다가 그 일에 대한 보수치곤 꽤 괜찮다고, 나한테는 좋은 조건이야. 걱정하지 마, 알았지? 샤머스는 타지를 한 번도 만나본 적이 없다고 말했어. 그는 단지 고객일 뿐이야. 그들은 모든 일을 전화로 처리한다고!"

캐이틀린은 한숨을 쉬었다. "좋아, 좋다고…. 정직한 것처럼 들리기는 해…. 그리고 너도 알고 있는 게 나을 것 같아선데, 샤머스가 너에게 일자리를 줄 거라고 나한테 말해줬어."

"그 사람이 그랬어!"

"쉿. 그래, 그렇게 말했어. 하지만 내가 너한테 알려줬다고 말하면 안 돼. 나는 단지 샤머스가 하고 있는 게 정직한 일이고, 네가 조금이라도 수상쩍은 일에 관여하지 못하도록 확실하게 하고 싶었을 뿐이야."

"무슨 상관이람, 돈을 벌 수만 있다면야?"

캐이틀린은 남동생의 어깨를 흔들었다. "그렇게 말하지 마. 돈보다 훨씬 중요한 것들도 많이 있어."

리암은 머리를 뒤로 젖히며 웃었다. "여기 미국에서는 아니야, 누나. 미국에서는 돈이 전부라고."

"입 다물지 못해."

"싫어." 리암이 대답했다. "자선 바자 매장에서 산 나이키를 신고, CD 플레이어 대신에 라디오를 듣는 것도 질렸다고. 나는 닌텐도가 갖고 싶어. 내 컴퓨터도 갖고 싶고. 그리고 낡은 펍 위층에 있는 쓰레기 같은 아파트에서 사는 것도 지겹다고. 누나는 안 그래?"

오전 1:55:33

59번가 다리(복층식 구조) 하층 차도

"정말이라니까요, 진짜. 이렇게 멋진 애들은 본 적도 없을 겁니다. 이 계집들은 창녀들도 아니고 꽃뱀들도 아니라고요.

개네들은 급이 높다구요, 뭔 말 하는지 알죠? 몸매가 끝내준다니까요."

흰색 SUV는 진입로로 들어섰고, 이스트 강 위에 가로놓인 퀸스에서 맨해튼까지 이어진 다리를 올라가고 있었다. 단테는 창문을 내려 지나치게 마셔댄 맥주와 과하게 복용한 코카인으로 인해 혼미해진 머리를 식혔다. 지난 3시간 동안, 그는 59번가 다리의 퀸스 쪽에 있는 스트립 클럽에서 그의 오른팔 같은 수하와 함께 파티를 즐겼다. 지금은, 밀어버린 머리와 목 주위에 핏빛 가시덩굴 문신을 한 뚱뚱한 마약 밀매자가 그의 맨해튼 고객들 중 하나가 종종 들르곤 했던 갈보집으로 그를 데려가고 있었다.

"말이 필요 없어요." 그 수하가 단테에게 말했다. "고 암캐들… 개네들이 진짜 왕처럼 느끼도록 해줄 겁니다."

소음의 정도가 심해진 것은 밴이 1.6km 이상 뻗어 있는 복층식 구조의 다리 하층 차도로 진입했을 무렵이었고, 그곳은 강철 지지 구조물 속에 에워싸여 있었다. 시커먼 강물이 다리의 경간 한참 아래로 흐르고 있었다. 앞쪽으로는 맨해튼의 불빛들이 따뜻한 봄날의 어둠 속에서 반짝거렸다. 단테는 창문을 내려서 닫고는 좌석 깊숙이 파고들었다.

"왕이라, 허! 한판 붙어보자고. 오늘밤이야말로 내가 바로 왕이니까 말이야."

왕보다 더한 것, 단테는 지난 24시간 동안 생존한 이후 절대 불사신이 된 느낌을 받았다. CTU의 급습과 비행기 추락, 둘 다 그를 끝장내지 못했다. 이제 그 일은 다 끝났고, 단테는 새벽까지 파티를 즐길 참이었다.

"화대가 싸지는 않아요. 이 아가씨들은 서튼 플레이스 호텔에 머물고 있거든요."

"돈에 대해서는 걱정하지 마, 이 촌놈아. 오늘밤 자네는 통치자와 이야기하고 있는 거라고."

단테는 의자 뒤로 손을 뻗어, 뒷좌석 아래의 공간에서 은백색 서류가방을 끌어당겼다. 그는 가방을 무릎에 올려놓고는 가볍게 두드렸다.

"이 자리에서 너한테 말해주는 건데, 나는 왕의 몸값을 갖고 있다고."

갱 녀석이 고개를 끄덕이며 입술을 핥아대는 순간, 단테가 잠금장치의 끌렀다. 그런 다음 덮개를 들어올렸다. 그리프가 타티아나스 주차장에서 그에게 자랑스럽게 내보였던 돈 다발 아래에 있는 1파운드(450그램) 덩어리의 C4(군사용 플라스틱 폭약)가 폭발했다.

두 개의 기폭장치가 서류가방에 있었다. 결국 하나는 실패했고, 다른 하나가 플라스틱 폭발물을 촉발시켰다. 그리프는 둘 모두를 작동시킨 다음, 덮개를 닫은 가방을 건넨 것이었다. 폭발로 인해 SUV의 선루프가 위쪽으로 치솟아 머리 위쪽의 고가 다리의 천장에 부딪쳤다. 창문과 문짝들은 흰색 SUV로부터 떨어져 날아갔고, 파편과 유리도 바깥쪽으로 넓은 지역에 위협적인 아치를 그리며 날아가버렸다.

격렬한 폭발 바로 아래 앉아 있던 단테 얼리는 그 즉시 형체도 없이 사라져버렸다. 경련을 일으키던 대머리 수하의 몸뚱이는—알아볼 수 없을 정도로 불에 타버렸고 여전히 타오르는 채로—승합차 밖으로 내던져졌고 교통 차선을 분리하고 있는 콘크리트 벽 너머로 날아가버렸다. 트럭 한 대가 반대 차선에서 퀸스로 향하던 중 불타고 있는 시체의 잔해마저 완전히 부숴버렸다.

SUV는 적황색 불길과 시커먼 연기의 소용돌이 속에서 앞쪽으로 몇 미터를 구르고 나서 두 번째 폭발 때 반으로 갈라져버렸는데, 그로 인해 잔해가 흩뿌려졌고, 불타는 휘발유가 에워싸인 도로의 두 개 차선을 가로지르며 흘러내렸다.

1 2 3 4 5 **6** 7 8 9 10 11 12 13 14 15 16 17 18 19 20 21 22 23 24

다음 이야기는 오전 2시부터 오전 3시 사이에 일어난 것이다.

오전 2:02:03

로스앤젤레스, CTU 본부

제이미 패럴은 자신의 주의력을 두 군데로 나누어 집중했는데, 하나는 주 화면에 있는—이제는 2시간 이상 경과해버린—최신 국내 보안 경보(Domestic Security Alert)였고, 다른 하나는 HDTV 모니터의 오른쪽 위편에 위치한 데이터 창이었는데, 거기에는 동부 해안에 있는 단테 얼리의 움직임이, 그 갱 녀석의 표피 아래에 심어 놓은 마이크로칩으로부터 신호를 탐지하는 GPS 프로그램에 의해 추적되고 있었다.

일별 보안경보를 평가하는 것은 제이미의 일과 중에서 중요한 부분이었다. 요주의로 분류된 감시 목록은 워싱턴 D.C.에 있는 리처드 월시의 참모들에 의해 종합되었고, 컴퓨터에 의해 자동적으로 동부 서머타임 기준으로 매일 저녁 자정에 발행되었다. DSA에는 미국 본토, 알래스카 그리고 하와이 내에서 다음 24시간 주기 안에 발생하는 안보 위협 혹은 테러리스트의 주의를 끌 만한 모든 사건이 언급되었다. 모든 CIA 분과—CTU를 포함해서—외국의 수도 혹은 전 세계의 대사관들에 배치된 모든 현장 요원들 또한 그 DSA '요주의 목록'을 통보받았다.

수많은 사건들이 현재의 국내 보안 경보에 언급되어 있었다. 다음 24시간 안에 미국 해군 항모 전단(Navy Carrier Group)이 샌디에이고에 정박할 예정이고, 미국 대통령은 에어포스 원(대통령 전용기)을 이용해 의례적인 방문 차 콜로라도 주 스프링스 시 하원의원의 지역구 모금 행사를 위해 날아갈 예정이고, 펜실베이니아 주 방위군(National Guard)은 펜실베이니아 중부의 구릉지에서 기동훈련을 실시할 예정이었다.

또한 DSA 목록에 올라 있는 것들로는 펜실베이니아 스리마일 섬(Three Mile Island)에 있는 원자로로부터 사용을 마친 핵연료봉의 운반 일정, 질병관리본부(Centers for Disease Control)에서 뉴욕 시까지 위험한 생물학적 표본들을 운반하는 임대 비행, 대통령의 교육 행동 강령을 지원하기 위한 영부인 차량 행렬의 버지니아 주 폴스 처치에 있는 유치원 방문 등이 있었다.

제이미는 각 항목을 '추가 행동 불필요/CTU LA' 목록으로 막 분류하려는 순간, 빨간색 경고 광점(光點)이 GPS 데이터 창 안에서 깜박거리는 것을 보았다. 단테 얼리의 신호가 사라져버린 것이었다.

"오, 젠장."

제이미는 프로그램이 오작동을 일으켰거나 아니면 아마도 얼리의 피하 추적장치의 건전지가 예상보다 빨리 소모되었을 거라고 생각했다. 그러나 그 장치에 신호를 보내려고 애를 써 보았지만, 응답이 오지 않았다—심지어 그 장치가 모든 전력을 소모했다 하더라도 칩의 이중-안전 시스템으로부터 한 번의 깜박임 반응은 수신했어야만 했는데도 불구하고. 추적장치가 완전히 반응을 하지 않는 유일한 경우는 그것이 파괴되었을 때뿐이었다—그러한 유일한 가능성은 단테 얼리의 몸이 철저하게 소멸되었을 경우뿐이었다.

가슴이 요동치는 가운데, 제이미는 추적 모드 카메라를 되돌려서 GPS 광점이 사라진 순간까지 그 경로를 거슬러 추적했다. 신호는 그녀가 쳐다보기 35초 전에 전송을 정지했다—동부 해안과 서부 해안 사이의 신호 지연을 계산하면 1분이 넘을 수도 있었다. 제이미가 지형 모드로 전환하고, GPS 경로 위에 뉴욕 시의 격자 지도를 겹치는 데에 다시 1분이 소요되었다. 영상들이 주 화면에 형성되기 시작하면서, 처음으로 제이미에게 보여준 것은 단테 얼리의 신호가 이스트 강 위에서 사라졌다는 것이었다. 마침내, 3차원 영상의 59번가 다리 모습이 나타났다. 광점은 다리의 중간 지점에서 사라져버렸다.

제이미는 보조시스템을 작동시켰는데, 그것은 수십 개의 주요한 미국 대도시 지역의 응급 서비스 부문과 즉시 접속할 수 있었다. 그녀는 뉴욕 시의 EMS(emergency medical service, 구급 의료단) 코드를 입력했고 10초 후 911 통화의 방대한 접속 기록들이 그녀의 모니터에 나타났다.

제이미가 목록들을 살펴보기도 전에 새로운 통화기록 하나가 911 등록부의 맨 위에 나타났다—누군가 뉴욕 경찰청과 소방방재청에 59번가 다리의 중간 지점에서 일어난 사고에 대해서 경보를 알린 것이었다. 광분한 듯한 911 통화에 따르면, 흰색 최신 모델의 SUV 한 대가 화염에 휩싸였다는 것이었다—혹은 폭발의 가능성일지도. 그 다음의 통화자는 다수의 사상자가 있음을 알려왔다.

제이미는 믿어지지 않는 눈길로 화면을 응시했다. 전화가 울렸고 그녀는 인터컴 단추를 눌렀다. "네?"

"니나예요."

"세상에, 니나, 지금 막 잃어…."

니나가 그녀의 말을 가로막았다. "잘 들어요, 제이미, 시간이 많지 않아요. 나는 지금 잭과 통화 중이에요. 그가 방금 우리에게 새로운 정보를 부탁하며 맡겼어요. 미사일 발사장치를 가지고 있을 가능성이 있는 남자들의 신원을 포함해서요. 지금 잭이 단테 얼리의 위치에 대한 최신 정보를 요구하고 있어요."

오전 2:14:10

타티아나스 선술집

잭은 얼리의 죽음에 관한 소식을 힘겹게 받아들였다. 그들의 가장 중요한 실마리가 사라졌다. 그는 제이미 패럴과의 통화를 끝내고 라이언 슈펠과 연락을 취했다.

요령껏, 조지 팀코는 그 순간 '차를 더 마시기'를 선택했다. 잔을 손에 든 그 우크라이나 갱은 잭이 그의 상관과 사적으로 통화할 수 있도록 사무실에 홀로 남겨두었다. 하지만 잭은 이미 팀코가 그 장소에 도청장치를 설치해 놓았을 거라고 추정했다.

"얼리에 관해 들었습니까?" 잭이 말문을 열었다.

"니나가 방금 말해주었네." 슈펠이 대답했다. "하지만 자세한 보고를 들을 시간은 없었네…."

"들어보세요, 린치 형제가 단테를 만났을 때 그들이 단테에게 서류가방을 건네준 사실을 제가 언급했는지는 잘 모르겠지만…."

"린치 형제?"

"메르세데스에 타고 있던 남자들. 그들이 바로 미사일 발사 장치를 차 트렁크에 싣고 사라진 자들입니다." 잭은 설명을 하면서 슈펠이 그가 이미 지휘본부에 전달해 준 사건들을 파악하기 위해 애쓰지 않았다는 사실에 부아가 돋았다.

"이들 린치 형제들이 뭘 어쨌다는 건가, 잭?"

"제 생각엔 그들이 얼리를 제거하기 위해 가방 안에 폭탄을 설치한 것 같습니다."

"그게 어떤 의미인지 이해되지 않는군. 그들은 얼리의 탈출을 돕기 위해 FBI 전용기를 격추한 놈들이지 않은가?"

"아마도 얼리의 효용성이 다하지 않았나 생각됩니다. CTU 쪽에 그의 활동이 노출되었으니까요." 잭이 말했다. "아니면 단테 얼리가 헨슬리 특수요원과 맺은 거래와 뭔가 관련이 있을 수도 있고요."

잭은 상대편이 짓는 깊은 한숨 소리를 들었다. "뭐가 잘못되었습니까?"

"헨슬리 특수요원이 그의 상관들에게 진술하는 중이네, 잭. 그가 자네를 지목했어. 두 명의 연방보안관 살해하고, 조종사를 쏘고, 단테 얼리의 탈출을 도와준 인물로 말일세."

"미친 소립니다. 제가 말했잖아요, 프랭크 헨슬리가 배신자라고."

"그 말을 그대로 받아들이기엔 FBI 쪽에 약간 문제가 있네. 헨슬리가 최고 훈장을 받은 현장 요원이란 점일세. 그는 5년 가까이 그 일을 해왔단 말이야. 그건 CTU가 활동한 것보다도 긴 시간이야."

"그래서 하시고 싶은 말씀이 뭡니까?"

"우리도 사건의 전말을 파악하기 위해서 할 수 있는 모든 일을 하고 있네. 하지만 자네가 알아둬야 할 것은 일부 다른 기관들이 CTU를 완전히 배제시키고 있다는 것과, FBI가 협조하지 않는다는 걸세. 더 나쁜 소식은 FBI가 자네에 대한 체포 영장을 발부했다는 거네."

긴 침묵의 순간이 이어졌다. 그러 다음 슈펠이 말했다. "그건 지금 이 순간부터 유효하니까 자네는 자네 스스로 해결해야 한단 말일세, 잭."

통화는 끝났고 잭은 핸드폰을 내려놓았다. 때를 맞춘 것처럼 조지 팀코가 두 잔의 달콤한 김이 나는 차를 가지고 돌아왔다. 그는 하나를 잭 앞에 내려놓았다. 그런 다음 책상 뒤쪽에 앉아서 자신의 차를 한 모금을 마셨다.

"안 좋은 소식이오?"

잭은 그 질문에 대답하지 않았다. 대신에 팀코의 낡은 철제 책상에 비스듬히 기댔다. "린치 형제들과 얼리의 패거리들이 당신을 죽이려고 시도했어요, 조지. 당신은 복수를 원하지 않습니까?"

우크라이나인이 킬킬거렸다. "몰론이오. 반드시 나는 그 아일랜드 양아치들에게 혹독한 대가를 받아낼 거요, 멕시코 놈들도 마찬가지고—하지만 내 방식대로요, 잭 바우어 선생. 당신의 계획, 혹은 당신네 정부의 뜻대로가 아니라.”

잭은 언짢은 표정으로 턱을 문질렀다. 짧게 깎은 수염이 슬슬 자라나고 있다는 첫 신호였다.

“하지만… 당신이 내 생명을 구해주었기 때문에 나는 당신에게 뭔가 빚을 진 느낌이요.” 팀코가 덧붙였다. 그는 퀸스의 지역 전화번호부를 책상 아래에서 끄집어내서 페이지를 넘겼다. 업종별 전화번호 구획의 어딘가에 동그라미를 그렸고, 그런 다음 그 페이지를 찢어냈다.

“그리핀과 샤머스 린치는 포레스트 힐스에 있는 그런 드래건 매장 하나를 운영하고 있소. 그건 어떤 가맹사업의 한 지점이요. 컴퓨터 판매와 수리.” 그는 그 페이지를 잭에게 건넸다. “여기 주소와 전화번호가 있소. 하지만 그들은 대부분의 실제 업무를 루즈벨트 대로에 있는 지하철 고가선로 아래 아일랜드식 펍에서 처리하오. 펍 이름은 라스트 켈트. 그곳은 도니 머피라는 은퇴한 웨스티가 소유하고 있는데, 그는 유력 인사들과 선이 닿는 인물이오, 오래전에 그 바닥에서 발을 뺐는데도 불구하고 말이오. 머피는 린치 녀석들이 무대에 모습을 보인 이후로 계속 보호해 왔소.”

“보호했다고요?”

“이 도시에선 모든 사람들이 보호를 필요로 하오, 잭 바우어 선생. 심지어 당신처럼 매우 재주가 뛰어난 남자라도 말이오."

"사양하죠. 지금 당장 제게 필요한 건 내 무기뿐입니다."

팀코는 양손을 깍지 끼고 잭의 눈을 지그시 바라보았다.

잭은 어깨를 으쓱했다. "알았어요, 생각해 보니 이 펍의 약도, 자동차 한 대, 여분의 탄약도 역시 필요할 것 같군요. 어쩌면 예비용 무기도요, 하지만 AK-47처럼 요란한 건 빼고요—당신과 유리만 괜찮다면요."

팀코는 미소를 지으며 고개를 끄덕이고는 전화기를 들고 번호를 두드리기 시작했다. "지금은 매우 늦은 시간이요, 잭 바우어 선생. 하지만 내가 무얼 할 수 있는지 한번 봅시다."

오전 2:27:56

로스앤젤레스 CTU 본부

도리스는 삭제 키를 누른 다음 결과를 기다렸다. 5~6초가 흐른 뒤 캐시 메모리가 0%를 표시했고 그녀는 다음 파일로 이동했다. 그 데이터의 파일 용량을 확인한 후, 그녀는 삭제 키를 다시 한 번 눌렀다. 이번엔 시스템이 지연되는 것처럼 보였고, 도리스는 초조하게 발뒤꿈치를 떨어대며 프로그램이 명령을 수행하기를 기다렸다.

슈나이더 대위가 물리적 분석을 위해 그 기억장치를 가져온 후, 도리스는 그 장치로부터 다운로드한 데이터의 복사본을 하나 만들었고, 그런 다음 CTU의 주 데이터베이스 안에 원본을 저장했다. 견본 파일을 파일 저장고에 안전하게 보존한 다음, 도리스는 복사본을 '해부'하는 일을 착수했다. 우선, 그녀는 데이터 흐름이 서로 다른 것들을 분리했는데, 그 과정에서 스스로 개발한 다양한 기법들을 사용했다. 그 기법들은 그녀가 숙부를 위해 캘리포니아 주 오클랜드에 있는 그분의 장난감 공장에서 복제할 수 있도록—그래서 싸구려 모조품을 제조할 수 있도록—개발한 해킹 프로그램들이었다. 데이터 흐름별로 분리한 다음 도리스는 그것들을 삭제하기 시작했다. 한 번에 하나씩. 그녀의 목적은 그 프로그램을 폐기시키는 것으로서—그것을 완전히 근절시키기 위해서—그 구조를 발견하고 뼈대를 가려내려고 노력하는 중이었다.

간혹 놀랄 만한 것들이 가장 간단한 프로그램들 속에 감추어져 있는 경우가 있었다. 모든 종류의 정보가 같은 것도 말이다. 가끔 보조 프로그램의 개발자들이 무심코 정보를 묻어놓거나 혹은 고의로 숨겨놓기도 했다. 워터마크들(일종의 디지털 서명), 접속 통로, 보안 프로토콜들, 그리고 분할 코드들이—이따금 완전한 소프트웨어 공학기술 설명서, 혹은 개념도들이—단순히 외부 프로그램의 적절한 응용에 의해 발견되거나 해독되기를 기다리고 있었다.

과거에 도리스는 사이버 공간에 떠돌아다니거나 상업적으

로 이용이 가능한 다양한 역분석 공학 프로그램들을 시험해 보았었는데, 그녀는 그것들 중 어느 것도 썩 마음에 들어하지 않았다. 대신에 그녀는 우연히 발견한 각 프로그램을 분해하고 그중 최고의 부분들을 사용해서 그녀의 개인용 역분석 공학 괴물을 창조했다. 그녀는 그것을 프랭키, 즉 프랑켄슈타인의 줄인 말로 불렀다. 왜냐하면 그녀의 창조물은 마치 괴물처럼 잡동사니들로 모두 짜깁기된 기괴한 것이었으니까. 그리고 그 괴물처럼, 프랭키 또한 각 부분들을 합친 것보다 훨씬 대단한 살아 있는 존재였으니까. 프랭키의 경이적인 능력을 사용해서 도리스는 메모리 스틱의 소프트웨어를 조각조각 분해했고 동시에 그 프로그램의 기밀들을 도해(圖解)해 나갔다.

프랭키는 이제 거의 10년 가까이나 오래되었는데, 처음 빼대는 도리스가 그녀의 숙부를 위해 일을 시작했을 시점으로 거슬러 올라갔다. 그 당시 그녀는 자신의 해킹 기술들이 대단하다고는 전혀 생각하지 않았다—'몇 가지 비법을 얻기 위해서' 역분석 공학 워킹 포럼이 후원하는 학회에 가기 전까지는. 그 포럼 위원회 회원들은 소프트웨어에서 숨겨진 정보나 시스템 구조를 재발견하는 젊은 여성의 획기적인 방법론에 깊은 감명을 받았고, 그들은 그녀를 초대해 그 단체에 가입시켰다. 도리스가 막 열여섯 살이 되었을 때였다.

긴급히 삑삑 대는 신호음에 깜짝 놀란 도리스가 잠에서 깼다. 그녀는 눈을 껌벅거리며, 화면을 잘못 본 게 아닌가 하며 눈을 비볐다.

"시스템이 명령 실행에 실패했다고!?"

이런 일은 한 번도 일어난 적이 없었다, 단 한 번도.

그녀는 한숨을 쉬었다. "만약 첫 번째에 성공 못했다면…."

도리스는 그 파일을 다시 불러들였고, 캐시 메모리의 크기를 확인했다—이전과 똑같았다. 삭제 버튼을 누르기 앞서 그녀는 데이터가 흘러들 수 있도록 또 다른 파일을 불러들임으로써 폐기 과정에 시동을 걸었다. 가끔 그런 속임수는 문제 해결을 거부하는 고집스런 프로그램들에게 쓸모가 있었다.

다시 오랜 지연 시간의 기다림 후 그녀는 응답을 받았다.

"또 실패했다고!"

도리스는 캐시 메모리를 확인했다—약 5% 가량을 제외한 그 프로그램 모두가 실제로 삭제된 것을 발견했다. 그러나 데이터의 고집스런 부분은 캐시 메모리 속에 그대로 남아 있었다. 도리스는 그것이 어떤 접속용 프로그램의 잔여물이거나, 그녀가 삭제했던 데이터를 다른 프로그램에서 사용되도록 허용해주는 것일 수도 있다고 의심했다. 문제를 해결하는 일은 일단 제쳐두고, 도리스는 데이터의 다음 파일로 넘어갔다.

하지만 이후에도 똑같은 문제가 또 다시 발생했다. 메모리 캐시에 남아 있는 고집스런 5%는 그녀가 어떤 노력을 하더라도 삭제되기를 거부했다.

도리스는 좌절감에 작은 비명을 질렀다.

오전 2:36:19

타티아나스 술집

유리가 사무실 문 앞에 나타나서 머리를 한쪽으로 까딱거렸다. 조지는 일어나서 잭 바우어를 깨웠는데, 그는 알메이다라는 이름의 누군가와 오랜 전화 통화를 끝낸 후 의자에 파묻혀 잠에 빠졌었다.

"자동차가 준비되었소, 바우어 선생."

잭은 잠을 쫓기 위해서 눈을 비볐다. "지금이 몇 시죠?" 그가 눈을 깜박거리면서 본 것은 조지 팀코의 책상 위에 놓여 있는 무기들과 탄약들이었다.

잭은 산탄총을 무시하고, 헤클러 앤 코흐 Mark 23 USP 권총을 집어 들었다. 45구경의 작고 가벼운 자동장전식(USP, Universal Self-loading Pistol) 전술형 모델로, 잭이 델타포스에서 복무하는 동안 사용했던 것이었다. 표준형 마크 23은 전술형 모델에 부착된 부가장치들이 없었다—KAC(Knight Armament Company, 미국 무기 및 부품 제조 회사) 소음기의 사용을 가능하게 해주는 O형 링 총신과, 뒷가늠자 조절장치가 없었다. 하지만 잭에게 있어 보다 중요한 것은, 마크 23은 최상위 전술형처럼 방아쇠 보호대 뒤쪽에 양손잡이용 탄창 방출 기능을 가지고 있다는 것이었다. 이 장치는 소모한 탄창의 배출을 엄지나 검지로 할 수 있도록 해주어서 무기를 쥔 손을 재조정할 필요가 없었다—신속한 재장전과 정확한 사격을 위한 필수적인 기능이다.

"급한 대로 내가 할 수 있는 한 최선을 다했소." 조지는 미안하다는 듯이 말했다.

잭은 권총의 노리쇠 부분을 점검했는데, 그것은 약실의 실탄 장전 표시 장치로도 쓰였다. 탄창이 가득 차 있었지만, 판독이 정확한지 직접 확인하기 위해서 잭은 슬라이드를 뒤쪽으로 살짝 잡아당기고 내부를 들여다보았다. 책상 위에는 여분의 탄창들은 놓여 있었고—12개—각 탄창에는 12발의 45구경 탄환들이 장전되어 있었다.

잭은 9mm 탄환을 사용하는 것에 익숙해 있었다. 큰 45구경 탄환이 아니라. 그러나 마크 23의 무반동 구조는 스프링 속에 또 하나의 스프링이 있는 완충 특성을 갖추고 있으므로, 잭은 반동감이 충분히 줄어들기 때문에 큰 타격을 주는 탄환으로 바꿔 사용하더라도 별 어려움이 없다는 것을 알고 있었다.

진심에서 우러난 감사를 팀코에게 전한 잭은 안전장치를 고정시키고 무기를 어깨의 권총집에 밀어 넣었다. 그런 다음 여분의 탄약들을 바지, 셔츠 그리고 재킷의 주머니에 집어넣었다.

"산탄총도 함께 가져가시오, 잭 바우어 선생." 조지가 요구했다. "사람보다 더 큰 것을 쏴야 할 일이 생길지도 모르는 일이잖소."

잭은 쌍발의 총열이 짧게 잘려져 있는 무기를 덥석 집어 들고는 어깨 위에 걸쳐 놓았다. 그런 다음 그는 조지를 따라 밖으로 향했다. 그들은 복구공사로 인한 소음이 지속되는 카운터 주변을 돌아서 술집 밖 덤프스터들 사이에 숨겨진 뒷문을 통해 밖으로 빠져나왔다.

"내 비상용 탈출구라네." 조지가 설명했다.

냄새나는 쓰레기통 뒤를 벗어난 잭은 자신이 타티아나스 주차장에 있음을 알았다. 바깥의 밤공기는 다소 선선해졌지만, 습도는 아직도 로스앤젤레스보다 더 높았다. 하늘은 맑은데다 구름 한 점 없었고, 주차장은 거의 텅 비어 있었다. 유리가 1998년산 선홍색 포드 머스탱 코브라 컨버터블(오픈카)에 몸을 기댄 채 그들을 기다리고 있었다. 그는 차 열쇠를 잭에게 던져주었다.

"자네에게 라스트 켈트로 가는 약도는 주겠네. 애석하게도 자동차에 대한 적절한 서류는 제공해줄 수 없네. 그래서 자네에게 충고하는데, 뉴욕 경찰에게 제지당하지 않도록 하게나. 그들이 약간 난처한 질문들을 물어볼 수도 모르니까…."

잭이 운전석에 올라탔다. "차는 가능하면 빨리 돌려드리도록 노력하겠습니다." 그가 말했다.

"그건 걱정하지 마시오," 팀코가 괜찮다는 손짓을 하며 대답했다. "그 차는 내 것이 아니니까."

잭이 시동 장치에 열쇠를 꽂자, 305마력의 8기통 엔진이 으르렁거렸다. 잠시 후 조지 팀코와 유리는 잭이 어둠 속으로 달려 나가는 것을 지켜보았다. 잭이 떠나고 나자, 조지가 고개를 가로저었다. "저 훌륭한 자동차의 실제 주인이 넉넉할 만큼 자동차 보험에 가입해 놓았다면 좋겠구먼. 잭 바우어 선생이 운전석에 앉았으니 그 사람은 그게 꼭 필요할 거야."

오전 2:45:13

로스앤젤레스, CTU 본부

"메모리 스틱의 버스 단자에 있는 일련번호가, 상하이에서 제조되었고 아브랙서스-겔더 유한책임회사(LLC)라는 스위스의 한 회사에서 수입된 것과 일치합니다." 제시카 슈나이더 대위가 말문을 열었다. "그 선적화물은 작년 5월 미국 세관을 통과해서 들어왔고, 이 특정 부품은 이곳 로스앤젤레스, 리틀 도쿄에 있는 그린 드래건 컴퓨터 매장에서 구입했습니다."

말을 하는 동안 슈나이더 대위는 회의실 탁자 위에 닫은 상태로 올려놓은 파란색 서류철을 톡톡 두드렸다. 그녀가 직접 자료를 모았기 때문에 굳이 노트를 참조할 필요가 없었다. 그녀가 위기대응 팀에 전한 최신 정보는 간명하고 유용했다.

"누가 이 그린 드래곤 사업체를 소유하고 있습니까?" 토니가 물었다.

그녀는 토니 알메이다 요원을 향해 얼굴을 돌렸다. "대만의 한 거대기업으로 아브랙서스-겔더가 파트너로서 참여하고 있습니다. 그러나 리웬추라는 이름의 한 남성이 컴퓨터 매장 가맹사업의 지배적 지분을 소유하고 있습니다. 그들은 '컴퓨터 헛'이나 '사이버-스토어' 같은 가맹점들과 치열한 경쟁을 벌이고 있는 중입니다."

"이 리웬추라는 인물은 국제적인 테러리즘과 어떤 연관이 있습니까? 중국 민족주의 운동(Chinese Nationalist Movement)이라든지?" 니나가 물었다.

"아닙니다." 슈나이더 대위가 여전히 토니를 바라보면서 말했다. "그렇지만, 1995년도에 인터폴(국제형사경찰기구)에 의해 작성된 한 보고서에 따르면 리웬추가 예전에는 홍콩에 있는 삼합회의 보스였다고 합니다. 그는 중국 공산주의 정부가 섬의 지배권을 되찾기 바로 직전에 이권 사업들을 대만으로 옮겨야만 했습니다."

"삼합회가 미국 화물기를 격추시키는 일에 많은 관심을 갖고 있을 거라는 것은 좀 의심스럽군요." 토니가 말했다. 그는 의자를 돌려 제이미 패럴을 마주 보았다. "그 자동차 번호판들을 추적하는 일은 어떤 진척이 있나요?"

"그 메르세데스는 그리핀 린치, 우리가 이미 알고 있는 인물 앞으로 등록되어 있어요. 그리고 SUV는 맨해튼에 있는 어떤 회사 앞으로 등록되어 있는데…." 제이미의 목소리가 점점 기어들어 가는 가운데 그녀는 손에 든 자료들 틈에서 그 출력물을 찾아 뒤적거렸다. 제이미는 그 정보를 갖고 있지 않고 그녀의 자리에다 놓아 둔 것이 틀림없다는 것을 깨닫고는 거의 신음을 내지르다시피 했다. 그녀는 토니의 따가운 눈총을 느끼고, 니나의 짜증 섞인 한숨소리를 들은 후에도 계속해서 자료들을 뒤적거렸다.

노크 소리가 그들을 방해했다. 그 문은 니나가 방문자에게 뭐라고 경고하기도 전에 열렸다. 그 회의실은 위기대응 팀의 대원들을 제외한 모든 사람에게 제한되어 있었다. 그 방문자가 라이언 슈펠이 아닌 다음에는. 물론 그는 일부러 노크를 하지도 않았을 테고 그곳에 올 리도 없었지만 말이다.

도리스가 머리를 문틈을 통해서 들이밀었다. "아, 거기들 계셨군요." 그녀가 과하게 큰 안경을 밀어 올리며 말했다. "당신네들을 찾아서 사방을 뒤지고 다녔잖아요."

만일 니나가 참을성이 없었다면, 그녀를 참여시키지 않았을 것이다. "들어와요." 니나가 말했다. "그리고 문은 닫아주세요."

새삼스럽게 부끄러워하며 도리스는 문을 지나쳐 걸어 들어왔다. 마일로는 오직 자기 혼자만 그 젊은 여성이 신발을 신고 있지 않았다는 사실을 알아차렸는지 의아해했다.

"실례할게요. 제가 뭔가 찾아냈는데, 제 생각엔 중요한 거

같아서요." 도리스가 앞으로 나서며 니나에게 출력물 한 장을 건네주었고, 그녀는 그것을 힐끗 쳐다본 다음에 다시 마일로와 제이미에게 넘겼다.

"마치 비문(碑文)의 두 번째 겹처럼 그것이 메모리 스틱의 소프트웨어 내부에 숨겨져 있었어요."

마일로가 펜으로 자신의 코를 두드렸다. "일종의 워터마크? 아니면 제작자의 어떤 프로토콜?"

도리스가 머리를 가로저었다. "이건 어떤 실제 프로그램이고, 게다가 엄청 중요한 것 같아요. 주요 프로그램 데이터보다도 더욱 깊숙이 묻혀 있었고, 훨씬 보호되어 있었으니까요. 그런 점으로 봐서 제 생각엔 첫 번째 겹 전체는 일종의 계략이었고, 정말 중요한 정보는 이 숨겨둔 코드 내부 어딘가에 암호화되어 있을 것 같아요."

"암호화되어 있다고요?" 니나가 말했다. "그 말은 아직 그것을 풀어내지 못했다는 뜻인가요?"

도리스는 자신감으로 넘쳤다. "아직은요, 하지만 프랭키가 작업을 진행하고 있으니까 그건 단지 시간문제일 뿐이죠."

마일로가 눈을 깜빡거렸다. "프랭키가 누구죠?"

오전 2:55:30

퀸스, 우드사이드

리암은 루즈벨트 대로에 4층 높이로 솟아 있는 승강장에 서 있었다. 서늘하고 습한 미풍이 바다로부터 불어와서 낮 동안 뜨거워진 열기를 가르고 있었다. 짜증 섞인 신음소리를 내면서 그는 싸구려 플라스틱 손목시계를 힐끗 쳐다보았다.

거의 새벽 3시였다. 그는 한 시간 가까이 지하철을 기다리고 있는 중이었다. 이런 밤 시간에는, 특히 평일에는 지하철편이 더욱 드물다는 건 그도 알고 있는 사실이었다. 그렇지만 이건 정말 터무니없었다. 겨우 세 대의 열차만이 그가 기다리고 있는 동안에 왔을 뿐이었다. 두 대의 일반 열차는 반대 방향으로 향했고, 한 대의 정비용 열차는 정거장에 멈추지 않고 그대로 통과해서 지나갔다.

그는 10분만 더 기다리기로 마음먹었다. 만약 열차가 오지 않는다면, 그쯤에서 포기하고 북쪽 대로를 향해 열 구획을 걸어갈 작정이었다. 그곳에서는 R호선을 탈 수 있었다.

리암은 선로를 따라 멀리 떨어져 있는 다음 정거장 쪽을 뚫어져라 쳐다보았다. 불빛이 나타났다—마침내 기다리던 열차였다. 그는 서류가방을 내려놓고 손을 문질러 땀을 닦아냈다. 은백색 가방을 다시 들어 올린 그는 잠시나마 무엇이 안에 들어 있는지 궁금했다. 그게 무엇이든 간에 아주 무겁지는 않았다. 가장 중요한 것은, 리암의 입장에서 생각하면 브루클린으로 이 가방을 가져가는 일이 현금 300달러를 의미한다는 것이었다.

리암은 개방된 승강장의 끝마루에 몸을 기울여서 선로를 따라 쳐다보았다. 불빛이 접근하는 중이었다. 리암은 보라색 동그라미와 숫자 7이 그 중앙에 도드라져 있는 것을 또렷하게 알아볼 수 있었다. 일 분이 채 지나기 전에 자리에 앉아 쉴 수 있을 것이고, 그 동안 열차는 그를 타임스 광장 역으로 데려다줄 것이다.

리암이 마침내 7번 열차에 탑승했을 때, 선홍색 머스탱이 그의 바로 아래를 달려 지나갔다. 운전석에 앉은 잭 바우어는 고가 승강장 아래를 따라 길게 뻗은 루즈벨트 대로를 살폈고, 그런 다음 라스트 켈트 바로 앞에 있는 주차 공간으로 진입했다.

1 2 3 4 5 6 **7** 8 9
10 11 12 13 14 15 16 17
18 19 20 21 22 23 24

다음 이야기는 오전 3시에서 오전 4시 사이에 일어난 것이다.

오전 3:02:49

로스앤젤레스, CTU 본부

회의는 도리스 때문에 중단된 후 얼마 안 있어 해산되었다. 제이미는 자기 자리로 서둘러 돌아갔다. 단테 얼리의 SUV에 관한 출력물이 책상 위에 놓여 있었다. 버젓이 펼쳐진 채로 말이다—명백한 규정 위반. 그녀는 그걸 집어 들고 파란색 '기밀 분류' 서류철 속에 끼워 넣었다.

"제이미?"

그녀는 그 소리에 움찔했고, 휙 돌아서자 니나 마이어스가 그녀를 가까이서 지켜보고 있는 것을 보았다. "네?" 제이미는 깜짝 놀란 듯한 말투로 대답했다.

"괜찮아요?"

제이미가 재빨리 고개를 끄덕였다. "약간 피곤한 것뿐이에요."

"우리 모두 그래요." 니나가 말하며 앞으로 다가섰다. "그렇지만 그게 중대한 업무의 엉성한 일처리에 대한 변명이 되지는 않아요."

"그게 아니라…."

"얼리의 SUV에 대한 차량번호 추적." 니나가 딱딱한 어조로 말했다. "지금 그 정보가 필요해요. 라이언에게 보고할 예정이니까요."

제이미가 파란색 서류철에서 그 문서를 확 잡아당겨 니나에게 내밀었다. 그녀는 출력물을 받아들고 훑어보았다. "흰색 SUV는 맨해튼 휴스턴 가에 있는 웩슬러 창고보관 회사 앞으로 등록되어 있군요…."

제이미가 고개를 끄덕였다. "도난 신고는 보고되지 않았어요. 하지만 그건 그 회사가 문을 열고 누군가가 SUV가 사라진 것을 알아차리면 달라질 수도 있어요."

니나가 고개를 들었다. "웩슬러 창고보관 회사에 대해서 우리가 알고 있는 게 뭐죠?"

"아직은 아무것도 없어요." 제이미가 대답했다. "제가 그 회사에 대해서 조사하고, 그들의 세금 기록들에 접근하려던 참에 위기대응 팀 회의가 소집되었거든요."

니나가 제이미의 책상에 그 출력물을 내려놓았다. "지금 바로 착수하세요. 최우선입니다. 한 시간 내로 보고해 주면 좋겠어요."

바로 그때 라이언 슈펠이 니나의 어깨 너머로 모습을 나타났다. "토니 알메이다를 만나봐야겠네. 그가 어디 있는지 알고 있나?"

"그는 재정 상태 하나를 조사하고 있습니다. 제가 그에게 어떤 대만 컴퓨터 회사와 그 소유주에 대한 은행 기록들과 거래 내역들을 확인해보라고 지시했습니다."

"그러니까 당신 말은 리웬추와 그린 드래건 컴퓨터 회사를 말하는 건가? 그건 제이미에게 시키도록 하게. 현장 조사 업무에 토니가 필요하네."

니나가 고개를 끄덕였지만 놀란 표정이었다. "알겠습니다. 그런데 어떻게 리웬추와 그린 드래건에 대해서 아셨습니까? 저도 좀 전에 그 내용을 확인하고는 보고하러 가려던 참이었습니다만."

"슈나이더 대위가 몇 분 전에 나에게 필요한 정보를 주었네."

니나가 얼굴을 찌푸렸다. "슈나이더 대위가요?"

"그 대위는 우리 위기대응 팀의 일원이네, 그렇지 않나? 자네 팀에 합류시킨 건 훌륭했어, 니나. 의회 쪽에 정치적인 친구를 둬서 해가 될 건 없지. 슈나이더 의원의 딸을 적절하게 대우하면, 그분이 언젠가는 호의로 보답할지도 모르는 일 아닌가. CTU에서 언제든지 정치적인 동맹으로 활용할 수도 있으니까."

"저는 단지 현재 임무를 위해서 무엇이 최선인가를 생각했을 뿐입니다."

"그리고 그 임무에 관해서 말인데, 나는 슈나이더 대위를 현장 조사에 투입시켰으면 하네, 토니와 함께 말이야. 둘 다 해병대 출신이니 서로 말이 통하지 않겠나, 말하자면 그렇다는 얘길세. 내 생각엔 두 사람이 죽이 잘 맞을 거라 생각하네만."

니나는 주저했지만, 이의를 제기하지는 않았다. "제가…, 제가 가서 토니를 찾아보겠습니다."

"아니야. 자네는 하던 일을 마저 계속하게." 슈펠이 말했다. "내가 알메이다 요원에게 직접 설명하지."

오전 3:11:19

라스트 켈트

캐이틀린은 바닥을 쓸고 난 다음 대걸레로 닦고, 선반 위에 건조시킨 머그컵들을 겹쳐서 쌓아 올리고, 카운터를 깨끗하게 닦았다. 리암이 지하철역을 향해 떠난 지 한 시간이 훌쩍 넘은 터라, 캐이틀린은 지금쯤 남동생이 브루클린으로 절반쯤 갔을 거라고 추정했다. 그녀는 카운터 주위를 둘러보았지만 할 일은 더 이상 없어 보였다. 마지막 남은 차갑게 식은 차를 배수관에 쏟아부은 그녀는 자신의 작은 아파트를 향해 계단을 오를 각오를 다졌다.

캐이틀린이 일부러 미적대고 있었던 것은 샤머스가 위쪽 그곳에서 기다리고 있었기 때문이었다. 그가 30분 이상 아무런 소리도 내지 않아서 그녀는 그가 잠들어 있기를 바라고 있었다. 샤머스는 자주 그랬으니까, 그녀의 집에서 머무르던 날 밤에는—특히 맥주를 두세 병을 마신 후에. 캐이틀린은 그의 일상을 알고 있어서 위층에 있는 작은 냉장고에 샘 아담스를 꽤 채워 놓았다. 캐이틀린은 샤머스가 자신에게서 함께 술을 마시거나 텔레비전을 보는 것보다 더한 걸 기대한다는 것을 알았다. 그녀는 절대로 유혹의 뜻을 내보인 적이 없었지만 그는 두 번이나 강제로 그녀를 범했다.

지난 몇 주에 걸쳐 샤머스는 중압감을 느꼈고—그의 사업과 관련된 어떤 일 때문인지—그 긴장감은 그가 가진 성격의 잔인한 면을 드러내고야 말았다. 바로 그즈음에 그는 육체적 만족을 위해서 그녀를 압박하기 시작했고, 결국 강제로 그녀를 범하고야 말았다.

첫 번째는 2주 전이었다. 그녀는 저항하려고 안간힘을 써보았지만, 결국 그녀의 남동생을 깨우는 대신 조용히 몸을 내맡겼다. 두 번째는 겨우 며칠 전이었다. 리암은 이웃에 있는 친구네 집에서 밤을 보낸 날이었다. 샤머스는 술에 약간 취해서인지 조금 난폭해졌고, 그녀는 다시 몸을 내맡겼다.

깊이 고민하던 캐이틀린은 샤머스를 한때 좋아한 적은 있었지만, 그를 결코 사랑하지는 않겠다고 마음먹었다. 이제는 그를 좋아하지도 않았다.

지금도 캐이틀린은 이런 상황에 대해서 마음이 괴로웠다. 그녀와 남동생은 생활 존립을 샤머스의 아량에 신세지고 있었다. 그는 그들 남매가 절망적이고, 직업도 없고, 그리고 거의 노숙자 신세가 되었을 때 그들을 도와주었다. 잠시 동안 캐이틀린은 샤머스가 순수하게 자신을 좋아한다고 스스로를 설득시키기까지 했었다. 최근 들어 그 관계가 소유적인 것으로 변하고 나서야, 그녀는 샤머스가 자기 자신의 목적을 위해서 그에 대해 느꼈던 그녀의 고마움을 이용하고 있다는 것과 그가 베푼 아량이 가식이었다는 것을 깨닫게 되었다.

만약 어떤 남자가 도움에 대한 보답으로 무언가를 바란다면, 그것은 아량을 베푼 것이 아니야, 그렇잖아? 그것은 일종의 거래일 뿐이야.

캐이틀린은 누군가가 굳게 닫힌 앞문을 쾅쾅 두드리자 움찔 놀랐다. 그녀는 시계를 힐끗 쳐다보고는 망설이면서 출입구로 다가갔다. 단지 문들은 확실히 잠겼는지, 빗장은 단단히 고정되었는지를 스스로에게 확인시키기 위해서. 쾅쾅 두드리는 소리가 다시 들렸고 전보다 더욱 커졌다.

캐이틀린이 목재로 된 문에 얼굴을 바짝 대고, 갈라진 틈을 통해 내다보았다. 바로 옆에 있는 가로등의 흐릿한 불빛 속에서, 그녀는 강렬한 눈빛과 연갈색 금발을 가진 한 남자가 보도 위에 서 있는 것을 보았다. 그는 운동으로 다져진 듯한 체구에다 검은색 옷을 입고 있었다. 그가 그녀의 그림자를 본 것이 틀림없었는지 그가 갑자기 말을 걸어왔다.

"부탁입니다, 안으로 들어가게 해 주십시오." 그가 말했다.

말의 강세가 캐이틀린에게는 미국인처럼 들렸다. 그는 뉴욕 출신처럼 발음하지는 않았다.

"저는 린치 형제들을 만나야만 합니다. 생사가 걸린 문제입니다."

오전 3:14:49

로스앤젤레스, CTU 본부

라이언 슈펠은 토니 알메이다를 찾아냈는데, 그는 리웬추의 재정 상태 자료들을 대만신탁은행의 데이터베이스에서 전송받고 있었다.

"간단한 현장 근무를 해볼 생각 있나?" 슈펠이 물었다. "물론 감독권을 가지고."

토니가 간절하게 고개를 끄덕였다. "그야 당연하죠."

"이 자료들은 제이미의 워크스테이션으로 보내게. 그곳에서 그녀가 분석할 수 있도록 말이야. 그 다음엔 자네가 리틀 도쿄에 있는 그린 드래건 컴퓨터 매장을 정찰해주었으면 하네. 내가 보고를 하나 받았는데, 작은 전자제품 수리 설비가 그 매장 안에 있다고 하더군. 영업 구역과 급료 기록을 보면 하루에 삼교대를 한다고 나와 있는데, 그건 그 설비가 일주일 내내 24시간 운영하고 있다는 것을 뜻하거든."

"제가 얼마나 적극적이기를 원하십니까?"

슈펠은 그 질문에 대해 곰곰이 생각했다. "꺼낸 총을 사용하지는 말게나. 하지만 결과물은 가져와야 하네. 우리는 이 설비로 그 메모리 스틱을 개량했을 것으로 생각하고 있어. 그러니까 그 회사 내부에 있는 적어도 한 명은 그 장치와 그것이 어떻게 사용되는지에 대해서 알고 있을 거란 말이지. 최대한 서둘러서 찾아내야 하네. 자네에게 두 번이나 왔다 갔다 하도록 바라지는 않으니까."

"블랙번과 그 팀원들에게 전달해야 합니까?"

슈펠이 움찔했다. "절대로 안 되네. 그 특수공격팀은 이번 임무에서 배제시킬 거야. 특히 LA 국제공항에서 혼란을 겪은 직후니까. 자네에게 파트너 한 명을 붙일 걸세. 하지만 전술팀이나 분과 사람은 아니고…."

토니의 미간이 의심스럽다는 듯 좁혀졌다. "정확하게 누구를 말하는 겁니까?"

"제시카 슈나이더 대위일세. 그녀가 바로 그린 드래건에 대한 정보를 파헤쳐낸 사람이네. 그녀는 보다 자세한 조사를 위해 현장에 가보고 싶어 하지만 그녀에겐 지원 요원이 필요해. 그게 바로 자네일세."

"싫습니다." 토니가 말했다. "전 신참한테서 명령을 받을 순 없습니다."

"난 이미 그녀에게 출발할 거라고 말했네. 그리고 그녀가 책임자라는 것도." 슈펠이 대답했다.

"그녀는 현역 군인입니다. 민병대는 어떻습니까?"

"그녀는 일시적으로 CTU에 배속되어 있는 것이네. 그 말은 슈나이더 대위는 민병대를 압도하는 국내 테러리스트들을 대처하기 위한 중요 인물로서의 위임 권한을 가지고 있다는 뜻이네."

토니가 눈살을 찌푸렸다. "그렇지만 그녀는 현장 경험이 전혀 없단 말입니다."

"슈나이더 대위는 다른 모든 사람들이 놓쳤던 그린 드래건과의 연관성을 찾아냈어. 그것으로도 그녀는 조사를 끝까지 추적할 권한을 얻었다고 보네. 현장 경험에 대해서 말하자면, 누구나 처음엔 초보인 시절이 있기 마련일세. 자네도 일 년 전엔 현장 경험이 없었다고."

"정치적인 조치군요, 그렇지 않습니까, 라이언?"

라이언 슈펠이 고개를 끄덕였다. "맞네, 토니. 그렇다네."

"그렇다면, 다른 사람을 알아보십시오. 마르티네즈 특수 요원, 또는 그 신참도 있잖아요, 커티스인지 뭔가 하는."

라이언이 고개를 가로저었다. "믿거나 말거나, 슈나이더 대위가 자네의 동행을 요청했네. 그러니 자네가 가야지, 토니."

오전 3:17:00

라스트 켈트

"여기엔 아무도 없어요. 문 닫았습니다."

캐이틀린이 단호했지만 금발의 미국인은 떠나려고 하지 않았다. 그는 들어올 수 있는 다른 방도를 찾는 듯이 보였다. 그런 다음 그가 다시 말했다. "샤머스나 그리핀을 만나야 합니다. 급한 일입니다."

남자의 목소리는 진실하게 들렸다. "그렇다면, 당신은 누구시죠? 경찰인가요?" 캐이틀린이 물었다. "만약 당신이 경찰이라면 배지를 보여주세요."

남자는 고개를 저었다. "저는 단지 사업상 동료일 뿐입니다. 들어봐요, 샤머스와 그리핀은 위험에 처해 있습니다. 그들의 주변 사람들 역시 위험에 처해 있을 수도 있어요."

캐이틀린은 리암과 그가 가지고 간 가방을 생각했다.

"최소한 어떤 정보라도 알려주세요." 남자가 간청했다.

캐이틀린은 숨을 깊게 한 번 들이쉬었다. 그녀는 빗장을 풀었지만 사슬은 그대로 남겨둔 채, 무거운 참나무 재목의 문을 조금 열었다. "샤머스를 알고 있다고 말했나요?" 그녀는 물어보며 초조하게 엿보았다.

잭이 고개를 끄덕였다. "그래요. 그와 이야기를 해야 합니다. 나는 그를 살리려고 이러는 겁니다. 그의 형도 역시요."

캐이틀린은 어떤 목소리가 등 뒤에서 들리자 숨이 막힐 정도로 놀랐다. "그는 빌어먹을 거짓말쟁이야, 캐이트."

그녀가 몸을 돌리자 샤머스가 서 있는 것이 보였다. 셔츠도 입지 않은 채로. 그는 벌겋게 상기된, 성난 얼굴을 하고 있었다. 턱없이 긴 총신을 가진 장총이 오른손에 들려 있었다.

어느 정도 열린 문틈을 통해 잭 역시나 샤머스를 보았다. 잭은 돌진하면서 앞을 가로막고 있는 두꺼운 나무 문짝을 어깨로 들이받았다. 나무가 쪼개지는 소리와 함께 빗장이 떨어져 나갔다. 문짝이 캐이틀린에게 부딪치며 그녀를 뒤쪽으로 내동댕이쳤다. 그녀는 벽에 머리를 부딪치면서 바닥에 쿵 하고 떨어졌다.

잭이 장애물이 사라진 문을 통해 들어서자, 샤머스는 팔을 들어 올리고 손에 들린 무기를 발포했다. 총성은 총신에 붙어 있는 소음장치에 의해 나직했지만, 잭은 총알이 핑 하는 소리를 내며 머리 옆으로 지나가는 것을 느꼈고, 그의 뒤쪽 도로에 있는 고가 철도를 떠받치는 강철 버팀목을 때리는 소리를 들었다. 잭은 앞쪽으로 몸으로 날렸다. 샤머스가 다시 쏘기 전에, 잭은 무기를 내려쳐 그의 손에서 떨어뜨렸다.

샤머스는 뒤쪽으로 넘어질 듯 비틀거렸지만 쓰러지진 않았다. 그가 선술집을 가로질러 재빨리 달아나면서 잭이 뒤쫓아 오는 길목에다 탁자들과 의자들을 집어던졌다. 잭은 그가 문을 부수고 지나가면서 2층으로 향하는 좁은 계단을 막 올라가려던 순간 그를 따라잡았다. 잭은 샤머스의 발목을 붙잡고는 홱 잡아챘다. 다리들이 아래로 죽 미끄러지면서 그 남자는 계단에 턱을 부딪쳤지만, 그래도 다시 저항했다. 잭은 샤머스가 그의 얼굴 쪽으로 할퀴려 들자, 그 남자의 붉은 머리칼을 움켜잡았다. 그 남자를 단단히 붙잡고 있던 잭은 이미 멍든 사내의 얼굴에 강력한 오른손 한 방을 날렸다—그런 다음 한 방 더. 그는 세 번째 가격을 위해 주먹을 들어 올렸지만 샤머스는 축 늘어졌다.

잭이 그 남자를 남은 계단 위로 끌어 올려서 비좁은 아파트로 데리고 들어갔다. 잭은 그를 바닥에다 툭 던졌다. 전화기, 라디오, 그리고 전등에서 뽑아낸 전선을 이용해서 잭은 샤머스 린치를 짐승을 묶듯 손과 발을 한꺼번에 묶었고, 그의 입을 책상 서랍에서 찾아낸 어떤 전기 테이프로 감쌌다. 잭은 사내가 어디로든 달아날 구석이 없다는 것을 확신한 후에야 비로소 여자의 상태를 확인하기 위해서 아래층으로 뛰어 내려갔다.

그녀는 잭이 다가갔을 때에도 여전히 움직이지 않고 있었다. 그는 그녀의 축 늘어진 몸 위를 타넘어 가서는 문을 닫은 다음 그녀의 옷을 뒤져 무기가 있는지를 확인했다. 그가 찾은 것이라곤 그녀의 블라우스에 있는 돌돌 말아 놓은 돈뭉치와, 앞치마의 주머니 속에 있던 몇 개의 동전이 전부였다. 여자가 부드럽게 신음소리를 냈다. 잭은 서둘러 카운터 뒤로 가서 유리잔에 물을 채우고, 얼음 조각을 천으로 감싼 다음 그것들을 가지고 그녀에게 돌아왔다.

"여기요, 이걸 마셔요." 그는 부드럽게 말하면서, 그녀의 머리를 받치고 유리잔을 그녀의 입으로 약간 기울였다. "말할 수 있겠어요?"

그녀가 고개를 끄덕였다. "네."

"이 펍의 이름이 뭐죠?"

"라스트 켈트."

"지금이 하루 중 몇 시인지 아시겠어요? 자정 전입니까 아니면 후입니까?"

"자정 후요."

잭이 그녀의 눈동자를 살폈다. 그녀의 시선은 멍하거나 얼빠져 보이지는 않았고, 목소리도 또렷하게 들렸고, 대답도 명료했다. 따라서 그녀가 뇌진탕에 시달리고 있는 것처럼 보이지는 않았지만, 심각한 혹이 머리 위로 부어오르고 있었다. 그가 얼음주머니를 그곳에 갖다 대자 그녀가 움찔했다.

"속이 메스껍지는 않나요? 어지럽거나?" 잭이 물었다.

그 여자는 그에게 떨어지라고 손짓했다. "당신은 나를 죽일 뻔했어요, 당신이 그랬다고요. 오로지 샤머스만 붙잡으려고요. 그 사람을 찾아냈기를 기원하죠. 이젠 뭐죠? 우리 둘 다 죽일 건가요?"

"내 이름은 바우어입니다. 연방 요원이죠. 당신은…?"

"캐이틀린." 그녀가 머리를 움켜쥐었다. "일어서도록 좀 도와줘요."

잭이 그녀를 바닥에서 일으켜 세웠고, 그녀를 부축하며 선술집을 가로질렀다. 의자들과 탁자들이 뒤엎어진 채 흐트러져 있었다. "이런." 캐이틀린은 엉망진창이 된 내부를 보고는 한숨을 쉬었다. "이제 막 청소를 끝냈는데."

잭이 그녀가 한 칸막이 안에 들어가도록 도와주었다. "당신은 위층에 있는 아파트에 살고 있나요?"

"그건 당신이 알 바가 아닌 것 같은데요?"

"다시 묻죠, 위층에 살고 있습니까?"

"네. 제 남동생 리암이랑요."

"당신은 샤머스 린치의 여자친구로군요."

캐이틀린이 얼음주머니를 머리 뒤쪽으로 부어 있는 혹에다 대고 눌렀고, 다시 한 번 움찔했다. "그 사람은 그렇게 생각하죠."

"샤머스의 직업은 뭡니까?"

"컴퓨터 매장 하나를 가지고 있어요. 물론 그런 건 알고 있겠죠, 그를 찾으러 왔으니까."

"그리고 그 사람의 다른 활동에 대해서는 아무거라도 아는 게 없습니까? 그 사람이 국제적인 테러리즘에 연루되어 있는 것도?"

캐이틀린은 잭이 뚫어지게 쳐다보았다. 마치 그가 거짓말을 해서 코가 자라난 것처럼. 곧바로 그녀는 큰소리로 웃어댔다.

"테러리스트라니! 당신 미쳤어요? 하긴 당신이 샤머스에 대해서 알 리가 없죠. 그 사람이 여기저기에서 장물들을 사들였을지 모르지만, 국제 테러리즘이라뇨? 하늘에 계신 엄마께 맹세코, 절대로 아니에요."

그들 두 사람은 위쪽에서 나는 요란한 소리를 들었다. 잭은 캐이틀린의 팔을 움켜쥐고 그녀를 질질 끌며 선술집을 가로질러 계단을 올랐다. 작은 거실 안에서는 샤머스가 깨어나서 발버둥치고 있었다. 그는 속박당한 몸을 풀기 위해 애를 썼는지 의자에 부딪쳐 넘어져 있었다. 캐이틀린이 샤머스가 묶인 채 바닥에 쓰러져 있는 것을 본 순간, 그녀는 몸이 얼어붙었다. 그녀의 초록빛 눈도 휘둥그레졌다. 잭은 그녀를 소파 쪽으로 밀어붙였다.

"앉아요, 그리고 조용히 해요." 그가 그녀에게 말했다. 그리고는 손을 뻗어 샤머스의 입에서 테이프를 뜯어냈다. 남자는 한 뭉치의 천을 뱉어냈고 한 바가지의 욕설을 퍼부어댔다.

잭은 그가 할 수 있는 만큼 최대한 그 남자의 짧고 붉은 머리칼을 움켜쥐었다. "왜 오늘밤 그 비행기를 격추시켰지?"

샤머스는 짐승처럼 울부짖었고 잭을 향해 침을 뱉었다. 바우어가 주먹으로 그를 가격해서 피를 보고야 말았다. "미사일 발사장치는 지금 어디에 있어?"

"당신 CTU에서 나왔군." 샤머스가 말했다. "대테러 부대."

"미사일 발사장치는 어디 있어?" 잭이 고함쳤다.

샤머스는 입을 꼭 다물었다. 그는 험악하게 잭을 노려봤고, 한 모금의 피를 내뱉었다.

"그 서류가방, 자네가 타티아나스 선술집에서 단테 얼리에게 건넨 것 말이야. 기억나지, 샤머스. 그 은백색 금속 가방에 돈이 가득 들었나?"

잭은 방금 가방에 대해서 언급했을 때 캐이틀린이 격하게 숨을 들이쉬는 걸 들었지만, 모르는 척했다.

"몇 시간 전에 폭발이 있었네. 59번가 다리 한복판에서 말이야. 얼리 그리고 그와 함께 있던 다른 사람이 죽었네. 그것 같은 서류가방이 얼마나 더 유포되어 있는 거지, 샤머스? 그 가방을 열어볼 불쌍한 놈들이 죽음을 맞을 경악할 일들이 얼마나 더 있는 건가?"

샤머스는 잭을 노려보았지만, 말하기를 거부했다.

"하느님 맙소사, 제발 말해줘요." 캐이틀린이 소리쳤다.

"닥쳐, 캐이트!" 샤머스가 고함쳤다. "입만 벙긋 해봐, 너를 죽여버릴 테니까. 아무 말도 하지 마, 이 거짓말쟁이 우라질 놈한테는….”

잭은 권총의 손잡이 밑둥으로 샤머스를 내리쳤다. 남자의 머리가 옆으로 툭 넘어간 다음 바닥으로 쓰러졌다. 캐이틀린은 공포에 떨며 샤머스를 쳐다보았다. 그는 의식을 잃었거나 아니면 죽은 것 같았다. 캐이틀린은 믿을 수가 없었다.

그녀가 잭을 바라보았을 때, 그는 그녀에게 시선을 고정시키고 있었다. “당신은 뭔가 알고 있군요.” 그의 목소리는 얼음장 같았다. “지금 내게 털어 놓지 않으면 저 사람에게 한 짓을 당신에게도 하겠소.”

1 2 3 4 5 6 7 **8** 9
10 11 12 13 14 15 16 17
18 19 20 21 22 23 24

다음 이야기는 오전 4시에서 오전 5시 사이에 일어난 것이다.

오전 4:02:56

라스트 켈트

"해치진 마세요, 제발. 제가 아는 것들은 다 말할 게요. 그렇지만, 여기서는 안 돼요." 캐이틀린은 샤머스 린치를 손짓으로 가리켰다. 잭은 그녀가 샤머스를 두려워한다는 걸 알 수 있었다. 그가 대화를 충분히 들을 정도로 의식이 돌아올까 봐.

"자, 갑시다." 잭이 말하며 그녀를 소파에서 끌어당기고는 자신의 앞쪽에 세우고 밀면서 계단을 따라 내려갔다. 선술집 한가운데에다, 잭은 탁자 하나와 의자 두 개를 배치했다. 그녀를 의자 하나에 밀어 앉히고 그녀의 반대편 의자에 앉았다. "당신이 알고 있는 사실을 내게 말해보세요."

"제… 제 열다섯 살 먹은 남동생이 당신이 아까 말했던 그 가방들 가운데 하나를 가지고 있어요. 샤머스가 그에게 돈을 지불하면서 그걸 누군가에게 전달해 달라고 했어요."

"당신의 동생도 이 음모에 가담하고 있나요?"

케이틀린은 헝클어진 숱 많은 적금색 머리를 흔들었다. "아니오, 아니에요…. 걔는 그저 오늘밤에 그 일거리를 맡은 것뿐이에요. 그건 그냥 배달이에요. 그게 전부예요."

"이름을 대 봐요." 잭이 요구했다.

그러나 케이틀린은 턱을 추켜올렸다. "안 돼요. 당신이 저와 함께 간다면 모르겠지만."

"왜죠?"

"일단, 당신은 내 동생이 어떻게 생겼는지 모르고, 게다가 저는 한 장의 사진도 갖고 있지 않아요. 그러니까 당신은 저 없이는 리암을 절대로 찾을 수 없을 거예요." 그런 다음 그녀는 머리 위 천장을 흘끗 쳐다보았다. "그리고, 당신이 샤머스를 감옥에 집어 넣을 계획이 아니라면, 그가 나한테 무슨 일을 저지를지는 당신도 알 거예요."

"나는 그를 감옥에 집어 넣을 수는 없어요… 아직은요."

"그러면, 그가 저를 해칠 거예요."

잭은 이 여성에게 실제로 무슨 일이 일어나고 있는지 설명할 수는 없었다—그가 도주 중이라는 것과, FBI와 NYPD(뉴욕 경찰)가 아마도 지금 그를 찾고 있다는 것을.

"좋소." 잭이 부드럽게 말했다. "당신을 데려가도록 하죠."

캐이틀린이 고개를 끄덕였다. "한 가지만 더요. 신분증 같은 걸 보여주세요. 공무원 배지나 뭐 그딴 것 있잖아요. 그래야만 제가 당신을 믿을 수 있죠."

잭은 재킷 안으로 손을 넣은 다음 CTU 신분증을 제시했다. 캐이틀린은 미간을 찌푸려가며 신분증과 잭의 사진을 자세히 살폈다. 그리고는 고개를 다시 한 번 끄덕였다.

"브루클린." 그녀가 말했다. "리암은 브루클린으로 가고 있는 중이에요."

"누구에게 그 가방을 전달하려는 겁니까?"

"그 사람의 이름은 타지에요. 그는 브루클린에 어떤 사업체를 가지고 있어요. 그게 제가 아는 전부에요."

"그 가방 안에 무엇이 들어 있는지는 모릅니까?"

캐이틀린이 고개를 저었다. "리암은 절대로 그걸 열어보지 않았어요. 아무튼 제 앞에서는요."

"브루클린 어디쯤인지 혹시 알고 있나요?"

"리암이 말하기를, 자기는 7호선을 타고 타임스 광장으로 간 다음, 브루클린으로 가는 열차로 갈아탈 거라고 했어요. 그는 애틀랜틱 대로 쪽으로 가는 중일 거예요. 하지만 그 아이가 어느 지하철역을 이용할지는 몰라요."

잭이 일어섰고 정문의 열쇠를 주머니에 넣었다. "여기서 기다려요." 그는 위층으로 다시 올라가려던 도중에 술집의 전화기 옆을 지나쳤다. 그는 그걸 벽에서 뜯어내 한쪽 구석으로 던져버렸다.

위층에 올라온 잭은 자신의 PDA를 이용해서 샤머스 린치를 디지털 영상으로 촬영하고 그 데이타를 제이미 패럴의 컴퓨터로 전송했다. 그런 다음 잭은 샤머스 린치의 결박 상태를 확인하고 재갈을 교체했다. 의지할 데가 없는 동부 해안에 있었으므로 그는, 린치가 몸을 자유롭게 가누기 전에 해당 관청의 손에 다시 발견되기를 바라는 거의 헛된 희망을 안고, 그 포로를 여기에서 그만 포기하는 수밖에 없었다. 적어도 그는 이후 몇 시간 동안 몸을 움직이지는 못할 것이다—잭이 캐이틀린의 남동생과 그 서류가방의 정확한 위치를 찾아내기에는 충분했다.

자신이 할 수 있는 모든 일을 다 한 것에 만족하며 잭은 아래층으로 내려갔고, 캐이틀린이 짜맞춰 놓은 정문 옆에서 그를 기다리고 있는 것을 보았다.

오전 4:33:46

로스앤젤레스, 그린 드래건 컴퓨터 매장

"저 하역장은 꽤나 분주해 보이는 군요, 지금이 새벽 한 시가 넘은걸 감안한다면요."

그들은 동쪽 3번 가의 적신호 앞에서 정차했는데, 토니가 운전석에 앉아 있었다. 옆 좌석에서 제시카 슈나이더가 소형 쌍안경을 주머니 안으로 넣었다. 제복에서 벗어나 그녀는 딱 달라붙는 검은색 데님 바지와 가죽 부츠, 가벼운 여름용 블라우스와, 그 위에 휴대용 무기를 감추는데 적합한 짧은 가죽 재킷을 선택했다. 토니는 그녀한테 잘 어울리는 복장이라고 생각했다.

그리고 그녀는 아마도 스키는 베일(Vail, 콜로라도 주에 있는 유명한 스키리조트)에서, 승마 역시 순혈종의 말만 골라서 타겠지. 토니가 생각에 잠겼다. *텍사스 주 하원의원의 특별 취급을 받는 딸로 자라난 덕분일 거야. 깨진 콘크리트 바닥 위에서 농구를 하고 컵스(Cubs, 시카고 시에 본거지를 둔 미국 프로야구 구단)의 경기를 보러가는 길을 신나서 재촉하는 시카고 남부의 라틴계 소년의 삶과는 많이 다른 취미 활동을 했을 거야.*

"당신 쪽 창문을 조금만 열겠습니다." 토니가 말하면서 스위치를 눌렀다. 색을 입힌 방탄용 유리가 몇 인치쯤 내려간 다음 멈추었다. 신선한 밤바람이 차 안에 가득 찼다—로스앤젤레스 치고는 놀라울 정도로 시원했다. 유별난 폭풍우가 밤늦은 거리를 씻어냈다. 이제 밤은 반사된 불빛들로 빛을 발하고 있었다.

토니가 계기반에 붙어 있는 손잡이 하나를 비틀어 열고, 가늘고 긴 신축성 있는 전선을 풀었다. 그는 그것을 제시카에게 넘겨주었다.

“이것을 사용하세요.”

거기엔 소형 렌즈 하나가 끝부분에 달려 있었고, 열린 창문 바로 위쪽 천장에 있는 걸이에 끼울 수 있는 고정 장치가 있었다. 제시카는 그 작은 비디오 카메라를 그 자리에 살짝 끼웠다. 운전대에 있는 장치를 조종해서 토니는 앞좌석 도구함을 열었고 그 안에 숨겨져 있던 비디오 스크린을 작동시켰다.

“카메라를 켰습니다. 제가 천천히 움직일 겁니다. 화면을 지켜보세요, 그들을 보지 마시고. 카메라가 당신의 눈이라고 생각하면 됩니다. 중앙 조종 장치를 사용해서 확대하거나 축소할 수도 있습니다. 탑재된 컴퓨터가 영상들을 기록하고 추가 분석을 위해서 CTU로 전달할 겁니다.”

신호등이 빨간색에서 초록색으로 바뀌었다. 그들 뒤에 차가 한 대도 없었기 때문에 토니는 앞으로 조금씩 움직였다. 전방에는 파충류 모양의 그린 드래건 컴퓨터 매장 간판의 네온 불빛이, 중국의 용을 형상화한 꼬불꼬불한 문자들의 형태로 젖어 있는 도로 위에 반사되었다.

그린 드래건이 입주해 있는 콘크리트 벽돌 건물은 도심의 남동쪽, ‘리틀 도쿄’라 불리는 재개발된 소수 민족 구역의 심장부에 자리하고 있었다. 상점들, 식당들, 서점들 그리고 전문 수입품 매장들이 미로처럼 들어서 있는 그 지역은 LA에 있는 일본계 미국인들의 활동 중심지였다.

그들의 정보에 따르면, 지금 그런 드래건이 들어선 그 장소는 예전에 어떤 일본인이 운영했던 슈퍼마켓이었는데, 그것으로 동굴 같은 하역장이 설명되었다. 지금, 철문이 올라가면서 밝은 형광등 불빛이 거리를 가득 채웠다.

슈나이더 대위는 바로 앞에 있는 화면을 응시했다. "좋은 그림을 잡았어요. 확대해 볼게요."

타이어가 도로 위에서 끼익 소리를 냈다. 토니는 정면을 똑바로 바라보고 있었다. "무엇이 보입니까?" 그가 속삭였다.

제시카 슈나이더는 좌석 안에서 몸을 낮게 웅크리느라, 그녀 얼굴 주변의 담황색 머리카락과 부츠를 신은 발이 계기반 쪽으로 쏠렸다. 그녀의 자세는 자연스럽게 거의 졸고 있는 듯 보였지만, 그녀는 눈으로 화면을 뚫어져라 집중하는 동시에 손으로는 조정 장치를 조작했다.

"네 명의 남자가 보이는데, 한 명은 감시를 하고 있어요. 그 사람은 무장을 했고요. AK-47를 어깨에 메고 있어요. 닷지(다임러크라이슬러 社의 자동차) 화물트럭 한 대가―아무런 표식도 없이―하역장에 주차되어 있고, 운전자는 그 안에 타고 있어요. 남자들은 무엇인가를 나무 상자 안에 넣어서 포장하고 있고요. 하역용 경사로 바로 앞에서요. 그게 무엇인지는 잘 모르겠어요. 좀 더 가깝게 확대해 봐야겠어요."

SUV가 훤히 트인 하역장 주변을 거의 다 지나쳐갈 무렵 제시카 슈나이더가 다시 말을 했다. "그건 롱 투쓰 미사일 발사장치예요. 저들은 그걸 출하할 준비를 하고 있는 거예요."

그 건물은 이제 그들 뒤로 지나갔고, 비디오 스크린은 깜깜해졌다. 토니는 오마르 거리 쪽으로 좌회전을 한 뒤, 보도의 가장자리에 차를 세웠다. "이 상황을 전화로 보고해야겠어요." 그는 무전기로 손을 뻗으며 말했다. "이 지역을 통제하고 저 트럭을 붙잡기 위해서는 지원이 필요합니다."

"기다릴 시간 없어요!" 제시카 슈나이더가 주장했다. 토니가 말릴 새도 없이 그녀는 차문 밖으로 나갔고 모퉁이를 돌았다.

"이런 젠장…." 토니는 엔진을 끄고 차량을 잠갔다. 그런 다음 그는 P228을 꺼내들고 파트너를 좇아서 뛰어갔다. 그가 모퉁이를 돌았을 때 제시카는 동쪽 3번가를 따라 보도 위로 딸깍거리는 부츠 소리를 울리며 달리고 있었다. 그린 드래건의 하역장 부근에서 그녀는 재킷 속에 있는 해병대 지급품인 베레타 92F(베레타는 이탈리아 회사지만, 이 모델은 미군이 재개발)를 꺼내 들었다.

누군가가 중국어로 경고를 외쳤다. 한 발의 총알이 슈나이더 대위의 부츠 근처 콘크리트를 때렸다. 그녀는 무기를 지붕 방향으로 조준했고, 두 발을 발사했다. 놀람과 고통의 비명 소리가 들렸고, 몸뚱이 하나가 건물 옆으로 추락하며 축축한 보도 위에 철썩 소리와 함께 부딪쳤다. 급하게 뛰어가던 토니가 제시카에게서 10여 미터쯤까지 근접했을 때, 닷지 트럭이 굉음을 내며 무척 빠른 속도로 하역장을 빠져나왔고 제시카가 가까스로 몸을 굴려 트럭의 진로에서 비켜났다. 그 차량은 불꽃을 내뿜으며 도로 위로 튀어 올랐고, 두 개의 차선을 가로질러 전속력으로 달아났다.

토니는 슈나이더 대위의 상태를 살펴보기 위해 몸을 돌렸다. 그녀는 하역용 경사로를 뛰어올라가며 사격을 해대고 있었다. 한 남자가 높이 돋아진 하역단상에서 AK-47을 손에 쥔 그대로 꼬꾸라졌다.

"기다려요! 함정일 수도 있어요!" 토니가 외쳤다.

그를 무시한 채 제시카는 양쪽으로 여닫는 문을 밀어젖히고는 건물 안으로 쇄도하면서 총을 발사했다.

오전 4:42:24

타티아나스 선술집

"거짓말 하지 마시오, 팀코 씨. 우리는 당신이 어젯밤 잭 바우어라는 사람을 도와줬다는 것을 알고 있습니다."

프랭크 헨슬리는 한 쌍의 FBI 요원들을 양 옆에 대동한 채 카운터에 기대섰다. 조지 팀코의 대답을 기다리면서 그는 선술집의 싸구려지만 의심스러울 정도로 말끔히 정돈된 내부를 훑어보았다. 탁자들, 의자들, 칸막이들, 카운터 뒤에 있는 벽 크기만 한 거울. 헨슬리는 최근 새로 칠한 페인트 냄새도 맡을 수 있었다.

조지는 태연하게 FBI 요원을 바라보았다. 헨슬리와 그의 수하들은 잭 바우어를 찾기 위해 동트기 전에 들이닥쳐 그곳을 샅샅이 수색했다. 그러나 연방요원들이 도착했을 땐 지난밤 난동에 대한 모든 증거는 하나도 남김없이 치워졌고, 시체들도 처리된 상태였다. 조지는 자신만만했다. FBI가 수색을 통해서는 그가 숨기고자 했던 것들을 아무것도 찾아내지 못할 것을 알고 있었으니까.

"저는 그 바우어라는 친구를 모릅니다." 조지가 말했다. "그 친구의 인상착의를 설명해 주신다면 또 모를까."

"그가 여기에 있었다는 사실을 알고 있습니다. 우리는 바우어의 글록 권총을 밖에 있는 주차장에서 찾아냈으니까요." 헨슬리는 투명한 증거 봉투 속에 따로 넣어둔 무기를 보여주며 말했다. "이 무기는 두 명의 연방보안관들을 살해하는 데 사용되었습니다."

팀코는 어깨를 으쓱했다. "처음 보는 물건이군요. 어쩌면 내 손님들 중 한 분의 것인지도 모르죠. 그들 대부분은 출신이… 당신네들은 그걸 어떻게 말하더라? 결손가정이나 골치 아픈 환경이라 하던가요." 그가 미소 지었다.

또 한 명의 요원이 도착해서 헨슬리와 조용히 상의했다. 팀코는 그 요원이 헨슬리에게 수색 결과 글록 외에는 아무것도 찾은 것이 없다고 보고하고 있는 것을 알았다. 팀코는 일이 성공적이었다는 사실을 알고는 터져 나오려는 웃음을 꾹 참았다. 그들이 찾아낸 것은 그들이 찾아내기를 바랐던 것이었으니까….

오전 4:55:04

브루클린—퀸스 간 고속도로

어두운 지평선에서 색이 배어나오기 시작하면서 흐릿한 보랏빛이 어둠을 서서히 몰아내고 있었다. 비록 브루클린 다리의 강철 경간은 여전히 그늘 속에 잠겨 있었지만, 동이 트려는 첫 색조가 하늘을 조금씩 물들이고 있었다. 잭은 경사진 진입로로 차를 몰아 다리 건너편 로어 맨해튼으로 향했다. 그 도시의 스카이라인은, 배터리 공원(뉴욕 시 맨해튼 섬 남쪽에 있는 공원)을 내려다보고 있는 세계무역센터의 쌍둥이 건물이 두드러져 보이는 가운데, 무리지어 있는 거대한 검은색 상자들에다가 광선 막대들을 점점이 뿌려 놓고 게다가 그 꼭대기에 뾰족한 지붕들, 첨탑들, 거미줄처럼 가늘고 긴 안테나들을 달아놓은 것 같았다.

캐이틀린은, 가냘픈 얼굴이 흐릿한 계기반 불빛 속에서 수심에 잠긴 듯 보였는데, 방향을 제시해 주는 것 외에는 퀸스를 떠난 이후로 전혀 말을 하지 않았다. 그래서인지 잭은 그녀를 좀 더 심문하고 싶어서 조바심이 났지만 꾹 참고 있었다. 그는 그녀가 동생을 향한 걱정으로 머릿속이 그늘져 있다는 것을 알 수 있었고, 여하튼 그녀로부터 유용한 정보들을 얻어낼 수 있을지 의심스러웠다.

잭의 핸드폰이 울렸다. 발신자는 니나였는데, 그가 CTU에 제공한 단서에 대한 첩보 정보를 알려왔다.

"인터폴이 당신이 우리에게 전송한 사진을 근거로 그 남자의 신원을 확인해 주었어요." 그녀가 먼저 시작했다. "샤머스 린치는 패트릭 더건의 가명으로 밝혀졌어요. 수십 년간 그와 그의 형인 핀바 더건은 국제적인 무기밀매업자로 아일랜드 공화국군(IRA)과 PLO(팔레스타인 해방 기구)를 위해 활동했어요. 그 두 사람은 북아일랜드에서 발생한 몇 건의 폭탄 테러와 폭탄 테러 미수 사건에 가담한 혐의를 받고 있어요. 그 형제는 벨파스트(북아일랜드의 수도)의 남쪽에 있는 소도시, 힐스브러에서 태어났어요. 그들의 부친은 1972년 3월에 있었던 항의시위 도중 영국군에 의해 폭행을 당했어요—피의 일요일(Bloody Sunday) 대학살이 있기 불과 일주일 전이에요. 그는 폭행 당시 처음에는 생존해 있었지만 몇 주 후에 사망하고 말았어요. 그들의 모친 역시 부친의 사건이 있은 지 몇 년 후에 사망했어요. 그녀는 한 펍에서 로열리스트(영국의 북아일랜드 합병을 지지하는 북아일랜드인)의 준군사조직이 설치한 것으로 짐작되는 폭탄 테러로 살해되었는데, 아마도 얼스터 자유전사(Ulster Freedom Fighter, 얼스터는 북아일랜드를 지칭)의 소행으로 보여요. 얼스터 방위협회(Ulster Defence Association)의 또 다른 명칭이죠. 추정해 보면 패트릭의 형인 핀바는 어머니의 사망 이후 아일랜드 공화국군(IRA)에 합류했어요. 그 당시 그는 대략 스무 살쯤이었고, 패트릭은 열 살이 채 안 되었지만 분명히 그도 형을 따라 동참한 것이 분명해요."

"그렇다면 무엇 때문에 그들은 아일랜드를 떠난 거지?"

"엘리자베스 2세 여왕에 대한 어떤 서투른 살해 시도가 있었던 것으로 보여요. 1981년 여왕이 석유 터미널의 공식적인 개통식을 빛내기 위해 셰틀랜드 섬(스코틀랜드 북동쪽의 군도)으로 여행할 때였죠. 더건 형제들은 폭발물을 다루고 설치하는 일에 가담했어요. 그런데 여왕의 행차 노선에 대해서 그들이 가진 정보가 함정이었어요. 폭발은 여왕의 소재지에서 몇 킬로미터 떨어진 여왕 소유의 건물을 파괴했을 뿐이었고, 영국군은 포위망에 걸려든 그들의 조직원들 대부분을 소탕해 버렸죠.

더건 형제들은 간신히 탈출해서, IRA 무기 공급자들과 PLO 동조자들의 도움으로 배를 타고 달아났어요. 그들은 소말리아에서 모습을 드러냈고, 그곳에서 그들은 한 현지 군벌을 위해 일을 함으로써 총포류 밀수 사업을 시작했어요. 그 시기에 패트릭의 형은 심각할 정도의 중상을 입었어요—심지어 그가 살해되었다는 미확인 보고들도 있었고요. 인터폴은 핀바 더건이 무능력해졌다는 것을 확신했고, 그에 관한 서류 일체를 비활동 목록으로 옮겼죠."

"아무래도 회복한 게 분명하군." 잭이 말했다.

"조심해요, 잭. 더건 형제들은 영리한 기술자인 데다가 폭발물과 테러 전술에도 능통해요. 특히 핀바는 드미트리 라비노프한테서 훈련을 받았어요…."

전직 KGB, 최고 중 한 사람. 잭이 회상했다. "라비노프는 빅터 드라젠의 블랙 도그(TV 시리즈 24 시즌 1에 나오는 인물들로, 세르비아 출신 군벌과 그의 용병 수하들)를 훈련시켰지…."

"들어봐요, 잭. 제이미 또한 타지라는 이름을 CTU의 데이터베이스에 있는 알려진 테러리스트들과 그들의 측근들 가운데에서 조회해 봤어요. 지리적인 검색 조건을 뉴욕 시 주변 지역을 대상으로 덧붙인 결과 가능성 있는 연결 고리를 찾아냈어요. 타지 알리 칼릴이라는 이름 들어본 적 있어요?"

"아니."

"소련의 강제점령 기간에 타지 알리 칼릴은 소련의 하인드(HIND, 소비에트 공군의 공격용 헬리콥터) 헬리콥터를 격추시킨 공로로 국가적인 영웅이 되었어요. CIA가 아프가니스탄으로 몰래 들여온 스팅어 지대공 미사일로요."

"소비에트 연방의 몰락과 탈레반이 득세하기 시작한 아프가니스탄에서 타지와 그의 동료 오마르 바야트는 아프가니스탄의 선도적인 테러 옹호자가 되었어요. 타지와 오마르는 2년 전에 북아프리카를 지나던 벨기에 항공기 한 대를 격추시킨 혐의를 받고 있어요."

"나도 그 사건은 기억하고 있어. 하지만 어떤 연관성이 있는지는 아직 모르겠는데." 잭이 말했다.

"타지와 오마르는 북한의 미사일 발사장치를 그 공격에서 사용했어요—엄밀히 말하자면, 롱 투쓰 미사일 시스템의 선구자인 셈이죠. 더욱 중요한 것은 타지에게 동생이 한 명 있는데 그는 1980년대 소련 강제점령 하에서 달아났어요. 이름은 칸 알리 칼릴. 지금은 미국 시민권자이고 현재 브루클린의 애틀랜틱 대로와 클린턴 가의 모퉁이에 있는 식품판매점을 운영하고 있어요."

"거기가 바로 서류가방이 향하는 곳이로군." 잭이 대답했다. "틀림없어."

"저도 같은 생각이에요." 니나가 말했다. "칸 알리 칼릴의 뉴욕 운전면허증의 사진을 당신의 PDA로 보내고 있어요. 우리 쪽 데이터베이스에서 찾아낸 오마르 바야트와 타지 알리 칼릴의 가장 최근 사진들도 함께요. 또한 몇 가지 주변 정보들도요."

잭은 통화를 끝내고 PDA를 확인했다. 타지 알리 칼릴의 사진은 무척 흐릿한 상태였다. 그의 동생, 칸 알리의 운전면허증 사진은 거의 10년이 지난 것이었고 게다가 초점도 맞지 않았다. 하지만 오마르 바야트의 사진은 아주 선명했다. 그것은 독일 정보기관의 요원들에 의해 1996년 리비아에서 찍힌 것이었다. 바야트는 금발의 모습으로 아마 염색을 한 듯했고, 미국인으로도 통할 수 있을 것 같았다.

도로 공사로 인해 차량의 전진이 더뎌지자 잭은 니나가 보내온 자료를 검토했다. 몇 분간 교통이 나아지기를 기다린 후, 캐이틀린이 침묵을 깨뜨렸다. "무슨 통화였어요?" 그녀가 물었다.

"당신 동생이 서류가방을 가져가는 곳이 어딘지를 찾아낸 것 같아요." 잭이 그녀에게 알려주었다. "애틀랜틱 대로와 클린턴 가의 모퉁이에 있는 한 식품판매점이오."

그는 캐이틀린의 멍한 눈길에서 그 주소가 아무런 기억도 유발시키지 못했다는 것을 알 수 있었다. 교통이 움직이기 시작했고, 그들은 도로에 난 거대한 도랑과 상당한 중량의 깨진 포장도로 조각을 옮기고 있는 중장비를 지나쳤다.

"캐이틀린, 혹시 샤머스가 그의 사업과 연관된 다른 누군가를 언급한 적이 있었는지 기억해 봐요. 누구든지요."

젊은 여성은 이마를 매만졌다. "그가 한번은 태너라는 남자에 대해서 언급한 적이 있었어요. 큰 고객이라고 그가 말했죠. 약간 웃기는 이름이었는데, 오스카였던가 아니 아마… 아니에요! 이제 기억이 나요. 필릭스였어요. 필릭스 태너."

잭이 고개를 끄덕였다. "샤머스가 타지를 얼마나 잘 알고 있죠?"

"그들은 한 번도 만난 적이 없는 게 확실해요. 샤머스가 제 동생에게 타지와의 모든 거래는 전화상으로만 했다고 말했거든요."

앞쪽으로 잭은 애틀랜틱 대로의 출구를 가리키는 표지판을 보았고 고속도로를 빠져나왔다. 5분 후 그들은 그 대로상에 있었다. 니나가 보내온 정보를 통해서 잭은 이 지역이 코블 힐이라 불리며, 중동 지역 사람들의 상점들과 기업들의 도심 내 가장 큰 중심지라는 것을 알게 되었다. 이 지역에는 예멘인들, 레바논인들, 팔레스타인 사람들, 그리고 이슬람 국가들에서 온 다른 이민자들이 거주하고 있었다.

"저기가 바로 그곳이오." 잭이 말했다. 캐이틀린은 간판을 보았다. '칼릴의 중동 식품점'.

단호한 표정을 한 채 잭은 상점을 살펴보았는데, 그곳은 식료잡화류와 조제식품들, 외국산 향신료들, 아랍 신문들과 잡지들을 판매했다.

"차를 돌려서 주차를 해야겠어요."

잭은 식품판매점 바로 앞이라 할 만한 장소에 차를 세웠다. 그 상점은 3층짜리 갈색 사암 벽돌로 지어진, 백 년쯤 된 건물의 1층에 자리하고 있었다. 보안문은 올라가 있었고, 〈뉴욕 포스트〉 신문사의 트럭이 잭이 주차를 하는 사이에 나타나서는 윤전기에서 갓 나온 조간신문 더미들을 배달하고 있었다.

"이 물건들은 당신이 잠시 맡아주었으면 합니다." 잭이 말했다.

그는 캐이틀린에게 핸드폰, PDA, 그리고 조지가 준 리볼버를 건네주었다. 잭은 재킷 안으로 손을 넣었고 CTU 신분증도 꺼내 역시 캐이틀린에게 주었다. 잠시 주저한 후에 잭은 그의 결혼반지를 손가락에서 빼내 물건들 위에 올려놓았다. 그는 샤머스 린치한테서 가져온 지갑은 보관해서 엉덩이쪽 주머니 속으로 밀어 넣었다. 그런 다음 잭은 차문을 열었다.

"어디로 가려고요?" 캐이틀린이 물었다.

"안으로요." 그가 그녀에게 말했다. "나는 샤머스 린치인 것처럼 행세할 겁니다. 만약에 리암이 나타나면, 그 가방을 전달하는 일을 중지시키세요—그리고 그 가방은 열어보지 마세요, 무슨 일이 있어도."

캐이틀린은 잭의 손을 만졌다. "그쪽은 어떡할거죠?"

"만약 내가 두 시간 이내에 거기서 나오지 않으면, 911에 전화하도록 해요."

9

다음 이야기는 오전 5시에서 오전 6시 사이에 일어난 것이다.

오전 5:00:01

로스앤젤레스, 그린 드래건 컴퓨터

토니 알메이다는 텅 빈 하역장을 빠르게 달려 통과하고 콘크리트 경사로를 뛰어올라갔다. 닷지 화물차에서 나온 배기가스는 좀처럼 사라지지 않았지만, 그 차량과 거기에 실린 미사일 발사장치는 사라진 지 오래였다. 있을지 모를 저격수의 총알에 목숨을 잃을 가능성도 반쯤 염두에 둔 토니는 피부에 소름이 돋는 것을 느끼면서 엄호도 없이 움직였다. 그는 경사진 진입로의 위쪽에서 감독을 하던 사내가 드러누워 있는 것을 발견했는데, 생기 잃은 그의 두 눈은 십자형으로 엇갈려 교차하고 있는 천장의 배관들을 응시하고 있었다.

그는 바닥에 떨어져 있는 AK-47을 발견했고, 바나나 모양의 탄창을 뽑아내서 주머니 안으로 집어 넣었다. 그런 다음 자동소총의 약실에 여분의 탄환이 있는지를 확인했다. 그제서야 그는 빈 총을 쓰레기통에 던져 넣었고, 이제 어느 누구도 그를 향해서 그것을 사용할 수 없게 된 것에 만족해했다.

토니는 문쪽으로 움직였지만, 공장 안으로 들어가기 전에 핸드폰으로 지원을 요청했다. 라이언 슈펠은 폭력적인 행동을 재가받기에는 도움이 되지 않았으므로 니나 마이어스가 특수기동대를 수석 참모로서의 재량으로 급파시켰다. 도착 추정 시간은 8분.

토니는 블랙번의 수하들이 출동하는 것이 기쁘지만은 않았다—라이언 슈펠이 그 기동대를 투입하는 것에 대해서 반대했으니까—하지만 그와 니나 모두 다른 방도를 찾을 수 없었다. 로스앤젤레스 경찰은 잠재적인 테러 행위에 대처할 만한 준비가 되어 있지 않았고, 게다가 CTU가 제공할 수 없는 것들을 요청할 게 분명했다—사유재산으로 들어갈 수 있는 영장 같은 것 말이다.

토니는 통화를 끝내고 핸드폰을 주머니에 넣었다. 공장 내부 어딘가에서 한 발의 총성이 울려 퍼졌다. 두 발의 총성이 뒤따라 대응했다. 토니는 P228을 양손으로 쥐고는 공장 문을 밀어젖히고 들어갔는데, 유일한 거주자를 보고 움찔했다—연세가 지긋한 중국인 여자로, 마치 오래된 양피지처럼 피부가

쭈글쭈글한 데다, 뒤집어진 양동이와 쓰러진 걸레자루 옆에서 부들부들 떨고 있었다. 그녀는 토니를 보자마자 양손을 공중으로 번쩍 들었다.

"진정하세요! 당신을 해치지는 않을 겁니다." 토니는 자신이 생각하기에 무척이나 안심시키는 말투로 말했다. 그 여자는 잠시 진정을 하는 듯 했지만, 토니의 손에 들린 9mm 권총을 보고는 다시 비명을 지르기 시작했다.

"보세요, 떠날 겁니다, 떠날 겁니다." 토니는 무기를 내리면서 말했다.

그는 컴퓨터들이 놓인 칸막이 공간의 미로 속으로 재빨리 움직였다. 그 공간은 머리 위쪽의 형광등 불빛들 때문에 환했는데, 내부가 훤히 드러난 컴퓨터들, 덜렁거리는 주 회로기판들, 무지개 색의 전선 다발들, 대롱대롱 매달려 있는 전기 회로들, 납땜용 인두들과 연장들로 가득 채워져 있었다.

그 구역을 통과해서 나아가는 데에 시간이 걸린 것은 토니가 매복을 우려했기 때문이었다. 각각의 칸막이 공간들을 철저히 수색한 끝에 그는 결국 다른 누군가를 발견했다. 한 동양인 남성으로 긴 말총머리에, 25세 가량으로 보였으며, 콘크리트 바닥에 엎드린 채 누워 있었는데, 복부에 뚫린 두 개의 구멍 주위로 피가 고여 있었다. 45구경 권총 하나가 그의 오른손 안에 그대로 쥐여져 있었다. 토니는 그 무기를 한쪽 구석으로 차버리고 조심스럽게 사내의 맥박을 확인했다. 반응이 없었다.

그때 토니는 커다란 게시판 뒤로 부분적으로 숨겨진 계단을 발견했다. 그는 한 번에 두 계단씩 밟아나갔다. 계단 꼭대기에 다다른 그가 강철 방화문을 밀어젖혀 보니 몇 개의 사무실이 딸린 곳이었다. 그 장소는 꽤 넓었고 천장 속에 내장된 조명 설비들 때문에 흐릿하게 빛났는데, 공간은 비좁은 칸막이들과 드문드문 놓여 있는 가구들에 의해 분리되어 있었다. 부서지고 찌그러진 금속 캐비닛들이 한쪽 벽을 따라 한 줄로 세워져 있었다. 카펫은 얼룩지고 낡아 보였다.

짧은 복도를 따라 움직이던 토니는 유리로 된 여닫이문을 발견했는데, 그 너머는 환할 정도로 밝고, 깨끗하고, 냉방 시설기와 공기청정기가 가동하고 있는 공간으로, 한 대의 거대한 중앙컴퓨터와 두 대의 커다란 워크스테이션이 두드러져 보였다. 슈나이더 대위가 한 대의 워크스테이션 앞에 선 채로 사무실 의자에 구부정한 자세로 앉아 있는 젊은 동양인 남자 한 명을 내려다보고 있었다. 그녀는 그의 세련된 스포츠 재킷의 깃을 꼭 움켜쥐고 있었고, 업무용 리볼버의 총구를 그의 머리 뒤쪽에다 누르고 있었다.

토니가 문을 열어젖히고 들어가자, 포획자와 포로 둘 다 고개를 돌려 쳐다보았다. 슈나이더 대위의 안도하는 표정이 뚜렷이 드러났다. 비록 그녀가 재빨리 감추려고 노력했음에도 불구하고.

“생각보다 꾸물대는군요.” 그녀가 말했다.

“지원 요청을 해야만 했습니다.”

토니가 재킷 안쪽에서 플라스틱 수갑을 꺼내서 포로의 손목에 찰칵 채웠다. 그 남자는 왼손 새끼손가락이 없는 데다가 팔뚝 위에 그려진 보라색 문신의 끝자락이 수갑 아래로 보였다.

“명품이니까 조심해요, 아저씨.” 사내가 불평했다. “이건 이태리제 양복이란 말입니다. 이 재킷만 해도 미국 순경들의 3개월치 뇌물 수입보다 훨씬 비싸단 말입니다.”

토니는 그 남자의 얼굴 가까이 바짝 다가갔다. “까칠한 친구, 뭐라고?”

“그 사람 이름은 사이토에요,” 슈나이더 대위가 말했다. “그냥 관광객이라네요, 일본에서 왔다는….”

그녀는 뭔가 부서지는 소리, 시끄러운 목소리들 때문에 말을 중단했다. 얼마 안 있어 첫 블랙번 요원과 기동대의 다른 대원들이—머리부터 발끝까지 방탄모와 방탄복으로 무장하고, 자동소총을 들어 올린 사격 자세를 취한 채로—컴퓨터실로 밀어 닥쳤다. 매끄러운 바닥을 차카들로 찍찍 끌면서.

블랙번이 자신의 무기를 거둬들이고, 바이저(헬멧의 얼굴 가리개)를 손끝으로 툭 쳐서 올렸다. “멋진 기습이었네, 알메이다. 당신도요, 아가씨. 자네들한텐 우리 도움이 필요 없어 보이는데.”

"난 빼줘요, 쳇. 슈나이더 대위야말로 귀신 잡는 열혈 해병 대원이니까."

쳇이 낄낄 댔다. "CTU에서 이 숙녀 분을 스카우트해야 하는 거 아닌가."

토니는 짜증이 나는 걸 감출 수 없었다. 슈나이더 대위는 무기를 총집에 집어넣고, 그 포로를 의자에서 끌어내는 것을 도왔다. 블랙번은 기다란 장식용 사슬이 사내의 벨트에서 흔들거리는 것을 눈여겨보았다. 그는 손을 뻗어 그것을 잡아 뜯어냈고, 가죽 같은 자신의 시커먼 손에다 그 은색 사슬을 둘둘 감았다.

사이토는 주변에 있는 얼굴들을 유심히 살핀 다음 오만해 보이는 쓴웃음을 지었다. "이거 아주 재미있네요, 모든 게요…." 그는 제시카에게 윙크를 했다. "특히 당신을 만나서요, 아가씨. 하지만 지금 당장은 변호사와 의논을 해야겠군요."

오전 5:11:54

칼릴의 중동 식품점

주머니에 손을 넣고 시선을 아래로 내린 채 잭은 식료품 가게 안으로 들어갔다. 놋쇠로 된 방울이 그가 문을 밀고 들어가자 종을 울렸다. 가게 내부는 놀라우리만큼 작고 비좁았다.

좁은 통로들과 너무 많은 물건들을 포개어서 쌓아올려 놓았기 때문에 그 장소는 밀실 공포증을 느끼게 만들었다. 엄청나게 진열해 놓은 상품들이 한정된 공간 속에 잔뜩 채워져 있었지만, 대부분의 뉴욕 식품판매점들과 달리, 그러니까 그런 곳들은 보통 대량으로 맥주, 와인, 그리고 기타 맥주류 등을 냉장실 안에 저장해 놓는데, 이곳에는 어떠한 종류의 주류도 없었다—오직 비알콜 청량음료들과 유제품들뿐이었다. 잭은 별로 놀라지는 않았다. 이슬람교도들에게는 알코올이 금지되어 있으니까.

식품판매점 계산대에 있는 냉장 보관용 유리 뒤쪽으로, 물에 흠뻑 젖은 페타(feta, 염소나 양의 젖으로 만드는 그리스 치즈)가 들어 있는 통들과, 검은색, 갈색 그리고 녹색의 올리브들이 담겨 있는 쟁반들과, 속을 가득 채운 포도나무 잎들과, 후머스(hummus, 이집트 콩을 삶아 양념한 음식, 빵을 찍어 먹는다)와, 마스트(mast, 아프가니스탄 요구르트의 일종)를 바른 난(남아시아 지역에서 먹는 납작하고 부드러운 빵) 빵, 그리고 잭이 알 수 없는 다양한 음식들이 보였다.

어디에선가 라디오 소리가 흘러나오고 있었지만, 소리는 작았다. 아나운서는 '다리(Dari)'라는, 아프가니스탄 도시들에서 흔히 사용하는 언어로 말하고 있었다. PDA에 들어 있는 CTU 자료 일체를 빠르게 훑어봄으로써 잭은 칼릴 형제가 유목민 생활을 하는 파슈툰족(Pashtun, 아프가니스탄 남동부와 파키스탄 북서부에 거주하는 유목민 민족) 태생이며, 그들의 모국어가 파슈토어(Pashto語, 아프가니스탄의 공식 언어. 파키스탄 북부에서도 사용됨)라는 것을 알았다. 유목민 생활을 하는 파슈툰족은 파슈툰월리(Pashtunwali)라 불리는, 명예, 용기, 용감한 행동, 그리고 자립을 강조하는 아주 오래된 부족의 법도에 따라 길러졌다. 또한 그들은 전통으로 보나 아프가니스탄에서 벌어진 최근 소비에트의 행위로 인한 쓰라린 경험으로 보나 의심할 여지 없이 전사(戰士)들이었다.

금전등록기 뒤에는 큰 키에 마른 남자가 희끗희끗한 턱수염을 기르고, 아프가니스탄 터번을 두른 모습으로 등받이가 없는 높은 의자에 앉아 있었다. 잭은 경비원 제복을 입은 히스패닉계 남자가 〈뉴욕 포스트〉 신문 한 부와 커피 한 잔 값을 치를 때까지 끈기 있게 기다렸다. 잭은 손때가 묻은 코란(이슬람교의 경전) 한 권이 남자의 팔 아래에 있는 것을 알아차렸다. 마침내 그 경비원이 문 밖으로 나갔고, 잭은 가게의 주인에게 다가갔다.

"실례합니다. 저는 타지를 찾고 있습니다. 그가 지금 여기에 있습니까?"

그 남자는 드러내놓고 잭을 힐끗 쳐다보았다. 그의 눈은 진한 갈색에다 사색적으로 보였다. 그의 눈길은 미학적인 사람의 것이었다, 테러리스트가 아니라.

"당신은 누구시오?"

"제 이름은 샤머스 린치입니다. 나는 타지를 만나야만 합니다. 그에게 줄 물건을 갖고 있는데…."

그 남자의 눈길에서 의심스러움이 싹텄고 그는 대답하지 않았다. 그 상태로 시간을 끌자 잭은 자신의 위장이 실패했다고 생각하기 시작했다.

"가게의 뒤쪽에 있는 문으로 가시오." 마침내 그 사내가 말했다. "지하실로 향하는 계단을 따라가시오."

잭이 고개를 끄덕였고 통로를 따라 걸으며 매장의 뒤쪽으로 향했다. 잭이 시야에서 벗어나자마자 터번을 쓴 남자는 금전등록기 아래로 손을 뻗어 어떤 버튼을 눌렀다.

잠시 후, 잭은 삐거덕거리고 울퉁불퉁한 나무 계단의 맨 아래에 도달했다. 매장이 들어서 있는 3층짜리 건물은 백 년이 훨씬 넘었기 때문에 지하실의 벽은 점점 부스러지는 사암으로 만들어져 있었고, 바닥은 맨흙을 드러낸 채 여기저기에 썩은 널빤지들로 덮혀져 있었다. 천장이 너무 낮은 관계로 잭은 몸을 웅크려서 조금씩 움직여야만 했다. 조명을 위해 백열 전구 두 개가 배관 설비를 휘감고 있는 전선들에 매달려 있었다. 그 공간은 어둡고, 습하고, 곰팡이 악취도 풍겼다. 크고 트여 있는 공간인 대신, 그 지하실은 여러 구획들이 칸막이로 나뉘어져 있었는데 칸막이 벽들은 다듬지 않은 데다 이미 썩어 들어가기 시작한 목재로 짜맞춘 것들이었다.

"계십니까?" 잭이 부드럽게 외쳤다.

그때 그의 뒤쪽 칸막이로부터 주먹이 날아들어서 잭의 옆머리를 강타했다. 그 주먹질은 그를 죽이거나 또는 기절시키려는 의도가 아니라 단지 그를 제압하기 위한 것이었다. 효과가 있었다.

공격을 한 남자가 어둠 속에서 모습을 드러냈고 잭을 바닥에다 꼼짝도 못하게 만들었다. 그는 아프가니스탄 스컬캡(성직자 등이 쓰는 테두리 없는 베레모)을 쓰고 있었고, 텁수룩한 턱수염이 잭의 얼굴 앞에 흔들거렸다. 앞니 중 하나가 빠져 있었고, 뜨거운 숨결에선 고약한 냄새가 풍겼다.

잭은 두 번째와 세 번째 남자가 어둠 속에서 나타났을 때에도 저항을 하지 않았다. 한 명은 어린 소년이었는데 그의 얼굴은 초조한 듯 씰룩거리고 있었다. 또 다른 사내는 중년이 지난 듯했고, 다부지고 강건한 체격이었다. 그 역시 터번을 둘렀고, 깨끗하지만 약간 낡은 양복과 유행에 비해서는 너무 넓은 넥타이 차림이었다. 이 남자는 잭 바로 옆에 무릎을 꿇더니 그의 주머니 속을 더듬거리며 잭의 지갑을 찾아냈다. 닳아빠진 검정색 가죽 지갑 안에는 현금과 몇 장의 신용카드 그리고 뉴욕 운전면허증이 들어 있었는데, 모두 샤머스 린치의 이름으로 된 것들이었다.

나이가 지긋한 남자가 백열 전구 하나를 천장에서 끌어내려 잭의 얼굴 쪽으로 비추었다. 눈부심 때문에 눈을 깜빡이던 잭은 자신이 샤머스 린치와 약간 닮은 것이—잭이 샤머스의 신분증을 가졌다는 사실과 더불어서—이 남자들에게 그가 진짜 인물이라는 것을 확신시키기에 충분하지 않을까 하고 생각했다. 비록 잭은 눈앞에 있는 불빛 너머를 볼 수는 없었지만, 발소리들을 듣고서 더 많은 사람들이 도착했다는 것을 알았다.

"그 사람이 틀림없어요." 누군가가 중얼거렸다.

"내가 말했잖아. 달리 누구일 수 있겠어?" 나이 지긋한 남자가 대답했다.

잭을 바닥에다 누르고 있던 남자가 비켜난 다음 일어섰다. 그는 손을 내밀며 잭이 일어서는 것을 도와주었다. 잭은 눈을 문질러서 눈부심을 떨쳐내고, 어둠 속을 간파하기 위해 열심히 초점을 맞추었다. 곧 그는 다섯 명의 남자가 자신을 에워싸고 있는 것을 또렷이 알아차렸다. 두 명은 미 육군 지급품인 45구경 권총으로 무장했고, 세 번째 남자는 AK-47 자동소총을 어깨에 걸치고 있었다. 잭은 주위를 둘러싼 가공하지 않은 목재로 된 벽들을 살펴보았지만, 다른 사람들이 어디에서 튀어나왔는지 구별할 수 없었다.

나이 든 사내가 지갑을 닫고, 그것을 잭에게 돌려주었다.

"거칠게 다뤄서 미안합니다, 린치 씨. 당신이 정말로 당신이 말한 사람인지 확인해야만 했습니다."

오전 5:35:23

브루클린 지하철

리암은 움찔하며 잠에서 깨어나 손목시계를 힐끗 보았다. 거의 30분 가까이 졸고 있었던 것이다. 타임스 광장에서 긴 지체가 있었던 건 선로 교체 작업 때문이었다. 그는 7호선에서 2호선으로 갈아타기 위해 아주 오랜 시간을 기다렸었다. 지금 브루클린으로 향하는 전철은 굼벵이보다 더 느리게 움직이고 있었다. 그는 두 정거장 사이의 어두운 터널 속에 죽은 듯 꼼짝도 않는 전철 안에 앉아 있었다. 어떤 역이었지? 그가 언제 잠이 들었는지 기억할 수 없었기 때문에 확신할 수 없었다.

금속 가방을 무릎 사이에 놓고 꼭 붙들고 있던 그는 오렌지색 플라스틱 좌석에서 일어나 청바지를 입은 다리를 쭉 뻗었다. 열차가 다시 운행을 재개하면서 다음 역을 향해서 덜커덩거리며 나아갔다. 그는 피곤한 눈을 문지르며 피로와 싸워나갔다. 오랜 시간 끝이 없어 보이던 지하철 여행을 하는 동안, 리암은 샤머스가 지불할 돈으로 사려고 했던 모든 물건들을 상상해 보면서 잠이 깬 상태를 유지했다.

새로운 운동화를 첫 번째로 결정했다—할인매장에서 파는 헐 소리가 절로 나는 이름 없는 브랜드 말고. 에어 조단 한 켤레, 푸른색 줄무늬가 있는 검정색으로. 그리고 캐이틀린을 위한 새 신발 한 켤레도. 누나는 술집에서 열두 시간 동안 일을 하고 나면 발이 얼마나 아픈지에 대해서 항상 불평을 해댔으니까.

리암의 가장 큰 꿈은 새로운 MP3 플레이어 중 하나를 갖는 것이었다. 세인트 세바스찬 학교에 다니는 그의 친구들 중 두 명은 그것을 가지고 있었고, 그들은 언제나 그들의 컴퓨터에서 공짜 음악을 다운로드했다. 리암은 그건 끔찍하게 견딜 수 없는 일이었다고 생각했다. 물론 그는 지금으로선 컴퓨터도 갖고 있지 않기 때문에, MP3를 가지게 되더라도 친구의 컴퓨터를 사용해야만 할 것이다. 그러나 만약 샤머스가 그의 가게에서 여름에 일하게 해준다면, 누가 알겠는가? 어쩌면 중고 PC 한 대와 MP3 하나를 살 수 있는 여유가 생길지도 모른다. 가을 학기가 시작되기 전에 말이다. 그거야말로 끝내주게 멋진 일이 될 것이다.

금세 전철이 느려지기 시작했다. 금속끼리 마찰하는 제동장치의 끼익 하는 소리로 인해 동시에 인터콤을 통해 치직거렸던 잘 알아들을 수 없는 전철역 안내방송이 그나마도 들리지 않았다. 리암이 일어나서 유리창을 통해 밖을 주시하며 어느 지하철 역으로 들어서고 있는지를 보려 했다. 드디어 승강장과, 더러운 베이지색 세라믹 타일들이 벽을 따라 줄지어 늘어선 것이 보였다. 그런 다음 한 줄의 검정색 타일들이 정거장의 이름을 한 글자씩 천천히 알려주었다. 호이트 가(街).

열차가 느려지자 차장의 목소리가 인터콤을 통해서 치직댔다.

"승객 여러분께 알립니다, 승객 여러분께 알립니다. 이 열차는 더 이상 운행하지 않습니다. 호이트 가(街)는 본 열차의 마지막 정차역입니다. 계속해서 애틀랜틱 대로 쪽으로 가실 손님은 이곳에서 하차하셔서 이용 가능한 다음 열차를 기다려 주시기 바랍니다. 불편을 드려서 대단해 죄송합니다."

젠장! 리암이 생각했다. *겨우 한 정거장 남았는데 열차를 갈아타야 하다니.*

리암은 일어섰고, 아직도 잠이 덜 깼는지 비틀거렸다. 머리 위쪽 손잡이를 잡은 채 문 쪽으로 다가가자 열차가 끼익 하는 소리를 내며 정차했다. 문이 옆으로 미끄러지듯 열렸고, 리암은 콘크리트 승강장으로 발을 내딛었다. 아무도 열차에서 내리지 않았고, 승강장에도 아무도 보이지 않았다. 그는 가장 가까운 출구로부터 멀리 떨어진 것을 알아차렸다—최소한 두서너 개의 지하철 객차 길이 정도.

문이 다시 닫혔다. 쉬익 소리와 함께 제동장치가 풀리면서 열차는 덜커덩거리며 앞으로 나아갔다. 점차 속도를 내면서 터널 쪽으로 움직였다. 마침내 열차는 사라졌고, 한 줄기의 바람이 지나간 흔적 속에서 나부꼈다. 지하철의 소음이 멀어졌을 때, 리암은 뒤쪽에서 나는 발자국 소리들을 들었다.

그가 막 돌아서려는 순간, 손 하나가 리암의 곁에서 흔들리던 가방을 낚아챘다. 워낙 거세게 잡아당겨서 그도 발이 떨어지며 끌려갈 정도였다. 리암은 재빨리 무게 중심을 옮기고는 몸을 돌려 그 강도와 마주했다. 세 명이었다. 흑인 아이들. 아마 그보다는 두 살 정도 많아 보였는데, 한 사람은 오동통했고 두 사람은 말라 보였다. 그들은 몸보다 훨씬 큰 암청색의 조깅복, 스니커즈, 야구 모자 차림이었다. 그들의 시선은 금속 가방에 집중되었다. 그러나 리암은 가방을 순순히 내줄 수는 없었다. 두 손으로 가방을 꼭 붙잡고 있던 그는, 역시나 그걸 붙잡고 있던 뚱뚱한 얼간이 녀석과 서로 줄다리기를 시작했다. 잠깐 동안 비쩍 마른 두 녀석들은 뒤로 물러나서 덩치 큰 녀석이 모든 일을 처리하도록 내버려두었다.

오동통한 강도 녀석이 거세게 끌어당겼지만 리암이 오히려 허를 찔렀다. 가방을 더 세게 끌어당기는 대신, 그는 가방을 앞쪽으로, 얼간이 녀석의 둥글넓적한 얼굴을 향해서 가방을 떠맡기듯 확 밀어버렸다. 날카로운 소리와 함께 가방은 그 아이의 코와 뺨을 강타했다. 그는 뒤쪽으로 비틀거리다가 가방을 놓쳐버렸고, 곧바로 몸을 구부린 채 울부짖으며 양손으로 얻어맞은 얼굴을 더듬었다.

리암이 몸을 돌려서 달아나려 했지만, 어떤 움직임이 곁눈질에 잡혔다. 무언가가 그의 머리 가까이서 번쩍거린 다음 그의 팔 위쪽을 때렸다. 그는 그 충격의 영향으로 비틀거렸다. 팔은 마비된 듯 축 늘어졌고, 가방은 콘크리트 바닥으로 덜컹 떨어졌다.

비쩍 마른 녀석들 중 하나가 야경봉을 들고 그를 감시하는 동안, 다른 녀석이 가방을 집어 들기 위해서 내달렸다. 그러나 멍청한 얼간이가 너무 빠르게 다가가는 바람에 가방을 앞쪽으로 차버리고 말았다.

"제기랄."

시간이 멈춘 듯 그들 모두 가방이 승강장의 가장자리 너머로 미끄러지는 것을 지켜보았다. 야경봉을 들고 있던 멍청이가 그것을 다시 휘둘렀다. 이번엔 리암이 그것이 날아오는 것을 보았고 그 공격을 재빨리 피했다. 감각이 왼팔 쪽에 욱신거리는 통증과 함께 되살아났다. 하지만 리암은 멀쩡한 팔을 휘둘렀고 자신을 공격한 녀석을 쫓아내리라 결심했다.

얼굴을 얻어맞은 통통한 녀석은 이제 승강장에다 무릎을 꿇고 기침을 해댔다. 한 줄기의 피가 코에서 흘러내렸고, 그는 언뜻 그 피를 보고 놀라서 소리를 질렀다. 가방을 발로 차버린 그 멍청이는 흘낏 뒤돌아보며 친구의 상태를 확인했는데, 그 피를 보고는 기겁을 했다.

"제기랄." 녀석이 다시 소리쳤다.

야경봉을 든 멍청이는 그 서류가방이 떨어진 장소를 바라보았다. 그 녀석이 그 방향으로 반걸음 내딛었을 때, 그들 모두는 산들거리는 바람을 느꼈고, 멀리서 우르릉 거리는 소리를 들었다. 브루클린 행 열차 한 대가 다가오고 있었다. 가방이 떨어진 바로 그 선로를 따라 으르렁거리면서….

오전 5:45:13

로스앤젤레스, CTU본부

"이봐요, 저 기호 배열은 도무지 어떤 의미인지 모르겠는데요." 마일로는 화면 위로 순차적으로 흐르는 문자들과 숫자들을 향해서 손짓했다.

도리스는 타이핑을 멈추었다. "당신은 왼쪽에서 오른쪽으로 읽고 있잖아요. 북한의 개발자가 뒤집어놓은 걸 척 보면 알아야죠. 반대 방향으로 읽어보세요."

마일로가 다시 자리에 앉았다. "그래, 맞네. 그 전에 말해줬어야지."

"어허." 도리스가 대답하고는 손가락으로 다시 키보드를 두드렸다.

"왜 하필이면 프랑켄슈타인이에요?"

"프랭키라니깐요."

"당신 프로그램을 왜 그렇게 오래된 프로토콜을 기반으로 한 거죠?" 마일로가 물었다.

"이유야 많죠. 북한의 프로그래머들이 항상 최신 기술을 따르는 것도 아니고, 또 그들은 기존 컴퓨터 모델 위에다 그들의 프로그램을 구축해요. 대부분의 것들은 꽤나 구식이죠."

"오!"

"그리고 프랭키 역시 꽤나 구식이죠. 내가 이 프로그램을 만들기 시작한 건 내가 중학교에 다닐 때였으니까."

"뭐라고요? 그럼 지난 주."

도리스가 멈칫하더니, 그녀의 커다란 안경을 밀어올렸다. "하하. 당신은 정말 웃기는 인간이에요."

그녀는 고개를 가로젓고는 다시 하던 일을 계속했다. 마일로 프레스만은 그녀를 도와주기로 되어 있었지만, 그가 하는 일이라곤 질문들을 쏟아내는 것뿐이었다. 아니면 여자 친구와 말다툼을 벌이거나. 솔직히 도리스는 뭐가 더 안 좋은 것인지 알 수 없었다. 마일로의 멍청한 질문들인지 아니면, 멍청한 여자 친구와 밤새도록 나누고 있는 일방적인 멍청한 대화인지.

갑자기 작업공간에 영화 〈타이타닉〉의 주제가가 울려 퍼졌다. 윽! 도리스는 어이가 없었다. 티나가 일반 전화로 또 연락한 것이었다. 그래도 마일로는 여자 친구가 그녀의 핸드폰으로 전화를 걸 때는 '그린 데이'의 벨소리가 나도록 조정해 놓았었다. 어쩔 수 없이 지난 몇 시간 동안 도리스는 구역질 나도록 지루한 '슬픈 여객선' 노래에 시달림을 당하고 있었다. 그녀가 빤히 쳐다보자 마일로가 전화기를 확 열어젖혔다.

"티나? 아직까지도 안 자고 있었어? …무슨 일이야, 지금 울고 있는 거야? …물론, 내가 전화를 끊은 게 아니라니까. 내가 무슨 일이 일어났는지 말했잖아…."

도리스는 그 대화를 무시하며, 나머지 메모리 조각들로부터 막 분리시켜 놓은 데이터의 흐름에 집중하려고 애를 썼다. 이번엔 조짐이 좋아 보였다.

"울지 마, 티나. 나는 당신이 우는 것만큼은 견딜 수 없단 말이야."

도리스는 구역질이 나는 척 한 다음, 조용하게 마일로와 티나의 닭살 돋는 대화를 흉내 냈다. 뭔가 이상한 것이 그녀의 모니터 상에서 일어났고, 도리스는 화면을 응시했다.

"웬 타임 코드(시간 설정 장치)? 타임 코드가 여기서 뭘 하고 있는 거지?"

"뭐라고요?" 마일로가 갑자기 관심을 나타냈다.

"타임 코드 하나를 발견했어요—구체적인 날짜도 함께요. 프로그램의 핵심부 속에 있었어요. 시작 시간은 12시간 전이네요. 타임 코드는 계속 흘러가고 있어요. 그럼, 어디 한번 볼까…."

마일로가 몸을 앞으로 숙이며 도리스의 모니터를 응시했다. "그러네요. 당신 말이 맞아요. 이건 타임 코드에요…."

티나는 그 와중에도 전화기 너머로 계속 주절댔는데 그녀의 목소리는 조그맣게 앵앵거렸다. 데이터의 판독하고 있던 마일로는, 처음도 아니지만, 발작 상태인 여자 친구와의 통화를 깜박하고는 전화를 그만 끊어버리고 말았다.

"이것의 정체가 뭔지 알겠어요?" 그가 물었다.

"전체적인 배열은 일련의 긴 명령어들 같아요. 뭔지는 저도 잘 모르겠어요, 아직까진. 그렇지만 이 타임 코드로 볼 때 한 가지는 분명해요. 오늘, 오후 5시에, 정확히 하자면 동부 서머 타임 기준으로요, 뭔가 정말 큰일이 벌어질 수도 있다는 거죠."

오전 5:50:49

호이트 가의 지하철 역

리암은 브루클린 행 열차가 정거장에 들어오는 동안 기관사나 차장에게서 도움의 가능성을 기대하며 여전히 안절부절 못하고 있었다. 세 명의 불량배 강도들은 계단을 향해 도망쳤는데, 그 가방에 대해선 미련을 버린 듯했다. 리암은 나무로 만든 긴 의자에 털썩 주저앉았고, 숨을 헐떡이며 식은땀을 흘렸다. 왼팔이 욱신거렸다. 몇 시간 내로 거의 스태튼 섬(미국 뉴욕만 입구에 있는 섬) 크기만 한 멍이 생길 테지만, 움직일 수 있었기 때문에 뼈는 부러지지 않았다는 것을 알 수 있었다.

열차가 문을 닫고 다시 출발한 후, 리암은 잃어버린 서류가 방을 찾기 시작했다. 그것이 선로 위로 떨어졌다는 것을 알고 있었으므로 열차가 가방을 치고 지나갔을까 봐 걱정이 되었다. 그렇다면 그는 정말로 똥물에 튀할 놈 되는 것이었다. 그는 승강장의 가장자리 끝으로 걸어가서 선로 아래를 훑어보았다. 잔해도, 가방의 흔적도 전혀 찾아볼 수 없었다. 그 은백색 마감재라면 지하철 터널의 어둠 속에서도 눈에 보였어야만 했는데도 말이다.

리암은 승강장에서 선로까지의 길이를 계산해 보았다. 약 1.8미터. 15cm 정도 자신보다 더 컸다. 충분히 쉽게 내려갈 수는 있겠지만, 다시 자신을 끌어올리려면 오로지 상체의 힘만을 사용해야만 했다. 잠시 그는 주저했고, 머릿속은 뒤죽박죽이 되었다. 그는 만약 그 가방을 회수하지 못할 경우 그가 손해볼 돈에 대해서 생각했다. 그러나 그를 더욱 겁먹게 만드는 것은 그가 빚을 지게 될지도 모를 돈이었다.

샤머스는 그와 그의 누나에게 많은 것들을 해주었지만, 그는 무척 현실적인 사람이었다. 그는 잃어버린 가방의 비용에 대한 대가로 리암을 혼내거나 혹은 몇 달간 일을 시켜서 빚을 갚게 할 것이다. 아니면 둘 다거나. 300달러를 버는 것과는 별개로, 수천 달러 또는 그 이상을 빚질 수도 있는 잃어버린 컴퓨터 부품 하나가, 아니 그게 뭐든지 간에, 그 빌어먹을 가방 안에 들어 있다는 것이 리암을 몹시 두렵게 만들었다.

무슨 일이 있더라도 그는 그 가방을 찾아서 타지에게 전달해야만 했다.

그는 가장자리 너머로 몸을 숙이며, 터널 쪽을 응시한 채 다가오는 열차가 있는지 귀를 기울였다. 리암은 아무런 소리도 들리지 않기에, 승강장 가장자리에 앉아 그 아래로 다리를 내려뜨렸다. 그런 다음 선로 쪽으로 내려갔다. 전기가 흐르고 있는 송전용 제3선로를 피해 조심스럽게.

기름과 오물 더미들이 선로 높이만큼 주변 모두를 뒤덮고 있었다. 쥐들이 그의 주위에서 총총히 달음질을 쳤고, 한 마리가 그의 발에 부딪쳤다. 리암은 비명을 지르며 몸서리를 쳤다. 그런 다음 그는 숨을 내쉬고는 그 지역을 수색하기 시작했다. 한쪽 귀를 쫑긋 세워 다가올지도 모르는 열차를 대비하면서.

그의 운동화가 전기 개폐 회로에 걸리는 바람에 그는 비틀거리다가 넘어졌다. 손이 1인치만 더 앞으로 놓였어도 송전용 제3선로를 건드릴 뻔했다. 리암은 조심스럽게 손을 뒤로 끌어당겼다. 그가 일어서려는 순간, 반짝거리는 은백색 금속이 언뜻 눈에 들어왔다. 그 서류가방이었다. 그것은 신호등 뭉치 아래에 있었기 때문에 위쪽의 시야에선 보이지 않았던 것이다.

리암은 재빨리 가방 쪽으로 움직여 그것을 집어 들었고, 정거장의 흐린 불빛 속에서 상태를 확인해 보았다. 약간 긁힌 자국들과 움푹 들어간 부분들을 빼곤 괜찮은 상태로 보였다. 그는 가방을 열어 내용물이 손상을 입지는 않았는지 확인해 보고 싶은 유혹을 느꼈다. 하지만 샤머스는 어떤 상황에서도 가방을 열어보지 말라고 명령했었다. 거기엔 어떤 종류의 경보장치 혹은 무엇인가 있을지 모른다고 생각한 그는 가방을 닫힌 상태 그대로 놔두기로 결정했다.

안도의 한숨을 내쉬면서 리암은 고요하고 황량한 승강장의 가장자리 쪽으로 걸어갔다. 혼자서 위로 올라가는 것은 쉽지 않아 보였다. 게다가 그 가방을 들고서는 그렇게 할 수 있는 방법이 전혀 없었다. 마지못해 그는 가방을 머리 너머로 던졌고, 그 서류가방이 바닥에 닿은 공허한 덜커덕 소리를 들었다. 그런 다음, 리암은 뛰어오르며 승강장의 끝자락을 꽉 붙잡았다. 손가락은 곧바로 미끄러졌고 그는 선로 쪽으로 다시 떨어졌다.

리암은 손바닥에 침을 뱉고 두 손을 마주대고 비볐다. 그의 닳아빠진 운동화 아래에서 바닥이 우르릉거리며 울리기 시작했다. 이번에는 혼신의 힘을 다해 뛰어올랐다. 그는 승강장의 차가운 콘크리트 가장자리를 단단히 붙잡고는 꽉 매달렸다. 다리로 차올리며 몸을 끌어올려서 마침내 승강장 위에다 한쪽 팔꿈치를 올려놓았다. 얼굴 바로 앞 얼마 떨어지지 않은 곳에, 그 서류가방이 옆으로 놓여 있었다. 몸 아래쪽을 통해서 리암은 승강장이 진동하는 것을 느꼈고, 다가오는 열차의 우르릉거리는 소리를 들을 수 있었다.

그는 다리를 다시 차올리며, 몇 인치를 올라갔다. 그리고 이내 멈추고 말았다. 무언가 날카로운 것에 리바이스 청바지의 주머니가 걸려버린 것이었다. 어떻게든 몸부림을 쳐보았지만 그는 벗어날 수가 없었다. 불빛들이 터널의 끝에서 모습을 드러냈고 더러운 베이지색 타일들 위로 비쳤다.

터널의 반대편 쪽에서, 2호선 열차 한 대가 굉음을 내며 시야로 들어왔다.

10

다음 이야기는 오전 6시에서 오전 7시 사이에 일어난 것이다.

오전 6:05:08

호이트 가의 지하철 역

기관사가 열차의 경적을 울리면서 비상용 제동장치를 작동시켰다. 날카로운 끼익 소리가 지하철 역을 가득 메웠지만, 열차는 너무 빠르고 너무 무거웠서 곧바로 멈출 수 없었다. 열차의 계속적인 전진 운동은 승강장에 매달린 겁에 질린 소년을 압박해 들어왔다.

리암이 미친 듯이 다리를 차올렸지만, 그의 옷이 무엇에 걸렸든 간에 거기에서 벗어날 수 없었다. "성모 마리아님, 주님의 은총이 가득시고, 주님께서 함께 하시고…." 금방이라도 열차는 그를 두 동강낼 것 같았다. 리암은 눈을 감았다. "예수님,

하느님, 도와주세요."

튼튼하고 볕에 그을린 두 손이 그의 팔뚝을 꽉 잡았다.

"어서!" 굵은 목소리가 다가오는 열차의 굉음 너머로 우레와 같이 울렸다.

리암은 누군가가 자신을 위쪽으로 잡아당기는 것을 느꼈다. 뭔가 찢어지는 소리가 들리더니 그는 순식간에 자유의 몸이 되었다. 리암의 팔을 세게 끌어당기던 남자는 뒤쪽으로 휘청휘청 걸으면서 리암을 승강장 위로, 그리고 강철 괴물의 진로 밖으로 끌어올렸다. 그것이 그를 으깨어버리기 바로 직전에.

부들부들 떨던 리암은 승강장 위에, 콘크리트 바닥에 껴안듯이 드러누웠다. 아주 멀리 떨어진 것처럼 보이는 곳으로부터 열차가 멈추는 소리가 들렸고, 곧이어 어떤 목소리가 공회전하고 있는 기관의 쉭쉭거리는 소리 너머로 들렸다.

"괜찮냐, 애야?"

가벼운 충격 상태에서 리암은 머리를 들고 흑인 남자가 말하고 있는 것을 멍하니 바라보았다. 교통관리국 경찰관이 리암의 어깨를 잡고 그를 일으켜 세웠다. 그 경관의 갈색 두 눈은 염려스런 눈빛으로 둥그레졌다. 땀이 그의 구릿빛, 곰보자국이 난 뺨 위로 얼룩졌다.

"전 괜찮습니다." 리암의 목소리에는 잔뜩 긴장이 묻어났는데, 그의 귀에조차 그렇게 들렸다.

"그놈 괜찮습니까?" 열차 기관사가 2호선 열차의 중간쯤에서 열린 창문을 통해 소리쳤다.

"예." 경찰관이 소리쳤다. "아이는 괜찮습니다." 경관은 리암에게 다시 주의를 기울였다. "얘야! 아주 잠깐이나마, 난 너를 벽에서 긁어내야 하는 줄만 알았단다." 경찰관은 미소를 지었는데, 그도 안심한 것이 분명했다.

"감사합니다… 도와주셔서 감사합니다." 리암은 속삭였다. 그 표현이 얼마나 불충분하게 들리는지 잘 알고 있는 듯이.

"도대체 저 아래에서 뭘 하고 있었던 거니? 미끄러진 거니? 아니면 누군가가 너를 밀었니?" 교통경찰이 황량한 승강장 주위를 힐끗 둘러보았다.

"제가 가방을 떨어뜨려서 그것을 다시 찾아야만 했어요." 리암이 가방을 가리켰다.

경관은 긁히고 움푹 팬 가방이 옆으로 뉘어져 있는 것을 보았다. 그는 가방을 리암에게 가져다주었다. 소년은 가방을 낚아채 듯 움켜잡고 가슴에 꼭 안았다.

"감사합니다, 경관님." 그가 재빨리 말했다.

그는 경찰관의 날카로운 눈빛을 느꼈고 그와 눈을 마주치는 것을 피했다.

"도대체 그 가방이 얼마나 중요하기에 네 목숨을 거는 모험을 한 거니?" 경관이 캐물었다.

리암은 경찰관의 어투가 이제는 호의적이지 않다는 것을 감지할 수 있었다. 여전히 멍한 상태인 리암은 적당한 대답을 찾아보았지만, 머릿속이 하얗게 비어 버렸다. 마침내 그가 더듬거리며 말했다. "그건…. 그건 제 노트북 컴퓨터예요."

그 경찰관은 소년의 표정을, 그 다음엔 그 가방을 유심히 살펴보았다. "그렇단 말이지? 좋아, 그러면 아무래도 가방을 열어서 네 '노트북'이 손상을 입지는 않았는지 봐야겠구나."

오전 6:08:36

로스앤젤레스, CTU 본부

토니 알메이다는 그 포로를 무장한 구금 팀에 인계했다.

"그를 11호실로 데려가요. 그를 취조할 준비도 해주세요."

"이봐, 무엇 때문에 추궁하려는 건데? 그래, 내 비자는 만료되었어. 그게 어쨌다는 거야?" 사이토가 수갑을 채우는 것에 대해 몸부림치면서 소리쳤다. "여기는 미국이야. 불법 체류자들도 권리를 가지고 있다고."

슈나이더 대위가 호송요원들과 보조를 맞춰 걷기 시작했다. "제가 저들과 동행할게요. 저는 여기 있는 사이토 상이 제 시야에서 벗어나는 걸 원치 않아요."

그 일본인 사내는 능글맞게 웃었다. "내 생각엔 틀림없이 아주 멋진 다리가 그 '햅번(Audrey Hepburn, 영화 〈티파니에서 아침을〉에 출연한 여배우)' 같은 옷차림 속에 숨어 있을걸, 아가씨. 뾰족 구두도 신었으니 언제라도 나를 응징할 수 있을 거야."

호송요원들은 그 젊은 남자를 끌고 나갔다. 토니는 출입 기록부에 그의 이름을 서명했고, 그때 라이언 슈펠이 다가오는 것을 눈치챘다. 그는 엄한 질책을 받을 것에 대해 단단히 대비했다.

"잘했네, 알메이다 요원. 아니, 사실대로 말하면, 훌륭했네." 라이언이 그의 등을 다독이며 말했다. "자네와 슈나이더 대위는 칭찬을 받을 만하네. 방금 쳇 블랙번과 통화를 마쳤네. 그의 말이 자네들 둘이서 데이터베이스가 고스란히 담긴 중앙 컴퓨터를 포획했다고 하더군."

"그건 맞습니다, 라이언. 불행하게도 우리가 너무 늦게 도착하는 바람에 또 하나의 롱 투쓰 미사일 발사장치가 다른 장소로 이동하는 것을 막지는 못했습니다. 그것이 어디로 향했는지 아직 모릅니다. 아직까지도요. 그러니 그게 우리의 최우선 사항이 되어야만 합니다. 제이미가 그 트럭에 대해서 어떤 정보라도 알아낸 게 있습니까?"

"제이미가 자네가 보낸 영상을 조사해봤네. 하지만 성능이 개량된 이미징 필터를 가지고도 번호판에서 자동차 번호를 알아내지 못했네. 니나가 전국지명수배령을 내렸지만, 흰색 닷지 화물차들이 로스앤젤레스에는 너무 흔하단 말이야…."

"그린 드래건과 그 공장에 현재 고용되어 있는 모든 직원들 앞으로 등록되어 있는 차량들부터 조사를 시작해야 합니다. 그 다음엔 공항 쪽을 확인해봐야 하고요. 특히 화물의 화주들 말입니다."

"제이미와 니나가 그 일을 맡아서 하고 있네, 토니. 그보다 중요한 것은 CTU가 그 컴퓨터의 데이터에 접속하는 걸세. 그래서 마일로 프레스만과 사이버 수사대를 파견했네."

토니가 고개를 끄덕였다. "슈나이더 대위 또한 포로 한 명을 체포했습니다. 저는 그를 추궁하러 가려던 참입니다. 이름은 히데키 사이토, 도쿄에서 온 일본 국민입니다. 그는 약 18개월 전에 이곳에 왔습니다. 비자는 한 달 전에 만료되었고요."

토니가 그의 PDA를 보여주었다. "그의 이름과 사진을 일본 경찰청 데이터베이스를 통해서 조회해 볼 생각입니다. 저는 사이토가 야쿠자라고 확신합니다. 따라서 도쿄 현청에선 아마도 그에 대한 파일을 가지고 있을 겁니다."

라이언은 깜짝 놀랐다. "야쿠자? 확실한가?"

"분명합니다." 토니가 대답했다. "또한 어떤 오래된 조직의 일원입니다. 아주 전통적인 조직 말입니다. 아무튼 그는 과거에 큰 실수를 저지른 적이 있기 때문에 어쩌면 심문을 하는 동안 그 점을 이용해 볼 수 있을 겁니다. 그를 파악하는 데 필요한 심리적인 함정이 될 수도 있고요."

"어떻게 자네는 그 모든 것을 알고 있는지 물어봐도 되겠나?"

"새끼손가락이 사이토의 왼쪽 손에 없으니까요. 자신의 실수에 대한 속죄로서—그게 뭐였든지 간에—그는 부득불 그가 비위를 건드린 사람들 앞에 꿇어앉아 스스로 자기 손가락을 자를 수밖에 없었을 겁니다, 그리고 그것을 비단으로 감싼 다음 조직의 두목에게 그것을 보여주고 용서를 구했겠죠."

오전 6:12:52

호이트 가의 지하철역

리암이 경찰관을 빤히 쳐다보았다. "저는 경관님과 같이 갈 수 없어요. 학교에 가야만 하거든요…."

"그 대답으로 빠져나갈 생각은 하지 마라, 얘야." 사내가 간결하게 말했다. "너는 이미 법을 어겼단다. 저 선로 쪽으로 내려갔으니까. 그리고 내 생각에, 넌 그 가방에 들어 있는 것에 대해서도 거짓말을 하고 있는 것 같은데…."

그는 어깨에 걸려 있는 무전기 때문에 말을 끊었다. "모든 출동 가능한 대원들에게 알린다. 비상경보 발령. 즉각적인 지원을 요청한다. 전술적 법 집행 작전이 임박했다. 애틀랜틱 대로 방향의 모든 출입로를 즉시 확보하고, 그 대로로 향하는 모든 차량 통행을 차단 바란다. 모든 출동 가능한 대원들은 응답 바란다…."

그 경관은 마이크를 작동시켰다. "호이트 가에 있는 도시교통공사(MTA, Metropolitan Transportation Authority) 경관이다. 출동하겠다, 이상."

그는 리암을 마주보았고 그의 표정이 굳어졌다. "이번엔 너를 그냥 보내주는 수밖에 없구나. 하지만 만약 내가 너를 다시 보게 된다면, 네가 도대체 무슨 짓을 꾸미고 있는지 꼭 알아내고 말겠다."

오전 6:39:09

칼릴의 중동 식품점

네 명의 아프가니스탄의 전통 의상을 입은 사람들이 잭을 이끌며 백 년이 넘은 브루클린의 적갈색 사암 건물 아래에 있는 미로 같은 칸막이들을 통과했다. 곧 그들은 평평한 나무로 된 벽에 문 하나가 두 개의 반짝이는 강철 경첩에 매달려 있는 곳에 다다랐고, 그를 안쪽으로 안내했다.

잭은 주변을 조심스럽게 살펴보았다. 그 지하실 방은 삼각형 모양으로 부스러지고 있는 사암 벽들이 마주보고 있었다. 나무 상자들이 돌 벽에 기대어 쌓여 있었고, 그것들 위로는 작고 빗장이 달린 창문이 보도 높이의 거리를 내다보도록 나 있었다. 거대한 보일러 한 대가 구석에서 작동하고 있어서인지 그 공간은 덥고, 건조하고, 통풍이 되지 않아 답답했다. 조명이라곤 천장에 매달려 있는 덮개 없는 60와트짜리 알전구 하나와, 창문 위에 수십 년간 켜켜이 달라붙은 먼지 층을 간신히 뚫고 들어오려는 햇볕의 작고 희미한 빛이 제공하는 것이 전부였다.

누군가가 문을 두드려대자, 싸구려 칸막이로 된 벽이 흔들렸다. 스컬캡를 쓴 건장한 아프가니스탄 사내가 잭을 상자더미 쪽으로 밀었다. 남루한 양복을 입은 나이 든 남자가 그의 동지들에게 고개를 끄덕이며 파슈토어로 명령을 내렸고, 다른 사람들은 아무 말 없이 자리를 떠났다. 그들 뒤로 문이 닫히기 전에, 또 한 명의 남자가 음침한 지하방으로 들어섰다.

이 사내는 큰 키에 강인해 보였고, 쉰 살은 된 듯했지만 길고 힘줄이 불거진 팔과 다리가 헐렁한 셔츠와 면바지 아래로 드러나 있었다. 45구경 하나가 그 남자의 허리춤에 끼워져 있었고, 우툴두툴한 발에는 가죽 샌들을 신고 있었다. 비록 특별히 근육질은 아니었지만, 그 아프가니스탄 남자는 강한 기운이 물씬 풍겼고, 키가 커서 몸을 약간 구부려야만 잭을 마주볼 수 있었다. 그의 얼굴은 갸름했고, 안색은 누렇게 떠서 가죽 같았다. 영리해 보이는 눈은 극도로 험악하게 이글거렸다. 머리카락은 아프가니스탄 터번으로 가려져 있었고, 가슴까지 드리워진 턱수염은 희끗희끗했다. 두드러진 코 아래로 그 남자의 누런 이가 두드러져 보였다.

"당신이 타지요?" 잭이 물었다. "내 형인 그리프가 물건을 전달하라고 나를 여기로 보냈습니다."

아프가니스탄 사내는 말없이 잭을 응시했다. 말을 한 사람은 추레한 양복을 입은 사내였다.

"어째서 당신은 협약을 어긴 것이오?" 그가 힐문했다. "어째서 당신이 직접 여기에 온 것이오. 그 꼬마 녀석을 보내는 대신에?"

"당신은 가방이 필요…."

"그 꼬마 녀석이 가방을 가져오기로 되어 있었소." 사내가 말을 가로막았다. "그 녀석은 어디 있소? 또 가방은?"

잭은 그 남자의 반응에서 캐이틀린의 남동생이 아직 물건을 전달하지 못했다는 것을 알아차렸다. 그건 희소식이었다. 만약 그 소년이 물건을 전달했더라면, 이들 아프가니스탄 사내들은 아마도 잭을 그 자리에서 죽였을 것이다. 대신 그들은 주저하고 있었다. 분명히 의심스러운 상황인 데도 말이다. 잭은 그 이유가 그들이 너무 절박할 정도로 그 가방의 내용물을 손에 넣으려고 하기 때문에 잭이 사기꾼일지도 모른다는 위험을 기꺼이 감수할 작정이라는 것을 알아차렸다.

"나는 미행당하고 있었어요." 잭이 거짓말을 했다. "나는 가방을 숨겨놓을 수밖에 없었습니다. 제가 잡힐 경우를 대비해서."

잭은 양복을 입은 남자가 판단을 망설이고 있다는 것을 감지했는데, 아직까진 잭의 이야기를 믿으려 하진 않지만 상황을 납득하려 하는 것 같았다. 침묵하고 있는 남자의 얼굴 표정은 읽을 수가 없어서 잭은 새로운 카드를 내밀어보기로 결심했다. 모든 걸 걸고 밀어붙이는 수밖에.

"들어보세요." 그가 다급한 말투로 말했다. "모든 계획이 수포로 돌아갈지도 모릅니다. 내 생각에는 연방 요원들이 우리에 대해서 눈치를 챈 것 같아요. 바로 그들이 나를 미행하고 있었으니까요, 확신해요."

나이든 사나이가 눈썹을 치켜올렸다. "그 일과 관련해서 무슨 제안을 하고 싶은 건가?"

"필릭스 태너를 만나야만 합니다. 태너에게 모든 계획이 위태롭게 되었다고 경고해 주어야만 합니다."

양복을 입은 남자는 즉시 불안해했다. 침묵하던 사내는 넘어갈 것 같지 않아 보였다.

"제 말을 못 들었습니까?" 잭이 소리쳤다. "모든 계획이 위기에 처해 있어요. 태너에게 당장 경고해야만 합니다. 더 늦기 전에 말입니다."

침묵하던 남자가 마침내 입을 열었다. 목소리는 부드러웠지만 단호했다. "그 서류가방을 되찾는 것이 먼저요. 문제가 없으면 그때 내가 태너를 만나게 해주겠소."

"들어봐요, 타지. 우리 모두는 위험에 처해 있습니다. 지금 당장 태너와 이야기하도록 해주셔야 합니다."

나이든 사내가 뒷걸음질 쳤는데, 아마도 잭의 다급한 재촉에 깜짝 놀란 듯했다. 그가 말을 꺼내기 전에 높이 달린 유리창이 갑자기 안쪽으로 부서지면서 더러운 유리의 파편들이 그들 모두에게 소나기처럼 쏟아져 내렸다. 검은색 물체 하나가 흙바닥 위로 떨어졌다. 본능적으로 잭은 뒤로 몸을 내던져 그가 앉아 있었던 나무상자 뒤로 엎드렸다. 그러나 나이든 남자는 그 물체 위로 몸을 구부리면서 그것을 집으려고 손을 뻗었다. 잭은 위험을 소리쳐 알리기 위해서 입을 벌렸다. 바로 그때, 수류탄이 폭발했다.

강력한 충격이 그 남자를 뒤쪽, 벽을 향해 던져버렸다. 비록 나이든 남자가 큰 충격파를 흡수했는데도 불구하고, 폭발은 다른 모든 사람들 또한 쓰러뜨릴 정도로 충분히 강력했다. 소음 때문에 부분적으로 귀가 멍멍해진 잭은 최루탄이 유독물질을 방출하면서 내는 쉬익 하는 소리를 들을 수 없었다. 하지만 그는 즉시 눈과 코에서 찌르는 듯한 고통을 느꼈고, 피어오르는 최루 가스 연무 때문에 숨이 턱 막혔다. 윙윙거리는 소리가 여전히 귀를 가득 메웠음에도 불구하고, 잭은 밖에서 요란하게 울리는 확성기 소리를 들었다.

"FBI다. 우리는 건물을 완전히 포위했다. 너희들이 도망갈 방법은 없다. 두 손을 들고 밖으로 나와라, 그러면 해치진 않을 것이다…."

1 2 3 4 5 6 7 8 9
10 **11** 12 13 14 15 16 17
18 19 20 21 22 23 24

다음 이야기는 오전 7시에서 오전 8시 사이에 일어난 것이다.

오전 7:00:06

브루클린, 아틀란틱 대로의 클린턴 가 교차로

잭이 칼릴의 중동 식품점에 들어간 이후, 그날 밤의 사건들은 결국 캐이틀린의 발목을 잡고야 말았다. 처음으로 그녀는 무슨 일이 벌어진 것인지 혼자서 이해하려고, 어떠한 선택 사항들이 있는지 생각하려고 애를 썼다.

캐이틀린은 왜 그녀의 동생이 아직까지 이곳 목적지에 도착하지 않았는지 궁금했다. 그녀와 잭이 모르는 사이에 리암을 놓쳐버린 걸까? 리암은 그들이 도착하기 전에 타지에게 그 가방을 전달하고 퀸스에 있는 집으로 돌아가고 있는 중일까? 만약 그렇다면 이상한 낌새도 못 챈 그녀의 남동생은 으르렁대며 미칠 듯이 흥분한 샤머스 린치가 이를 갈고 있는 곳으로 향하고 있을 것이다. 그 사람은 여전히 묶이고 재갈이 물린 채 술집 위에 있는 거무칙칙한 방에 있을 테지만.

만약 잭 바우어가 돌아오지 않는다면 어쩌지? 그녀는 궁금했다. *그러면 나는 무엇을 해야 하는 거지?*

잭은 만약 자신이 두 시간 안에 돌아오지 않을 경우 경찰에 자수하라고 그녀에게 지시했었지만, 그것은 그녀가 절대로 할 수 없는 일이었다. 그녀와 남동생은 비자 기한을 초과했고, 불법 체류자들이었다. 캐이틀린은 그 빌어먹을 영주권도 가지고 있지 않았다—도니 머피는 장부에 기록하지 않고 그녀에게 돈을 지불하고 있었다—그리고 만약 이민귀화국에 발각되기라도 한다면, 무척 골치 아픈 일이 될 것임이 틀림없었다. 만약 캐이틀린이 당국에 자수하고 잭 바우어가 샤머스의 테러 행위 연관성에 대해서 그녀의 밝힌 진실을 말한다면, 그녀와 남동생은 연좌되었다는 이유로 오명을 얻게 될 것이 분명했다. 그리고 만약 리암이 타지에게 그 가방을 전달함에 있어서 무언가 불법적인 일을 했다면, 그땐 그녀의 남동생은 형사상의 고발, 재판 그리고 구속을 직면하게 될 수도 있었다.

잘해 봐야 그들은 달갑지 않은 체류자들로 낙인 찍히고 북아일랜드로 추방당하게 될 것이다. 그래도 리암은 아마도 결국엔 런던데리(영국 북아일랜드 북부의 주州) 소년원에 가게 되겠지만, 캐이틀린은 주 정부에서 제공하는 시설에 들어가기에는 너무 나이가 많아 아마도 결국엔 거리에 나앉는 신세가 될 것이다. 직업도 없고, 집도 없고, 이렇다 할 기술도 없는 캐이틀린은 물이 새는 찻주전자만큼이나 쓸모없을 꼴이 될 것이다. 어떤 미래를 그녀가 아일랜드에서 꿈꿀 수 있겠는가?

안 돼. 경찰한테는 절대로 가지 않을 거야. 무슨 일이 일어나더라도.

캐이틀린이 점점 강렬해지는 이른 아침의 햇살 아래에서 땀을 흘리면서 엄지손톱을 물어뜯었다. 근접한 곳에 뉴욕 항과 그 너머로는 대서양이 있음에도 불구하고, 서늘한 아침 미풍이 바다로부터 불어와서 정체된 공기를 휘저어놓을 기미는 전혀 없어 보였다. 온도는 습도와 함께 올라가고 있는 중이었다. 자동차의 앞좌석에서는 태양빛이 내리쬐고 있어서 결국 캐이틀린에게 그 열기를 참을 수 없는 지경에 이르렀다.

그녀는 창문을 열었지만, 차를 떠나거나 심지어 밖으로 나갈 생각조차도 없었다. 대신에 캐이틀린은 뒷좌석을 살피며 뭔가 부채질을 할 만한 것을 찾아보았다. 그때서야 그녀는 검정색 최신형 세단이 혼잡한 애틀랜틱 대로 건너편에 있는 아랍인의 정육점이 자리하고 있는 4층짜리 벽돌 건물 앞에 주차되어 있는 것을 알아보았다. 비록 운전자의 두 눈은 시커먼 선글라스로 가려져 있었지만, 차의 뒤쪽 유리창을 통해서 그 사내를 관찰하는 동안 캐이틀린은 그가 그녀를 지켜보고 있다고 이내 확신했다.

캐이틀린은 얼마나 오랫동안 그 사람이 그곳에 있었는지, 혹시나 그 사람이 잭이 그 중동 식료품점으로 들어가는 것을 보았는지 궁금했다. 2분이 채 지나기도 전에 그 의문은 해답을 찾은 듯 보였다. 똑같은 차량 한 대가 천천히 그녀의 차를 지나쳐 갔는데, 짙은 양복과 선글라스 차림의 또 다른 남자가 운전석에 앉아 있었고 그녀를 쳐다보지 않으려고 애를 쓰는 게 역력해 보였다. 좌석에서 초조하게 몸을 뒤척이던 캐이틀린은 주위를 둘러보다가 그 즉시 세 번째 차량이 애틀랜틱 대로 건너편에 주차하는 것을 눈여겨보았는데, 이 차량은 클린턴 가를 따라 들어왔다. 그러더니 네 번째 차량이 첫 번째 차량 뒤에 멈춰 섰다. 두 남자가 내부에, 어둡게 착색된 유리 뒤에 앉아 있었다. 그들 중의 한 사람은 어깨에 매달려 있는 마이크로폰에 대고 말을 하고 있었다.

캐이틀린은 당황하기 시작했다.

이 사람들이 누구이건 간에—친구 또는 적이건—그들은 많은 숫자가 속속들이 도착하고 있었다. 더욱 놀라운 것은 그들이 칼릴의 상점과 그녀의 차를 에워싸고 있는 것처럼 보인 것이었다. 이제는 잭 바우어가 들려준 샤머스의 국제 테러리스트들과의 연루에 대한 이야기가 그렇게 터무니없는 억지소리로 들리진 않았다. 문득 캐이틀린은 곧 낚아채일 올가미 덫에 앉아 있는 어떤 동물처럼 느껴졌다.

비록 잭이 그녀에게 적어도 두 시간은 그 자리에 머물러 기다린 후에는 차를 떠나서 경찰에 자수하라고 지시했었지만, 캐이틀린은 본능적으로 위험이 급박했음을 느꼈다. 떨리는 손으로 그녀는 잭 바우어의 소유물들을 불룩한 숄더백(어깨에 메는 가방)에 채워 넣고, 창문을 올리고, 그리고 차 밖으로 나왔다. 저렸던 발을 구르던 캐이틀린은 무거운 가방을 어깨에 메고, 잭이 남기고 간 자동차 열쇠로 차문을 잠갔다.

평상시의 행동처럼 보이기를 내심 바라면서 캐이틀린은 차의 유리창에 비친 모습을 바라보면서 그녀의 머리와 옷매무새를 추슬렀다. 그런 다음 그녀는 몸을 빙글 돌리고 한가롭게 거닐며 애틀랜틱 대로에서 벗어나기 시작했다. 걸음을 옮길 때마다 그녀가 느낀 것은—아니 느꼈다고 상상한 것은—그녀의 등을 향한 의혹의 눈길들이었다.

처음 당황했을 때에는 캐이틀린은 오직 달아날 것만을 생각했다. 그녀는 클린턴 가를 재빨리 걸어 내려갔고, 백 년이 넘는 뉴욕의 적갈색 사암 건물들의 철문과 높다란 사암 계단 앞을 지나쳤다. 그러나 몇 구획을 지난 후 그녀의 발걸음이 느려졌다. 캐이틀린은 그녀의 남동생을 생각했다. 아무리 생각해도 그가 이미 다녀간 것 같지는 않았다. 그는 여전히 칼릴의 가게로 오고 있는 길이거나, 혹은 이미 그 안에 있을지도 몰랐다. 어느 쪽이든 리암은 그녀가 달아나고 있는 그 임박한 위험에 맞닥뜨릴 것 같았다. 그녀가 어떤 방도를 찾아서 그를 멈추게 하지 않는 이상에는.

순간적으로 겁을 먹은 것을 부끄러워하던 케이틀린은 걸음을 멈추고 손목시계를 확인했다. 지금쯤은 이미 잭이 식품점으로 들어간 지 두 시간이 지났다. 그가 당장이라도 밖으로 반드시 나올 것만 같아서 그녀는 마음의 결정을 내리고 곧바로 몸을 돌려 차를 향해서 되돌아갔다. 애틀랜틱 대로에서 아직 두 구획 정도 떨어진 곳에 이르렀을 때, 케이틀린은 도로가 갑자기 가로막힌 것을 발견했다. 그녀는 지켜보는 동안 대여섯 대의 차량들이 애틀랜틱 대로와 클린턴 가의 모퉁이를 막아섰다. 그 사이 다수의 뉴욕 경찰청의 경관들은 모든 거리를 따라 내려가면서 주변 구획들의 모든 차량들의 출입을 차단하기 위해 애쓰고 있었다.

비틀거리며 앞으로 나아가던 케이틀린은 칼릴의 식품점 전면을 두 대의 검정 밴 사이로 간신히 알아볼 수 있었다. 그녀가 바라보는 동안 검정색 방탄복과 헬멧을 착용한 두 남자가 몸부림치는 아프가니스탄인 한 명을 가게에서 보도로 질질 끌어내 꼼짝도 못하게 하고는 그 자리에서 손을 등 뒤로 돌려 수갑을 채웠다.

"아가씨?"

케이틀린이 펄쩍 뛰며 움찔했다. 키가 크고 어깨가 넓은 뉴욕 시 경찰관 한 명이 그녀를 내려다보고 있었다. 그는 케이틀린에게 안심시키는 듯한 미소를 지어보이는 동시에 그녀의 길을 가로막았다. "죄송합니다, 아가씨. 다른 길로 가셔야겠습니다." 젊은 경찰관이 말했다. "법 집행 작전이 진행 중이기 때문에 여기서부터는 통행이 통제되었습니다."

"하지만 제 차가…."

경찰관은 동정한다는 듯이 고개를 끄덕였다. "이 모든 일은 몇 분 내로 끝날 겁니다. 그 후에 저희가 아가씨를 차까지 모셔다 드리겠습니다."

캐이틀린은 고개를 끄덕였지만, 움직이지는 않았다. 대신 그녀는 두 구획도 채 되지 않은 곳에서 펼쳐지고 있는 극적인 사건을 지켜보고 있었다. 그 경관의 시선도 그녀의 시선을 좇았고, 그들 두 사람이 지켜보는 동안 아프가니스탄 전통 의상을 입은 한 남자가 공격용 장비로 무장한 두 명의 남자에게 끌려갔다. 그 사이에 무장을 한 다른 남자들이 앞쪽으로 움직이며, 짧은 총신의 산탄총처럼 보이는 무기를 지하실의 창문을 향해 조준했다. 캐이틀린은 그들의 제복 위로 도드라져 있는 하얀색 글자를 보았다. FBI.

요란한 소리와 함께 연기가 치솟은 건 한 남자가 건물 안으로 사격한 직후였다. 이만큼 떨어져 있음에도 불구하고 캐이틀린은 유리창이 부서지는 소리를 들을 수 있었다. 그 다음엔 나직한 소리의 폭발음. 첫 번째 폭발음이 사라지기도 전에, 또 다른 남자가 식료품 판매점의 판유리 창을 향해 어떤 수류탄 하나를 발사했다.

"예수님, 성모 마리아님, 그리고 요셉…." 캐이틀린이 속삭였다.

부서진 유리창의 파편들이 은빛의 소나기처럼 보도 위로 쏟아져 내렸고, 무장한 기동대가 무기들을 들어 올리고 사격 자세를 취한 채 상점 안으로 뛰어들었다.

오전 7:11:58

칼릴의 중동 식품점

잭은 왼팔을 들어 얼굴을 가리고, 코와 입은 셔츠 소매 속에 파묻어서 후덥지근하고 더러운 지하실을 빠르게 채우고 있는 질식할 것 같은 CS가스(발명자인 미국의 화학자 Ben Carson과 Roger Stoughton의 이름을 딴 최루 가스의 일종)를 막았다. 잭은 경험상 자욱한 화학 작용에 의한 연기는 상승하는 경향이 있다는 것을 알았으므로 지면에 바짝 엎드린 채 바닥을 가로질러 기어가며 한쪽 구석에 거꾸러져 있는 거무스름한 형체에 다가갔다.

늙은 남자는 손발을 늘어뜨린 채 드러누워 있었고, 옷에서는 그가 고스란히 흡수해버린 폭발의 열 때문에 연기가 피어오르고 있었다. 그의 닳아빠진 양복은 누더기가 되었고, 엉긴 핏덩어리가 머리부터 발끝까지 너덜너덜해진 옷감 전체에 얼룩져 있었다. 그리고 그 남자의 머리는 한쪽으로 축 늘어져 있었고, 턱은 부서져 엉망이었다. 잭이 마침내 그에게 다다랐을 때, 남자의 검게 그을린 눈꺼풀이 열렸고 그들의 시선이 마주쳤다. 그는 잭의 손을 꽉 쥐고 남아 있는 마지막 기운을 짜내면서 최후의 말을 헐떡이며 내뱉기 위해 안간힘을 썼다. 그 소리는 목구멍 안에서 그르렁거렸고, 그는 누워 있는 그 상태에서 손가락들을 축 늘어뜨렸다. 잭은 그 남자의 목을 더듬으며 맥박을 확인했지만 아무것도 느껴지지 않았다.

"제기랄!" 잭은 충격용 수류탄(파편이 아니라 폭발력 자체로 충격을 가해 피해를 주는 수류탄)의 섬광과 강도를 통해서 FBI가 군사용 CS가스 수류탄을 사용했다는 것을 알았는데, 그것은 명백한 연방 법집행 지침의 위반 행위였다. 그 수류탄들은 연방수사국이 불운을 초래했던 웨이코(미국 텍사스 주 중북부의 도시)에서의 포위작전을 하는 동안에 사용했던 것과 똑같은 폭탄들이었다. 여전히 기밀서류로 분류된, 잭이 읽었던 정부의 보고서에 따르면, 그러한 수류탄들은 다윗파 무장민병대(Branch Davidian, 일종의 사이비 종교였던 개신교도들의 교회) 복합주거지역에 대한 공격을 개시하자마자 거의 휩쓸어버렸던 화재의 원인이 되었다.

80여 명의 사람들이 웨이코에서 목숨을 잃었다. FBI가 구하리라 믿어졌던 10여 명의 아이들도 포함해서. 그 화재는 군용 최루 가스로 인해 발화되었다—그 가스는 다윗파 무장민병대 복합주거지역이나 브루클린의 다세대 주택의 지하실 같은 밀폐된 공간에서 사용하게 될 경우 발화시키는 속성을 가지고 있다.

그렇다면 무엇 때문에 FBI가 그 같은 종류의 방화용 최루가스탄을 사용하고 있는 것인가? 그들은 정말로 또 한 건의 서투른 급습을 원했던 것인가? FBI가 이전의 터무니없는 치명적인 실수로부터 교훈을 얻기를 마다하고 있거나, 아니면 누군가가 타지와 그의 동료들을 *죽이려는* 것이었다. 그들을 생포하지 않고.

그러나 그 시나리오 역시나 잭에게는 이해가 되지 않았다. FBI 요원 프랭키 헨슬리는 린치 형제들과 더불어 타지를 이용해서 그의 음모를 수행하지 않았던가? 그렇다면 어째서 헨슬리는 그의 공범자들을 보호하려고 애쓰지 않는 것일까? 헨슬리는 타지가, 그 아프가니스탄 테러리스트가 여전히 중요한 역할이 하고 있다면 어째서 죽게 내버려두는 것일까? 잭이 이치에 맞는다고 생각하는 유일한 이유는 타지와 그의 수하들이 쓸모가 다했고 게다가 그들이 엉뚱한 사람들에게 사실을 털어놓기 전에 없애버리는 것이었다. 그러나 사정이 그러했다면, 어째서 그 서류가방의 전달에 광적으로 집착하는 것인가? 그 가방 안에 단테 얼리를 살해했던 것과 똑같은 또 다른 폭탄이 들어 있지 않으며 그 아프가니스탄 남자를 죽이려고 하는 의미가 아니란 말인가?

잭의 머리는 혼란스러웠고, 그가 풀려고 애쓰고 있는 수수

께끼는 그 가스 못지 않았다. 오직 두 사람만이 잭의 의문에 답을 해줄 수 있었다. 타지 알리 칼릴과 특수요원 프랭크 헨슬리. 그 FBI 요원은 손이 닿을 수 없는 곳에 있었으므로 이제 잭의 유일한 선택은 타지에게 전념하는 것뿐이었다.

갑자기 잭은 그의 팔뚝을 꽉 쥐는 손길을 느꼈다. 젖은 천이 철썩 소리를 내며 그의 어깨 위로 놓였다. 그가 고개를 들어 발견한 것은 자신을 가까이서 지켜보는 타지였다. 그 남자는 천으로 자신의 코와 입을 감싸서 가스를 막아내고 있었다. 그는 잭에게 같은 행동을 하라며 몸짓을 했다.

잭은 머리 위 천장으로부터, 부츠를 신은 발이 쿵쾅거리며 쇄도하는 소리에 이어 몇 발의 총성을 들었다. 자동소총의 한 차례 연발 사격은 외마디 비명으로 끝났고, 곧바로 몸뚱이 하나가 쿵 하는 둔탁한 소리를 내며 바닥에 부딪쳤다. 연기가 밀실공포증을 앓을 만한 지하실에 꽉 들어찼다. 이젠 나무 타는 냄새가 CS 가스의 고약한 연무에 뒤섞였다. 얼굴을 감싼 잭은 타지와, 우지 기관총을 떨리는 손으로 쥐고 있는 아프가니스탄 소년—15세 정도—한 명과 함께 서 있었다.

금세라도 부서질 것 같은 문이 열리면서 또 한 명의 아프가니스탄 남자가 소용돌이치며 밀려드는 연기 속에서 모습을 드러냈다. 이 남자는 작지만 단단한 체격이 가지고 있었는데, 대략 쉰 살 아니 나이가 더 들어 보였다. 그는 터번, 헐렁한 바지, 그리고 로브(길고 헐거운 예복) 차림이었다. AK-47 자동소총 하나를 팔에 걸머졌는데, 총구는 낮은 천장에 거의 맞닿아 있었다. 새로운 남자는 타지와 눈을 마주쳤고 그들은 서로 포옹했다. 파슈토어 말로 무언가를 속삭이던 타지는 그 사내를 꽉 안았고, 잭은 작별 인사를 목격하고 있다는 것을 깨달았다. 마침내 그 남자는 몸을 돌리고 자동소총을 어깨에서 끌어내린 다음 소용돌이치고 있는 최루 가스의 자욱한 연기 속으로 또 다시 사라졌다.

잭은 팔을 뻗어 타지를 잡았다. "그들은 CS가스를 사용하고 있어요." 그가 혼돈 속에서 소리쳤다. "이 건물 전체가 불탈 수도 있습니다."

"우리는 지금 바로 떠날 것이오." 타지가 대답했다. "그 서류가방을 즉시 회수해야 하오, 그렇지 아니면 우리의 모든 희생은 허사가 되고 말 것이오."

"그 가방은 잊어버리세요. 나는 태너를 만나야만 합니다." 목쉰 소리는 말하며 잭은 기침을 속으로 억눌렀다.

"그 서류가방이 먼저요, 린치 씨. 그런 다음 내가 당신을 필릭스 태너에게 데려다주겠소."

오전 7:17:19

로스앤젤레스, CTU 본부

니나 마이어스는 잭 바우어의 사무실에서 나와서 철제 계단의 상층부로 걸어 올라갔다. 아래로 보이는 지휘본부는 마치 벌집처럼 정신없이 움직이고 있었다. 그녀는 그 움직임을 조용히 지켜보면서 다음 조치를 심사숙고했다.

거의 모든 위기대응 팀 대원들은 일에 몰두하고 있었다. 토니 알메이다와 제시카 슈나이더는 포로인 사이토를 심문하는 중이었고, 마일로 프레스만와 함께 CTU의 사이버 수사대의 절반은 리틀 도쿄에 있는 그린 드래건 컴퓨터 매장으로 급파되어 중앙 컴퓨터의 암호를 해독하는 중이었고, 거의 모든 분석가들이 과중한 임무를 소화해 내고 있었다. 그들은 말 그대로 극도로 긴장하여 신경이 예민해져 있는 상태였고, 일은 갈수록 점점 악화되어 가고 있었다.

"잘 들으세요." 니나가 큰 목소리로 외쳤다. "저는 두 번째 '위협경고 시각(Threat Clock)'을 설정할 겁니다."

충격과 놀라움이 그 소식으로 인해 쏟아져 나왔다. 니나는 소란스런 소리를 무시하고 계속해서 말했다.

"이번 두 번째 위협경고 시각의 설정은 카운트다운 방식입니다. 최종적인 위협경고의 시각은 동부 서머타임 기준으로 오후 5시이며, 9시간 36분 남았습니다. 지금 이 순간부터요."

"상황 보고는 어떻게 하죠." 누군가가 워크스테이션들 속에서 소리쳤다.

"그것은 이제부터 꼭 알아야 할 필요가 있는 사항인가를 기준으로 하겠습니다. 그 말은 두 번째 위기대응 팀이 즉각 필요하다는 뜻입니다. 모든 일별 그리고 시간별 기록들은 가장 최신 자료들로 유지해 주었으면 합니다. 설령 그게 여러분들을 몇 배나 더 힘들게 하더라도 말입니다. 모든 교대 근무자들은 별도의 통지가 있을 때까지 자기 자리를 그대로 유지하시기 바랍니다. 아무도 퇴근할 수 없습니다."

니나는 항의를 표하는 불평들을 무시하면서도 그녀의 참모들 대부분이 이미 12시간 이상을 초과근무를 하고 있다는 사실을 너무나 잘 알고 있었다. 그녀 자신도 14시간을 쉼 없이 초과근무하고 있는 중이었으니까.

"부서 책임자들은 각자의 직원들에게 통보하시고 그에 상응하게 업무들을 재조정해 주세요. 새로운 팀 지휘자들은 30분 내로 브리핑을 위한 자료들을 모아 정리해 주십시오."

오전 7:19:43

칼릴의 중동 식품점

어린 아프가니스탄 소년은 책과 타지를 또 다른 지하실 방으로 안내했다. 그들이 숨 막힐 듯한 연기 속을 비틀거리며 지나가는 동안, 단속적으로 터져 나오는 총격 소리가 그들의 머리 위쪽 가게 안에서 계속 이어졌다. 한순간 무장한 아프가니스탄 사내 한 명이 잭을 밀치고 지나쳐서는 쿵쾅거리며 계단을 올라갔다. 더 많은 총격 소리가 뿜어져 나왔다.

그 소년은 어떤 문을 발로 차서 통과하며 구석진 방으로 들어갔는데, 그곳에는 커다란 구멍이 흙바닥 아래로 깊게 파여져 있었다. 잭은 타지를 따라서 가장자리로 다가가 시커먼 구덩이 속을 유심히 살펴보았지만 바닥을 볼 수는 없었다. 한 가닥의 밧줄이 떡 벌어져 있는 구멍의 한가운데에 달랑거리고 있었다.

망설임 없이 그 소년은 어깨에서 허리로 비스듬히 걸친 어깨띠 안쪽으로 우지 기관단총을 찔러 넣고 그 밧줄을 향해 뛰어올랐다. 그는 두꺼운 밧줄을 붙잡고 잠시 매달려 있다가 곧 아래로 내려가기 시작했다.

"가시오!" 타지가 날카롭게 소리쳤다.

잭은 뛰어올라 밧줄을 잡았다. 손가락으로 거친 밧줄을 꼭 붙잡은 잭은 다리로 흔들리는 굵은 밧줄을 감싸고는 어둑한 심연 속으로 내려가기 시작했다. 잭은 얼마나 더 내려가야 하는지 의심이 들 즈음, 발아래에서 밝은 불빛을 감지했다. 아프가니스탄 소년이 한 줄로 늘어선 알전구들의 스위치를 켰는데, 흙으로 된 좁은 지하도를 따라서 죽 매달려 있었다. 벽들은 매장 아래에서 칸막이로 만들기 위해 사용했었던 것과 동일한 다듬어지지 않은 나무들로 떠받쳐져 있었다. 그리고 잭은 신선하게 변한 흙냄새를 맡았다. 이것은 타지와 그의 수하들이 이 탈출용 지하도를 직접 만들었다고 말해 주는 것이었다.

잭의 발이 흙바닥에 닿았고 그는 밧줄을 손에서 놓았다. 타지가 잠시 후 몸을 웅크린 자세로 그의 옆쪽에 착지했다.

"이 사이로요!" 그 소년은 서둘러 앞쪽에 있는 흙으로 된 갱도의 맨 끝으로 갔는데, 그곳은 좁은 데다 기어서 가야만 하는 낮은 공간으로 단단한 암벽 속을 잘라낸 곳 같았다. 소년의 뒤를 따라서 잭은 꿈틀거리며 구멍을 통과해서 서늘하고 어두운, 칠흑같이 시커먼 공간 속으로 들어왔다. 그의 가쁜 숨소리가 멀리 떨어진 벽에 부딪쳐서 되돌아왔다. 마치 널따란 방안에 들어선 것처럼.

"서둘러요!" 소년이 소리쳤다.

"아무것도 볼 수가 없어." 잭이 화난 어조로 대답했다.

잭은 소년이 또 다른 길게 배열된 전구들을 작동시키는 딸깍 하는 소리를 들었고, 갑작스런 불빛 때문에 눈을 껌벅거렸다. 시야가 또렷해진 잭은 주위를 보고는 깜짝 놀랐다. "이곳이 어디죠?"

"애틀랜틱 대로의 터널이요." 타지가 말했다. "이 터널은 1844년 롱아일랜드철도회사가 건설했지만, 1861년 남북전쟁

중에 봉쇄되었지요."

잭은 주위를 둘러보고는 감탄해 마지않았다. 매끈매끈한 벽들은 다듬어진 돌덩이들로 이루어져 있었고, 곡선 모양의 천장은 머리 위로 5미터 정도 높이 솟아 있었다. 비록 선로는 남아 있지 않았지만, 잭은 한때 열차들이 이 갱도를 통해서 운행되었다는 것을 믿을 수 있었다. 터널의 폭이 7미터가 넘었으니까.

"이 터널은 어디까지 나 있습니까?" 잭은 불빛이 흐릿한 갱도를 뚫어져라 쳐다보며 물었다.

타지는 어깨를 으쓱했다. "6km 정도밖에 되지 않아요. 대략 다섯 구획 정도. 갱도의 나머지 부분은 완전히 막혀 있어요, 하지만 수많은 연결 터널들이 있는데 그것에 대해 아는 사람은 아무도 없어요."

"어떻게 이 장소를 알게 되셨습니까?"

"이 터널은 1980년대에 재발견되었고, 시 정부가 터널을 다시 폐쇄하기 전에 전기 시설을 설치했죠. 이제 이 갱도는 일 년에 한두 번 정도 점검을 받고 있지만, 우리는 흔적들을 눈에 띄지 않게 해놓았기 때문에 당국에서는 아무런 의심도 하지 않고 있어요."

"그렇다면 이 터널을 꽤 오랫동안 사용해 왔겠군요?"

"몇 년 되었어요, 린치 씨. 당신과 마찬가지로 우리도 이번 일을 오랫동안 계획해 왔으니까." 그리고는 타지가 미소 지었다. "우리의 일은 곧 끝날 거요, 린치 씨."

무슨 일? 무슨 계획? 잭은 긴장을 하면서 질문했다.

"당신의 인내력은 정말 훌륭합니다. 미국을 향한 극도의 증오를 꾹 참고 견뎌내야만 했겠군요." 그는 속마음을 대신하며 말했다.

타지가 그를 바라보았다. "소련의 군대가 아프가니스탄을 침공했을 때, 내 부족의 족장은 미국 중앙정보국(CIA)의 요원들을 우리 부족의 보호자로서 환영했죠. 그 미국인들이 우리에게 러시아인들과 싸우는 데에 필요한 무기들을 제공해 주었으니까."

"스팅어 미사일(휴대용 지대공 미사일)을 말하는 겁니까?"

타지는 고개를 끄덕였다. "침공 초기에 러시아인들의 하인드 헬리콥터들이 우리의 하늘을 장악했고 우리 민족들을 학살했어요. 그러자 CIA에서는 견착 발사용 미사일들을 우리에게 가져다주었어요. 그것들은 우리가 러시아 독수리들을 격추시키는 데 사용한 화살이 되었죠. 스팅어가 들어온 이후, 러시아인들은 우리들을 두려워했고요."

"무엇이 잘못되었죠?"

"우리 부족 중 누군가가—기독교로 개종한 변절자죠, 그 추방자를 나중에 내 손으로 직접 죽여버렸지만—이 놈이 소련 군대에 정보를 제공했죠. 러시아 놈들은 그 정보를 이용해서 CIA의 무기 선적 화물들을 강탈했고, 미국의 요원들을 포로로 잡았어요. 그 이후로 CIA는 우리의 부족장을 더 이상 신뢰하지 않았고, 그들은 우리 부족에게 무기를 공급하던 것도 중단하고 말았어요."

타지의 표정이 어두워졌다. 흐릿한 불빛 속에서, 그의 눈은 증오심으로 불타는 것처럼 보였다. "그 무렵에 스페츠나즈(Spetsnaz)가 쳐들어왔어요…."

"소련의 특수부대?"

타지가 고개를 끄덕였다. "그놈들은 우리 부족 지도자들을 박해했고, 그 사람들을 개들처럼 땅속으로 몰아넣고는 그 굴을 폭파시켰어요. 그놈들은 우리의 부락에 찾아와서 여자들을 강간하고 아이들을 살해했어요. 그놈들 입 안에 금기시된 돼지고기를 쑤셔넣은 채로 말입니다. 때문에 그놈들이 믿는 신조차도 결코 그놈들과 식탁에 같이 앉지 않을 겁니다. 그리고 러시아의 악마들은 우리 동포들을 말살하는 것만으로는 부족한지 그들은 또한 토지를 황폐화시켰고, 우리의 염소들을 도살했고, 우리의 우물에 독약까지 풀었죠."

타지는 잠시 말을 멈추고는 누리끼리한 피부 아래에 있는 그의 턱을 움직였다. "이윽고 우리는 소련 군대를 물리쳤어요. 우리는 그들을 도살했지요. 이단자들을 우리의 영토에서 몰아냈고 그들의 고향에서 지하드(jihad, 이교도에 대한 회교도의 성전聖戰)를 벌였어요. 지금 내가 미국에, 뉴욕에 온 이유는 미국인들에게 죽음을 선사하기 위해서, 적들을 코앞에 둔 우리들을 무방비 상태로 내버려둔 강대국에게 나의 복수를 전하기 위해서죠."

갑작스런 한 발의 총성이 터널에 통해서 울려 퍼지며 그들의 귀에 들려왔다.

"지금 당장 움직여야 합니다," 잭이 말했다. "당신이 이 터널에 대해서 알고 있다면, FBI도 역시 알고 있을 것입니다. 그들은 우리를 뒤쫓아올 겁니다."

"아니오." 타지가 대답했다.

"하지만…."

"조용히 하고 귀를 기울여 보시요, 린치 씨."

잠시 후, 그들 모두는 어떤 나직한 폭발의 굉음을 들었다. 그런 다음 엄청난 양의 석조물이 붕괴되는 요란한 소리도. 잭은 식품판매점이 들어서 있던 백 년이나 된 건물이 안에 있던 사람들에 의해서 폭파되었다는 사실을 알았다.

어린 소년은 얼굴을 찡그렸고, 눈을 깜박거리며 눈물을 참았다. 타지는 손으로 어린 소년의 어깨를 두드렸고 꼭 감싸 안았다.

"인샬라(inshallah, 알라 신의 뜻이라면)!" 타지가 속삭였다. "너는 강해져야만 한다." 그는 그를 일깨워주었다. "이것이 바로 신이 우리에게 원하는 것이다. 우리들 가운데 누가 그분을 의심할 수 있겠니?"

1 2 3 4 5 6 7 8 9
10 11 **12** 13 14 15 16 17
18 19 20 21 22 23 24

다음 이야기는 오전 8시에서 오전 9시 사이에 일어난 것이다.

오전 8:00:01

애틀랜타, 질병관리본부

상자 모양으로 실용적으로 설계되고, '질병관리본부'가 자리하고 있는 빌딩은 클리프튼 로(路)에 위치해 있으며, 수많은 CDC(질병관리본부)의 기자회견과 미디어 브리핑을 위한 개최 장소였다. 화창하고 무더운 조지아의 오늘 아침, 본 회의실은 기자들이나 대중들에게는 개방되지 않았지만 이 공간은 역사적인 화상회의를 위해 벌써부터 붐비고 있었다.

연방 보건복지부의 13개 주요한 운영 부문 중에 하나인 CDC는 미국과 전 세계 사람들의 건강을 위한 파수꾼 역할을 하고 있었다. CDC의 위임 권한들 중 하나는 전염병을 일으키는 질병의 예방과 감시, 그리고 새롭고 더욱 효과적인 백신의 개발을 통해서 국민의 건강과 안전을 도모하는 것이었다—바로 그 주제에 관한 브리핑을 시작하려던 참이었다.

정각 8시, 헨리 존스턴 가넷 박사의 디지털 손목시계가 나직한 스타카토 신호음을 알렸다. 질병관리본부의 책임자는 재빨리 손목시계의 알람 소리를 죽이고 즉시 브리핑의 개회를 선언했다. 큰 키에 백발인 아프리카계 미국인 의사이자 연구원인 그는 청중들을 향해서 인사를 한 다음 발언권을 콜린 피페 박사에게 넘겼는데, 그는 뉴욕 시에 있는 팩스턴 제약회사의 면역 연구개발실의 책임자였다.

피페 박사는 땅딸막한 체구에 덥수룩한 붉은 수염과 부분적으로 머리가 벗겨진 남자로, 단상으로 올라갔다. 간간이 터져 나오는 박수소리에 손을 흔들면서 그는 연설을 시작했다.

"세균, 바이러스, 전염성 질환 등록소의 이전 책임자이자 저의 동료인 가넷 박사는 오늘의 역사적인 행사를 발의하도록 조종함에 있어서 중요한 역할을 하셨습니다. 그 점에 대해 그분께 깊이 감사드립니다."

이번엔 피페 박사도 박수소리가 사라지기를 참을성 있게 기다렸다.

"여기 계신 분들 대부분이 아시다시피, 역사상 A형 인플루엔자(유행성 독감)의 가장 최악의 발병은 1918년에 일어난 전 세계적인 유행성 독감이었고, 그로 인해 전 세계적으로 2천만 명이 넘는 사람들이 죽었습니다. 때마침 국가적으로 제1차 세계대전에 참전을 준비하고 있던 그 당시, 미국을 강타한 그 질병은 궁극적으로 그 전쟁에서 싸우다 죽은 군인들보다 더 많은 이들을 죽였습니다. 만약 그와 동일한 유행성 독감의 변종이 오늘날 다시 퍼진다면, 최소한 1억 명에 가까운 미국인들이 단 한 가지 이유로 사망할 것입니다—왜냐하면 아직도 효과적인 백신이 존재하지 않거나 개발 중에 있기 때문입니다."

피페 박사는 원고를 힐끗 쳐다보면서 연설을 계속했다.

"1918년 A형 유행성 독감의 변종은 그 전년도들에 있었던 B형과 C형 종들과 전혀 다를 바가 없어 보였지만, 갑작스럽게 그리고 무슨 이유 때문인지 치명적으로 변해 첫 번째 감염의 증세가 나타난 지 몇 시간 이내에 감염자들을 죽음으로 내몰았습니다. 그 바이러스는 희생자들에게 건잡을 수 없는 출혈을 유발시켜서 폐를 가득 채워버렸고, 그 희생자들은 그들 자신의 체액 때문에 질식해서 익사하고야 말았습니다.

이 변종은 너무나 전염성이 강해서 독감 사망에 대한 평균 연령 분포를 바꾸어 놓았습니다—아이들, 노인들, 그리고 병약자들 대신, 1918년 독감의 세계적인 유행 당시 대부분의 감염된 사람들은 젊고 건강한 성인들이었습니다. 그리하여 문명사회의 일상적인 유지를 책임지던 태반의 사람들이 그 질병으로 사망했기 때문에 사회의 기반시설들까지도 황폐해져 버렸습니다. 살아남은 사람들은 사회적 질서가 붕괴되고 있다고 믿었습니다—실제로도 거의 그랬죠."

피페 박사는 잠시 멈추었다. "그러므로 여러분은 왜 팩스턴 제약회사의 획기적인 실험들이 그렇게 중요한가를 알고 있습니다. 백신의 개발과 생산에 있어서 새로운 기술들을 가지고 있는 우리 팩스턴에서는, CDC가 제공한 1918년 유행성독감 배양균을 활용해서 우리의 연구원들이 이제껏 개발된 것보다 훨씬 더 광범위한 첫 번째 A형 유행성독감의 백신을 개발할 수 있으리라 낙관하고 있습니다."

피페 박사는 원고를 보던 고개를 들었다. 그는 연설의 다음 부분에 대해서는 원고의 도움이 필요치 않았다.

"생각해 보십시오, 신사 숙녀 여러분. 소아마비나 발진티푸스 같은 유행성독감을 완전히 근절시킬 수 있는 날을 상상해 보십시오. 10년 안에 유행성독감은 인류의 커다란 위협들 중의 하나에서 적절한 예방접종으로 해결할 수 있는 사소한 건강 문제로 변화할 겁니다."

더 이상 망설일 수 없던, 정장 차림의 한 젊은 여성이 두 번째 열에서 일어났다. "그렇지만 피페 박사님." 그녀가 말을 시작했다. "이러한 배양균들을 옮기는 것은 굉장히 위험한 일이 아닙니까?"

피페 박사는 돌출 발언에도 당황하지 않은 것처럼 보였다. "물론입니다. 만약 이러한 배양균들이 일반 대중에게 노출된다면, 제가 방금 말씀드렸던 악몽의 사태가 재발될 수 있습니다. 그렇기 때문에 모든 가능성 있는 예방 조치가 취해져 있습니다."

"하지만 그러한 예방 조치들만으로 충분할까요?" 그 여성은 끈질긴 말투로 캐물었다.

피페 박사는 고개를 끄덕이며 그녀의 우려를 인정했다. "당신이 말하는 것은 과연 우리의 예방 조치가 충분한가 하는 거겠죠." 그가 응수했다. "예를 들면, 위험 물질과 생체 오염에 대한 전문가들이 상주해서 모든 운반 과정마다 배양균의 이동을 용이하게 할 것입니다. 그 배양균들이 CDC 실험실을 떠나는 순간부터 맨해튼에 있는 팩스턴의 연구시설에 도착할 때까지 말입니다.

애틀랜타 공항에 한 팀이 대기할 예정이고, 또 다른 팀이 JFK 공항에서 그것이 도착할 때 맞을 겁니다. 그리고 세 번째 생물학적 재해 팀이 그 항공기에 탑승하게 될 겁니다. 만반의 위험 장비들을 갖춘 채 배양균과 함께 탄다는 말이죠. FBI 측은 비행 일정을 통지받게 될 것이며, 해당되는 모든 지역과 연방 법 집행기관들에게 경보를 발령할 것입니다."

피페 박사는 그 여성에게 그가 할 수 있는 가장 상냥한 미소를 지어 보였다. "그 유행성독감의 배양균들이 전세낸 727 제트기에 불과 몇 시간 내로 실리게 되면, 당신은 모든 과정들에 확실한 안전이 취해졌고, 그리고 절대로 위험의 가능성이 전혀 없다는 것을 믿게 될 겁니다."

오전 8:09:12

브루클린, 코트 가와 애틀랜틱 대로의 교차로

망연자실하고 어리둥절 상태에서 리암은 클린턴과 애틀랜틱 거리의 남동쪽 모퉁이에 있는 3층짜리 갈색 사암 건물이—그의 목적지가—붕괴된 채 벽돌, 회반죽 벽토, 목재, 그리고 유리가 데구르르 나뒹굴고 있는 모습을 지켜보았다.

"하느님, 맙소사…."

족히 한 시간 전에, 리암은 어떤 치안 활동에 호출된 그 교통경찰의 뒤를 바싹 따라서 호이트 가 지하철 역에서 빠져나왔다. 리암은 그 경찰관이 또 다른 경찰관이 운전하고 있던 교통경찰 차량에 올라타는 것을 지켜보았다. 그들은 풀턴 가를 따라 급히 질주하더니 애틀랜틱 대로를 향해서 모퉁이를 돌아 시야에서 사라졌다.

리암은 풀턴 가를 따라 걸어서 보어럼 거리에 도착했는데, 브루클린의 번화가로부터 겨우 몇 구획 떨어져 있는 조용하고 그늘진 가로수길이었다. 멀리 떨어져 있는데도 리암은 구급차량들이 애틀랜틱 대로를 따라 급하게 내달리는 것을 볼 수 있었고, 사이렌이 울리는 것을 들을 수 있었다. 그는 그때만 해도 그것에 대해 그다지 깊이 생각하지 않았고, 게다가 베이컨 굽는 냄새를 얼핏 맡았을 땐, 자신의 기진맥진한 상태를 더 이상 무시할 수 없었다.

그는 많은 일을 겪었다—긴 여행, 노상강도, 지하철에 치여 죽을 뻔했던 일, 그리고 경찰관에게 의심 받았던 일들. 그는 추위, 식은땀으로 인한 끈적임, 몸살 기운을 몸 구석구석에서 느꼈다. 그는 음식을 조금 먹는 것이 타지의 매장으로 가는 마지막 걸음에 도움이 될 거라고 생각했다. 그래서 그는 근처의 싸구려 간이식당의 카운터에 앉아서 군침 도는 튀김요리를 주문했다—베이컨, 소시지, 계란, 토스트. 그런 다음 뜨거운 차 한 잔과 함께 모든 음식들을 깨끗이 먹어치웠다.

음식은 효험이 있었다. 그는 여전히 기진맥진한 상태였지만, 뜨거운 음식과 차 속에 들어 있는 카페인은 샤머스를 위한 일을 끝내기엔 충분할 만큼 그를 회복시켜 주었다. 그렇지만 그가 애틀랜틱 대로를 향해 걸음을 재촉하려고 했을 때, 그가 가려던 길이 경찰 방책에 의해 가로막혀 있는 것을 발견했다.

경관들은 극적인 사건이 펼쳐진 것을 지켜보는 데에 정신이 팔려 있는 듯 보였고, 그래서 리암은 죽 늘어선 노란 테이프와 목재로 된 방책들을 따라가다가 경비가 없는 지점을 찾아냈고 그곳으로 슬쩍 빠져나갔다. 그는 한 구역을 더 걸어 코트 가의 모퉁이로 향했다. 그곳보다 더 멀리 나아가는 것은 불가능해 보였다. 경찰관들은 사방에 있었고 긴급 차량들이 모든 거리들을 막고 있었다. 소방차들이 여기저기 흩어져 있었고, 소방용 호스들은 소화전에서 튀어나와서 도로를 따라 뱀처럼 꿈틀거리고 있었다. 마침내 리암은 한 무리의 중동

계 사람들 틈에 합류했는데, 그들은 한 청과물 가게에서 그 작전을 상당히 목 좋은 장소에서 지켜보기 위해 뛰어나온 사람들이었다.

리암은 검정색 FBI 차량들이 그의 목적지인 칼릴의 식료품점을 둘러싸고 있는 것과, 무장한 기동대원들이 가게 안으로 막 들어가는 것을 발견하고는 영문을 모르고 어리둥절해했다. 사이렌이 계속해서 요란하게 울리고, 비상등이 번쩍거리는 가운데 더 많은 차량들이 경찰 차단선을 헤치고 들어섰다. 경찰, 소방서, 교통 헬리콥터들이 머리 위에서 선회하고 있었는데, 거세게 두들겨대는 듯한 헬기들의 회전날개 소리가 부근의 건물들로부터 반향되어 울려 퍼지고 있었다. 항공 교통 가운데 폭스 파이브 뉴스 소속의 헬기 한 대가 낮게 급강하하며 수백만의 시청자들에게 생중계를 제공하기 위해서 카메라를 작동시키고 있었다.

그때 짧고 날카로운 충격 소리가 눈부신 맑은 아침을 깨뜨려버렸다. 충격적인 비명소리들이 총성으로 인해 터져 나왔고 많은 사람들이 인도로 달아나며 인근 가게들과 상점들 안으로 몸을 피했다. 두 번째 기동 팀이 첫 번째 팀과 합류하기 위해 건물 안으로 들어갔고, 리암은 또 다른 총격이 작렬하는 소리를 들었다. 그때 그는 나직한 폭발 소리를 들었고, 갈색 벽돌 건물의 내부에서 섬광이 번쩍이는 것을 보았다. 그리고 적갈색 사암 건물이 문자 그대로 안쪽으로 접혀 들어가며 소용돌이치는 먼지와 잔해의 거대한 구름 속으로 사라져버렸는데, 그 먼지 구름은 붕괴 현장에 가까이 있던 구급 차량들과 법 집행 경찰관들 너머로 밀려들었다. 거의 동시에 십여 개의 불길이 돌무더기 가운데서 치솟아오르기 시작했다.

"물러서요! 모두들 물러서요!"

한 소방관이 헬멧과 장비를 갖춘 채 보도로 다가왔다. 그는 사람들에게 인근 건물 안으로 들어가라고 손짓을 했다. 그가 군중들을 무너진 건축물로부터 멀찌감치 떨어지도록 강제로 물러나게 하는 동안, 십여 명의 소방관들이 앞쪽의 대형 화재 현장을 향해서 서둘러 뛰어갔다.

리암은 건물 안으로 돌입했던 법 집행 경찰대원들이 상당한 중량의 잔해더미 속에 묻혀버렸다는 것을 알았다. 불길이 번지기 시작하자 리암은 폭발 현장에서 멀리 떨어지는 대신 그곳을 향해 돌진해 들어가는 소방관들의 용기에 놀랐다.

"물러나세요!" 한 소방관의 확성기가 요란하게 울렸다.

리암은 물러설까 생각했지만 그러지 않았다. 대신 그는 군중 속으로 슬며시 들어갔고 앞쪽으로 움직였다. 그는 지금 겨우 반 블록 떨어진 곳에 있어서인지 피부가 화재의 열기로 따끔거렸다. 두꺼운 기둥 같은 시커먼 연기가 돌무더기 속에서 솟아오르더니, 바다에서 불어오는 미약한 미풍에 의해 애틀랜틱 대로를 따라서 밀려들었다. 그 연기가 리암을 덮치는 바람에 그는 숨이 막혀 컥컥거렸다. 그는 타버린 목재, 그을린 회반죽 벽토 냄새, 그리고 또 뭔가의 냄새를 맡았다—가스.

흰색 헬멧을 쓴 소방 책임자가 거리의 한가운데에서 서서 확성기에 대고 고함을 쳤다. "비켜나세요! 멀리 떨어지세요! 주변에서 비켜나세요, 당장!"

돌무더기 속에서, FBI 요원들이 갇힌 채 신음하고 있는 가운데, 뜨거운 불길들이 파열된 가스의 주 배관을 건드렸다. 믿을 수 없을 만큼 눈부신 오렌지색 불꽃 때문에 리암은 순간적으로 눈이 멀었다. 그의 뒤쪽으로, 가구 매장의 판유리로 된 커다란 창이 박살났다. 과열된 공기의 물결이 그를 덮쳤고, 리암은 강력한 폭발의 위력으로 인해 뒤로 넘어져 나뒹굴고 말았다. 귀가 먹먹해지고, 불에 그슬리고, 부들부들 떨던 그는 보도가 발밑에서 흔들리는 내내 서류가방을 감싸며 몸을 공처럼 둥글게 말았다.

오전 8:12:57

애틀랜틱 대로 터널

잭, 타지 그리고 어린 아프가니스탄 소년이 그들 발아래에 있는 돌들이 흔들리는 것을 느낀 건 가스 폭발의 우레 같은 소리가 그들의 귀에 닿기도 전이었다. 그리고 나서야 그들은 그 폭발 소리를 들었다. 먼지가 천장에서 떨어졌고, 연기가 그들이 기어 내려왔던 좁은 수직 갱도로부터 밀려들었다. 처음에는 먼지 가루가, 그 다음엔 기름 냄새를 풍기며 소용돌이치는 뜨거운 연기가 밀려왔다. 어린 소년의 시선이 타지를 찾았다. 그의 입술이 부들부들 떨렸다.

또 다른 소리가 자신의 존재를 알렸다—낯설고, 살아 있고, 성난 듯했다. 조그맣게 킥킥거리며 웃는 듯한 깩깩거리는 소리들은 어떤 지속적인 날카로운 새된 소리와 합쳐졌는데, 그건 수천 개의 작은 갈고리 모양의 발톱들이 돌을 긁어대는 재잘대듯 짤그락거리는 소리였다. 전구의 희미한 불빛 속에서, 물결 모양을 일으키는 갈색 융단이 바닥과 벽을 따라서 터널의 저쪽 끝에서부터 흘러나오는 듯했다. 폭발로 인해 우르르 달아나던 그것들은 한 덩어리가 되어 이빨들과 발톱들을 으르렁거리면서 남자들을 향해서 돌진했다.

"쥐 떼야!" 잭이 소리쳤다.

"이쪽으로." 타지가 소리치며 미쳐 날뛰는 쥐 떼들로부터 몸을 돌렸다. 잭은 그를 따라 몇 발자국을 뗀 후에야 어린 아프가니스탄 소년이 그들과 함께 있지 않다는 것을 알아차렸다.

"타지!" 잭이 소리쳤다.

그 남자가 몸을 돌려서 어린 아프가니스탄 소년을 보았다. "보락!" 그가 소리쳤다. "우리를 따라와."

그러나 그 소년은 고개를 가로저었다. "제가 저것들을 막겠어요."

"안 돼!"

아프가니스탄 소년은 그들에게서 등을 돌렸고, 어깨띠에서 끌어내린 우지 기관단총의 총구를 아래로 낮추고는 고지식하게 쏘아댔다. 총탄들은 꿈틀거리며 날카로운 소리를 내는 썰물에 통과하며 씹어댔지만 아무런 효과가 없었다. 갈색 물결이 그 소년의 주위를 떼를 지어 에워싸는 동안에도 그는 왁자지껄한 무리들을 향해서 탄창을 다 비워버렸다. 쥐떼들은 그의 샌들을 물어뜯고, 그의 다리를 할퀴었다. 어린 소년은 울부짖으며 쓸모가 없어진 무기를 떨어뜨렸다. 헐렁한 셔츠 안으로 손을 넣은 그는 오래된 소련제 수류탄을 꺼내들었다.

"여기선 안 돼!" 타지가 소리 질렀다.

그러나 그 소년은 너무나 두려운 나머지 그 소리를 듣지 못했다. 쥐 떼들이 그 소년을 떼를 지어 에워싸자 어쩔 수 없이 그는 바닥에 쓰러졌고, 그는 수류탄의 핀을 뽑았다.

한 마디 말을 할 틈도 없이, 타지와 잭은 쥐 떼들과 임박한 폭발로부터 재빨리 달아나기 시작했다. 잭은 10초짜리 도화선일 거라고 생각했고 마음속으로 숫자를 세었다.

8…, 7…, 6….

"바닥에 엎드릴 준비를 해요!" 잭이 소리 질렀다.

5…, 4…, 3…

"엎드려!"

잭은 앞으로 몸을 던졌고, 딱딱한 돌바닥을 따라 미끄러졌다. 그는 몸을 동그랗게 말면서 귀를 막았다. 예상했던 대로, 폭발은 밀폐된 공간 안에서 엄청난 것처럼 보였다. 그 소리는 벽으로부터 반향되어 울려 퍼졌고, 먼지가 떨어지며 석조건물이 심하게 삐걱거리는 동시에 백오십 년 이상 오래된 건축물이 흔들거렸다.

연기가 사라지자, 잭이 벌떡 일어섰다. 타지는 이미 일어나서 앞쪽으로 뛰어가고 있었다. 무리지어 있는 쥐 떼들의 놀라서 찍찍거리는 소리 너머로 그들은 또 다른 소리를 들었다—무너지고 있는 석조 건물, 붕괴되고 있는 지반, 그리고 우르릉거리며 쇄도하는 물. 수류탄 혹은 가스의 폭발이—아니 어쩌면 두 가지 모두가—수도의 주 배관을 파열시킨 모양이었다.

타지를 뒤따라 달리던 잭은 어깨 너머로 힐끗 쳐다봤는데, 걷잡을 수 없이 밀려들며 거품을 일으키는 시커먼 물길이 성난 쥐 떼를 삼켜버리고, 터널을 따라서 그들을 쫓아오는 것을 보았다.

"여기!" 타지가 소리쳤다. "사다리."

잭은 아프가니스탄 남자가 돌벽에 박혀 있는 쇠로 된 사다리의 가로대를 기어 올라가는 것을 보았다. 그의 손가락이 차가운 금속을 꽉 쥐자마자 눈 깜짝할 사이에 물거품이 그의 발, 발목, 다리를 차례로 적셨다.

오전 8:45:41

워싱턴 D.C., 펜실베이니아 대로, 연방수사국

FBI는 긴급한 전자 통신문을 질병관리본부로부터 받았다. 그 메모가 연방수사국에 알린 내용은 오랫동안 계획했던 뉴욕 시에 있는 팩스턴 제약으로의 질병 배양균의 수송이 계획대로 진행되고 있다는 것이었다. 비행 계획이 메모에 포함되어 있었고, FBI에 제공된 것들은 조종사가 사용하게 될 무선 주파수, 비행기의 비행 경로, 고도, 그리고 순항 속도, 출발과 도착 시간, 그리고 목적지, 수송에 참여한 모든 개인 신상정보들에 대한 서류들었다.

질병관리본부 책임자인 헨리 존스턴 가넷 박사의 서명이 들어 있는 그 지시 문서는 FBI가 모든 해당 기관들에게 연락하고 그들에게 잠재적으로 치명적인 화물의 수송에 대해서 경고해 줄 것을 권고하고 있었다. 즉시, 정보 재배정을 담당하고 있는 FBI 분석가는 애틀랜타와 뉴욕 시에 있는 주 정부와 연방 법 집행 당국자들에게 잠재적인 생물학적 위협 요소가 그들에게로 다가가고 있음을 경고했다.

그러나 프랭크 헨슬리가 잭 바우어를 고발한 것 때문에 뉴욕 시에 있는 FBI 본부는 수사국 차원의 정보 차단을 CTU에게 시행하고 있었다. 8시간 전에 발령된 통상적인 보안 경보 외에는 대테러부대에 있는 어느 누구도 CDC의 전세 비행기나 그 안에 들어 있는 치명적인 화물에 대해서 통지를 받지 못했다.

오전 8:59:04
워싱턴 D.C., 하트 상원 사무용 빌딩,
뉴욕 상원의원 윌리엄 치버 사무실

데니스 스페인, 무척 초조해하는 기색을 띤, 땅딸막하고 다부진 모습의 그는 상원의원의 사무실에 정확히 제시간에 들어섰다. 뉴욕의 윌리엄 S. 치버 상원의원의 비서실장으로서, 스페인은 자신의 일처리가 세련되고 영리하고 뛰어날 정도로 효율적인 것을 훨씬 넘어 탁월하다고까지 느꼈다. 자신의 의무는 단지 그런 식으로 비치기만 하면 되는 데도 말이다. 오늘 의상의 전체적인 조화는 스페인이 선호하는 것들 중 하나로, 가벼운 이탈리아제 양복과 브루노 말리(이탈리아 브랜드) 가죽구두였다. 막연히 그는 '세련된 치장'이라고 느꼈지만, 정교하게 맞춤 제작한 옷은 스페인에게 산뜻함은 물론 편안함 또한 느끼게 해주었다. 푹푹 찌는 무더운 여름날에 결코 그러기 쉽지 않은 곳이 바로 영광스런 늪지인 워싱턴 D.C.니까.

자신의 우편물을 집어든 이후 스페인이 발걸음을 멈춘 곳은 그의 상관의 미결서류함이었는데, 그곳에서부터 직원들을 닦달하는 그의 일과가 시작되었다. "이 서한들은 모두 삼일 전 것들인데." 그는 책상 뒤에 앉은 채 떨고 있는 수습사원에게 파란색 서류철을 흔들어대면서 말했다. 그 젊은 여성은 한 타래의 길고 까만 실오라기 같은 머리카락을 얼굴에서 떼어냈다.

"저도… 저도 알고 있습니다, 스페인 씨. 하지만 상원의원님께서는 시찰 여행을 떠나셔서 오늘까지는 그 서한들에 서명을 하실 수 없습니다."

스페인은 서한들에 적혀 있는 이름들과 주소들을 읽었다.

"이들 가운데 쓸모 있는 사람은 아무도 없어. 왜 서명 기계를 사용하지 않았지?"

그 젊은 여성은—콜럼비아 대학교의 학부생이자, 상원의원의 지난번 선거운동에서 상당한 거액을 기부한 사람의 딸이었다—그의 성난 눈길을 피하려 할수록 의자 속으로 움츠리는 듯 보였다.

"저… 상원의원님이… 치버 상원의원님이… 그분께서는 제가 더 이상 그렇게 하는 것을 원치 않는다고 말씀하셨어요. 그건 너무 인간미 없어 보인다고 하셨어요."

"글쎄, 치버 의원님께서는 분명 이따위 것들에 서명하실 리가 없어. 낡은 생선처럼 너무 오래됐으니까." 그는 서류철을 그녀의 책상에 툭 던졌다. "서한들을 오늘 날짜로 다시 꾸며, 그런 다음 의원님께서 서명하실 수 있도록 드려. 그분이 이 근처에서 펜을 찾기를 기대해보자고."

"네, 알겠습니다. 스페인 씨. 곧바로 하겠습니다."

그녀의 대답은 간신히 들릴 정도였고 확실히 인정되지도 않았다. 데니스 스페인이 이미 그의 사무실 안으로 들어가 버렸으니까. 그는 뒤로 문을 닫고 가죽의자에 털썩 앉은 다음 금발이 섞인 갈색 머리카락을 뒤로 빗어 넘겼다. 드러난 넓은 이마 아래의 얇은 눈썹과, 언제나 비판적인 시선을 지닌 미간이 좁은 두 눈은 그를 예리하게 보이도록 해주었다. 그것은 그의 친구들이 사용하는 단어였다—예리한. 그의 적들은 '교활한'이라는 단어를 더 선호했다.

워싱턴에 있는 모든 사람처럼 데니스 스페인에게도 적들이 있었는데, 그가 정치적 공직에 출마하거나 선출된 적이 전혀 없었던 것을 고려해볼 때 그의 몫보다는 꽤 많은 편이었다. 그는 상원의원 선거 사무장으로서의 역할을 다했을 뿐이었고, 그런 다음 수석보좌관이 되었다. 30대의 나이를 벗어나기도 전에 스페인은 영향력 있는 지위를 차지했는데 제 딴에는 충분히 받을 자격이 있었다고 여겼다.

5년 전, 윌리엄 S. 치버 상원의원은 정치적으로 구식으로 덩치만 크고 쓸모 없는 인물, 즉 멸종 위기에 처한 공룡 같은 신세였다—또 한 명의 잊혀져 가는 북동부의 정치인으로 부풀려진 정부 계획들을 선호하는 경향을 가진 데다 심지어 그의 선거구민들에게조차도 더 이상 지지받지 못했으니까. 그가 재선될 가능성은 너무나 절망적이어서 소속 정당에서도 그의 경쟁자를 예비선거 운동에 추천했다. 그 정신적 충격이 있은 직후, 치버 상원의원은 지난 10여 년간 그가 했던 것 가운데 처음으로 현명한 일을 했다—그의 오래된 선거운동 사무장을 해고하고, 데니스 스페인을 그 자리에다 앉혀 그의 재선을 책임지도록 한 것이었다.

정치적 전략가로서, 스페인은 불가사의한 매력이 있었다. 아직 대학에 다닐 당시에도, 그는 뉴저지 주의 정치꾼들과 인근 3개 주의 대중매체 핵심 인사들의 비위를 잘 맞추었다. 지난 10여 년 동안 그가 거들었던 뉴저지, 그 다음엔 그가 운영했던 뉴욕에서의 지방 선거 운동에서 스페인은 간단하면서도 효과적인 모든 책략들을 습득했고, 그리고 치버의 상원의원 선거전에서 그는 그것들 하나하나를 인정사정없이 정밀 조준해서 이용했다.

가장 효과적이었던 것은 일요일 아침 기자회견으로 스페인이 자리를 마련했던 것이었다. 선거운동 본부장의 교묘한 솜씨로 그 기자회견은 공약들과 의안들을 발표하고, '문제점들과 관심사들'에 대한 이목을 끌어 그의 정치적인 견해를 지지한 정책연구소의 연구들을 강조하기 위한 토론의 장이 되었다. 결국 어떤 것이든 간에 정말로 실용성 있는 것들이 치버가 발표한 안건들 가운데서 나왔는가 하는 것은 요점에서 벗어났다. 그 기자회견은 치버 상원의원이 자신을 소개하는 하나의 방편이 되었다. 일요일처럼 큰 뉴스거리가 없는 날, 치버 상원의원은 항상 그의 얼굴 사진을 저녁 뉴스에 내비쳤고, 그의 선거운동 자문위원들에 의해 작성된 의미심장하고 효과적인 어구로 갈무리되었다. 유권자들은 상원의원의 근면함과 효율성에 대한 감동을 계속 지니게 될 것이고, 그것은 그의 다음번 재선거 운동의 초석이 될 것이다—왜냐하면, 당연한 얘기지만, 정치를 하는 데 있어서 감동은 항상, 늘 결과보다 더 중요하니까.

데니스 스페인은 치버에게 어떻게 경찰 조합과, 전문적 계층인 정치적인 불평분자들과 활동가들의 환심을 동시에 살 수 있는지를 가르쳐준 장본인으로, 양쪽에 똑같은 전략들을 사용하라고 했다. "그저 그들이 듣기를 원하는 말들만 말씀하시면 됩니다." 라고 스페인은 그의 상관에게 자문해 주었다—그리고 그것은 먹혀들었다. 스페인이 엄선된 선발대, 연설문 작성자 그리고 대중매체 교섭의 중요 인물과 함께 참여한 지 6개월 만에, 주요 잡지들과 신문들은 모두 '새로운 치버 상원의원'에 대한 기사들을 게재하기 시작했다.

스페인의 후견 하에, 이전의 '뒤뚱거리던 오리(lame duck, 재선 불출마, 낙선으로 퇴임을 눈앞에 둔 선거직 의원)'는 예비 선거를 어렵지 않게 해치웠고, 재선거에서 손쉽게 2대 1 비율의 득표차로 그의 경쟁자를 따돌렸다. 그때 이후로 데니스 스페인은 치버의 정치적 활동 또한 이끌어나갔다. 스페인은 상원의원이 제안할 법안의 초안을 작성했고, 상원의원이 연설할 정책 담화문도 썼다. 점점 거들먹거리기 시작한 스페인은 상원의원의 임기 동안 그 영향력을 행사했다. 치버의 선임권을 이용하여 스페인은 몇몇 중요한 위원회와 조정 자문단에 힘으로 끼어들었다. 그것들 중 하나가 최근에 생겨난 항공운송 및 여행위원회로, 규제가 철폐된 항공 산업계가 유가 상승과 수익 감소의 상황 속에서 더욱 효과적으로 운영할 수 있는 방법들을 추천하기 위해서 설립되었다.

그것은 꽤 영향력 있는 위원회였고, 그 위원회는 곧바로 항공 산업계의 로비스트들, 그리고 그들을 통해서 유수의 항공사 최고 경영자 본인들의 관심을 끌어모았다.

데니스 스페인이 전화기로 손을 뻗었다. 그는 오늘의 흥분된 일정을 바로 그 항공사들의 최고경영자들에게 전화를 하는 것으로 시작할 것이다. 그들에게 윌리엄 S. 치버 상원의원이자 항공운송 및 여행위원회의 의장이 주재하는 미국 항공 산업의 미래에 대한 결정적인 화상 회의를 상기시키기 위해서 말이다. 바로 오늘 오후 4시 45분에 예정되어 있는.

1 2 3 4 5 6 7 8 9
10 11 12 **13** 14 15 16 17
18 19 20 21 22 23 24

다음 이야기는 오전 9시에서 오전 10시 사이에 일어난 것이다.

오전 9:01:00
로스앤젤레스, CTU 본부

니나는 독서용 안경을 책상 위에 내려놓고, 피곤한 눈을 비볐다. 그녀는 화면에 집중할 경우엔 행간이 흐릿해지는 것을 막기 위해 싸워야만 했다. 지난 한 시간 동안 그녀는 리틀 도쿄에 있는 그린 드래건 컴퓨터 매장의 지난 5년 치 주(州)와 연방 세금 기록들을 검토하고 있었다.

몇백에 이르는 디지털 페이지들을 훑어보아야 했는데, 어떠한 컴퓨터라도 그 일을 제대로 할 수는 없었다. 유일하게 인간 분석가만이 쓸모없는 자료의 문서더미 속에 숨어 있는 아주 작은 보석들을 찾아내는 기술과 직관력을 가지고 있었다.

그 과정은 시간 낭비와 강도 높은 노동을 요했지만, 결국 60분 만에 니나는 검색 조건을 네 개의 가망성 있는 조회 항목들로 간신히 좁힐 수 있었다.

두 번째 단계를 진행하는 동안, 그들 항목 중 두 개가 즉시 제거되었다. 그러나 세 번째 단서는 예상치 못한 결과를 제시했다. 기록들에 따르면, 그린 드래건의 리틀 도쿄 매장에 있어서 가장 돈벌이가 되는 고객들 중 하나는 프롤릭스 보안 회사로, 뉴욕 시에 있는 회사였고 로스앤젤레스에는 사무실이 없었다.

니나는 즉각 그 사실이 이치에 맞지 않는다는 것을 알았다—어째서 맨해튼에 있는 회사가 LA에 있는 일개 매장과 거래를 했단 말인가, 수많은 가맹점들이 뉴욕 시에도 있을 텐데?

대조 작업을 마친 프롤릭스 보안 회사의 기록들은 테러범들의 활동에 대한 뜻밖의 사실과 명백한 연관성을 제시했다. 지난 18개월 동안, 막대한 금액의 자금이 프롤릭스 보안회사로부터 스위스 취리히에 있는 몇 개의 스위스 은행 계좌로 쏟아 부어졌다. 다른 거래들은 이라크 정부와 연루되어 있었다—미국의 사업체들은 유엔 석유-식량 교환 프로그램을 통하는 것을 제외하고는 사담 후세인과의 거래는 제한을 받고 있음에도 불구하고 말이다.

그러나 니나는 그런 것들이 실질적인 단서들은 아니란 것을 알았다.

가장 중요한 발견은 회사의 소유권에 관련되어 있었다. 비록 그 회사는 1986년에 설립되었지만, 한 전직 보험회사 임원에 의해 최근에 인수되었으며 그 사람의 이름은 필릭스 태너였는데, 동일한 이름을 잭의 여성 정보제공자인 캐이틀린이 린치 형제들에 대한 취조 중에 언급했었다.

다른 임무들을 한쪽으로 제쳐두고, 니나 마이어스는 그녀가 할 수 있는 모든 것들을 필릭스 태너라는 인물의 정체를 파악하는 데에 집중했다.

오전 9:18:54

라스트 켈트

그리핀 린치는 가속 페달을 밟아댔다. 타이어들이 끼익거리는 동안 메르세데스는 육중하게 움직이는 배달용 화물차를 추월한 다음, 그 차량 앞으로 방향을 획 틀었다. '멧돼지 머리(Boar's Head)'라는 식품가공회사 트럭이 급정거를 하느라 미끄러졌고, 운전사는 전형적인 뉴욕의 멍청한 사업가처럼 보이는 자에게 욕설을 퍼부었다—은발에, 정장을 차려 입은 데다가 엄청 서두르고 있었으니까. 순식간에 검은색 메르세데스는 획 지나갔고, 고가의 철도 선로의 그늘 아래로 뻗어 있는 루즈벨트 대로를 따라 점점 모습이 축소되어 갔다.

날은 이미 무더웠다. 창문을 내리자, 머리 위쪽에서 덜커덩 덜커덩 소리를 내며 굴러가는 지하철의 소리가 다른 소리들은 압도했다. 자동차들이 복잡한 대로를 따라 이중으로 주차되어 있어서 차량의 진행을 더디게 만들었다. 그리프는 펍이 불과 몇 구획 떨어져 있음에도 불구하고 조바심을 내며 운전대를 움켜쥐었다.

그는 샤머스 때문에 속이 뒤집어졌다. 그 빌어먹을 잘난 녀석이 가게에 코빼기도 보이지 않았단 말이야, 그것도 바로 오늘 아침에, 라고 그리프는 생각했다. 해야 할 일들이 쌓여 있고, 마무리 지어야 할 미진한 것들도 많은 데다 그리고 마지막 결정을 내려야 하는데, 샤머스는 줏대 없는 놈처럼 굴고 있었다. 유감스럽게도 녀석은 그들의 실질적인 사업을 돌보는 것보다 동네 양아치들과 손쉬운 돈벌이 거래에 더 많은 관심을 가지게 되었다. 지금 그 녀석은 같이 밤을 보낸 펍의 꼴불견인 여자와 더불어 사라져버렸다. 그리프가 8시 30분부터 여러 차례 샤머스에게 전화를 했지만, 라스트 켈트에 있는 어느 누구도 그 빌어먹을 전화에 응답하지 않았다. 행동개시 시각이 반나절도 채 남지 않았으므로 그리프가 직접 차를 몰아 그 펍으로 운전해 가는 것 말고는 다른 도리가 없었다.

샤머스가 그렇게 무책임할 정도로 행동한 것은 앞뒤를 분간 않는 욕 먹을 짓이었지만, 그리프는 그다지 놀라지 않았다. 그는 지난 수개월 동안 동생의 변화를 감지했다. 처음에 그리프는 그것이 캐이틀린 때문이라고 생각했다. 그리프는 심각한 불구로 만들어버린 폭발 사건 이후 여성으로 인한 즐거움은 허락되지 않았지만, 그는 짝짓기 욕망의 위력을 잊을 수가 없었다. 그리프는 이따금 그 결함을 채우고자 동생이 생리적 욕구를 충족할 수 있도록 제멋대로 내버려두었다—그러나 소말리아에 있을 당시 보여주었던 동생의 전문가적인 태도와 최근의 얼빠진 행동들을 비교해 보면, 샤머스는 그들이 뉴욕 시에서 가게를 차린 이후로 많이 달라졌다는 사실을 깨달았다.

매혹적인 유혹인 미국식 손쉬운 돈벌이가 그를 비뚤어지게 만들어버렸다는 것을 그리프는 알았다. 샤머스는 오히려 뉴욕에 남아서 가까이에 있는 기회를 이용하려고 할 것이다. 진짜 큰 건수에 덤벼든 다음 어떤 바나나 공화국(바나나·과일 수출에 의존하는 열대 중남미 소국들)에서 두둑한 은행 계좌와 더불어 은둔하기보다는 말이다. 동생이 그리프의 계획에 정면으로 도전한 것은 아니었다. 하지만 그리프가 보기에 샤머스가 머물고 싶어 한다는 것은 너무나 명백했다.

녀석은 다만 이해하지 못할 뿐이었다. 미국에서 살아가는 것이 불가능한 꿈이라는 것을 말이다. 프랭크 헨슬리가 그들을 찾아내는 데에는 그리 오래 시간이 걸리진 않았다. 그 FBI 요원이 사설 마권업자만큼이나 부정직한 것은 약간의 행운이었다. 그리프는 헨슬리와 거래를 할 수 있었지만, 조만간 또 다른 FBI 요원—정직한 요원—혹은 경찰청, 마약단속국 또는

CTU의 누군가가 그들을 찾아낼 것이고 폭탄이 그들의 면전에서 터질 수도 있을 것이다.

그리프는 그들을 위한 미래가 미국 혹은 유럽 그 어느 곳에도 없다는 것을 받아들였다. 그와 샤머스는 '대의'를 위해서 이미 너무 많은 일들을 저질렀기 때문에 이제는 되돌아갈 수 없었다. 그런 면에서 듀건 형제들은 이미 그들의 선택을 한 것이었다. 예전에 그들이 과격파(Provos)가 되었을 때 말이다.

그리프가 낮은 언덕배기 위에 올라섰고, 라스트 켈트가 시야에 들어왔다. 운이 따랐다—모퉁이의 빈 공간을 찾아냈는데, 펍 바로 앞이었으니까. 주차를 하는 동안 그는 마음을 어느 정도 진정시켰다. 필시 샤머스는 완전히 취해서 그저 늦잠에 잔 것뿐이라고. 오늘 아침에는 숙취에 시달리겠지만 커피와 식사 그리고 형한테서 뺨을 한 대 맞고 나면, 샤머스는 눈앞에 닥친 일을 처리할 수 있을 거라고—게다가 작별을 고할 시간이 되었을 때 멈칫거릴 정도로 캐이틀린의 매력에 그다지 미쳐 있지는 않을 것이라고. 그리프는 만약 그렇게 된다면, 그 멍청한 년과 그녀의 남동생을 직접 제거하리라 생각했다.

그리프는 차에서 빠져나와 보도를 가로질렀다. 그가 성큼성큼 걷던 도중 갑자기 걸음을 멈춘 것은 펍의 문에서 부서진 목재를 봤을 때였다. 리넨 스포츠 코트 안으로 손을 뻗은 그리프는 어깨의 권총집에서 9mm 베레타를 천천히 꺼내든 후 문 손잡이를 만졌다. 놀랄 것도 없이 문은 잠겨져 있지 않았다. 그리프는 문을 지나쳐 안쪽으로 미끄러지듯 들어갔다. 선술집의 어두운 내부에서 그는 쓰러진 탁자들, 뒤집힌 의자들, 벽에서 뜯겨져 나온 전화기를 보았다.

그리프는 몇 분 후 위층에서 샤머스를 발견했는데, 캐이틀린의 허름한 셋방의 바닥에 드러누운 채였다. 그는 동생의 입에서 테이프를 뜯어내고, 손과 다리를 풀어주고, 그의 얼굴에 찬물을 끼얹었다. 샤머스는 끙 하는 신음소리를 낸 다음, 머리로 손을 뻗었다. 갑자기 그는 눈을 크게 뜨고 그의 형에게 초점을 맞추고는 벌떡 일어섰다. "그 우라질 CTU 요원은 어디 있어?"

그리프가 얼굴을 찡그리며 노려보았다. "웬 CTU 요원?"

"그놈이 그녀를 총으로 위협해서 데려갔다고."

"누구, 캐이틀린?"

샤머스가 고개를 끄덕였다. "그놈이 억지로 강요했어. 어쩔 수 없이 그놈을 따라갔단 말이야."

그리프는 꼭 그렇게 생각하진 않았다. "서류가방은 어떻게 됐어?"

"리암이 그걸 가지고 떠났어." 샤머스는 그의 시계를 흘끗 바라보았다. "타지가 지금쯤이면 그 망할 놈의 물건을 가지고 있을 게 틀림없어."

"이 난장판을 깨끗이 정리해야만 해." 그리프가 말했다. "캐이틀린과 그녀의 남동생은 이제 거추장스런 짐들이야. 도니도 마찬가지고. 오늘이 지나기 전에 미국에서 우리와 거래했던 적이 있었던 사람들 모두—여기서 우리를 알고 지낸 사람들 모두—영원히 침묵하게 될 거야."

샤머스는 얼굴을 돌렸고, 아무 말도 하지 않았다. 그때 그들 두 사람은 펍의 아래층에서 들려오는 어떤 소음을 들었다. 탁자들과 의자들이 옮겨지고 있는, 그런 다음 누군가가 욕을 내뱉는 소리. 샤머스가 말했다. "도니야. 그는 이 난장판에 대해서 성가시게 굴게 틀림없어."

"입 다물고 여기서 기다려." 그리프가 엄포를 놓았다. 그는 총을 앞세운 채 계단을 조용히 미끄러지듯 내려갔다.

오전 9:31:21

로스앤젤레스, CTU 본부

위기대응 팀 알파는—이전의 바로 그 위기대응 팀은—라이언 슈펠의 요청에 따라 주 회의실에 모였는데, 그는 최근의 진척 상황에 대한 조속한 정보 제공을 원하고 있었다.

라이언이 깜짝 놀란 것은 니나 마이어스가 도착해서—그것도 늦게—그에게 두 번째 위협경고 시각의 설정과 위기대응 팀 베타가 설치되었다는 것을 통보했을 때였다. 니나가 문을 닫고 회의를 정식으로 시작하려 하자, 라이언이 놀라면서 눈을 깜빡거렸다. “이게 전부인가?”

회의용 탁자에 있는 다른 인물은 도리스 수민뿐이었다. 그녀는 의자 속에서 초조하게 몸을 흔들거리면서 그녀 바로 앞에 놓여 있는 노트북의 덮개를 만지작거리고 있었다.

니나는 짧고 검은 머리카락을 뒤로 쓸어 넘기고는 의자에 풀썩 주저앉았다. “마일로 프레스만은 현장에 나갔는데, 사이버 수사대를 감독하기 위해 리틀 도쿄에 있는 그린 드래건 매장에 있습니다. 토니와 슈나이더 대위는 3번 유치실에서 포로 한 명을 심문하고 있습니다. 그리고 제이미는 회의에서 제외시켰는데, 그건 제가 새로운 단서에 대해서 끝까지 추적할 것을 그녀에게 요청했기 때문입니다.”

라이언은 꺼질 듯이 한숨을 내쉬었다. “그렇다면 왜 내가 여기에 있는 건가, 니나?”

그거야 당신이 시간별 업무 기록을 읽어야 하는 번거로운 일을 하는 대신 회의를 소집했기 때문이잖아, 라고 니나는 생각했다. 그녀는 다른 말을 꺼냈다. “사실은 수민 양이 뭔가 돌파구가 될 만한 것을 찾아냈습니다.”

“나는 그 메모리 스틱이 거의 해독되고 파헤쳐졌다고 생각했는데.”

니나는 머리를 흔들었다. “도리스가 항공기 인식 프로그램 내에서 암호화된 타임 코드를 찾아낸 걸 알고 계십니까?”

“알고 있다고 봐야지, 지금 들었으니까.”

슈펠은 사무실 의자를 빙글 돌려서 젊은 여성을 마주 보았다. 그는 최대한 관리자다운 눈빛을 그녀에게 고정시켰다. "그래, 당신이 찾아낸 것을 말해보시오, 도리스…."

도리스는 헛기침을 하고 나서 컴퓨터의 자판기를 두드렸다. 회의용 탁자의 중앙에 있는 네모난 모양의 HDTV 모니터가 활성화되었다.

"타임 코드와 더불어 거기에는 일련의 경도와 위도의 좌표들이 암호화된 데이터 안에 포함되어 있었습니다." 도리스가 설명했다. "무슨 일이 일어날지 지켜보면서 그 지리적 데이터를 미국 본토의 지도와 대비해가며 상호 참조를 했습니다."

모니터 상에 미국의 지도가 파란색 외곽선으로 나타났다. 그 다음 진홍색 격자무늬가 그 이미지 위에 겹쳐지며 나타났다. 여섯 개의 지리적인 표지가 깜빡거렸는데, 그 모두가 주요 대도시 혹은 그 주변에 위치하고 있었다—두 개는 뉴욕 시 주변이었다.

"정확한 경도와 위도는 여섯 곳의 장소를 콕 집어서 가리키고 있습니다." 도리스가 계속했다. "뉴욕 시에 있는 JFK 공항과 라과디아 공항, 보스턴의 로건 공항, 워싱턴 D.C.의 로널드 레이건 국립 공항, 시카고의 오헤어 공항, 이곳 남부 캘리포니아의 로스앤젤레스 국제공항."

라이언 슈펠은 손바닥으로 탁자 위에 대고 화면 쪽으로 바짝 기댔다. 오랫동안 그는 말없이 그 격자 지도를 유심히 살폈다.

"바로 그거야." 라이언이 마침내 말했다. "내가 보건대, 다른 결론의 가능성은 결코 없네. 그 메모리 스틱 속에 들어 있는 항공기 인식 소프트웨어, 롱 투쓰 견착 발사용 대항공 미사일, 타임 코드, 이젠 이것까지. 그것들 모두 결국 한 가지를 뜻하는 것이네—테러범들이 상업용 항공기들을 격추하려고 계획 중이란 것이지, 미국 전역에 걸쳐서 동시에 말일세. 전국적 차원의 조직적인 테러 행위란 말이야."

오전 9:41:21

로스앤젤레스, CTU 본부

제시카 슈나이더 대위는 취조용 탁자 건너편에 있는 사이토를 응시했다. 그 일본인 남자는 의자에 구부정한 자세로 앉아 있었는데, 오만한 자신감은 사라졌고 대신에 피로와 불안감이 들어앉아 있었다.

"들어봐요, 아가씨. 나는 당신에게 진실을 말하고 있어요."

제시카는 한숨을 쉬고 고개를 흔들었다. "내 생각에 당신은 껄렁대는 모습이 훨씬 잘 어울리네요."

"그건 그냥 연극을 했을 뿐이예요." 사이토가 왼손으로 매끄러운 머리카락을 뒤로 넘기며 말했다. 그 몸짓으로 인해 없어져버린 손가락의 뭉당하게 남은 부분이 드러났다.

철문이 열렸다. 토니 알메이다가 걸어 들어와서 서류철 하나를 책상 위에 툭 던져놓고, 제시카 슈나이더 옆에 있는 의자에 털썩 앉았다. 그들 두 사람은 사이토에게 시선을 고정시켰다. 토니가 말했다.

"일본인 대사와 이야기를 나누었어요. 그 사람이 모든 것을 확인해 주었어요. 그는 진실을 말하고 있습니다."

사이토가 활짝 웃더니 탁자를 손바닥으로 찰싹 내리쳤다. "보라고요, 내가 말했잖아요."

제시카의 입이 떡 벌어졌다. "당신이 경찰이라고요?"

"이토 나카지마 요원, 특수기동대, 도쿄 경시청." 그 일본인 남자는 정중하게 인사를 건넸다.

"로스앤젤레스에서는 무슨 일을 하고 있는 겁니까, 나카지마 특수요원?"

"사이토라는 인물로 가장해서 '마치-요코' 조직에 2년 전에 잠입했었죠. 그때 그들이 사업다각화를 시작했으니까요."

"무얼 의미하는 거죠, 사업다각화라는 게?" 토니가 물었다.

"수십 년 동안 '마치-요코' 조직은 엄밀히 말하면 '바구토', 즉 불법 도박, 노름, 고리대금 조직이었죠. 그러나 2년쯤 전에 마치-요코 조직의 '구미초'가…."

제시카는 눈을 깜빡거렸다. "잠시만요, '구미초'가 누구, 아니 뭐죠?"

"지도자죠. 조직의 원로라고 보면 됩니다. 영화 〈대부 The Godfather〉를 떠올려 보세요, 아가씨." 그 일본인 남자가 그 오래된 영화 속 인물처럼 허세를 부리면서 대답했다. "어쨌든, 작년에 이 구미초가 '웬추리'라는 이름의 대만의 한 사업가와 거래를 맺었습니다."

토니가 고개를 끄덕였다. "삼합회의 지도자로 그린 드래건 컴퓨터 가맹사업을 소유하고 있는 사람이죠."

"맞아요." 나카지마 요원이 고개를 끄덕였다. "단순히 이 거래는 불법 제조된 컴퓨터 부품들이나 어떤 말레이시아 화물선에서 빼돌려진 새로운 마이크로칩들을 위한 것만은 아니었죠. 이 거래는 구미초가 '쇼코 아사하라'와 맺었던 것과 동일한 것이었습니다."

"'오옴 진리교'라는 그 광신적 종교 집단의 우두머리 말인가요? 도쿄 지하철 역에서 있었던 사린 가스(화학 무기에 쓰이는 독가스의 일종) 공격의 배후였던 바로 그 사람. 어째서 당신의 구미초는 투옥되지 않은 거죠?"

"마치-요코 조직의 기부금과 막후 활동들이 어떤 특정 정당에게는 매우 긴요합니다. 그것은 구미초와 그의 조직원들을 어느 정도 보호하기도 하죠."

"당신의 구미초가 오옴 광신적 종교 집단을 위해서 무슨 일을 했습니까?"

"그들이 비밀스런 죽음의 실험실, 즉 사티안 식스(Satian Six,

'satian'은 오움 진리교 영역 안 시설의 각 동(棟) 앞에 붙인 말로 '진리'란 뜻의 산스크리트어)를 후지 산 기슭에 짓는 걸 도와주었죠. 그곳에서 광신적 종교집단의 과학자, 히데오 무라이가 독가스를 만들었고요. 오움 진리교는 또한 그들의 정치적 적들과 종교 집단의 반체제 일원들을 산업용 크기의 전자레인지 오븐 속에서 처형했고, 죄 없는 변호사와 그의 가족들을 살해하기 위해 테러리스트들을 파견했고, 그리고 끝에 가서는 우리나라 역사상 최악의 테러 사건을 배후에서 교묘하게 조종했죠."

침묵의 순간이 그 사내의 격한 분출 뒤를 따라 이어졌다. 마침내 토니 알메이다가 질문했다. "그 다음엔 무슨 일이 실제로 그린 드래건에서 벌어진 겁니까?"

"구미초는 북한제 미사일 발사장치들을 밀수출하는 대가로 상당히 많은 돈을 받았고, 그건 사실로 드러났죠. 그러나 최근에는 다른 것들에 관한 이야기를 들었죠—생물학적 무기들, 전 세계적인 유행병, 그런 종류의 것들에 대해서요."

"여기? 미국에서요?" 그 생각이 제시카를 놀라게 만든 듯 보였다. 토니는 침착했다.

그 남자는 제시카를 마주보았다. "확실하게 말할 수는 없습니다. 그 공격들이 이곳에서 일어날지 아니면 다른 곳일지 말입니다. 나는 단지 보잘것없는 부하일 뿐이니까요. 어느 누구도 내게 한마디도 말해주지 않아요. 하지만 나도 눈과 귀가 있고, 그리고 내가 보고 들은 것은 나도 좋아하지 않습니다."

"가셔도 됩니다, 나카지마 요원." 토니 알메이다는 서류철로 손을 뻗어 나카지마 요원에게 일본으로 돌아가는 항공편의 편도 티켓을 건네주었다. "비행기는 한 시간 내로 떠날 겁니다. 만약 탑승하지 않는다면, 당신은 체포되어서 이민귀화국에 의해서 강제 추방될 것입니다."

나카지마 요원은 언짢은 표정을 짓더니 토니의 손에서 티켓을 낚아챘다.

"좋습니다." 그가 말했다. "내 위장 잠입 임무는 어쨌거나 날아가 버렸으니까."

CTU 보안요원 한 명이 철문을 열고 그 일본인 요원을 밖으로 안내했다. 그들이 사라지자 제시카는 토니를 바라보았다.

"그의 말이 맞다고 생각해요? 당신은 그런 종류의 생물학적 테러 공격이 가능하다고 생각해요?"

토니는 고개를 끄덕였다. "가능한 것 이상이죠. 그렇지만 그것이 우리가 지금 당장 직면하고 있는 위협들과 어떤 관계가 있는지는 확신할 수 없습니다."

"그러나 만약 관계가 있다면요?"

토니는 밤새 돋아난 까칠한 짧은 수염 때문에 가려웠는지 아래턱을 문질렀다. "지금쯤이면 마일로 프레스만과 사이버 수사대는 그린 드래건 시설에 작업장을 차렸을 겁니다. 그들은 틀림없이 컴퓨터의 보안 코드를 해제할 수 있을 테고요.

그 데이터는 몇 시간 안에 우리 수중이 들어올 겁니다. 만약 어떤 생물학적 공격이 임박했다면, 우리는 모든 세부 사항들을 알아낼 수 있을 겁니다—그게 일이 터지기 전이길 바라야죠."

오전 9:52:50

브루클린 프라머네이드 공원 근처

기침을 콜록거리며, 신선한 공기에 굶주린 잭과 타지는 차가운 강철 맨홀 덮개 바닥에 그들의 등을 기댄 다음 위쪽으로 밀어 올린 후 그 덮개를 한쪽으로 천천히 밀었다. 잭이 먼저 밖으로 기어 나왔고 보도 위에 큰 대자로 드러누웠다. 갑작스러운 햇빛에 눈을 깜빡이면서 그는 몸을 돌리고 손을 다시 집어넣어 타지가 어둠 속에서 나오도록 도와주었다.

그들은 나온 곳은 조용하고 그늘진 거리로, 높다란 화강암 아파트 건물들이 길 양쪽으로는 늘어서 있었다. 잭은 거리 표지판을 읽었다. 그레이스 코트. 차양이 드리워진 아파트 입구로부터 반 블록 떨어져 있었는데, 제복을 입은 수위 한 명이 넋 놓고 그들을 바라보았다.

타지는 그 수위를 주시하면서 몸을 일으켰다. "갑시다, 더 많은 이목을 끌기 전에 움직여야만 합니다."

"어디로 가는 겁니까? 그 가방은 어떻게 하고요? 그게 필요치 않습니까?"

그 사내의 갸름한 얼굴이 찌푸려졌다. "지금 그 가방을 되찾기에는 너무 위험 부담이 커요. 안전한 은신처로 이동해야만 합니다."

잭이 고개를 끄덕였다. "태너도 거기에 있습니까?"

"어쩌면요." 타지가 말했다.

쥐 떼들과 물난리로부터 탈출한 후, 잭과 타지는 하수도 시설을 따라 이동해서 결국 애틀랜틱 대로에서 몇 블록 떨어진 곳에 이르렀다. 지금까지도 그들은 여전히 사이렌이 요란하게 울려대는 것을 들을 수 있었지만, 소음과 혼란과 죽음은 여기 평화롭고 햇볕이 내리쬐는 구역으로부터 멀리 떨어져 있는 것처럼 보였다.

몬터규 가의 끝에 다다르자 타지는 잭을 이끌어 그늘진 공원 입구를 통과하고 어떤 깃대(브루클린 하이츠 거주자로 뉴욕시 의회의 첫 여성 의원이 된 제너비브 비버스 얼Genevieve Beavers Earle(1885-1956)을 추모하는 깃대)를 돌아갔다. 한 표지판이 잭에게 그들이 브루클린 프라머네이드 공원에 도착했음을 말해주었다. 그들은 길고 폭이 좁은 콘크리트 공원 산책로로 들어섰는데, 그것은 혼잡한 브루클린-퀸스 간 고속도로 위쪽에 세워져 있었다. 그 산책로는 이스트 강과 로어 맨해튼 너머의 전경을 선사해 주었다. 그들 뒤로는 값비싼 도시 주택들과 아파트들이 줄지어 있었다. 으르렁거리며 바로 아래쪽에서 올라오는 소리는 혼잡한 교통 시간대의 변치 않는 소음이었다.

돋우어 올린 산책로 너머로 브루클린 다리의 교각들이 이스트 강 위로 돌출해 있었고, 강의 혼탁한 물에는 예인선들, 바지선들, 그리고 유람선이 점점이 떠 있었다. 그 다음에는 맨해튼 섬의 강둑이 자리했다. 초록빛의 광활한 공간인 배터리 공원 옆으로는 금융가의 화강암 건물들이 솟아 있었다. 그 심장부에 반짝반짝 빛나는 거대한 세계무역센터 쌍둥이 빌딩이 서 있었다. 그 고층 빌딩은 주위에 있는 모든 것들을 왜소하게 만들었다. 눈부신 6월의 하늘을 투영하는 가운데 황금빛 태양이 그들의 거대한 유리 전면을 가로지르며 춤을 추었다.

타지가 그의 팔을 건드렸다. "여기서 오래 꾸물거릴 수 없어요, 린치 씨."

그 아프가니스탄 사내는 잭에게 그를 따라오라는 몸짓을 했다. 그들은 산책로의 길이만큼 걸어서 결국 마지막 벤치에 도착했다. 바로 옆 철제 난간 밑으로 승용차들과 트럭들이 아래의 고속도로를 지나가고 있었다.

"핸드폰 하나가 저 공원 벤치 아래에 숨겨져 있어요." 타지가 말했다. "그걸로 동료들과 통화를 하고 교통편을 요청할 수 있습니다. 그 전화기는 단 한 번만 사용해야 해요."

몇몇 개를 산책시키는 사람들이 그들을 지나쳐 갔고, 그 뒤를 따라 여자 한 명이 유모차를 밀고 지나갔다. 그 벤치는 비어 있었고, 나무 표면에는 날카로운 것으로 파서 쓴 그림이나 글씨 같은 낙서들로 온통 뒤덮여 있었다. 잭이 앉았다. 타지는 계속 지켜보았다. "전화기는 좌석 아래에 테이프로 붙여 놓았어요, 린치 씨."

잭은 허리를 굽히고는 좌석 아래로 손을 뻗어서 주위를 더듬었다. "찾을 수 없어요…."

한 가닥의 튼튼한 마 섬유로 만든 교살용 목줄이 잭의 머리 위에서 목에 드리워졌고, 그의 목 주위를 꽉 죄어왔다. 잭은 가느다란 줄을 붙잡은 채 손가락들을 자신의 목덜미 살 속으로 밀어 넣었다. 올가미는 계속 조여져만 왔다.

잭의 호흡이 끊어질 즈음, 타지가 그에게 불길하게 다가왔다. 잭이 뺨에 닿는 뜨거운 숨결을 느낀 순간 야유 섞인 목소리가 그의 귀에 들렸다.

"만약 네가 진짜 샤머스 린치라면, 너는 내가 타지가 아니라 그의 동생인 칸 알리 칼릴이라는 것을 알았을 거야. 그 이름을 기억하라고. 네가 들을 수 있는 마지막 말일 테니까…."

1 2 3 4 5 6 7 8 9
10 11 12 13 **14** 15 16 17
18 19 20 21 22 23 24

다음 이야기는 오전 10시에서 오전 11시 사이에 일어난 것이다.

오전 10:00:00
로스앤젤레스, 그린 드래건 컴퓨터 매장

"모조리 어지간히도 날림으로 공사했구만. 기술자들은 천장에 있는 오래된 욕실 배관들을 제거하려고 애쓰지도 않고 매장을 차렸어. 그러면서도 이 컴퓨터실 내부는 유리로 둘러싸고, 에어컨과 최첨단 집진기를 설치하는 온갖 성가신 수고는 아끼지 않았단 말이야. 대체 그 사람들은 무슨 생각을 했던 거야?"

미키 첸은 경멸하는 듯한 목소리를 숨기지 않은 채 의자를 향해 육중하게 걸어갔고 털썩 주저앉았다. 175cm의 키에 135kg에 육박하는 미키는 비좁은 컴퓨터 작업 공간을 간신히 차지하면서 마일로를 한쪽 구석으로 몰아냈다.

"저기 엉망진창인 곳을 좀 봐."

마일로는 그 남자의 시선을 따라 머리 위쪽의 부서진 회반죽 벽토 쪽으로 눈길을 돌렸다. 너덜너덜해진 구멍과 여러 다른 것들을 지나쳐 그는 거미줄처럼 십자형으로 엇갈려 있는 녹슨 배관들을 보았다.

"폭발물은 어때? 부비 트랩은?"

미키는 머리를 가로저었다. "CTU 폭발물 전담반이 왔다가 갔어." 그는 우람한 팔을 모니터 화면 위로 올려놓았다. "정말 귀여운 아가씨야, 이거 말이야. 자네가 한번 해볼 텐가?"

"오, 자네 먼저. 좋을 대로 하시지." 마일로가 대답했다.

미키는 모든 컴퓨터를 여성형으로 말하는 습관을 가지고 있었다. 제이미 패럴이 그 이유를 말해주었는데, 어떤 소녀의 이름을 가진 컴퓨터가 하와이 출신의 그 프로그래머가 늘 연애를 하고 싶어 했던 소녀의 이름과 아주 비슷했다던가 어쨌대나.

유리문이 쉬잇 하는 소리를 냈다. 짧고, 곱실거리는 흑갈색 머리의 백인 여성이 개인용 노트북 컴퓨터를 가지고 그 컴퓨터실로 들어왔다. 그 노트북 안에는 암호 해독 프로그램, 즉 그녀가 중앙 컴퓨터 본체의 보안장치를 우회하거나 무력화시켜서 데이터를 다운로드하는 데 꼭 필요한 것이 들어 있었다.

미키는 다니엘 헨켈을 보고 활짝 웃었다. "때마침 나타나셨군. 이 앙증맞은 숙녀분께서 안달하던 중이었거든."

"바보 같은 소리 좀 집어치워, 미키." 넬이 말했다.

"안달난 숙녀분 얘기가 나온 김에 나도 일을 시작하기 전에 전화 한 통화 해야겠어." 마일로는 휴대폰을 꺼내들고 신호를 잡으려고 애썼다.

"여기선 안 돼, 이 친구야." 미키가 말했다. "이 방은 전파 차단이 되어 있다고."

"알았어, 바로 돌아올게." 마일로는 문을 향해 걸어갔다.

"우리가 너를 기다려줄 거라고 기대하지는 마." 미키가 소리쳤다. "나와 이 앙증맞은 숙녀분은 오늘밤을 너무 오랫동안 기다려왔으니까."

미키는 의자에 앉은 채 몸을 휙 돌렸고 키보드를 두드리면서 컴퓨터의 보안 시스템을 탐사하기 시작했다.

유리벽의 반대편 쪽은 기온이 훨씬 더울지는 몰랐지만 적어도 마일로가 신호를 잡을 수는 있었다. 다른 사람들에게서 등을 돌린 그는 전화번호 목록에서 티나의 번호를 불러냈고 통화 버튼을 눌렀다.

마일로는 전화기를 귀에 갖다 댔지만 첫 번째 벨 소리는 쉬익 거리는 듯한 어떤 분무기가 뿜어대는 소음에 묻혀버렸고, 곧바로 혼란, 공포, 그리고 고통의 비명이 뒤를 이었다.

마일로는 몸을 돌렸고, 말문이 막혔고, 휴대폰을 떨어뜨리고 말았다.

유리로 둘러싸인 컴퓨터실 안쪽의 천장에 매달린 '녹슨 배관들' 내부의 파이렉스(상표명, 내열 유리 제품) 관들이, 미키 첸이 정확한 보안 암호를 미처 입력하지 않은 채로 데이터에 접근하려고 시도하던 순간 파열된 것이었다. 그러나 마일로의 동료들에게 쏟아져 내린 것은 물이 아니었다. 미키가 부주의하게 컴퓨터의 진짜 방화벽의 작동을 유발한 것이었다. 모든 걸 태워 버릴 듯한 산(酸)의 폭우. 마일로가 무력하게 지켜보는 가운데, 부식성 화학약품의 소나기가 미키 첸과 넬 헨켈에게 쏟아져 내렸고 연기를 내뿜는 수많은 구멍들이 그들의 피부 속으로 타들어갔다.

그나마 자비롭게도 비명은 거의 시작하자마자 멈추었다. 산(酸)이 연기를 내뿜자마자 하얀 화학물질에 의한 안개가 컴퓨터실을 곧바로 가득 채웠다. 안개 같은 연무 속에서 지글거리는 전류의 불똥들이 분출하는 동시에 수천 볼트에 달하는 전기가 컴퓨터실 전체에 걸쳐 바지직거렸다. 타들어가며 녹아내리고 있는 신체들이 역겨운 춤을 추면서 털썩 주저앉더니, 결국 홈이 패이고 곰보가 되어버린 콘크리트 바닥으로 휘청거리며 쓰러졌다.

몸서리쳐지는 정신 상태에서도 마일로는 그 부식성 화학물질은 아마 염산이며 탁월한 전도체일 거라고 추론했다. 그 소나기 같은 화학물질은 효율적으로 회로 계통은 물론 그 컴퓨터를 만지작거리는 누군가도 전기의자에 앉혀 처형해버린 것이었다. 어떠한 데이터도 복구되기 전에 말이다.

목구멍 속에서 치밀고 올라오는 뜨거운 분노를 억누른 채 마일로는 그 화학 수프가 계속해서 피부, 근육, 머리카락을 녹여버리는 것을 지켜볼 수밖에 없었다. 결국 아무것도 남지 않았다. 꿈틀거리면서 연기를 내뿜는 피부와 뼈 더미들 외에는.

오전 10:00:01

브루클린 프라머네이드 공원

잭의 시야는 산소 결핍 현상이 그의 뇌에까지 기어오르자 안개가 끼듯 뿌예졌다. 비록 힘이 빠지고 있었지만, 잭은 계속해서 목에 둘러져 있는 올가미를 움켜잡은 채 그를 굽어보고 있는 사내에게 대항하여 몸부림쳤다. 그러나 그 아프가니스탄 사내의 온 체중이 잭 위로 실리면서 그를 벤치에서 꼼짝 못하도록 만들었다. 알리 칼릴은 끙 소리가 날 정도로 애쓰면서 올가미가 더 바짝 조이도록 잡아당겼다.

잭은 그 사내의 손아귀로부터 벗어날 방도가 없었으므로 그 암살자를 속이기 위해 무모할지도 모를 시도를 해보기로 했다. 갑작스럽게 잭은 저항하는 것을 멈추고 몸을 축 늘어뜨렸다. 한참 후에 올가미의 압박과 사내의 무게가 약간 느슨해졌는데, 잭이 느닷없이 자세를 바꾸고 온힘을 다해서 위쪽으로 밀쳐내기에는 충분했다.

잭의 정수리가 칸의 턱을 향해 세차게 부딪치자 뭔가 확실하게 깨지는 소리가 났다. 잭은 눈앞이 번쩍거리면서 격심한 통증을 느꼈지만, 그 아프가니스탄 사내가 더 큰 충격을 받았다는 것을 알았다. 칸 알리 칼릴이 그의 목을 다시 조르려고 시도했지만, 잭은 간신히 두 손으로 올가미 둘레를 붙잡았다. 비록 거친 마 섬유가 손바닥을 찢어놓긴 했지만, 밧줄은 더 이상 잭의 목을 조르지는 못했다. 이젠 개가 목줄을 지배하듯 입장이 바뀌었고, 잭은 그의 체중을 이용해서 칸 알리 칼릴을 뒤쪽에 있는 알루미늄 난간을 향해서 밀어붙였다. 그는 그 남자의 갈비뼈가 부러지는 것을 느꼈고, 아프가니스탄 사내의 비명을 들었다.

칸 알리 칼릴은 여전히 교살 도구를 쥐고 있었는데, 그것은 그의 실수였다. 더 젊고, 더 강하고, 그리고 더 훈련된 잭은 곧바로 기력을 되찾았다. 이제 그는 자신의 체중을 이용해서 칸을 난간에 대고 압박을 가하는 동시에 팔꿈치와 팔뚝으로 그 남자를 연타했다. 마침내 잭은 아프가니스탄 사내의 손목을 붙잡고, 단단히 붙잡은 그 손아귀를 비틀었다. 칸의 팔뚝뼈들이 비틀리면서 결국 뚝 하고 부러지는 소리가 났다. 그는 울부짖으며 교살용 목줄을 놓았다. 얼굴로 날아든 팔꿈치가 칸의 코를 박살냈고 시커먼 피가 폭포처럼 그의 헐렁한 면 셔츠의 앞자락으로 흘러내렸다.

잭은 쉽게 그 사내를 끝장낼 수 있었지만, 칸을 살려둬서 가능하다면 협조적으로 만들 필요가 있었다. 그는 몸을 돌려 칸의 멀쩡한 팔을 등 뒤로 해서 꼼짝 못하게 만들었다.

"항복해." 잭은 소리치며 그 사내를 산책로의 알루미늄 난간 쪽으로 밀어붙였다. "네 형이 린치 형제들 그리고 필릭스 태너와 함께 무슨 짓을 하고 있는지 말해. 그 미사일 발사장치들을 어디에 숨겨 놓았는지 말해. 협조하면 내가 보장하겠어. 미합중국의 대통령께서 지난 모든 범죄들로부터 당신을 면책해 주실 것을 말이야."

눈을 반짝이던 칸은 저항하던 것을 멈추면서 잭의 말을 고려하는 듯 보였다. 그는 납작해진 코에서 줄줄 흘러내리는 피로 범벅을 한 채 히죽거렸다. "당신을 돕겠소."

잭은 한걸음 물러나 그 남자를 풀어주었다. "내 말 잘 들어요, 칸 알리 칼릴. 나는 당신이 이곳에서 당신 자신을 위한 삶을 살아왔다는 걸 알고 있습니다. 그것을 저버리지 마십시오. 당신을 위한 투쟁이 아닌, 다 죽어가는 대의명분을 위해…."

칸이 돌진해오며 둥글게 만 주먹으로 잭의 턱을 가격하려 했다. 불시의 일격은 잭의 목을 으깨버리려는 것으로 보였기에 그는 주먹이 날아오는 것을 보고 잽싸게 몸을 돌려 피했다. 칸은 몸을 돌려서 난간 너머로 뛰어내렸다. 잭이 그 난간에 이르렀을 때 그 남자는 10여 미터 아래에 있는 도로 위로 머리를 아래로 향한 채 떨어지고 있었다. 내달리고 있는 차량들의 진로 속으로. 경적들이 마구 울려댔고, 급제동하는 날카로운 소리들이 들렸고, 한 여성은 새된 목소리로 비명을 질렀다.

잭은 고개를 돌리고 그가 거의 목숨을 잃을 뻔했었던 벤치를 향해 휘청거리며 걸어갔다. 잭의 목 주변 피부는 살갗이 벗겨졌고, 손바닥은 홈이 움푹 파였고 피 때문에 끈적거렸다. 그는 그 상처들을 가만히 바라보았다. 아드레날린이 그의 몸에서 서서히 빠져 나가면서 그의 손이 걷잡을 수 없이 떨리기 시작했다.

그는 힘이 빠지며 구역질을 느꼈다. 그는 부인인 테리와, 이제 막 열세 살이 된 딸 킴을 떠올렸다. 만약 그가 여기에서 죽었다면, 누가 그의 가족들을 돌봐주겠는가? 그것도 지명 수배자 신세로 집으로부터 4,800km나 떨어진 곳에서 FBI에게 쫓긴 채로 말이다.

힐끗 올려다본 잭의 시선은 강을 가로질러 세계무역센터의 반짝반짝 빛나는 유리벽 위로 옮아갔다. 그 빌딩들과 그들을 둘러싸고 있는 도심, 그 모든 것들은 너무나 거대하고 영원한 것처럼 보였다. 이 도시, 이 나라가 정말로 심각한 위험에 처해 있단 말인가? 이 엄청난 도시, 이 나라 전체가 일개 테러분자들의 무계획적인 한 핵심 인물에 의해 정말로 상처를 입는

단 말인가? 그가 그 쌍둥이 빌딩을 가만히 바라보고 있자니, 너무나 단단하고 너무나 견고해서 그 생각이 갑자기 터무니없게 느껴졌다. 그럼에도 불구하고 잭은 경험상 타지와 칸 알리 칼릴 그리고 린치 형제들과 같은 사람들은 그런 행동을 서슴지 않고 하리라는 걸을 알았다.

잭은 CTU와 다시 연락을 취하기 위해서 휴대폰을 찾아 손을 넣었다. 칸 알리 칼릴의 죽음과 그의 형 타지의 행방불명으로 인해 잭에게는 선택의 여지가 없었다. 그제야 기억이 났다. 그가 전화기, 신분증, PDA, 그리고 심지어 그의 45구경까지 캐이틀린에게 건네주었던 것을—그리고 지금 그녀가 어디 있는지 모른다는 것도.

오전 10:19:45
맨해튼행 R 지하철

심한 충격을 받은 리암은 즉시 그 치명적인 폭발 현장을 떠났다. 물건 전달은 불가능했지만 그는 여전히 은색 서류가방을 꼭 부여잡고 있었다. 맨 처음 그가 타지에게 물건을 전달했을 때가 몇 주 혹은 훨씬 그 전이었는데, 샤머스는 그에게 만약 어떤 일이 생겨서 물건 전달을 할 수 없게 된다면 그 물건을 포레스트 힐스에 있는 린치 형제의 그린 드래건 매장에 돌려주라고 말했었다. 다른 방도가 없었으므로 이제 리암은 그 동일한 지시들을 따르기로 했다.

불행하게도 그 폭발과 직후에 일어난 주 수도관의 파열로 인해 2번과 3번 지하철 노선이 폐쇄되었기 때문에 그는 거의 45분을 걸어 브루클린 중심가를 가로지르며 가장 가까이서 운행 중인 지하철로 향했다. 맨해튼행 R 지하철.

이제 혼잡한 지하철 안의 구석진 좌석에 앉아서 서류가방을 무릎 위에 올려놓자, 누나 캐이틀린으로부터 전날 밤에 들었던 말이 떠올랐다. *이 배달은 합법적인 거지?* 만약 그렇다면, 어째서 경찰과 FBI가 칼릴의 매장을 급습한 것일까? 타지가 사기꾼 같은 사람이었단 말인가?

그리고 만약 내가 안에 있을 때 FBI가 그 건물을 돌입했다면? 리암은 생각했다. *그랬다면 나 역시 죽었을 거야. 이 가방 안에 들어 있는 것이 얼마나 빌어먹을 정도로 중요하기에 반드시 한밤중에 전달되어야 했던 걸까? 내가 FBI와 경찰들이 찾고 있는 물건을 가지고 있는 걸까?*

리암은 그 가방을 손가락으로 만지작거리다가 처음으로 걸쇠들 중 하나가 이미 깨진 채로 축 늘어져 있는 것을 알아챘다—아마 지하철 선로 위로 떨어졌기 때문일 거야. 그가 다른 걸쇠를 건드리자, 그것이 튀어 오르며 열렸다. 리암은 잠시 주저했고 주위를 둘러보았다.

만약 그 가방이 돈 혹은 코카인 혹은 다른 것들로 가득 차 있을지 모르기 때문에, 그는 사람들이 꽉 들어찬 지하철 속 어느 누구도 알아차리기를 원치 않았다. 그러나 모든 사람은 그들의 일에만 신경을 쓰고 있었다. 신문을 읽거나 졸고 있거나 워크맨을 통해 음악을 듣고 있거나. 그래서 그는 위험을 감수하기로 결정했다.

깊은 숨을 한 번 몰아쉰 리암은 그 가방을 열었다.

그 안에는 스펀지로 포장된 물건과 검은색 플라스틱 장치 하나가 움푹 파인 틀 안에 놓여 있었다. 길고 얇은 검은색 플라스틱 물건은 그다지 위험해 보이지는 않았다. 리암은 그것을 손으로 만져보았고 그것을 집어 들었다. 매끄럽고 흠집 없는 표면 위에 쓰인 일련번호 하나, 플러그에 연결되는 어떤 접속단자 하나가 눈에 띄었고, 그 외에는 아무것도 없었다. 아무리 보아도 그 물건은 샤머스가 말했던, 컴퓨터를 위한 어떤 빌어먹을 부품일 뿐이었다.

리암은 그 장치를 움푹 파인 자리에다 다시 집어넣었고, 스펀지 포장물을 들어올렸다. 그 아래에는 두 개의 검은색 사각형 물건이 있었는데, 각각 궐련상자만 한 크기였다. 그것들은 전기 테이프로 완전히 싸여져 있었다. 더 많은 테이프로 그 사각형 물건들이 가방의 한쪽 면에 고정되어 있었다. 리암은 그것이 단지 여분으로 포장된 물건들이라고 생각했다. 그는 가방을 닫고 안도를 하며 등을 기댔다.

한 시간 정도 후면 그는 포레스트 힐스에 이를 것이다. 그는 그 가방을 샤머스에게 돌려주고 라스트 켈트로 되돌아간 다음 마침내 잠을 잘 수 있을 것이다….

오전 10:34:40

로스앤젤레스, CTU 본부

제이미는 니나 마이어스가 부탁한 유일한 단서를 추적하고 있었다—필릭스 태너의 정체. 주(州), 연방, 그리고 지역의 데이터베이스들, 은행 관련 정보, 세금 기록, 그리고 회사 등기부들을 이용해서 몇 가지 흥미로운 연관성들을 찾아냈다.

첫째로, 린치 형제의 그린 드래건 가맹점의 세금 기록에 따르면, 매장의 수입 대부분은 그리핀 린치가 프롤릭스 보안회사, 즉 필릭스 태너가 인수했던 회사와 체결한 모호하게 표현된 계약서에 의해서 발생했다.

더욱 흥미로운 점은 제이미가 또한 몇 군데 컴퓨터 통신망을 파헤치면서 발견한 것인데, 웩슬러 창고보관 회사는—그 회사는 단테 얼리를 죽음의 함정에 빠뜨릴 때 사용되었던 SUV를 소유한 곳으로—겨우 두 고객에게만 휴스턴 가에 있는 그들의 창고 시설의 내부 공간을 임대해 주고 있다는 사실이었다. 하나는 포레스트 힐스에 있는 그린 드래건 컴퓨터였고, 다른 하나는 맨해튼의 프롤릭스 보안회사였다.

제이미는 방긋 웃으면서 그녀의 컴퓨터 데이터 일지에 그 정보를 추가했다.

두고 보자고, 이래도 니나 마이어스가 내가 '엉성한 일처리'를 한다고 비난할 수 있는지!

오전 10:59:56

브루클린, 몬터규 가(街)

디지털 손목시계 내부에 심어놓은 자동 유도 기술을 따라가던 잭은 CTU에서 지급한 PDA가 지속적으로 송출하는 협대역(狹帶域) 무선 표지 신호 위치를 찾아냈다. 수많은 전파의 혼선이 있었고 가끔 뜻하지 않은 난청지역을 만나는 바람에 신호를 잃어버리기도 했지만, 잭은 캐이틀린이 틀림없이 가까이 있기 때문에 신호를 전혀 수신하지 않고 있다는 것을 알아차렸다.

브루클린 하이츠의 거리 양쪽으로 가로수가 늘어선 몬터규 가의 유행의 첨단을 걷는, 부유층을 위한 상업 지역을 따라서 그 신호가 매우 강해졌다. 잭이 늦은 아침 쇼핑객들의 인파 속을 헤치며 누비듯이 지나가고 있을 때, 시계가 작은 신호음을 발산하기 시작했다—그가 그의 PDA로부터 50미터 이내에 있다는 경고음.

잭은 혼잡한 거리를 유심히 살펴보았고, 제과점과 골동품 상점 사이에 끼어 있는 작은 카페 한 곳을 주목했다. 몇 개의 테이블들이 파라솔을 펼친 채 카페 앞 보도 위에 자리하고 있었다. 잭은 캐이틀린이 그중 한 곳에 앉아 있는 것을 발견했는데, 손도 대지 않은 커피 한 잔이 그녀의 팔 앞에 놓여 있었다. 그녀의 고개는 숙여져 있었고, 두 눈은 울음 때문인지 충혈되어 있었고, 가냘픈 두 팔은 그녀 자신을 감싸고 있었다.

잭은 도로를 가로질렀고 테이블들 사이를 이동했다. 캐이틀린이 고개를 든 순간, 믿을 수 없다는 듯 눈을 깜빡거리더니 의자에서 벌떡 일어나서 그를 꼭 껴안았다.

"잭! 오, 잭! 성모 마리아님, 저를 놀라게 하셨네요. 전 당신이 죽은 줄만 알았어요, 정말로요!"

잭도 그녀를 꼭 안았고, 젊은 여성이 그의 품안에서 떨고 있는 것을 느꼈다.

"제 동생은 보셨나요? 리암을 보셨어요?" 그녀가 정신없이 물었다.

"걱정하지 말아요. 리암은 절대로 칼릴의 매장에 가지 않았어요, 그들이 내게 그렇게 말했거든요. 분명히 그는 안전할 거예요, 캐이틀린. 우리가 꼭 그를 찾아야만 해요, 다른 누군가가 그를 찾기 전에…."

1 2 3 4 5 6 7 8 9
10 11 12 13 14 **15** 16 17
18 19 20 21 22 23 24

다음 이야기는 오전 11시에서 오후 12시 사이에 일어난 것이다.

오전 11:09:56

로스앤젤레스, CTU 본부

니나 마이어스는 긴급하게 울리는 벨소리 때문에 움찔했고 현실로 돌아왔다. 그녀는 컴퓨터 모니터에서 눈길을 돌리고 스피커폰의 버튼을 눌렀다. "무슨 일이죠, 제이미?"

"잭이 통화를 기다리고 있어요."

니나는 수화기를 급하게 낚아챘다. "잭. 세상에. 거의 6시간 만이네요…." 그녀는 숨을 들이쉬었다. "브루클린에서 들어온 보고들 이후, 라이언은 당신이 실패한 것으로 보고 단념하려고 했어요. 타지 알리 칼릴과는 접촉해 봤나요?"

"그의 동생인 칸뿐이었어. 이젠 그도 죽었어. 다른 사람들도 마찬가지고. FBI의 그 급습 덕택이지. 한계에 부딪친 것 같아."

잭은 한 가닥 생명줄을 향해 손을 뻗었고, 니나는 그에게 그걸 던져주었다. 아주 잠깐의 침묵 속에서 그는 니나의 미소를 수화기 너머로 느낄 수 있었다. 그들은 무척이나 밀접하게 그리고 격렬하게 일해 왔기 때문에 잭은 가끔은 니나가 무슨 생각을 하고 있는지 안다고 느꼈다.

"들어봐요, 잭. 우리는 아직 단서들이 다 떨어진 게 아니에요. 제이미가 몇 가지 새로운 정보를 파헤치고 있어요. 토니와 슈나이더 대위도 마찬가지고요."

"누구?"

"신경 쓰지 마세요, 그냥 듣기만 해요." 니나는 잭에게 그들이 알아낸 모든 것을 말해주었다. 필릭스 태너, 그와 프롤릭스 보안회사의 연관성, 그리고 그 회사와 퀸스에 있는 그린 드래건 매장을 통한 린치 형제들과의 연관성에 대해서. 그런 다음 그녀는 그에게 웩슬러 창고보관 회사, 그리고 그 회사와 프롤릭스 보안회사, 린치 형제들의 컴퓨터 매장과의 연관성에 대해서도 간략히 말해주었다.

"프랭크 헨슬리 특수요원에 대해서는 더 이상 알아낸 것은 없어?"

"미안해요, 잭. 일반적인 사실들뿐이에요—일반적이란 건 신문들을 말하는 거예요. FBI가 사실상 그들의 데이터베이스에서 우리를 차단시켰어요. 몇몇 다른 기관들 역시 신경을 곤두세우기 시작했고요. 벽들이 점점 높아지고 있어요."

"헨슬리가 나를 고발한 것 때문에?"

니나는 아무 말도 하지 않았다. 그들 두 사람은 답을 알고 있었으니까.

"들어봐, 니나…. 문제가 하나 있어. 케이틀린 말인데, 그녀는 자신의 역할을 다했을 뿐더러 그녀는 민간인이야. 내가 그녀를 온 시내로 끌고 다니면서 다시 위험에 빠뜨리게 할 수는 없어. 만약 린치 형제들이 그녀를 찾게 되면 그녀는 죽은 목숨이야."

"제가 이미 그 문제에 대해서 라이언과 의견을 나누었어요. 그는 D.C.의 사무소에서 카를로스 페러라는 CTU 요원을 지원받기로 했어요. 페러 특수요원은 한 시간 이내에 앰트랙 액셀라(Acela, 뉴욕과 워싱턴 D.C.를 잇는 고속열차) 편으로 도착할 예정이에요. 그때 그가 당신에게 연락할 거예요. 페러 요원이 케이틀린을 보호하면서 그녀를 안전가옥으로 안내할 거예요."

"잘했어, 니나. 나는 웩슬러 창고보관 회사로 가봐야겠어."

"그곳엔 왜요, 잭?"

"난 뉴욕을 공격하기 위한 미사일 발사장치들이 어딘가에 보관되어 있다고 생각해—중심부이면서도 테러 조직의 지휘자가 그것들을 감시할 수 있고, 그 무기들이 용이하게 급파될 수 있는 장소. 웩슬러 창고보관 회사는 그 목적에 딱 들어맞는 곳이야. 맨해튼의 중심부에 위치해 있고, 운전해서 갈 수 있는 거리 안에 세 곳의 주요 공항들이 있으니까."

"당신이 원한다면 그렇게 해요, 잭."

"휴스턴 가까지 가려면 어느 정도 시간이 걸릴 거야. 자동차가 오히려 번거로울 수 있으니까 지하철을 타야겠어. 잠시 동안 연락이 안 될 수도 있을 거야."

"그 아가씨는 어쩔 거죠?"

"캐이틀린은 내와 함께 있을 거야. 필릭스 태너에 대한 자료를 계속 수집하고, 프랭크 헨슬리에 대해서도 할 수 있는 데까지 알아내줘."

오전 11:19:11

워싱턴 D.C., 하트 상원 사무용 빌딩,

윌리엄 치버 뉴욕 상원의원 사무실

데니스 스페인이 웨스트윙 항공사의 최고경영자 길버트 헤머와의 대화를 막 끝내자마자 인터콤이 울렸다.

"방해하지 말라고 분명히 말했을 텐데." 스페인은 여자를 향해 호통을 쳤다. "상원의원님의 화상회의가 오늘 오후에 있다는 거 알잖아. 나는 몇 군데나 더 전화를 걸어야 한다고."

"라이클 씨입니다, 실장님. 언제든지 라이클 씨가 전화했을 경우엔 즉시 알려달라고 말씀하셨잖아요."

"연결해."

잠시 후, 스페인은 미국 정부 관광청의 예산업무 차관보에게 말을 건넸다. "이봐, 테드. 그래 무슨 일인가?"

"이보게, 데니스. 자네가 내게 CTU에 있는 어느 누구에게든지 여행 지급보증증명서가 발급되면 알려달라고 요청했잖은가. 오늘 아침에 하나가 발급되었네. 카를로스 페러 요원 앞으로. D.C.에서 뉴욕 시로 가더군."

"페러 요원의 여행 일정이 필요하네." 스페인이 자신의 손톱을 살펴보면서 말했다.

"사례는 평소대로?"

"물론이지."

"팩스로 그 정보를 바로 보내도록 하지."

"잠시 기다리게. 나에게 다른 번호가 있는데, 그쪽을 이용해 주었으면 하네." 스페인은 그 번호를 읽어주었다.

"212? 그건 뉴욕 시 지역번호인데."

"맞네. 팩스로 그 정보를 보내주게, 가능한 한 빨리."

"지금 바로 보내겠네."

데니스 스페인은 통화를 끝내고, 그의 비서를 호출했다. "프롤릭스 보안회사의 맨해튼 사무소에 있는 필릭스 태너를 연결시켜줘."

오전 11:20:09

로스앤젤레스, CTU 본부

불안정해 보이는 마일로 프레스만은 그린 드래건 컴퓨터 매장에서 위기대응 팀 알파의 대원들에게 벌어진 참사에 대한 진술을 끝마쳤다. 제이미 패럴이 특히 충격을 받았다. 그녀는 넬 헨켈과 꽤 친한 사이로 알려져 있었다. 가끔 클럽에 함께 춤추러 가곤 했으니까.

라이언 슈펠은 다른 사람들과 함께 소식을 듣고 나서 말했다. “우선 한마디 하자면 이번에 발생한 일은 비극적인 참사지만, 이 방에 있는 어느 누구도 자신들을 탓해서는 안 되네. 내 보좌관이 마이클 첸과 다니엘 헨켈의 가족들에게 애도의 편지를 작성할 거야. 말할 필요도 없지만, 그들을 잃은 것 때문에 우리의 인적 자원 부담이 더욱 가중될 것이네. 프레스만 군와 패럴 양이 추가적인 임무를 맡아야만 할 거야.”

“그 계획은 어떻습니까, 슈펠 씨?”

모든 눈이 슈나이더 대위에게로 향했는데, 여전히 단독으로 그린 드래건을 급습했을 때 그녀가 입었던 민간인 복장 그대로였고, 금발머리는 풀어서 어깨 주변으로 늘어뜨리고 있었다.

“나는 딱히 지금이 그 시점이라고 생각하지 않네만….”

“저는 그 시점이라고 생각합니다.” 슈나이더 대위가 대답했다. "당신은 FBI 요원 프랭크 헨슬리에 대해서 더 많은 것을 알아내고 싶어 합니다, 그렇죠? 이 일은 그런 정보에 대한 접근 기회를 얻는 유일한 방법일지도 모릅니다. 캘리포니아 상원의원의 연방사무국과의 지속적인 반목은 우리가 활용할 수 있는 명분입니다."

"자네가 제안하고 있는 것은 여타 정보기관에 대한 불법 침입과 전혀 다를 바가 없네."

제시카 슈나이더는 어깨를 으쓱했다. "잠재적으로는 부패한 기관입니다, 슈펠 씨. 아닌 게 아니라 어떠한 정보기관도 반역자 혹은 이중첩자 때문에 의혹을 받아왔으니까요."

"진심은 아니겠죠?" 니나 마이어스가 이의를 제기했다. "CTU는 이미 다른 정보기관들로부터 홀대를 당하고 있어요. 만약 이 말이 밖으로 새나가기라도 한다면…."

슈펠은 니나의 염려를 일축했다. "자넨 어떻게 생각하나, 토니?"

알메이다 요원의 두 눈이 니나로부터 제시카에게로 옮겨갔다. "이 경우라면 저는 슈나이더 대위와 행동을 같이 하겠습니다. 우리는 프랭크 헨슬리가 이 작전의 배후 주모자인지, 아니면 어떤 거물급 밑에 끼어 있는 하찮은 일원인지를 알아낼 필요가 있습니다. 무엇 때문에 FBI가 칼릴의 식료품점을 오늘을 선택해서 급습했는지도 알아낼 필요가 있습니다. 그리고 FBI가 무엇을 알고 있는지도 알아낼 필요가 있습니다—필릭스 태너, 그린 드래건, 웩슬러 창고보관 업체에 대해서요. 만약 그들이 잭 바우어에 대한 어떤 날조된 고발 때문에 우리에게 그 정보를 제한하고 있는 것이라면, 우리 스스로 들어가서 그것을 움켜쥐어야만 합니다."

"이 정보에 대한 접근 기회를 얻어낼 다른 방법은 없을까?" 라이언이 물었다. "어떤 제안이든지, 제이미? 니나?"

"제한하고 있는 정보에는 새로울 게 없을 겁니다." 니나가 대답했다. "이 행정부와 법무장관실에서 정보국들 사이의 세워 놓은 그 벽은 CTU가 넘어서기엔 너무나 높습니다. 그리고 잭 바우어가 혐의를 받고 있는 상황에서 어느 누구도 우리에게 기꺼이 기회를 주려 하지 않을 겁니다."

"그럼 없다는 걸로 받아들이겠네." 라이언이 말했다. "따라서 나는 이번 임무를 승인할 것이네. 언제 갈 수 있겠나?"

토니는 턱에 돋아난 까칠한 수염을 문질렀다. "일부 소프트웨어의 데이터 통신 방식을 설정할 필요가 있습니다만…."

"지금 당장 갈 수 있습니다." 제시카가 말했다. "누가 FBI 로스앤젤레스 지국장으로 있습니까?"

"그 사람 이름은 제프리 닷지일세. 나는 그를 3개월 전에 관계부처 회의에서 만났었네. 중년이고, 최근에 이혼했지."

제시카는 고개를 끄덕였다. "잘 됐네요, 제가 그 점을 최대한 이용해 보죠."

회의는 몇 분 후에 해산했다. 토니는 대위과 보조를 맞추며 걸었다. "당신이 옳아요. FBI가 우리에게 숨기고 있는 정보가 꼭 필요합니다. 그렇지만, 당신은 좀 전에 거기에선 약간 지나칠 정도로 거침없이 지껄였습니다. 이곳은 해병대가 아닙니다. 무턱대고 모든 상황마다 뛰어들어서는 최선을 결과를 기대할 수 없습니다. 항상 해병처럼 사고하지는 말아 주십시오."

제시카의 눈에 냉기가 번뜩였다. "어쩌면 당신이야말로 해병처럼 사고하는 법을 다시 시작해야겠군요, 알메이다 요원. 더 좋은 결과들을 얻을 수 있을 겁니다."

오전 11:59:34

퀸스, 포레스트 힐스, 대로변 작은 식당

리암은 수화기를 내려놓고, 25센트 동전이 동전 반환구 속으로 덜컹 떨어지는 소리를 들었다. 그는 그 동전을 주머니에 넣고 카운터로 되돌아갔다. 샤머스의 지시에 따라서 그는 퀸스 대로에 있는 린치 형제의 매장으로 곧바로 갔지만, 그곳이 까닭없이 문이 닫혀 있는 사실을 발견했을 뿐이었다.

그는 잠시 동안 주변을 서성거린 다음, 퀸스 대로의 10차선 도로를 가로질러서 한 작은 식당으로 향했다. 그곳은 점심을 먹으려는 사람들로 붐비고 있었으므로, 그는 칸막이 공간에 자리를 잡고 버거 하나와 감자튀김을 주문했다. 그는 재킷을 좌석 위에 남겨 놓고 서류가방을 가지고 공중전화로 갔다. 그 철제 가방은 쇠뭉치가 달린 사슬처럼 느껴지기 시작했다.

먼저 그는 린치 형제의 매장으로 전화를 걸었는데, 영업 시간과 위치를 안내하는 전자 음성 메시지가 흘러나왔다. 다음에 전화한 곳은 라스트 켈트였는데, 누나를 찾기 위해서였다. 이상하게도 어느 누구도 그곳에 있는 전화를 받지 않았다. 두 군데 모두. 어쨌거나 도니 머피는 거기에 있어야만 했는데도 말이다. 그는 술집을 운영하고 나서부터는 마치 태양처럼 시간을 엄수하는 사람이었고, 늘 9시 이전엔 그곳에 나와서 배달 물품들이나 뭐 그런 것들을 받았으니까.

리암은 전화기를 내려놓고 그 가방을 가지고 카운터로 되돌아왔다. 주문한 음식이 그를 기다리고 있었지만, 그는 식욕을 잃어버렸다. 그는 불행이 자신에게 서서히 다가오고 있다는 느낌을 떨쳐버릴 수 없었다.

16

다음 이야기는 오후 12시에서 오후 1시 사이에 일어난 것이다.

오후 12:00:00

뉴욕 시, 펜 역

아셀라 고속 열차가 뉴욕의 펜 역으로 미끄러져 들어온 시각은 오전 11시 57분. 예정보다 4분 앞섰다. 동굴 같은 지하 승강장을 통해 빠져나온 카를로스 페러 특수요원은 무거운 여행 가방을 들고, 여행객들의 흐름을 좇아서 에스컬레이터로 향한 다음 펜 역의 본관 중앙 통로로 올라갔다.

페러가 워싱턴에서 그날 아침 출발할 때, 그는 CTU 로스앤젤레스 지부가 4시간이 넘도록 잭 바우어와 연락을 하지 못했다는 사실을 전해 들었다. 연락 방법을 재조정하는 것은 페러의 최우선 사항이었다. 그는 거대한 벽걸이 안내판 아래서 잠시 멈춰 섰다. 그 안내판에는 도착과 출발 시간들 그리고 열차의 번호들과, 양키 클리퍼(Yankee Clipper, 뉴욕과 보스턴을 오가는 여객열차), 메트로라이너(Metroliner, 뉴욕과 워싱턴 D.C.를 오가는 고속열차), 펜실베이니안(Pennsylvanian, 뉴욕—필라델피아—피츠버그를 오가는 열차), 그리고 워싱터니안(Washingtonian, 몬트리올(캐나다)—뉴욕—워싱턴 D.C.를 오가는 남행 열차, 현재는 세인트알반스—뉴욕—워싱턴 D.C. 노선의 Vermonter) 같은 열차 이름들이 배열되어 있었다. 페러 요원은 바우어를 찾는 것이 한 번의 전화 통화로 쉽게 해결되리라곤 확신하지 않았지만, 시도는 해보기로 했다.

불행하게도 신호를 잡을 수 없었다—아마 그가 거대한 메디슨 스퀘어 가든(뉴욕 시에 위치한 옥내 스포츠 센터) 아래에 있었기 때문일 것이다. 페러 요원은 몸을 돌려서 출구를 찾아보던 중 한 남자를 그에게 다가오고 있는 것을 보았다. 낯선 그 남자는 검게 탄 얼굴, 짙은 갈색 눈, 그리고 햇빛에 바랜 노란 금발머리를 하고 있었다. 그는 씩 웃으면서 한 걸음 앞까지 다가오더니 인사를 건네며 손을 내밀었다.

"페러 특수요원? 난 CTU 잭 바우어입니다." 그 남자는 신분증을 휙 지나가도록 내보였다. "당신이 워싱턴에서 오고 있는 도중에 겨우 전갈을 받았어요. 그래서 당신을 만나러 왔습니다."

오후 12:21:06

로스앤젤레스, FBI 본부

FBI 로스앤젤레스 본부는 UCLA 의료센터와 웨스트우드 공원 사이에 있는 월셔 거리와 베테랑 대로의 모퉁이에 위치한 연방 정부 건물들이 밀집한 곳 중 한 곳에 자리하고 있었다. 교통이 혼잡한 시간대임에도 불구하고, 토니 알메이다와 슈나이더 대위는 30분 만에 그곳까지 차를 몰았다. 그들은 가짜 신분증을 보안요원에게 보여주었고 곧바로 통과되었다.

제프리 닷지, FBI 로스앤젤레스 지국 책임자는 그들을 자동 승강기 앞에서 맞이했다. 머리가 벗겨지고 있는 건장한 몸을 가진 중년 남성인 닷지는 숙달된 관료의 즉각적인 붙임성을 내보였다. "밴 다인 양, 뉴섬 씨, 연방수사국에 오신 걸 환영합니다. 당신들이 오실 줄은 전혀 생각하지 못했습니다."

토니는 미소를 지었고, 그 남자의 우람한 손을 잡고 악수를 했다. 그런 다음 제시카가 앞으로 나서며 바람에 흩날린 담황색 금발을 옆으로 쓸어 넘겼다. "한바탕 회오리바람이 일었어요. 박스터 상원의원께서 상원정보위원회 의장을 수락한 직후에 말이죠." 그녀는 숨 가쁘게 말했다. 그들이 악수를 나눌 때, 제시카는 손을 놓기 싫은 듯 꽤나 미적거렸다.

"저를 따라오십시오." 닷지는 두 사람을 그의 널찍한 고급 사무실로 안내하고는 그들 뒤에서 문을 닫았다. 그는 제시카 슈나이더에게서 눈을 떼지 못했는데, 그녀는 검정색 세로줄무늬가 있는 재킷과, 그 아래로 재킷과 잘 어울리는 미니스커트, 그리고 햇볕에 그을린 탄탄한 다리가 돋보이는 뾰족 구두를 신고 있었다. 재킷 안쪽의 얇은 블라우스는 대위의 다른 신체적 상징이 드러나도록 열어 젖혀져 있었다.

닷지가 제시카를 의자 쪽으로 안내하는 동안, 토니는 주변을 살펴보았다. 연방수사국 지국장의 사무실은 널찍했고, 모조 나무로 장식된 벽에는 액자에 넣은 학위증서, 그의 두 10대 아이들의 인물 사진들, 휴가 기간에 찍은 사진들이 함께 장식되어 있었다. 전처인 닷지 부인의 모습은 전혀 보이지 않았는데, 쓰라린 결별을 암시하는 듯했다. 거기엔 닷지 지국장이 현직 대통령과 함께 포즈를 취하고 있는 사진도 한 장 있었다. 커다랗고 매끄러운 오크나무 책상 위에는 토니가 찾고자 했던 것이 있었다. 바로 닷지의 키보드와 모니터. 컴퓨터는 잠시 사용하지 않아서인지 화면에는 FBI 휘장이 빨간색, 흰색, 그리고 파란색 배경 위를 떠다니고 있었다.

닷지는 책상 뒤에 자리를 잡고 제시카가 앉기를 정중하게 기다렸다. 그녀가 앉았다—바로 그 사람 앞에, 그녀의 길고 적나라한 다리를 꼬면서.

“그럼.” 닷지가 눈에 띄게 긴장하며 말했다. “제가 어떻게 존경하는 캘리포니아 상원의원님을 도와드리면 될까요?”

제시카는 앞쪽으로 몸을 구부리면서 미소를 지었다. “바로 요점만 말씀드릴게요, 닷지 씨. 오랜 정치 활동을 하는 동안, 보니 박스터 상원의원님께서는 우리나라의 법 집행과 정보를 관장하는 기관들에게 비우호적인 정치인으로 부당하게 비춰져 왔습니다….”

“오, 지금은 그렇게까지는 아닙니다.” 닷지가 말했다.

“아뇨, 아닙니다, 닷지 씨. 그건 사실이에요. 제 상관께서는 그분의 평판에 대해 충분히 알고 계십니다. 그것이 제가 오늘 이곳에 온 이유이기도 하고요. 아시다시피 박스터 상원의원께서는 미국 국민들에게 그녀가 미국 최고의 법 집행기관들과 강한 유대관계를 구축할 수 있다는 걸 보여주고 싶어 하십니다. 그 시작을 FBI와 하려고요.”

“훌륭한 생각인 것 같군요.”

“상원의원님께서도 당신도 그렇게 느끼실 거라고 생각하셨습니다.”

“그분이 그러셨나요?”

“의원님께서는 당신의 이름까지도 언급하셨죠. 그리고 알 것 같네요, 왜 그분이 당신을 선택하셨는지요, 닷지 씨. 당신은 상당히… 사진발이 좋을 것 같네요.”

닷지는 수줍게 웃으면서 넥타이를 만지작거렸다. 토니는 제시카의 입에서 흘러나온 텍사스 특유의 느린 말투가 얼마나 잘 어울리는지 알아차렸다. 그는 혼자서 미소지었다. 확실히 사교계에 처음 나온 여성의 모든 일은 그녀의 의지대로 홍미를 잃게 하거나 혹은 갖게 하는 것에 달려 있었다—그리고 그는 인정할 수밖에 없었다. 비밀 첩보 활동을 위해 꽤나 유용하고 없어서는 안 될 수단이라는 것을.

"그럼, 밴 다인 양…."

"탠디라고 부르세요, 닷지 씨."

"좋아요, 탠디. 무엇을 도와드리면 될까요?"

"상원의원님께서는 촬영 기회(photo opportunity, 유명 인사가 대중들에게 인상적인 모습을 보여주기 위해 미리 준비해서 하는 사진 촬영)를 생각하고 계십니다. 바로 여기 FBI 본부에서 이곳 책임자와 같이요. 멋지고 인상적인 사진이 되려면, 실제로 흥미를 끄는 배경이 있어야 하는데."

"우리의 새로운 훈련 시설은 어떨까요? 바로 이곳 지하실에 자리하고 있습니다. 새롭게 수리된 별관이 지난주에 막 문을 열었거든요."

"그야말로 정말 반가운 소식이네요, 닷지 씨. 둘러보게 해주실 수 있으신가요?"

"물론이죠." 제프리 닷지는 일어나더니 제시카의 어깨에 한쪽 손을 올려놓았다. 나가는 길에도 닷지는 토니를 완전히 무시했다—그리고 그게 계획이었다.

제시카가 그 남자의 주의를 딴 데로 돌리는 동안, 토니는 책상 너머로 몸을 기대고는 키보드를 거꾸로 슬쩍 뒤집었다. 그는 손바닥 안에 숨겨 놓은 아주 작은 접착식 장치를 키보드의 바닥면에다 찰싹 붙인 다음, 키보드를 내려놓았다. 3초도 채 되기 전에 그 일을 마쳤다.

토니는 일상적인 보안 점검을 통해 CTU 스파이웨어 장치가 즉시 적발될 테지만, 그러한 조치들은 일주일에 한두 번 정도만 실시된다는 것을 알고 있었다. 그 사이에 그 작은 전송장치는 FBI 책임자의 키패드 위의 모든 키 동작을 CTU 본부로 전달할 것이다. 다음번에 제프리 닷지가 그의 컴퓨터에 접속할 때면, 제이미 페럴이 그의 비밀번호를 손에 넣을 수 있을 것이다. 그걸 이용해서 그녀는 기밀로 분류된 프랭크 헨슬리에 대한 FBI 자료들을 연방수사국의 자체 데이터베이스로부터 곧바로 다운로드할 수 있을 것이다.

오후 12:36:54

로어 맨해튼, 휴스턴 가, 웩슬러 창고보관 회사

웩슬러 창고보관 회사는 웨스트 빌리지에 있는 휴스턴 가에 자리한 황량한 6층짜리 벽돌 건물 안에 입주해 있었다. 깨지고 덧칠해진 주춧돌에는 완공일이 나타나 있었다. 1908년. 주철로 된 화재용 비상계단은 붉은 벽돌 건축물의 전면을 기어오르고 있었다. 아치형 창문들은 예전엔 햇빛이 들어오게 했는지 몰라도, 지금은 불투명한 검은색 유리로 덧대어져 있었다.

SUV 차량 한 대가 길가에 세워져 있었는데, 단테 얼리가 탑승한 채로 비명횡사했던 차종과 동일했다. 그 뒤로 뉴욕 시 경찰차 한 대와, 경찰관 세 명이 차 주위에 모여 있었다.

잭은 캐이틀린을 뒤로 끌어당겼고, 그 모퉁이 주변을 응시했다.

"무슨 일이에요, 잭? 안으로 들어가지 않을 건가요?"

"나는 갈 수 없어요. 어떤 더러운 FBI 요원 덕택에 경찰이 나를 찾고 있어요. 나는 그들 눈에 띌 위험을 감수할 수는 없어요."

캐이틀린은 그 모퉁이를 주변을 몰래 엿보았고, 잠시 그 건물을 살펴보았다. "제가 가면 어떨까요?"

"미친 짓이에요."

캐이틀린은 그를 마주보았다. "보세요. 구인 광고 표지판이 문에 붙어 있잖아요. 제가 그 일자리에 지원하는 척할게요. 어쩌면 제가 그곳을 조사할 수 있을지도 몰라요. 무엇을 찾고 있는지를 알려주면, 제가 해볼게요…."

"안 돼요." 잭이 말했다. "더 좋은 생각이 났어요…."

오후 12:41:12

로스앤젤레스, CTU 본부

"제프리 닷지의 비밀번호를 알아냈어요." 제이미가 말했고, 그녀의 손가락들이 키보드 위에서 자세를 취했다. 그녀는 비밀번호를 보안 데이터 입력란 안에다 입력했다. "됐어요, 들어갔어요."

5분 후, 니나는 화면 위에 뜬 특수요원 프랭키 헨슬리의 신상 정보를 훑어보고 있었다. 그녀는 헨슬리가 수많은 연방수사국 표창들을 받았고, 대부분 첩보 임무들에 대한 공로로 받은 것들임을 알아냈다. 그들이 생각했던 것처럼, 헨슬리의 가장 최근 조사업무는 단테 얼리의 브루클린 갱단, '콜럼비아 스트리트 파시'들에 집중되었다.

그 사건은 잘 풀리지 않았다. 적어도 헨슬리가 그의 상관에게 보고한 것은 그랬다. 그 갱단은 매번 FBI보다 한 발 앞서서 내부 밀고자들을 척결했다. 그리고 헨슬리의 파트너가 유죄 판결을 얻어내기 위해서 특별한 조치들을 취하려고 시도했을 때, 그는 단테 혹은 그의 부하들에게 살해당했다—적어도 헨슬리가 그의 상사들에게 말한 것은 그랬다. 그러나 니나는 헨슬리가 거짓말쟁이이며, 따라서 그가 파트너의 죽음에 대해서도 역시 거짓말을 했을지 모른다는 것을 알았다.

그의 신상 정보들을 거슬러 올라가며 살펴보던 니나는 헨슬리가 1991~1992년에 미국 육군으로 걸프전에 참전했다는 사실을 발견했다. 또한 그는 전쟁 포로가 되었다. 이라크군의 포로로 바그다드에서 3개월 동안 억류되었다.

포로로 잡힌 것은 헨슬리가 점령당한 쿠웨이트의 국경선을 따라 일상적인 순찰을 돌고 있었을 때였다. 그의 부하들은 정예 이라크 부대에 의해 살해당했다. 하지만 헨슬리는 고위 장교였기 때문에 목숨은 부지한 채로 바그다드로 끌려갔고, 그는 바그다드에 대한 인간 방패 역할을 하도록 선동되었다. 헨슬리는 전쟁의 막바지에 다른 미국인들 및 연합군 포로들 모두와 함께 석방되었다. 그는 육군을 떠났고, 법학 학위를 취득했고, 연방사무국에 취직했다.

니나는 욕설을 내뱉었다. 자료에서 드러난 건 아무것도 없었다. 그건 한 모범적인 시민의 이력이었다—전쟁 영웅, 법 집행기관 간부, 헌신적인 공무원.

"그 사람 이혼을 했군." 라이언 슈펠의 목소리는 니나를 깜짝 놀라게 했다. 그녀가 뒤돌아보니 그가 모니터를 쳐다보고 있었다. "바로 거기에 그렇게 나타나 있네. 그는 3년 동안 결혼생활을 했고. 그녀의 결혼 전 이름은 캐서린 엘리자베스 펠로스, 그리고 로스앤젤레스에서 태어났고, 비벌리 힐스 고등학교를 다녔군."

제이미는 십여 개의 데이터베이스를 통해 그 이름을 상호 참조했다. 뉴욕 쪽 자료들에서는 검색 결과가 나오지 않았기 때문에, 그녀는 검색 변수들을 확대시켰다.

"그녀를 찾았어요." 제이미가 잠시 후 결과를 말했다. "캐서린 헨슬리 부인은 일 년 전 로스앤젤레스로 돌아왔어요. 지금 브렌트우드에 살고 있어요. 미술 작업실을 집에서 운영하고 있어요."

오후 12:50:14

맨해튼, 연방 플라자, FBI 본부

정적은 부드러운 새 울음소리에 의해 깨졌다. 헨슬리는 의자를 빙글 돌려 폴리 광장(FBI 뉴욕 본부가 위치해 있는 광장)의 전경이 내다보이는 창문으로부터 떨어지면서 핸드폰을 귀로 가져갔다.

"내 동생이 죽었소." 상대편의 목소리는 무덤덤하고 무감정했다.

"알고 있네. 방금 전해 들었어." 헨슬리가 대답했다. "자네 동생이 바우어를 처리할 수 있다고 말하지 않았나. 아무래도 자네가 틀린 것 같군. 내 손으로 그를 처리해 주길 바라나?"

"아니오." 타지가 대답했다. "필릭스 태너와 워싱턴에 있는 우리 공동의 친구에게 감사하시오, 바우어는 곧 죽을 테니."

타지 알리 칼릴은 통화를 끝냈다. 헨슬리는 욕설을 내뱉으며 책상 위로 핸드폰을 던졌다.

단테 얼리가 CTU에게 체포된 이후, 상황은 갈수록 더욱 복잡하게 되었고 결국 그는 단지 잭 바우어를 막는 데에 애틀랜틱 대로의 조직 전체를 희생시켜야만 했다. 타지는 계획에 따라 움직였고, 자신하던 그의 동생이 잭 바우어를 끝장내리라 생각했다. 그러나 어찌된 일인지 그 CTU 요원은 그들이 그를 위해 만들어놓은 함정을 감쪽같이 빠져나갔다.

이제 그 문제는 타지와, 그와 개인적 친분이 있는 암살자 오마르 바야트에게 달려 있었다.

오후 12:51:42

로스앤젤레스, CTU 본부

신발을 벗은 도리스는 제이미의 워크스테이션으로 걸어갔고 의자에 털썩 주저앉았다. 제이미와 마일로는 FBI 데이터베이스를 통해서 검색 작업을 하고 있었다. 그들 두 사람이 쳐다보았다.

"마지막 암호를 풀었어요." 도리스가 말했다. "이 새로운 형태의 북한제 보안 소프트웨어는 꽤나 골치가 아팠지만, 프랭키의 도움으로 마지막 방화벽을 2분 전에 뚫었어요. 제가 얻어낸 모든 데이터들이 지금 화면에 있어요."

"무얼 찾아냈는데?" 마일로가 물었다.

도리스는 그 질문을 일축했다. "그것은, 뭐랄까, 명령어들이 분명해요. 헌데 그것들을 읽을 수가 없어요."

"왜 읽을 수 없는데? 그것들이 또 어떤 암호 속에 들어 있는 거야?"

"그게 한국어로 되어 있거든요. 번역 프로그램 하나만 구하면 돼요."

제이미와 마일로는 둘 다 어리둥절했다. "당신은 한국인이라고 하지 않았어?" 제이미가 물었다.

"헐, 난 캘리포니아에서 태어났거든요." 도리스가 대답했다.

"하지만 당신 프로필에는 여러 외국어에 능통한 사람이라고 되어 있던데."

"여러 외국어를 능통하긴 해요. 전 프랑스어와 러시아어를 유창하게 말할 수 있어요. 내가 어린 소녀였을 적에는 발레리나가 되고 싶었거든요. 그러니 한국어를 배운들 무슨 소용이 있겠어요? 혹시 위대한 한국 발레단에 대해서 들어본 적 있어요?"

제이미는 도리스에게 집드라이브 하나를 건네주었다. "여기 번역 프로그램이야. 끝마치면 내게 알려줘…."

오후 12:52:14

로어 맨해튼, 휴스턴 가, 웩슬러 창고보관 회사

캐이틀린은 보도를 가로질러 도로변에 주차된 경찰차 앞으로 걸어갔다. 지금은 겨우 경찰관 한 사람만이 운전석에 앉은 채 그곳에 있었다. 그는 캐이틀린이 옆을 지나칠 때 의례적인 미소를 지어보였다.

종이 울리는 동시에 캐이틀린이 웩슬러 창고보관 회사의 대기실에 들어섰다. 햇빛이 줄무늬가 들어간 판유리 창문을 통해 흘러들었고, 부서질 듯한 철제 의자들이 더러운 베이지색 벽을 따라 줄지어 있었다. 커다란 벽보 한 장에 보관 공간의 크기들과 대여료들이 월과 년 단위로 나열되어 있었다. 대기실에는 아무도 없었으므로 그녀는 카운터로 다가갔다.

그녀는 긁히고 움푹 파인 표면 위로 몸을 기울여서 카운터의 뒤편을 살펴보았다. 캐이틀린은 어떤 문에 주목했는데, 커다란 5년 치 달력이 들어 있는 종이로 완전히 덮여 있었다. 그 다음으로 캐이틀린은 작은 사무실을 내벽에 있는 창문을 통해서 보았다.

그 문이 열렸고 나이가 지긋하고 체격이 좋은 흑인 여자가 모습을 드러냈다. 그녀의 정장 재킷 위에 붙어 있는 플라스틱 이름표가 그 여자의 이름이 메이미 그린이라는 것을 알려주었다. 양키스 로고가 들어 있는 파란색 모자가 그녀의 짧고,

곱슬곱슬한 백발 위에 씌워져 있었다. 그녀는 캐이틀린에게 미소를 지어보였다. "보관함 번호요?"

캐이틀린은 눈을 깜빡거렸다. "뭐라고요."

"보관함 번호가 뭐냐고요, 아가씨?"

"아, 저는 보관 공간 때문에 여기 온 게 아닌데요. 문에 붙어 있는 구인 광고 표지를 봤어요, 그러니까, 음, 저는…."

그 여자는 얼굴을 인상을 썼다. "지원서를 작성해야만 하거든요. 따라와요."

메이미 그린은 카운터의 한 부분을 들어 올렸고, 캐이틀린은 건너편 쪽으로 걸음을 옮겼다. 그들은 그 문을 통과해서 사무실 안으로 들어갔고, 그곳에서 그 여자는 캐이틀린을 어질러진 한 책상 앞 의자로 안내했다. 메이미는 그 방을 가로질러서 문서 보관함 전체를 샅샅이 뒤졌다. 그녀는 되돌아와서는 한 묶음의 서류들을 캐이틀린 앞에다 내려놓았다.

"당신 이력서 사본을 가지고 있나요?"

"나의 뭐요?"

"이력서요. 전에 일해 본 적 있어요?"

"네, 그럼요." 캐이틀린이 대답했다.

"컴퓨터는 다룰 줄 알아요? 워드 프로세서는요?"

"아뇨, 사실은 몰라요. 하지만 전 빨리 배우는 편이에요."

"제록스 복사기는 사용할 줄 알아요? 우리는 제록스만 사용하거든요. 회사의 경영 방침이죠."

"전에 사용해본 적이 있어요. 스테이플스(문방구와 사무용품 등을 판매하는 프랜차이즈) 상점에서요."

"서류를 작성하는 편이 낫겠군요, 아가씨."

"그런데 펜이 없는데요."

메이미 그린은 손을 들어 실망감을 나타냈다. "볼펜을 갖다 줄게요, 우린 그런 것들은 많아요. 아무에게나 내 펠트펜(촉이 펠트로 된 볼펜)을 쓰게 하진 않으니까."

적당한 볼펜을 받고 캐이틀린은 지원서를 작성하기 시작했다. 잠시 후 문에 달린 종이 다시 울렸다.

"금방 돌아올게요." 메이미가 말했다.

캐이틀린은 창문을 통해서 메이미 그린이 UPS 택배 사원과 이야기하고 있는 것을 지켜보았다. 그런 다음 그녀는 주머니로 손을 넣어 잭이 한 편의점에서 그녀에게 사준 라이터를 꺼냈다. 그녀는 재빨리 흩어진 종이 한 뭉치를 거의 비어 있는 알루미늄 쓰레기통 바닥 쪽에 쑤셔 넣고 거기에다 불을 붙였다. 불길은 즉시 확 타올랐다, 지나칠 정도로.

잭의 지시에 따라 그녀는 더 많은 종이를 그 불길에다 던져 넣었는데, 숨이 막힐 정도는 아니었지만 거의 그 정도로 연기가 났다. 그녀가 원한 것은 자욱할 정도의 연기와 약간의 불길이었지 그보다 더 위험한 정도는 아니었다.

그녀는 그 쓰레기통을 숨길 만한 곳을 찾았고, 메이미 그린이 그 택배 사원에게 작별인사를 하는 것을 들었다. 캐이틀린은 허둥대며 연기가 나는 쓰레기통을 사람이 서서 드나들 수 있는 큰 벽장에 밀어 넣었는데, 너무 서둘렀기 때문에 그 안에 무엇이 들어 있는지 볼 겨를이 없었다. 그녀가 가까스로 의자로 되돌아와 앉자마자 메이미가 다시 들어왔다.

"아직도 끝내지 못했어요?"

캐이틀린은 무안한 듯이 웃었다. "써야 할 것이 많네요."

"그래서 컴퓨터가 있는 거 아니겠어요."

"그럼, 당신이 지배인인가요? 아니면, 웩슬러 씨인가요?"

메이미 그린은 낄낄 웃었다. "웩슬러 씨는 1957년에 돌아가셨어요. 나는 그때에도 여기에서 일하고 있었어요. 웩슬러 씨가 운영하고 있었을 때에는 사무실 부지배인이었지요. 그분의 아들이 사업을 이어받았을 때 사무실 지배인이 되었고요. 그리고 지금도 여전히 사무실 지배인이죠. 그분 아들이 회사를 아랍 친구에게 작년에 팔아버린 후에도 말이죠."

"그렇군요."

메이미는 머리를 곧추세우면서, 코를 킁킁거리며 공기를 들이마셨다. "연기 냄새가 나지 않나요? 나한테는 연기 냄새가 나는데…"

그 여자는 노르끄레한 연기가 벽장으로부터 흘러나와 공기 중에 떠돌고 있는 것을 알아차렸다. "아이구 어째!" 그녀가 소리쳤다.

고령의 그녀 나이와 상당한 허리둘레를 고려하면 무척 인상적인 속도로, 메이미는 서둘러 그 방을 가로질러서 다루기 힘든 소화기를 벽으로부터 홱 잡아챘다. 메이미가 무거운 소화기를 불길 쪽으로 끌고 가기 전에, 캐이틀린은 책상 옆 벽에 붙어 있는 빨간색 비상 버튼을 눌렀다.

날카로운 화재 경보가 건물 전체에 울려 퍼졌다. 고집스럽게도 메이미는 그 부피가 큰 소화기를 가지고 사무실을 가로질렀다. 그러나 그녀가 벽장의 문을 확 열어젖혔을 때, 으르렁거리는 뜨거운 연기가 뿜어져 나왔고 날름거리는 듯한 오렌지색 불꽃들이 뒤를 이었다. 그 여성은 꺅꺅 하는 소리를 내지르며 소화기를 떨어뜨렸다. 캐이틀린은 벽장 내부를 들여다보았다. 물결처럼 퍼지고 있는 불길 속에서 그녀는 마분지 상자들과 종이 더미들이 벽에 죽 늘어서 있는 것을 볼 수 있었다.

"세상에!" 캐이틀린은 숨이 턱 막혔다. 그녀는 실제로 불을 지르려고 했던 것이 아니라, 단지 연기만 조금 나게 하려고 했었다. 그녀는 자신의 어깨 위로 묵직한 손길을 느끼자 화들짝 놀랐다.

"자기야, 여기에서 빠져나가자고." 메이미가 소리쳤다.

캐이틀린은 대기실 쪽으로 달리면서 두 손으로 머리를 꽉 쥐었다. 그녀는 겁먹은 것을 가장할 필요도 없이 비명을 내지르기 시작했다.

"불이야! 불이야! 오, 하느님, 건물 전체가 불타고 있어요!"

오후 12:59:26

퀸스, 포레스트 힐스, 대로변 작은 식당

세 잔의 커피와 두 잔의 콜라. 리암은 소변을 봐야만 했고 여전히 기진맥진했다. 밤새 한숨도 자지 못했고, 강도질을 당했고, 지하철에 거의 치일 뻔했고, 경찰의 급습에 체포될 뻔했고, 그런 다음엔 폭발까지—당연하지 않은가, 빌어먹을 두 눈을 뜬 채로 있는 수밖에.

그는 등받이 없는 의자를 빙글 돌리고 마지막 목적지로 향할 마음의 준비를 다졌다. 그때 린치 형제의 메르세데스가 방향을 틀어 길 건너편 컴퓨터 매장 전면에 있는 주차공간으로 들어서는 것을 보았다.

마침내.

리암은 주머니를 뒤적거려서, 계산서와 팁에 대한 금액을 카운터 위에다 내려놓았다. 그런 다음 그는 서류 가방을 들고 식당을 나섰다. 그는 이 일이 꼭 끝나기를 바랐다. 샤머스에게 브루클린에서의 급습에 대해서 설명하고 그 가방에서 벗어날 것이다—그 빌어먹을 물건을 거의 12시간 동안이나 가지고 다녔으니까!

1 2 3 4 5 6 7 8 9
10 11 12 13 14 15 16 **17**
18 19 20 21 22 23 24

다음 이야기는 오후 1시에서 오후 2시 사이에 일어난 것이다.

오후 1:01:03

로어 맨해튼, 휴스턴 가

잭 바우어는 혼잡한 휴스턴 가 건너편에는 있는 오목하게 들어간 한 출입구에서 웩슬러 창고보관 회사의 입구를 지켜보며 케이틀린이 행동을 취하기를 기다리고 있었다. 그의 주변은 웨스트 빌리지의 자유분방한 보헤미안들이—여성들은 검은색 드레스, 굽을 높인 신발, 테가 넓은 안경 차림으로, 남성들은 삭발한 머리, 문신, 그리고 다양한 바디 피어싱 차림으로—보도, 상점들, 노천카페들마다 넘쳐나고 있었다. 잭은 그 동네 사람들을 무시하고 도로변에 주차된 경찰차에 관심을 집중했는데, 경관 한 사람만 그 안에 타고 있었다.

화재 경보가 울리자 잭은 각오를 다졌다. 그는 숨어 있던 곳에서 거리로 튀어나왔다. 자동차들을 피해가던 그는 그 경찰관이 급하게 무전기로 화재 상황을 보고한 다음 도우러 가기 위해 차에서 내리는 것을 지켜보았다.

몸집이 큰 흑인 여성 한 명이 넘어질 듯 비틀거리며 회사의 정문에서 나오더니 기침을 하면서 보도 위로 쓰러졌다. 캐이틀린은 잠시 후 모습을 드러냈는데 지나칠 정도로 소리를 질러대고 있었다. 그녀는 잭과 그 경찰관을 동시에 발견했다.

재빨리 머리를 굴린 그 여자는 정확하게 젊은 경찰관의 품 안으로 뛰어들었다.

"연기가 나더니 불이 났어요! 건물이 불타고 있어요."

다급하게 지껄이면서 캐이틀린이 그 경찰관의 주의를 끌었기 때문에 잭은 그 경관의 눈에 띄지 않고 지나쳐 뛰어갈 수 있었다.

대기실은 이미 검은 연기로 가득 차 있었다. 잭은 화끈거리는 연기 때문에 눈을 깜빡였다. 카운터 뒤쪽에 있는 창문을 통해서 그는 오렌지색 불꽃들이 안쪽 사무실 전체로 빠르게 번져나가는 것을 보았다. 그 창문 주위의 석고 보드로 된 벽이 연기를 내뿜기 시작했고, 담갈색 페인트가 엄청난 열기로 인해 부글부글 끓어오르더니 돌돌 감겼다.

그는 캐이틀린이 작은 불을 놓아서 건물을 비울 수 있을 만큼만 연기가 나기를 바랐다. 분명, 그녀는 도를 넘어버렸다. 잭 역시 건물을 빠져나가는 것을 생각했지만, 갑작스런 소음이 그의 마음을 바꾸어 놓았다.

잭이 철컹 하는 소리를 듣는 동시에 철문이 벌컥 열렸다. 회색 제복을 입은 히스패닉계의 남자가 비상계단이 있는 통로에서 나와 비틀거렸는데 소용돌이치는 연기 때문에 숨막혀 했다. 잭은 그 남자를 비상구 쪽으로 밀친 다음, 비상계단 통로로 뛰어들었고 뒤로 문을 쾅 닫았다.

비상계단 통로는 상대적으로 연기가 거의 없었다. 그곳엔 내려가는 길이 없었으므로 계단은 1층이 끝이었다. 그래서 잭은 계단을 올라 2층으로 향했다. 그는 또 다른 철문을 발견했는데, 그 문은 반대편 쪽에서 잠겨 있었다. 조심스럽게 잭은 문 중앙에 나 있는 조그만 전선용 구멍을 통해 들여다보았다. 보관함들이 길게 줄지어 있었고, 각각 저마다의 덮개와 자물쇠가 달려 있는 것이 보였다. 그것들 중 어느 하나도 북한제 미사일 발사장치를 충분히 수용할 만큼 크지는 않았다.

잭은 그 방의 반대편 쪽에서 미닫이 철망 문을 보았는데, 빈 승강기의 수직 통로를 가로막고 있었다. 연기가 마룻장과 승강기 통로를 통해서 2층으로 스며들기 시작했다. 이내 연기가 자욱해졌다.

잭은 3층, 4층, 곧바로 5층까지 올라갔다. 각 층마다 철문은 잠겨 있었고, 각 층은 외견상 방치된 듯 보였다—그저 이중으로 쌓여 있는 보관함들과 그 반대편 벽에 있는 텅 빈 승강기의 수직 통로뿐이었으니까. 테러 조직의 징후는 없었고, 롱 투쓰 미사일 발사장치의 흔적도 없었다.

마침내 잭은 6층이자 계단의 꼭대기에 이르렀다. 오직 사다리 하나만이 더 높이 올라가며 천장에 있는 출입구로 통하고 있을 뿐이었다. 그 철문에 접근하면서 잭은 부질없는 노력을 하고 있는 것은 아닐까, 불타고 있는 건물 안에 헛되이 스스로 함정에 빠진 것은 아닐까 하고 생각했다.

오후 1:06:15

로어 맨해튼, 휴스턴 가, 웩슬러 창고보관 회사, 6층

화재 경보가 울리기 시작하자, 타리크는 망치를 내려놓더니 파슈토어로 다른 사람들을 향해 그들이 있던 자리에 머무르고 일을 계속 하라고 명령을 내렸다. 그들은 귀중한 화물을 공항으로 수송하기 위해 나무 상자들 안에다 포장을 해야만 했다. 비록 무슨 일이 그들 주위에서 벌어진다 하더라도.

타리크는 핸드폰을 열고 타지에게 전화를 걸었다. 그는 전화가 음성사서함으로 다시 연결되자 욕설을 내뱉었다. 그는 그의 지휘자에게 파슈토어로 경고의 메시지를 남긴 다음 통화를 끝냈다.

그는 몸을 돌렸고, 병사들이 미사일의 무게로 인해 애쓰고 있는 것을 보았다. 뿐만 아니라 발사장치들도 아직까지 밀봉되지 않은 채로 상자들 속에 있었다. 그는 이들 병사들에게 욕설을 퍼붓고, 발길질과 모욕을 해서라도 그들을 몰아붙이고 싶었다. 하지만 그는 그렇게 하지 않았다. 이들 병사들은 노인들이었고, 몇몇은 눈, 손, 팔다리 등이 없었다—소련에 대항한 전쟁의 유산들이었다.

타리크는 스스로를 일깨웠다. 이들 병사들은 모두 타지 알리 칼릴의 한때 위대했던 부족원들이라 것을, 아프간 전쟁의 영웅들로서 그들의 조국을 침략했던 러시아 이교도들에 대항하여 대담하게 그들의 목숨을 내던진 병사들이란 것을 말이다. 그들은 피와 팔다리와 눈을 이슬람교도의 자유라는 대의명분을 위해서 바쳤다—결국엔 그들을 원조했던 미국 정보기관들부터 배신을 당했지만.

이들 병사들을 질책하는 대신, 타리크는 존경심을 느낄 수밖에 없었다. 그가 도움을 주기 위해 가담하려는 순간, 타리크는 화재용 비상구의 창문을 통해 움직임을 보았다. 누군가가 계단 통로에 숨어 있었다.

타리크는 우지를 꺼내들고는 철문으로 다가갔다.

오후 1:09:04

포레스트 힐즈, 퀸즈 대로, 그린 드래건 컴퓨터 매장

리암이 퀸즈 대로의 10개 차선을 가로지르는 데에는 꽤 시간이 걸렸다. 마침내 그는 보도에 도달했는데 그린 드래건 컴퓨터 매장에서 불과 서너 가게 정도 떨어진 곳이었다. 그때 검은색 BMW 한 대가 매장의 전면에 끼익 소리를 내며 멈춰 섰다. 운전자는 이중으로 주차하며 샤머스의 차를 가로막은 다음, 밖으로 튀어 나왔다.

리암이 걸음을 멈춘 건 타지 알리 칼릴을 보았기 때문이었다. 그 아프가니스탄 남자는 장식 없는 하얀색 스컬캡을 쓰고 가벼운 양복을 입고 있었다. 그는 그린 드래건 매장 안으로 성큼성큼 걸어갔는데, 화난 듯한 언짢은 표정이 그의 길고 갸름한 얼굴을 어둡게 했다.

리암은 어떤 드라이클리닝 전문점의 외부 출입구 안으로 몸을 피했다. 가게 안에 있는 한 아시아 여성이 판유리 창을 통해 그를 조심스럽게 바라보았다. 가쁜 숨을 몰아쉬던 그는 금속 가방을 땀에 젖은 손 안에서 옮겨 잡았다. 그 가방을 너무 오랫동안 끌고 다녀서인지, 그것은 마치 빌어먹을 닻처럼 느껴졌다.

그의 머리가 혼란스러웠다. 그는 결코 골칫거리를 원하지 않았다, 단지 약간의 돈만을 원했을 뿐이었지. 이제 골칫거리는 반짝거리는 금속 가방과, 그 안에 들어 있는 플라스틱과 실리콘 조각의 형태로 그에게 나타났다. 리암은 FBI가 브루클린 매장 안으로 진입하는 길을 뚫기 위해 사용했던 결렬한 폭력을 기억해냈고, 타지는 대단한 악덕 사기꾼임이 틀림없다는 결론을 내렸다.

이제 리암은 무엇을 해야 할지 알 수 없었다. 그는 누나와, 그리고 자신이 자초해서 그녀에게 가져다줄 고통의 세계를 생각했다. *혹시 내가 누나에게 털어놓는다면, 골칫거리가 다가오고 있음을 경고해야 하겠지.* 리암이 가장 하고 싶지 않은 일이 바로 세상에서 그와 피를 나눈 유일한 사람을 위험에 빠뜨리게 하는 것이었다.

그리고 그 다음으로 리암이 하고 싶지 않은 일은 타지와 린치 형제들을 마주하는 것이었다—그들이 사기꾼들이라는 것을 이젠 알았으니까. 그들이 그에게 무슨 짓을 할지 누가 알겠는가?

그래서 리암은 몸을 돌려서 그가 할 수 있는 한 가장 빨리 그 컴퓨터 매장으로부터 서둘러 벗어났다. 몇 블록 떨어진 곳에서 그는 공중전화를 발견했고, 주머니에서 동전을 뒤져 라스트 켈트로 전화를 걸었다. 그 펍은 지금쯤이면 문을 열고 캐이틀린은 점심 근무를 하고 있는 중이야만 했다. 그러나 어떤 낯선 사람이 두 번째 벨소리에 응답을 했다.

"캐이틀린 좀 바꿔 주시겠어요?"

"캐이틀린이 누구죠?" 그 목소리는 으르렁대며 회답했다. "위층에 아파트가 하나 있더구나. 그곳이 캐이틀린이 살고 있는 데니?"

리암은 잡음 속에서 다른 목소리들을 들었지만, 누군지는 전혀 알아차릴 수 없었다. 그는 이야기를 멈추었지만, 전화를 끊지는 않았다.

"잘 들어라, 얘야." 그 목소리가 말했다. "나는 뉴욕 경찰청의 맥키니 형사란다. 만약 네가 도니 머피의 살인자에 대해서 무언가 알고 있다면, 지금 당장 돌아오는 게 좋을 거야."

리암은 수화기를 마치 독사라도 되는 것처럼 내려놓으며 전화를 끊었다. 불안감으로 애태우는 그는 어디로 향해야 할지 갈피를 잡지 못했다. 그가 하고 싶은 것은 오로지 그 가방에서 해방되어 집으로 가는 것뿐이었다. 이제 그는 그 빌어먹을 가방 때문에 옴짝달싹도 못하게 되었고, 게다가 되돌아갈 집도 없어진 것 같았다.

오후 1:10:01

로어 맨해튼, 휴스턴 가, 웩슬러 창고보관회사, 6층

화재 경보는 거대한 벽돌 건물 전체에 걸쳐 계속해서 울렸다. 6층의 층계참에서 잭은 철망이 달린 유리창를 통해 내다보며, 터번과 스컬캡을 쓴 한 무리의 나이 많은 남자들이 두 개의 롱 투쓰 견착-사격용 미사일 발사장치와 십여 개의 미사일들을 두 개의 크고 아무런 표식 없는 나무 상자들 속으로 싣기 위해서 필사적으로 애쓰고 있는 것을 염탐했다. 손수레 한 대가 개방된 문 근처에서 화물 승강기로 그 치명적인 무기들을 운반하기 위해 대기하고 있었다.

남자들 가운데 한 사람은 나머지 사람들보다 젊어 보이는 데다 어깨띠 안에 우지를 숨겨 넣고 있었는데, 그가 잭의 방향 쪽으로 고개를 돌렸다. 잭은 문 뒤로 몸을 숨겼지만, 그렇게 재빠르진 않았다—그는 그 남자가 자신을 발견했다고 확신했다. 잭은 천천히 어깨의 권총집으로부터 마크 23 USP를 꺼내들었다. 잠시 후 화재 경보의 울부짖음 속에서 그는 손잡이가 딸깍 하는 소리를 들었고, 철문이 바깥쪽으로 열렸다. 잭은 즉시 총구를 비좁은 틈 사이로 밀어 넣고 발사했다. 총성으로 귀청이 터질 듯했다. 그 소리가 계단 통로의 제한된 공간의 내부에서 계속 메아리치는 동안, 잭은 철문을 확 열어젖히고 그가 방금 죽인 남자의 시체를 건너뛰었다.

잭은 사격을 하는 동시에 움직였다. 또 다른 남자의 머리가 터져나갔고, 세 번째 남자는 피 분수를 내뿜는 목 부근의 상처를 부여잡으면서 뒤쪽으로 나가 떨어졌다.

또 한 명의 아프가니스탄 젊은이가 난데없이 나타나서는 자동소총으로 연발 사격을 퍼부어댔다. 잭은 철제 보관함 뒤로 몸을 구르자마자 요란하게 덜컥거리던 AK-47이 그가 방금 전까지 서 있었던 마룻널을 갈가리 찢어버렸다. 그 저격수가 그를 꼼짝 못하게 하는 사이에, 두 명의 노인들이 롱 투쓰 미사일 발사장치 쪽으로 더듬더듬 걸어갔고, 그것들을 선반에서 내리고는 손수레 위로 옮겼다. 잭은 간신히 그들 중 한 명을 쏘았는데, 그 남자는 오른손에 의수를 하고 있었다. 그러나 그 아프가니스탄인은 부상을 당했음에도 불구하고, 고집스럽게 동료가 화물 승강기 안으로 손수레를 끄는 것을 도왔다.

잭은 이 미사일들이 그것들의 목적지에 도착하는 것을 막아야만 한다는 것을 알았지만, 그가 엄폐물 밖으로 움직이려 할 때마다 자동소총을 가진 아프가니스탄 젊은이가 총격을 개시했다. 갑자기 방화용 문이 다시 열렸다. 잭은 뒤돌아봤고 자신의 측면이 드러났다고 생각했다. 잭은 푸른색 제복을 보고 새로운 인물에게 위험을 경고하려고 시도했다. 그러나 AK-47이 먼저 날카롭게 울렸고, 그 경찰차에 앉아 있었던 뉴욕 시 경찰관은 총알 세례 속에서 반으로 찢겨나갔다.

순간적인 혼란을 이용해서, 잭은 네 발을 발사했다. 그것들은 저격수를 뒤쪽의 벽으로 날려버렸다.

잭은 일어선 순간 철제 격자창이 닫혔고 화물 승강기가 하강을 시작하는 것이 보였다. 바닥을 가로질러 가면서 그는 AK-47을 퍼올리듯 들어올렸다. 바나나 모양의 탄창은 거의 가득 차 있었다—그 저격수가 경찰을 쏘기 전에 재장전한 것이 틀림없었다. 잭은 승강기 장치 앞에 이르렀고, 총구를 격자창 틈으로 밀어 넣고, 사격을 개시했다.

그러나 아래에 있는 네모난 승강기에다 발사하는 대신, 잭은 강철 전력석을 쏘았다. 불꽃이 튀며, 도르래 바퀴 하나가 부서지면서 수직통로 아래로 굴러 떨어졌다. 그런 다음 뭔가 찢어지는 소리가 들리는 가운데 전력선이 툭 끊어졌다.

늑대 울음 같은 소리가 수직통로 위로 메아리치면서 화물 승강기가 지하의 바닥으로 추락했다. 그 날카로운 소리는 승강기가 산산이 부서진 순간 갑자기 멈춰버렸다. 먼지가 수직통로를 따라 소용돌이치며 치솟아 잭을 덮쳤기 때문에 그는 눈을 가려야만 했다. 먼지가 사라졌을 때 잭은 수직통로를 내려다보았는데, 두 구의 시체와 한 쌍의 부서진 미사일 발사장치가 찌그러진 잔해더미 속에 파묻혀 있었다.

연기가 승강기 수직통로를 따라 피어오르기 시작했는데, 1층에서 화재가 거세지고 있는 모양이었다. 잭은 떠나야 할 시간이라고 판단했다. 그는 방화용 문으로 되돌아갔다. 그러나 그가 문을 열었을 때 연기와 열기가 그에게 달려들었다. 강렬한 불길이 계단 아래쪽에서 으르렁대고 있었다. 지붕만이 그의 유일한 희망이었다. 잭은 사다리의 첫 번째 가로대를 움켜잡고 천장에 있는 출입구를 향해 올라갔다. 그것이 잠겨 있지 않기를 기도하면서.

오후 1:21:13

애틀랜타 하츠필드-잭슨 국제공항, 화물 터미널 C

위험 물질 수송 차량들이 보잉 727기에서 빠져나왔고, 진출입용 경사로가 닫혔다.

콜린 피페 박사는 타맥(타르와 자갈을 섞어놓은 아스팔트 포장재)으로 포장된 도로에 CDC 책임자 헨리 존스턴 가넷과 나란히 섰다. 그들이 침묵 속에서 지켜보는 가운데 제트기는 활주로를 따라 활주한 다음 하늘로 도약했다.

가넷 박사는 한숨을 쉬었다. "나는 국민들을 보호하기 위해서 우리가 충분한 조치를 취했기를 바랄 뿐입니다."

"오직 천재지변이나 전혀 예측하지 못한 대형 참사, 가령 비행기 추락사고 같은 것만이 그 바이러스를 풀어놓을 수 있습니다." 피페 박사가 자신만만하게 말했다. "그리고 설령 그렇다 하더라도 폭발과 화재 때문에 그 배양액들을 거의 대부분 파괴될 것입니다. 오, 어쩌면 비행기가 산산조각이 나거나 혹은 연료 폭발 없이 추락한다면, 위험할 수도 있겠군요. 하지만 그런 사건이 일어날 가능성들은 그야말로 천문학적이죠."

오후 1:46:44

포레스트 힐즈, 퀸즈 대로, 그린 드래건 컴퓨터

그린 드래건 매장 안에서 타지는 그리핀 린치와 대면했다.

"내 동생이 죽었고, 브루클린에 있는 은신처도 파괴되었고, 게다가 아직도 그 CDC 항공기를 격추시키는 데 필요한 그 메모리스틱도 받지 못했단 말이오." 타지는 거세게 항의했다.

"흥분하지 마시오." 그리프가 대답했다. "우린 그 스틱을 전달하기 위해 리암을 보냈소. 그 녀석은 열 번도 넘게 그 일을 해왔으니까. 우리도 모르겠소, 이번엔 무엇이 잘못되었는지."

"그 녀석이 경찰에게 갔다고 생각하시오?" 타지가 물었다.

그리프는 불쾌한 눈빛을 샤머스와 주고받았다. "우리는 무슨 일이 일어났는지 모르오. 하지만 로스앤젤레스에 있는 우리 쪽 친구들은 그 메모리스틱의 분실에 대해서 알고 있소. 또 다른 미사일 발사장치와 새로운 메모리스틱을 로스앤젤레스에 있는 그린 드래건 공장에서 급송했다더군. 그 물건은 라과디아 공항에 한 시간 남짓 안에 도착하기로 되어 있소."

타지의 얼굴이 어두워졌다. "그건 원래 계획이 아니잖소."

"물론 아니지만, 일은 잘 마무리 될 것이요." 그리프가 말했다. "나와 샤머스가 그 발사장치를 찾은 다음 그것을 당신에게 직접 건네줄 작정이오. 그건 우리들의 계획들도 변경된다는 것을 의미하오. 우리도 결코 그 다리로 가고 싶지는 않았으니까. 우리는 지금쯤이면 비행기에 타고 있어야 했는데, 하지만 그 빌어먹을 일을 끝내기 위해서 그렇게 할 것이오."

"그것을 시험해 볼 시간이 없단 말이오."

"시험할 필요는 없소. 단테 얼리의 시범으로 그 항공기 인식 소프트웨어가 잘 작동한다는 걸 알잖소. 얼리의 부하들은 LA 국제공항의 혼잡한 하늘에서도 접근하고 있는 보잉 727기를 별 어려움 없이 목표로 삼을 수 있었으니 말이오."

"그때 그 멍청이가 붙잡히는 바람에 우리는 그 장치를 잃어버렸소." 타지가 투덜거렸다. "그리고 또 하나의 메모리스틱을 잃어버린 셈이지. 당신네 그 어린 녀석이 나한테 전달하는 일을 실패했으니까."

"리암은 그 빌어먹을 멍청한 짓에 대한 대가를 반드시 치를 것이오. 그건 내가 보장하지." 그리프가 맹세했다.

타지의 두 눈은 그가 살해된 동생을 생각했는지 흐려졌다. "나는 많은 희생을 치렀소. 이 계획은 보다 잘 되어야 하오."

"완벽한 상태요," 그리프가 말했다. "연료가 거의 떨어진 CDC 항공기라면, 당신이 격추시켰을 때 불타지 않을 가능성이 커요. 그 항공기는 단순하게 부서질 것이오—게다가 도시의 인간들 위로 질병 배양균을 흩뿌릴 수 있을 만큼 충분히 낮은 고도일 것이오. 대부분이 배양균들은 파괴되겠지만, 수백만 명을 감염시킬 수 있을 만큼은 살아남을 것이오. 뉴욕시는 2~3주 내로 유령의 도시가 될 것이오."

아프가니스탄인의 비쩍 마른 얼굴에 잔인한 웃음이 드러났다. “이번엔 반드시 나의 복수를 할 것이오. 내 손이야말로 수백만의 사람들을 벌할 신의 망치가 될 것이오.”

전화가 울렸다. 프랭크 헨슬리였다. 그리프는 FBI 요원을 스피커폰으로 연결했다.

“웩슬러 창고 회사에 문제가 생겼네.” 헨슬리가 말을 했다. “거기에다 로스앤젤레스에 있는 공장에 대한 급습도 있었어. 그러니까 CTU가 점점 근접하고 있는 게 분명해.”

“그렇다고 임무를 연기할 수는 없소.” 그리프가 대답했다.

“임무는 계획대로 진행해야 하네.” 헨슬리가 동의했다.

“다리는 확보되었고,” 타지가 말했다. “내 부하들이 자리를 지키고 있소.”

“일을 진척하기 전에 모든 미진한 부분들을 확실히 매듭지었으면 하네.”

“당신 뜻대로 될 거요, 헨슬리 선생.” 타지가 말했다. “그들 모두를 제거하기 위해서 암살자를 보낼 것이오.”

“나는 이미 로스앤젤레스에 있는 내 전처를 처리했네.” FBI 요원이 대답했다. 단조롭고 감정이 없는 목소리였다. “암살자들을 급파하시오, 오마르 바야트도 함께. 다른 모든 사람들을 처리해야 하니까. 필릭스 태너부터 시작했으면 하는데.”

타지는 고개를 끄덕였다. “필릭스 태너와 그의 주변 모든 사람들은 한 시간 내로 죽을 것이오.”

1 2 3 4 5 6 7 8 9
10 11 12 13 14 15 16 17
18
19 20 21 22 23 24

다음 이야기는 오후 2시에서 오후 3시 사이에 일어난 것이다.

오후 2:01:51

캘리포니아, 브랜트우드, 라스 팔마스 거리 1234번지

캐서린 엘리자베스 헨슬리 부인은 캘리포니아 여자답게 염색한 금발에다 백금색으로 부분 염색을 더한 머리 스타일과 일광욕용 침대에서 그을린 피부색을 가졌고, 그리고 존경받는 연방법원 판사였던 부유한 아버지를 두었다. 그녀는 튜더 시대의 건축 양식을 본뜬 별장에 살고 있었는데, 도로까지는 깔끔하게 깎아놓은 푸른 잔디가 펼쳐져 있었다. 키 작은 나무들이 돌로 된 벽에 바싹 달라붙어 있었고, 무성하고 키가 큰 관목들은 아치형 출입구에 테를 두른 듯이 서 있었다. 세로형 차양이 달려 있는 커다란 전망용 창은 조용한 거리를 바라보고 있었지만, 대부분의 창문들은 거리로부터 숨은 채 집 뒤로 나 있었다.

토니는 CTU 밴을 구불구불한 가로수 길을 가로질러 유유히 자리잡고 있는 유칼립투스 나무 아래에 멈춰 세웠다. 제시카 슈나이더는 핸드폰을 꺼내 보였다. "헨슬리 부인에게 전화를 걸어 우리가 왔다는 것을 알려줘야 할까요?"

토니의 눈이 뭔가 미심쩍다는 듯 가늘어졌다. "기다려요. 뭔가 이상합니다."

제시카는 핸드백 속을 뒤적거리더니 머리를 빗는 척 하면서 그 근방을 살펴보았다. "난 아무것도 보이지 않아요."

"그 구획을 잘 보세요. 새까만 84년형 머스탱 GT에 코브라 R 크롬 휠과 피렐리 타이어. 이 동네 주민들에겐 너무나 엉뚱하고 화려해요. 저건 갱단 일원의 차예요."

제시카는 뒷거울을 확인했다. "우리 뒤에 있는 저 차는 서스펜션(차체의 무게를 받쳐주는 장치)를 들어 올렸네요."

"그건 닛산 300ZX 터보죠. 그 차 역시 이곳과는 어울리지는 않아요. 이 부근은 이미 침범당했어요."

"어떻게 해야 하죠?"

"그 집으로 접근해야죠, 조심스럽게요. 알다시피 강도 일당을 상대할 수도 있고 아니면…."

어떤 여자의 갑작스런 비명 소리 직후 유리가 산산조각 나는 소리가 뒤따랐다. 해병대 대위 제시카 슈나이더는 차문 밖으로 불쑥 뛰쳐나가더니 도로를 가로질렀다. 토니가 미처 제지할 새도 없이.

"맙소사, 또야!" 그는 투덜거리더니 그녀를 뒤쫓아 달렸다.

그 집의 진입로에 다다랐을 때, 대위는 45구경을 뽑아들었다. 그녀는 출입구에 도착하자마자 나무로 된 문에 몸을 바짝 붙였다. 토니가 아직도 20미터 가량 떨어져 있었는데, 그때 검은 가죽옷을 입은 형체 하나가 아치형 출입로 측면에 있는 무성한 덤불에서 튀어나와 대위에게 돌진했다.

그 남자는 그녀를 문에다 들이받은 다음, 그녀의 손에 들린 무기를 내리쳤다. 아직도 뛰어오고 있던 토니는 번쩍이는 칼을 순간 보았고, 8인치 길이의 칼날이 대위의 어깨를 깊숙이 꿰뚫는 것을 보았다. 끔찍한 상처에도 불구하고 그녀는 반격해서 싸웠다.

갑작스럽게 문이 안쪽으로 열렸다. 제시카 슈나이더와 그 공격자는 집 안쪽으로 굴러 들어갔고, 문이 쾅 하며 닫혔다. 속도를 줄이지 않은 채 토니는 오른쪽으로 방향을 바꾸었고 거대한 전망용 유리창을 향해 내달렸다. 그는 9mm 권총을 뽑아들어 안전장치를 재빨리 풀었고, 그리고는 뛰어올랐다.

탄력 때문에 토니는 유리창을 뚫고 통과할 수 있었지만, 세로형 차양들이 그의 다리를 휘감는 바람에 옆으로 구르며 착지했다. 토니는 총알이 머리 위로 지나가는 초음속의 날카로운 소리를 순간적으로 감지하고, 커다란 소파 뒤로 몸을 굴렸다. 그는 거실 안, 짙은 크림색 양탄자 위에 있었다. 벽난로 근처에서 두 명의 젊은 동양계 남자들이 헨슬리 부인과 몸싸움을 벌이고 있었다. 반대편 구석에서 있던 토니는 저격수를 발견했고, 두 발을 발사했다. 연속을 발사된 두 발의 탄환은 그 남자의 뇌수를 복숭아 색 벽에다 철퍽 소리를 내며 흩뿌렸다.

여전히 바닥에 붙어 있던 토니는 몸을 비틀면서 다시 발사했다. 남자들 중 한 명이 날카로운 비명을 질렀고 그 여성을 손에서 놓아버렸다. 그는 이제 걸릴 것 없는 목표물이 되었고, 토니는 그의 가슴에 한 발을 쏘아박았다. 그는 뒤쪽 벽난로를 향해 날아갔다가 떨어졌고, 깨끗한 카펫을 주홍색으로 물들였다.

마지막 남자는 여자의 긴 금발을 틀어쥐었고, 날카롭고 예리해 보이는 버터플라이 칼을 그녀의 목에다 들이댔다. 그는 뭐라고 중국어로 지껄였다. 토니는 눈을 가늘게 뜬 채로 겨냥을 한 다음 다시 한 번 사격했다. 총알은 남자의 무릎에 강타했고 그는 쓰러졌다. 토니는 일어서서 두 번째 총알을, 몸을 뒤틀면서 비명을 질러대는 남자에게 발사했고, 그 남자의 울부짖음은 갑작스럽게 멈추었다.

토니는 흐느껴 우는 여자를 지나치며 뛰어가더니 문을 발로 걷어차 열었다. 그 건너편에서는 제시카 슈나이더가 여전히 암살범 한 명과 난투를 벌이고 있었다. 다른 한 명은 죽었는지 아니면 의식을 잃었는지 대리석 출입구 안쪽에 드러누워 있었다. 토니는 동양계 남자의 길고 검은 머리칼을 움켜잡더니 뒤쪽으로 홱 잡아챘다. 암살자가 칼을 휘둘렀다. 토니는 남자의 목 안쪽을 걷어찼다. 오도독 하는 소리가 나면서 동양계 남자의 후두가 으스러졌다. 숨 막혀 하는 그는 뒤로 쓰러졌고, 발버둥을 치면서 숨을 헐떡거렸다. 토니는 죽어가고 있는 사내를 무시했고, 제시카의 상처를 살펴보았다.

칼은 여전히 그녀의 어깨에 꽂혀 있었다. 그녀는 이를 악물고 있는 동안 그가 그것을 슬며시 뽑아냈다. 많은 양의 피가 흘렀지만, 다행히 동맥을 꿰뚫지는 않았다. 대위는 토니를 멍한 시선으로 바라보았다. 그녀의 얼굴은 창백했고 땀으로 얼룩져 있었고, 토니는 그녀가 정신을 잃을까 봐 염려했다.

"정신 차려요!" 그가 소리쳤다.

제시카는 눈을 뜨고 초점을 맞췄다. 그런 다음 그녀는 순한 양처럼 히죽거렸다. "나를 도가 지나친 해병대원이라고 생각했죠, 그렇죠?"

"당신은 살아날 겁니다. 하지만 병원에 데려가야겠어요."

그녀는 손을 내저었다. "CTU의 의무실로 데려다줘요. 오늘은 아직 끝나지 않았어요. 당신에겐 여전히 내가 필요해요."

토니는 그녀에게 희미한 미소를 지어보이면서 흐르는 피를 지혈하려고 애썼다. "늘 카우보이처럼 굴었죠, 맞죠, 대위님?"

"난 텍사스 출신이라고요. 그건 타고난 거예요."

토니의 눈썹이 올라갔다. "알 만하네요."

헨슬리 부인이 출입구에 모습을 나타냈는데, 블라우스는 뜯어졌고 바지도 찢어진 상태로 문설주를 끌어안은 채 몸을 지탱하고 있었다. 심한 타박상 상처가 그녀의 얼굴 한쪽에 나 있었고, 다른 쪽은 슈나이더 대위만큼이나 창백했다.

바닥에 드러누워 있던 대위가 말했다. "헨슬리 부인? 괜찮으신가요?"

커다란 녹색 눈이 여성 해병대원을 바라보았다. 망연자실해 있는 여자는 고개를 끄덕였다.

토니는 헨슬리 부인에게 다가갔다. "저는 토니 알메이다라고 합니다. 대테러부대에서 나온 요원이죠. 당신의 전남편이 왜 당신이 죽기를 바라는지 짚이는 게 있습니까?"

오후 2:07:09

로스앤젤레스, CTU 본부

라이언 슈펠은 대테러부대의 전국에 걸친 각 지역 책임자들에게 긴급 화상 회의를 요청했다.

"제가 여러분 모두에게 보내드린 브리핑 자료에서 보시다시피, 그것에 대해서 우리는 어떠한 합리적인 의심의 여지도 없다고 판단했습니다. 즉 신원이 알려지지 않은 테러범들이 다섯 곳의 주요 도심 지역 내에 있는 여섯 곳의 공항을 목표로 삼아 동시다발적인 공격을 감행하기로 예정된 시간이 두 시간 반도 채 남지 않았다는 것 말입니다.

이곳 로스앤젤레스 지부와 현장에 있는 우리의 요원들이 밝혀낸 정보들로부터, 이들 테러범들의 목표가 다수의 민간 항공기를 격추시켜서 항공 무역의 중단과 국가 경제의 심각한 손상을 가져오기 위한 시도라고 우리는 결론지었습니다.

다행스럽게도 우리는 그 음모에 관한 디지털 방식의 윤곽도를 입수했고, 아주 사소한 세부 사항에까지 도달할 수 있었습니다. 그런 이유로 저는 각각의 이들 도시에 있는 기동 팀들을 소집하고, 그들을 각 공항 주변의 전략상 중요한 위치에 배치하는 것을 제안하는 바입니다. 공격 개시 시간이 되었을 때, 우리는 만반의 준비가 되어 있을 겁니다…."

"모험이군요." 필립 키넌, CTU 시애틀 지부장이 말했다.

"이건 기회입니다." 슈펠이 반박했다. "우리의 전술 분대원들 모두가 적재적소에 배치된다면, 우리는 완벽한 기습작전을 벌일 가능성이 큽니다. 역사상 가장 큰 테러 용의자들의 소탕입니다. 이번 급습은 우리 모두의 훌륭한 업적이 될 수 있을 겁니다."

오후 2:09:28

로스앤젤레스 고속도로

"내가 프랭크 헨슬리를 만난 건 그 사람이 걸프전에서 돌아온 직후, UCLA에 벌어진 한 파티에서였어요. 당시 그 사람은 육군 신분이었지만, 제대를 앞두고 있었지요. 저는 미술사를 전공하고 있었고, 그 사람은 법학 학위를 얻기 위해 공부하는 중이었어요. 우리는 그 다음 달인 6월에 결혼했죠…. 프랭크가 다소 서둘렀거든요."

캐서린 헨슬리는 습격을 당한 직후라 그런지 기가 죽고 연약해 보였다. 토니가 차를 몰아 CTU로 돌아오는 동안, 그녀는 그의 옆인 앞자리 조수석에 앉아 있었다. 눈은 아래로 향했고, 얼굴과 목 그리고 가슴의 멍들은 선탠을 한 피부색에 대조적으로 검푸르게 보였다. 헨슬리 부인은 제기된 질문들에 감정 없이 단조로운 어조로 대답했다.

뒷자석에서는 슈나이더 대위가 나직한 도로의 소음 너머로 그 여자의 조용한 목소리를 듣기 위해서 집중하고 있었다. 담요 한 장, 붕대들, 그리고 구급상자 내의 진통 주사가 CTU로 되돌아가기 전까지 그녀가 받을 수 있는 모든 의료 조치였다. 제시카는 캐서린 핸슬리를 직접 심문하기로 마음먹었다. "결혼 생활은 어땠나요?"

"우리가 처음 만났을 때, 난 프랭크가 강하고 과묵한 유형이라고 생각했어요. 너무 늦게 알았죠, 고 사람이 거의 말을 하지 않는 사람이라는 걸—어쨌든 나한테까지도 아예 말을 안 했으니까요. 사람들은… 전쟁 전에 그를 알았던 사람들은… 모두들 그가 변했다고 말했어요."

"변했다고요? 어떻게요?"

"프랭크는 이라크인들에게 포로로 잡혀 있었어요. 그는 몇 주 동안이나 감옥에 갇혀 있었죠. 나는 그 사람이 굉장히 힘든 시간을 보냈을 거라고 추측해요. 왜냐하면 프랭크는 그 일에 대해서 지금까지 절대로 말한 적이 없었으니까요. 전쟁이 끝나고 나서 그는 남아 있는 복무 기간을 다 채운 다음, 군대를 그만두었어요."

슈나이더 대위는 창백하고 땀으로 번들거리는 얼굴을 한 채, 그 여자의 더듬거리는 대답에 집중하기 위해서, 그리고 칼에 찔린 상처로 인한 욱신거리는 아픔과 출혈로 인한 현기증을 무시하기 위해서 혼신을 다해 견디고 있었다. 그녀는 뒷좌석에서 앞쪽으로 몸을 기울였다. "프랭크가 결혼하기 위해서 서둘렀다고 말하셨나요?"

헨슬리 부인이 고개를 끄덕였다. "나는 그 사람의 부모님이 모두 그가 십대였을 때 돌아가셨기 때문이라고 생각했어요. 그래서 그 사람이 생활에 있어서 안정을 바라고 있다고 말이죠. 하지만 그 사람이 FBI에 들어간 이후에도 우리의 생활은 딱히 안정적이지만은 않았어요."

"그 직업이 그에게 영향을 끼쳤나요?"

"프랭크는 위험한 임무를 맡았어요. 그는 비밀 첩보 활동을 했고 우리 사이의 문제들은… 긴장해서인지 어색해졌죠. 그때 나는 그가 동료와 부적절한 관계에 있는 것을 알아차렸고 이혼 소송을 제기했어요. 마지막에는 아버지께서 나보다 더 화가 나셨던 것 같아요. 아빠는 프랭크가 연방수사국에 들어갈 수 있도록 도와주셨고, 그를 아들처럼 대했으니까요."

헨슬리 부인은 고개를 들었다. 그녀는 뒷거울 속에서 제시카의 눈과 마주쳤다. "아마도 당신은 이런 대화를 프랭크의 여자 친구와 해야 할 것 같네요. 그 여자가 제 남편의 일에 대해서 내가 아는 것보다 더 많은 것을 알고 있으니까요."

오후 2:11:57

로어 맨해튼, 휴스턴 가

잭은 화재용 비상 계단의 맨 아래쪽에서 뛰어내렸고, 두 건물 사이에 있는 좁은 공간에 착지했다. 그는 자욱한 연무를 뚫고 보도 쪽으로 움직였다. 소방차들이 휴스턴 가를 가로막고 있었고, 호스들은 두툼한 덩굴 식물들처럼 포장도로를 따라 구불거리고 있었다.

잭은 군중들 틈으로 슬며시 들어갔고, 캐이틀린을 다시 만났다.

"잘 해냈어요." 잭이 그녀에게 말했다.

캐이틀린은 눈을 깜빡였다. "내가 저 건물을 완전히 불태워 버렸다고요, 내가 말이에요. 그 일이 너무나 끔찍하게 느껴져요. 난 정말 바보였어요, 정말 바보예요…."

"그곳은 테러범들의 은신처였어요. 당신이 수백만의 생명을 구했을 수도 있어요."

캐이틀린은 도로의 연석 위에 털썩 주저앉았다. "난 좀 쉬어야겠어요."

잭은 〈빌리지 보이스(Village Voice, 뉴욕의 주간 생활정보지)〉 가판대에 몸을 기댔다. 그가 지금 당장 가장 필요로 하는 것은 CTU 현장 감식반이었다. "부검 팀"처럼 지역의 기관들과 함께 일하면서 불타고 있는 건물의 6층에 있는 테러범들의 은신처에 남아 있는 것들과 파괴된 엘리베이터 안에서 산산조각 난 미사일 발사장치들로부터 정보를 수집하기 위해서 말이다. 그러나 현장 사무소를 설립하는 것은 일부 도시들에서 더디게 진행 중이었고, 가끔은 FBI와 같은 견고한 관료집단들이나 자신들의 텃밭을 지키려는 지역 법 집행기관들에 의해 저항을 받았다. 뉴욕 시가 바로 그런 정치적으로 벌집을 쑤셔 놓은 듯한 대소동이 일어난 곳이었는데, 그곳 경찰청이 자신들의 대테러 팀을 내부에 갖추었기 때문이었다. 리처드 월시는 CTU의 영향력을 증대시키기 위해서 열심히 로비활동을 하고 있었지만, 그 변화는 더디게 나타나고 있었다.

잭의 핸드폰이 울렸다. 그는 니나는 테러범들의 위협에 대한 CTU의 거대한 전술적 대응에 대해서 말하는 동안 듣고만 있었다. 잭은 니나에게 웩슬러 창고보관 회사에서 발견한 것에 대해 말했다.

"그들이 지금 뉴욕의 공항들을 타격하기는 어려울 거야. 내가 여기에 보관된 미사일 발사장치를 박살냈고 대부분의 그들 조직원들도 죽였으니까. 지휘자들인 프랭크 헨슬리, 린치 형제, 그리고 타지 알리 칼릴을 제외한 뉴욕의 조직은 무력해져버렸어."

"우리 쪽은 그것에 대해 그렇게 확신할 수만은 없어요, 잭." 니나가 말했다. "미사일 발사장치 한 대가 LA에 있는 그린 드래건에서 우리를 따돌리고 빠져나갔거든요. 그 장치는 어딘가에서 모습을 드러낼 거예요. 그리고 오마르 바야트도 아직까지 모습을 드러내지 않고 있어요."

"필릭스 태너에 대해서는 뭔가 알아냈나?"

"태너는 양키라이프 보험회사에서 일한 적이 있었는데, 그곳은 항공사 고객들을 위한 보험을 전문으로 하는 회사예요. 태너는 이후 프롤릭스 경비회사의 CEO 자리로 옮겼고요. 지금은 매일같이 도심의 맨해튼 사무실에서 일하고 있어요."

"양키라이프 직원들의 신상 정보들이 필요할지 모르니 내 PDA로 전송해 줘. 그런 다음엔 내 방식대로 움직여야겠어."

잭이 말했다.

"잠깐 기다리게, 바우어 요원." 라이언 슈펠이 목소리였다. 잭은 깜짝 놀랐는데, 그건 니나가 지국장이 통화를 듣고 있다는 사실을 경고해 주지 않아서였다. "우리는 자네가 뉴욕 조직의 잔당들도 뿌리뽑아 주기를 바라네, 잭. 그것이 자네의 최우선 순위일세. 자네가 창고 건물을 공격함으로써 그들에게 피해를 주었지만, 그들은 여전히 JFK 공항에 대한 공격을 실행할 수 있는 자원들을 가지고 있네. FBI와 지역 기관들은 우리들과 협력하지 않으려고 하니, 그 문제는 전적으로 자네한테 달려 있네."

"잠시만요, 저는 그 일을 할 수 없습니다, 라이언. 하지만 그 일을 할 수 있는 사람을 알고 있습니다."

잭은 그의 계획을 설명했다. 라이언은—놀랄 일도 아니지만—극도로 회의적이었다.

"절 믿으세요, 라이언." 잭이 말했다. "이 일은 잘될 겁니다. 태너를 찾는 일이 지금은 다른 어떤 것보다도 중요합니다."

"들어봐요, 잭." 니나가 말했다. "태너 일보다 처리해야 할 것들이 더 많아요. 토니 알메이다와 슈나이더 대위가 헨슬리의 전 부인을 조사했어요. 밝혀낸 게 있는데 프랭크 헨슬리가 2년 전 혼외정사를 가졌다는 거죠. 그 문제의 여성 이름은 피오나 브라이스, FBI 속기사로 뉴욕 사무국에서 일하고 있어요."

"그녀를 찾을 수 있나?"

"찾아냈죠, 잭. 피오나 브라이스는 현재 프롤릭스 보안회사에 고용되어 있어요. 그녀는 필릭스 태너의 개인 비서예요."

오후 2:22:43

포레스트 힐즈, 퀸즈 대로, 그린 드래건 컴퓨터 매장

타지는 떠났지만 린치 형제들은 그를 조만간 다시 만날 것이다. 그 다리에서. 그리프는 손목시계를 흘끗 보았다.

"선적화물은 90분 내로 도착할 거야. 그건 곧 우리에게 그 얼간이 같은 녀석을 해치울 시간이 한 시간 하고도 반이나 주어졌다는 얘기지. 우리가 떠나기 전에 말이야."

"리암이 아직도 가방을 가지고 있다고 생각해?" 샤머스가 물었다.

"내 생각에 그 문제는 지금 당장이라도 결론 내릴 수 있어. 만약 그 녀석이 가방을 가지고 있다면, 이게 우리의 문제를 해결해 줄 테니까."

그리프는 검은색 상자 모양의 원격 장치를 재킷 안에서 꺼냈다. 그 장치의 평범한 표면 위에는 한 개의 회색 버튼과 아주 작은 액정 화면(LCD)이 있었다. 엄지손가락을 이용해서 그리프는 버튼을 눌렀다.

오후 2:44:15

로어 맨해튼, 휴스턴 가

잭과 캐이틀린이 지하철 입구 쪽으로 향하는 도중 잭의 핸드폰이 다시 울렸다.

"워싱턴 지국의 카를로스 페러 특수 요원입니다." 낯선 이의 목소리가 말했다. "라이언 슈펠이 당신을 만나서 아일랜드 국적의 캐이틀린 오코너란 분을 데려오라고 저를 보냈습니다. 그 여성은 지금 당신과 함께 있습니까?"

"옆에 있습니다." 잭이 말했다.

"잘됐군요. 언제쯤 만날 수 있습니까?

"당신을 만나기 전에 처리해야 할 일이 있습니다." 잭이 대답했다. "제가 일을 끝낸 후에 캐이틀린을 당신에게 직접 인계하겠습니다. 적당한 장소와 만날 시간을 정하죠."

그들은 그걸 정하고는 통화를 끝냈다.

"그래서 이번엔 뭐죠?" 캐틀린이 캐물었다. "저를 다른 사람에게 떠넘기려고 하는 건가요?"

"나는 당신이 다치는 것을 원치 않아요." 잭이 대답했다.

"저는 다 큰 숙녀에요, 잭 바우어 씨. 내 자신은 스스로 돌볼 수 있다고요."

잭은 캐이틀린을 진지하게 쳐다보았다. 불편해서인지 그녀는 시선을 돌렸다. "뭐가 잘못됐나요?"

“당신의 성이 오코너인가요?”

캐이틀린은 눈을 깜박거렸다. “그래요. 그게 어쨌다는 거죠?”

잭은 눈살을 찌푸렸다. “어떻게 페러 요원이 당신의 성을 알고 있는 거죠, 나도 모르고 있었는데?”

19

다음 이야기는 오후 3시에서 오후 4시 사이에 일어난 것이다.

오후 3:03:21

CTU 본부, 로스앤젤레스

도리스 수민은 목덜미가 근질근질했다. 그녀는 누군가가 자신의 뒤쪽에 서 있는 것을 몹시 싫어했다. 지금 세 사람이 그곳에 서성거리고 있었다. 마일로와 제이미, 그리고 왠지 기분이 나쁜 라이언 슈펠.

인터콤이 윙윙거렸다. "그건 전화야." 제이미가 말했다.

도리스는 버튼을 눌렀다. "여보세요." 그녀는 소심하게 말했다.

"안녕하시오. 나는 조지 팀코라고 합니다. 우리 모두의 친구인 잭 바우어가 당신이 오늘의 드라마에서 내가 맡은 역할에 필요한 정보를 가지고 있다고 말해주더군요."

"어머나 세상에… 그게 러시아인 억양인가요?"

"우크라이나 사람이요." 팀코가 대답했다. "하지만 나는 러시아어를 모스크바 시민처럼 말한다오, KGB의 훌륭한 교육 덕분이지."

도리스는 키보드를 두드렸다. "제가 바로 우리가 계획 중인 JFK 공항 급습작전 자료를 당신에게 보낼 겁니다. 받을 준비는 되셨나요?"

"준비됐소…. 그래요, 자료가 여기 왔군요. 이제 CTU가 내가 수행해 주기를 원하는 이번 임무에 대해서 이야기를 나눠 봅시다."

도리스는 그렇게 했다. 흥분해서. 러시아어로.

오후 3:05:45

포레스트 힐즈, 퀸즈 대로, 그린 드래건 컴퓨터 매장

그리핀과 샤머스는 아주 작은 화면을 지켜보았는데, 현재 퀸즈의 지도를 보여주고 있었다. 매장으로부터 그리 멀지 않은 거리 위로 광점 신호가 간헐적으로 반짝거렸다.

그리프는 얼굴을 찌푸렸다. "누군가가 그 서류가방을 가지고 있군, 틀림없어."

"가까운 곳이야." 샤머스가 말했다. "1.5km도 채 안 떨어져 있고 움직이고 있어. 어쩌면 리암이 그걸 우리에게 되돌려주기 위해서 가져오고 있는 중일 수도 있어. 내가 그 녀석에게 일러둔 것처럼 말이야."

"아니야, 반대 방향으로 움직이고 있어, 퀸즈 센터 쇼핑몰 쪽으로."

그리핀은 추적기를 샤머스에게 건네주었다. "메르세데스를 타고 가서 이 일을 끝내. 나는 승합차를 이용해서 공항에서 화물을 찾은 다음 그걸 타지에게 인도해줄 테니까."

샤머스는 9mm 권총을 재킷 속으로 슬며시 넣었다. 그리프는 그를 마주 보았다. "이제 다 끝났다, 샤머스. 너는 이곳을 다시는 보지 못할 거야. 자정 무렵엔 우리는 케이맨 군도(자메이카 북서부의 섬들로 영국령, 조세 피난지로 유명)로 향하는 비행기에 타고 있을 거야. 한 가지 일만 더 하고 우리는 미국을 뒤로 하고 영원히 떠나는 거야."

샤머스는 고개를 끄덕였고, 단호한 표정을 지었다. 그리핀이 그의 어깨를 꽉 쥐었다. "그 꼬마 녀석을 처리해. 오늘밤 다리에서 만나자."

오후 3:33:58

로스앤젤레스, CTU 본부

니나 마이어스는 라이언 슈펠의 사무실로 노크도 없이 불쑥 뛰어들었다.

"방금 국가교통안전위원회에서 연락을 받았습니다."

라이언은 컴퓨터 화면으로부터 고개를 들었다. "뭐라고 하던가?"

"한마디로 말하자면, 이들 중대한 공항 시설들 주변으로 항공 운항을 금지시키기 위한 증거로는 충분하지 않답니다."

"뭐라고. 대체 얼마만큼의 증거가 필요하다던가?"

"우리가 제공한 것보다 더 많은 건 분명합니다. 수석 관리자는 그러한 운행 금지 조치가 야기하는 경제적 손해를 예로 들었습니다. 국민들의 반응이 여행 및 항공 운송 산업계 전반에 걸쳐 파문을 일으킬 수도 있다면서요."

라이언이 얼굴을 찌푸렸다. "그들은 더 큰 그림을 보지 못하고 있어. 만약 테러범들이 오늘 있을 공격들 가운데 단 한 곳이라도 성공하게 된다면, 어떤 처참한 대국민 홍보 활동이 그들을 기다리고 있는지를!"

니나는 어깨를 으쓱했다. 그 점은 고려할 가치도 없었다. 국가교통안전위원회는 그들의 결정을 내렸다. "어떻게 하실 건가요?"

"거기에 어떤 선택의 여지가 있나? 전술적인 해결책을 쓰는 수밖에."

"당신이 결정할 문제에요, 라이언. 다른 관리자들이 당신의 주장을 뒷받침해 주겠지만, 이번 작전은 당신의 지휘 하에 있으니까요."

니나는 라이언 슈펠이 중간 관리직이 겪는 지옥 같은 혼란에 빠져 있다는 것을 알았다. 만약 그가 올바른 선택을 한다면 격려를 받을 수 있을 것이다, 아니 어쩌면 정부의 표창까지도 말이다—물론 그는 자기의 자리를 유지할 수 있을 것이다. 만약 그가 잘못된 선택을 하게 된다면, 그의 경력은 사실상 끝장날 것이다.

라이언은 손바닥으로 책상을 쾅 내리치며 일어섰다.

"우리는 계속 가는 거야. 모든 전술 팀들을 비상대기 시키게. 적색 경보를 전국적으로 발령하고. 위기대응 팀 둘 모두 5분 내에 상황실로 집합시키도록 하게."

오후 3:47:18

5번가, 프롤릭스 보안회사

프롤릭스 보안회사는 42번가 너머 5번가를 따라서 솟아 있는 아주 오래된 초고층 빌딩 중 한 곳에 자리하고 있었다. 빌딩 안내판에 따르면, 프롤릭스의 사무실은 26층의 절반을 차지하고 있었다. 잭과 캐이틀린은 손을 마주잡고 빌딩 안으로 들어갔고 1층의 보안 데스크를 향해 곧장 걸어갔다.

따분해하던 경비원은 그들이 다가오는 것을 쳐다보았다. "무엇을 도와드릴까요?"

"안녕하세요." 잭이 말했다. "나는 놈 벤더이고, 이 사람은 내 아내인 리타입니다. 나는 보스턴에 있는 양키라이프 보험회사에서 필릭스 태너를 위해 일을 했었죠. 그가 프롤릭스로 옮기기 전에 말입니다. 아내와 나는 시내에 머무르고 있는데, 오랜 친구인 필릭스에 대해서 이야기를 하게 되었어요. 그래서 우리가 잠깐 들러서 그를 방문할 수 있으면 하는데, 괜찮을까요?"

"잠시만요, 선생님. 태너 씨가 건물 안에 계신 지 확인해 보겠습니다."

경비원은 탁상용 전화기의 수화기를 들고, 네 자리 내선번호로 눌렀다. 그리고는 1분여 동안 대화를 나누었다. 경비원이 전화를 끊었을 때, 그는 싱글벙글한 표정이었다. "태너 씨의 비서가 여러분을 바로 올려 보내라고 말했습니다. 26층이고, 엘리베이터는 오른쪽에 있습니다."

"감사합니다." 잭은 경비원이 신분증을 요구하지 않은 것에 대해 안도하면서 말했다.

잭과 캐이틀린은 엘리베이터에 탄 유일한 사람들이었다. 문이 닫히자마자 그녀는 겨우 숨을 내쉬었다. "그 식당에서 매무새를 고쳐서 다행이네요. 보기 흉하면 어쩌나 걱정했거든요. 그런데 난 무슨 말을 하죠?"

"당신은 아무 말도 할 필요 없어요. 말하는 것은 나한테 맡겨요. 태너는 나를 보자마자 내가 놈 벤더가 아니라는 사실을 알아차릴 겁니다." 잭의 얼굴빛이 어두워졌다. "그 이후엔 태너가 모든 이야기를 하게 될 겁니다."

엘리베이터 문이 26층에서 열리자, 한 여자가 그들을 맞았다. "벤더 씨 부부세요? 저는 피오나 브라이스라고 합니다. 태너 씨의 개인비서죠."

피오나 브라이스는 키가 크고 균형 잡힌 몸매를 가진 우아한 아프리카계-미국인 여자였고 나이는 30대로 보였다. 그녀는 주홍색 '앤 테일러(Ann Tylor, 패션 브랜드)' 정장을 입고 있었고, 길고 곧게 정돈된 검은 머리는 뒤로 프렌치 트위스트(뒤로 묶어 틀어 감아올린 머리 스타일) 모양을 했고, 한 줄의 진주 목걸이가 그녀의 목에 둘러져 있었다.

"태너 씨는 두 분의 소식을 듣게 되어서 무척 반가워하고 계세요. 저를 따라와 주시겠어요."

그녀는 그들을 안내하며 비어 있는 접수대를 지나, 양탄자가 깔린 긴 복도를 따라 내려갔다. 그들은 몇 개의 사무실들을 지나쳤는데, 가구가 모두 비치되어 있는데도 불구하고 이상하게도 텅 비어 있었다. 잭은 책상들, 벽들, 선반들 위에서 어떠한 종류의 개인적인 물품도 보지 못했다. 컴퓨터들은 꺼져 있었고, 의자들은 책상들 아래 텅 빈 쓰레기통들 옆으로 가지런히 넣어져 있었다.

"보시다시피, 우리 직원들은 오늘 특별 회의에 참석 중입니다. 최소 인원 한 사람만 근무하고 있는 셈이죠."

피오나는 그들이 따라올 수 있도록 잠시 멈춰 섰다. "태너 씨의 사무실은 이 복도를 따라가다가 모퉁이를 돌면 있습니다. 그분은 구석진 멋진 사무실을 사용하고 있는데, 5번가의 전경이 훤히 내다보이죠."

잭은 요란한 웃음을 내보였다. "필릭스답군요. 그는 언제나 구석진 멋진 사무실을 좋아하는 친구였죠."

그들이 굽어지는 곳에 접근했을 때, 잭은 재킷 안으로 손을 집어넣고 45구경의 손잡이를 꽉 쥐었다. 그는 필릭스 태너가 자신이 가짜라는 것을 알아채는 순간에 그를 제압할 준비를 했다.

모퉁이에서 피오나 브라이스는 다시 멈춰 섰다. 그녀가 그들을 마주 보더니 말을 꺼내기 위해서 입을 열었다—그리고 잭은 초음속의 날카로운 소리와 퍽 하는 나직한 소리를 들었다.

"엎드려!" 잭이 캐이틀린을 양탄자가 깔린 바닥으로 밀쳐내면서 소리쳤다.

피오나 브라이스는 하이힐을 신은 채로 한쪽으로 비틀거리며 깜짝 놀란 듯 움찔했다. 그런 다음 그녀는 바닥으로 흐느적거리며 쓰러졌다. 케이틀린은 그 여자의 머리 뒤쪽에 난 핏빛 구멍을 보고는 비명을 질렀다.

어디에선가 문이 열렸고, 곧바로 쾅 닫혔다.

"움직여요!" 잭이 속삭이며, 케이틀린을 비어 있는 사무실들 중 한 곳에 있는 책상 아래로 밀어넣었다. 그런 다음 그는 사라졌는데, 복도 혹은 다른 사무실로 갔는지 그녀는 알 수 없었다.

공포에 질린 케이틀린은 텅 빈 사무실 안에서 웅크리고 있었다. 그녀는 알아들을 수 없는 언어로 중얼거리는 목소리들을 들었다. 그림자 하나가 출입구에 어른거렸다. 그런 다음 자동소총의 마구 쏴대는 듯한 총격 소리가 사무실을 가득 채웠다. 케이틀린이 흐느껴 우는 동안 총알들이 책상들을 씹어댔고, 그녀의 머리 위에 있는 회반죽 벽토를 산산이 부수어댔다.

20

다음 이야기는 오후 4시에서 오후 5시 사이에 일어난 것이다.

오후 4:07:35

퀸즈 대로

땀에 젖은 데다 지쳐버린 리암은 퀸즈 센터 쇼핑몰 근처에 다다른 것을 깨달았다. 그곳은 전형적인 도시 근교의 창고형 쇼핑몰로 도심에서 두 번째로 큰 자치구의 중심에 있었다. 그곳은 젊은이들에게 여흥거리를 제공해 주었는데, 리암의 많은 친구들도 그 축에 끼어 있었다. 또한 식당가와 에어컨 시설도 갖추고 있어서 그 두 가지 모두 리암에게는 무척 괜찮은 것처럼 보였다. 게다가 친구인 로니도 만나볼 수 있을 것이다.

그래, 바로 그거야! 리암은 생각했다. *로니를 찾아봐야겠어. 로니는 틀림없이 곤경에 처한 나를 도와줄 거야.*

비록 그는 리암보다 세 살이나 많았지만—운전면허증을 가지고 있고, 쇼핑몰에 있는 캡틴 커피 매점에서 일하기에도 충분한 나이였다—로니는 성 세바스찬 가톨릭 학교에서는 리암과 같은 학년이었다. 로니는 두 번이나 유급을 당했는데, 수녀님들이 그가 '규율상의 문제'가 있다고 여겼기 때문이었다.

리암은 로니가 61번가에 사는 나이가 지긋한 부부로부터 차고를 임대한 것을 알고 있었다. 작년 여름, 코너 설리반이 절도 행위로 그의 아빠와 불화를 겪고 있을 때, 로니는 그 일이 진정될 때까지 그가 오토바이를 가지고 숨어 지낼 수 있도록 해주었다. 코너는 그 차고에서 일주일 이상을 머물렀다.

그래, 바로 그거야, 리암은 결심했다. *로니는 이 충격적인 일들이 무사히 지나가고 내가 캐이틀린을 만날 수 있을 때까지 공짜로 잠잘 장소를 제공해 줄 거야.*

리암은 은백색 가방을 다른 쪽 손으로 옮겨 잡고, 땀에 젖고 굳은살이 박인 손바닥을 리바이스 청바지에다 닦았다. 그는 어느 틈에 뉴욕 시 경찰차가 자신의 옆에서 나란히 굴러가고 있는 것을 알아차렸다. 경찰 쪽은 쳐다보지도 않은 채 리암은 좀 더 속도를 올렸다. 그는 그 경찰차 역시 약간 속도를 높이자 두려움이 고조되는 것을 느꼈다. *저들이 지금 나를 찾고 있는 걸까?* 하는 의심이 들었다.

사이렌이 울리자, 리암은 오싹함에 휩싸였다. 무릎이 휘청거리는 가운데 그는 순찰차가 앞쪽으로, 다음 교차로를 향해서 경광등을 번쩍거리며 달려가는 것을 지켜보았다. 그제야 리암은 '교통'이라는 단어가 순찰차의 옆면에 선명히 새겨진 것을 보았다. 경찰관들은 퀸즈 대로 쪽으로 불법 회전을 시도하려던 운전자를 멈춰 세웠다.

리암의 심장 박동이 정상으로 돌아오는 데 몇 분이 걸렸고, 오해의 경보 또한 리암으로 하여금 결정을 내리게 만들었다. 그는 가방을 도랑에다 버릴 생각을 했다. 그러나 한편으론 다시 찾을 수 있는 곳에다 그것을 숨겨놓고 싶기도 했다—샤머스와 그리프가 그를 붙잡고 그것을 돌려달라고 요구할 경우를 대비해서.

리암은 주위를 둘러보았다. 그는 그것을 공공장소에 숨길 수 없다는 것과, 쇼핑몰의 주차 빌딩을 둘러싸고 있는 관목숲도 너무 드문드문 해서 깊숙이 감출 수 없다는 것을 알았다.

저 앞쪽으로, 리암은 주차 빌딩으로 들어가는 입구를 살펴보았다. 그는 보도를 벗어나 비탈진 경사면을 따라 콘크리트 건물 안으로 빠른 걸음으로 걸어갔다. 주차 빌딩의 내부는 바깥의 뜨거운 6월 오후보다는 적어도 10도는 시원했다. 비록 햇빛으로 잠시 안 보였던 눈이 어둑함에 익숙해지기까지는 잠시 시간이 걸렸지만 말이다.

마침내 리암은 커다란 철제 쓰레기 수집 용기 하나가 한 출구 경사로 근처에 놓여 있는 것을 발견했다. 두꺼운 금속 바퀴 위에 올려져 있었기 때문에 리암이 가방을 그 쓰레기통 아래로 밀어넣기에 충분한 공간이 있었다. 그런 다음 그는 주차장 내부 여기저기 흩날리고 있는 무료 지역신문들 몇 장으로 위장을 했다. 리암이 무릎을 꿇은 채 가방을 숨기는 데는 1분 정도밖에는 걸리지 않았다. 곧바로 그는 일어서서 먼지를 털어내고는 어둠 속에서 걸어 나와 경사로를 향해 움직였다.

리암은 뒤쪽에서 타이어가 끼익 거리는 소리를 듣고 뒤를 돌아보았다.

오후 4:10:27

퀸즈 센터 쇼핑몰, 주차 빌딩

샤머스는 추적장치를 사용할 필요가 없었다. 몇 분 전 쇼핑몰에 처음 도착했을 때, 그는 보도 위의 인파 속에서 은백색 가방을 흘끗 보았고 잠시 후에 리암을 분간해 냈으니까.

그 녀석이 가방을 여전히 가지고 있는 덕분에 샤머스는 시간과 수고를 덜 수 있었다. 그는 주머니 속에 있는 기폭장치를 사용하는 것을 잠시 보류했는데, 만일 그 가방을 훼손시키지 않고 되찾을 수 있다면 그 편이 낫겠다고 스스로 판단해서였다. 그 기억장치와 그 속에 있는 항공 인식 시스템은 지하 무기 시장에서는 여전히 가치 있는 물건이었으므로.

샤머스는 메르세데스를 몰아 대로에서 벗어난 다음 쇼핑몰로 이어지는 골목길 쪽으로 향했다. 모퉁이에서 차량 뒤로 잠시 막히는 바람에 그는 리암이 가방은 손에 든 채 경사로를 따라 내려가 주차 빌딩으로 들어가는 것을 지켜보았다.

이 멍청한 녀석아. 정말 멍청하고 얼간이 같은 녀석아. 어쩌자고 그 빌어먹을 가방을 그냥 전달하지 않은 게냐?

사실 샤머스도 리암을 죽이는 것이 그다지 내키지는 않았다. 그 녀석은 괜찮은 아이였고, 동포 가운데 한 사람이었으니까. 하지만 그 빌어먹을 CTU 요원한테 당한 샤머스의 멍자국들은 그리프의 사물을 보는 관점이 옳다는 것을 깨닫게 해줄 만큼 아직도 선명했고, 게다가 형의 사고방식은 언제나 샤머스가 나아갈 길을 일러주었다. 그리프가 말했던 것처럼….

"결국 우린 해냈어. 우라질 놈의 지난 일들은 어쩔 수 없는 거야, 다시 되돌릴 수는 없다고. 오직 앞으로만 나아가는 거야… 이젠 사업을 하는 거야, 셰이. 오로지 사업뿐이라고…."

앞쪽의 교통이 마침내 다시 원활해지자, 샤머스는 2개의 차선을 가로질러 그 녀석이 이용했던 같은 경사로를 따라 차를 몰았다. 구석진 곳에서 그는 선글라스를 옆 좌석에 놓여 있는 추적기 옆으로 툭 던졌다. 날카로운 눈으로 샤머스는 불빛이 흐릿한 주차장을 철저히 살펴보았다.

그는 지하 일층을 한 바퀴 완전히 돌아보기도 전에 리암이 주차장의 반대편 끝에 한 줄로 늘어선 차들 뒤에서 나오는 것을 보았다. 그 녀석은 경사로를 향해서 걷고 있었는데, 그림자가 눈부신 유월의 햇빛을 배경으로 드리워졌다. 샤머스는 메르세데스의 방향을 틀어서 차를 중앙 차선 위에다 세웠다.

"잊지 마, 셰이…. 미련을 버려, 마지막 기회야."

샤머스는 가속 페달을 밟았다, 끝까지 힘껏. 타이어들이 미끄러운 포장도로 위에서 끼익 소리를 내면서 녀석에게 위험을 경고했다. 리암은 뒤로 돌아서 메르세데스가 그를 향해서 돌진해 오는 것을 보았지만, 소년은 그 자리에 얼어붙은 것처럼 보였다. 샤머스는 충격에 빠진 리암의 눈을 볼 수 있었다. 그리고 녀석이 얼마나 어린지, 얼마나 겁을 먹었는지도. 샤머스는 페달 위에 올려놓은 발이 느슨해지고, 운전대를 붙잡고 있는 손이 금방이라도 방향을 틀려는 것을 느꼈다.

그 순간 샤머스는 눈을 깜박거렸는데, 갑자기 그 앞에 있던 리암이 더 이상 보이지 않았다. 단지 궁핍해 보이는 조그만 빨강 머리 주근깨투성이 아이가 그의 형을 기쁘게 해주기 위해서 폭발물들을 매설하고 있는 모습만 보일 뿐이었다.

"되돌릴 수는 없어, 오직 미래뿐이야…."

이를 악물고 그는 가속 페달을 온 힘을 실어 무자비하게 밟았다.

별안간 포드 익스플로러 한 대가 주차된 곳에서 후진하며 질주하는 메르세데스의 진로 속으로 들어왔다. 샤머스는 그 진로에서 비켜나기 위해 방향을 틀어보았지만 허사였다. 메르세데스는 SUV를 들이받고는 제어할 수 없이 빙그르르 돌아버렸다.

리암을 들이받는 대신에 한쪽으로 기울어진 차는 콘크리트 기둥에 쾅 부딪치고는 리암이 막 떠난 덤프스터 쪽으로 미끄러지면서 그 금속 쓰레기통을 콘크리트 벽에다 밀어낼 정도로 세차게 충돌했다.

충돌의 소음에 이어 섬뜩한 침묵이 뒤를 이었다. SUV의 문짝이 불쑥 열리더니 젊은 히스패닉 여자 한 명이 머리를 부여잡고 비틀거리며 밖으로 나왔다.

리암은 메르세데스 쪽으로 달려가다가 그 안에 있는 샤머스를 보고는 갑자기 멈추었다.

멍한 상태로 코와 입에서 피를 흘리고 있는 샤머스는 소년을 알아보았다. 그는 차에서 빠져나와 리암에게 덤벼들려고 애를 써보았지만, 문은 찌그러져 있었다. 메르세데스는 콘크리트 기둥과 육중한 덤프스터 사이에 쐐기처럼 틀어박혀 있었는데, 샤머스는 그곳에다 리암이 서류가방을 숨겨놓았을 줄은 전혀 생각하지 못했다.

리암은 달아날 기회를 엿보다가 그대로 실행에 옮겼다. 그는 두꺼운 콘크리트 기둥을 돌아서 사라져버렸는데, 샤머스는 녀석이 더 이상 가방을 가지고 있지 않은 것을 미처 보지 못했다.

"도망쳐라, 꼬마야. 그렇지만 그리 멀리 가지는 못할 게다."

샤머스의 목소리가 메르세데스의 비좁은 공간 속에서 공허하게 메아리치는 동안 그는 주머니 속에 있는 기폭제를 더 들었다. 그런 다음 그는 버튼을 눌렀고 폭발을 기대하며 귀를 기울였다.

덤프스터 아래, 박살난 메르세데스 바로 옆으로 박혀버린 은백색 가방 안에 들어 있는 한 쌍의 플라스틱 폭발물이 동시에 폭발하면서 퀸즈 센터의 주차장 전체를 뒤흔들었다. 샤머스는 그렇게 느닷없이 죽었다. 과열된 휘발유가 그를 숯덩어리로 만드는 것을 느끼지도, 그토록 듣기를 고대하던 폭발소리도 듣지 못한 채로.

오후 4:21:01

5번가, 프롤릭스 보안회사

자동 기관총의 사격 소리는 귀청이 터져나갈 듯했다. 캐이틀린은 흐느껴 울면서, 회반죽 벽토의 먼지가 그녀의 머리와 어깨로 쏟아져 내리자 얼굴을 보호했다. 무수한 총알들이 텅 빈 사무실 전체를 엉망으로 만들어버렸다. 선반들을 부수었고, 서류수납장에 구멍을 뚫어댔고, 책상들과 의자들을 산산조각 내버렸다.

정적의 장막이 갑작스럽게 내려왔다. 저격수는 잠시 멈추었다. 윙윙거리는 귀울림에도 불구하고 캐이틀린은 탄피들이 리놀륨 바닥 위에서 달그락거리고 핑 하는 소리를 들을 수 있었는데, 그건 그 사내가 돌아다닌다는 소리였다. 그녀는 숨을 죽였고, 그 사내가 철제 책상 아래로 몸을 숨기고 있는 그녀의 겁먹은 숨소리를 들을까 봐 몹시 두려워했다.

사내는 움직이면서 재장전했다—그녀는 다 쓴 탄창이 구리 탄피들로 가득한 바닥에 부딪히는 공허한 소리와, 새로운 탄창이 제자리에 끼워지는 견고한 딸깍 소리를 분간할 수 있었으니까. 정적이 지속되었다. 1분, 2분. 더 이상 숨을 죽일 수 없었던 그녀는 최대한으로 조용히 숨을 들이마셨다. 결국 그녀는 모퉁이 주변을 살짝 엿보기 위해서 움직였다. 그림자 하나가 그녀 위로 덮었다. 눈이 휘둥그레진 캐이틀린은 고개를 들어 한 소년의 얼굴을 올려다보았다.

까만 두 눈이 그녀를 바라보았다. 어린 소년은 먼지투성이의 갈색 피부에다 곱실거리는 검은색 머리카락 위에 하얀 스컬캡이 쓰고 있었다. 까만 턱수염은 가늘었고 거의 숱이 없었다. 캐이틀린은 그가 십대 소년일 뿐이고, 리암보다도 나이가 많지 않다는 것을 알 수 있었다. 그녀는 그가 불안하게 침을 꿀꺽 삼키면서 검은색 우지 기관총을 천천히 들어 올려 자신의 머리를 겨냥하는 것을 멍하니 바라보았다.

어떻게 해볼 도리가 없는 캐이틀린은 기도문을 소곤거렸지만, 얼굴을 돌리지 않은 채 죽음을 정면으로 맞설 것을 선택했다. 그녀의 결심이 그 소년을 흔들어 놓은 듯했다. 그는 주저했고, 총이 불안정하게 떨리고 있었다.

억센 두 팔이 소년의 주위에서 뻗어 나왔다. 한 손이 소년의 손목을 꽉 쥐더니 총신이 천장 쪽으로 향하도록 확 잡아챘다. 또 다른 손 안에서, 케이틀린은 뭔가를 보았는데 길고 끝이 뾰족한 것이었다. 오싹할 정도의 오도독 소리가 나도록 잭 바우어는 편지 개봉용 칼을 어린 소년의 목에 찔러 넣었고, 무딘 칼날을 비틀면서 피부 조직, 연골, 뼈 속으로 거칠게 파고들었다. 소년은 소리치려고 애를 썼다. 소년의 입이 크게 벌어졌지만, 아무런 소리도 나오지 않았다.

그때 소년의 두 눈이 케이틀린의 두 눈과 마주쳤다. 그녀는 공포에 떨며 지켜볼 수밖에 없었고, 그녀의 눈에는 눈물이 차오르고 있었다. 소년의 생명과 의식이 서서히 사라져가는 동안에… 그리고 그것이 완전히 소멸될 때까지. 잭은 묵묵히 죽어가는 소년을 바닥에 내려놓는 가운데, 우지 기관총이 소년의 손아귀에서 흘러내렸다. 그런 다음 잭은 경련을 일으키는 암살자 너머로 손을 뻗어, 케이틀린의 손목을 멍이 들 만큼 꽉 쥐었다. 그녀가 주춤하자 그는 그녀를 확 잡아당겨 일으켜 세웠다. 잭의 손은 축축하고 끈적거렸다.

"갑시다." 그가 말했다.

오후 4:45:46

하트 상원 사무용 빌딩, 워싱턴 D.C.

뉴욕 상원의원 윌리엄 치버 사무실

윌리엄 치버 상원의원은 개회사를 읽는 동안 아주 적절할 정도로 상원의원답게 보였다. 한 쌍의 미국 국기들로 장식된 반들거리고 넓은 품위 있는 책상 뒤에 앉은 채 그는 비디오 카메라를 향해서 근엄하고 격조 높은 어조로 말을 했다. 상원의원은 6개의 비디오 화면에다 연설을 했는데, 저마다 각기 다른 항공사의 최고경영자나 대표자들의 얼굴이 보였다.

데니스 스페인은 카메라에서 멀찌감치 떨어진 채 치버 상원의원의 개회사엔 전혀 개의치 않고 있었다. 그 사람의 따분하고 상투적인 이야기를 오랫동안 질리도록 들어왔으니까. 다행스럽게도 그는 그것들을 더 이상 듣지 않아도 될 것이다.

상원의원이 단조로운 소리로 웅얼거리는 동안, 스페인은 인터넷을 이용해서 스위스 취리히에 있는 스위스 은행의 비밀 무기명 계좌의 잔고를 확인했다. 그는 목 뒤의 머리털이 쭈뼛서는 것을 느꼈다. 일억 오천만 달러가 갑자기 계좌에 나타난 것을 발견했으니까. 그 돈은 리야드(사우디아라비아의 수도)에 있는 사우디 은행의 어떤 계좌로부터 이체되었다.

스페인은 똑같은 금액의 추가적인 보수 또한 자신의 것이 될 거라는 것을 알았다—그가 해야 할 일은 단지 암호를 입력해서 화상회의를 또 다른 서버로 변경하는 것뿐이었다. 그곳에서 다른 진행자가 그 회의를 통제할 수 있도록 말이다.

그는 화면들을 힐끗 훑어보았다. 항공사의 CEO들 모두가 열심히 경청하는 듯 보였고, 가식적인 미소들이 그들의 부드러운, 회사를 대표하는 얼굴에 들러붙어 있었다.

글쎄, 미소를 짓고 있는 게 그리 오래가진 않을 거야.

스페인은 3억 달러를 가지고 인간이 할 수 있는 모든 일들을 생각하면서 조심스럽게 사전에 준비해 둔 암호를 입력했다. 돌연 치버 상원의원의 얼굴이 다른 인물로 대체되었다. 그 사람의 얼굴은 검은색 스키 마스크로 가려져 있었고, 게다가 두꺼운 광각(廣角) 선글라스가 그의 두 눈까지 덮어 감추었다. 검은색 커튼이 유일한 배경막이었다. 등받이가 없는 의자에 앉은 채 그 남자는 전자 통신망을 이용한 모임에 인사를 했다.

"당신들이 내 이름을 알 필요는 없소, 나는 당신들 모두를 알고 있긴 하지만."

그의 목소리는 기계화된 소리였는데, 너무 많이 변형되어 사람의 목소리와 전혀 비슷하지 않았다.

"당신들이 내가 말하는 대로 하지 않을 경우, 각기의 당신들 항공사들은 극심한 재정적 그리고 홍보적 좌절로 고통을 겪을 것이오. 두 시간 이내에 각 항공사의 민간 항공기가 격추됨과 동시에 대량의 인명 손실이 발생할 테니까.

그러한 비극을 피할 수도 있소. 만약 내 요구가 충족된다면, 당신들 비행기들은 안전할 것이오—당분간은 말이오. 만약 내 말을 따르지 않고 내 조건들을 무시하는 쪽을 선택한다면, 그땐 조만간 전개될 대재앙을 강력한 구체적인 본보기로 당신들 업계와 미국 측에 선보일 것이오."

데니스 스페인은 즐거움을 도저히 억누를 수 없었다. 뉴욕에서 존경받는 상원의원이 홍분해서 과거의 그 얼간이였던 때처럼 식식대고 있었다. 화면 속의 최고경영자들은 충격, 분노, 불신의 표정을 드러냈다. 마스크를 쓴 사내가 말을 이어나갔다.

"현실적인 문제는 이거요. 당신들이 이번 공격으로부터 교훈을 얻을 것인지, 아니면 계속해서 우리의 대의명분을 무시함으로써 장차 더 많은 재난으로 고통을 받을 것인지…."

오후 4:48:01

5번가, 프롤릭스 보안회사

우지 기관총을 앞세운 잭은 떨고 있는 캐이틀린을 복도 쪽으로 끌어당겼다. 조명은 이제 좀 더 흐릿해졌다. 대부분의 천장 오목한 곳에 있는 형광등들은 총격을 받아 나가버렸다. 플라스틱 조각들과 유리 파편들이 사방에 널려 있었다. 잔해들

한가운데에는 또 다른 사내가 죽은 채 누워 있었는데, 목은 괴상한 각도로 비틀려 있었고, 두 눈은 크게 뜬 채 허공을 바라보고 있었다.

"한 놈의 저격수가 더 있어요. 구석에 있는 사무실 안에 숨어 있어요." 잭이 속삭였다.

그는 그녀에게 칸막이 안쪽으로 몸을 피하라고 손짓했다. 그녀는 시키는 대로 움직인 다음, 고정된 칸막이벽 주위로 살짝 고개를 내밀어 잭이 조심스럽게 복도를 따라 움직이는 것을 지켜보았다. 구석에 있는 사무실에 다다르기 바로 직전, 잭은 또 다른 칸막이 안으로 몸을 피했다가 사무용 의자를 밀면서 밖으로 나왔다. 우지를 다시 고쳐 잡은 잭은 의자를 앞쪽으로 밀어 찼다. 의자는 닫혀 있는 사무실 문에 부딪쳤다가 튕겨 나오며 요란한 소리를 냈다. 자동 화기가 내뿜는 연발 사격이 문 반대편에서 터져나오며 목재로 된 문을 즉시 갈기갈기 찢어놓았다. 문의 윗부분이 바닥으로 툭 떨어졌다.

잭은 벽에 바짝 달라붙었고 문의 깨진 틈을 통해서 우지를 쏘아대며 탄창을 다 비워버렸다. 그런 다음 탄창이 빈 무기를 한쪽으로 던져버리고 45구경을 꺼내든 다음, 남아 있는 문짝을 발로 걷어차고 구석에 있는 사무실 안으로 사라져버렸다.

30초가 넘는 동안, 캐이틀린은 정적에 귀를 기울이며 기다렸다. 마침내 그녀는 숨어 있던 곳에서 나와서 복도로 따라 조심스럽게 기어갔다. 그녀는 총알로 벌집이 된 문간을 통해서 들여다보았다. 또 한 명의 암살자가 양팔을 벌린 채 쭉 뻗고 드러누워 있었다. 한 줄의 너덜너덜한 피투성이 구멍들이 그의 복부에 수놓아져 있었다. 시체의 두 눈은 일그러져 있었고, 생기 없는 입술은 누런 이빨 앞에서 뒤로 말려 있었다. 다음으로 그녀는 잭을 보았는데, 그는 두터운 가죽의자에 앉아 있는 한 남자 너머로 몸을 구부리고 있었다. 그 남자는 맞춤 양복을 입고 있었지만, 이제는 화약 폭발 자국들과 핏자국들로 엉망이 되었다. 그 남자는 지긋해 보였다. 은색 머리카락이 정수리에 나 있는 커다란 구멍에 따라 테를 두른 듯했다. 원시와 근시 겸용 이중 초점 안경이 귀에 걸려 있었다.

"세상에나. 누구에요?"

"필릭스 태너." 잭은 죽은 남자의 펼쳐진 지갑을 책상 위로 툭 던졌지만, 케이틀린이 주의를 집중한 곳은 잭의 재킷에 나 있는 너덜너덜한 구멍과, 소매의 찢어진 자리를 통해 배어나오고 있는 피였다. 그녀는 그가 움찔하는 것을 보았다.

"당신 다쳤군요!" 그녀가 그를 돕기 위해 다가갔지만, 잭은 몸을 빼면서 탁상용 컴퓨터를 살펴보았다.

"여기에 실마리가 될 만한 게 있을 겁니다. 이 사무실 안에 있는 뭔가가 누가 이 테러범 조직을 지휘하고 있는지 말해줄 겁니다. 그게 누군지 간에, 그는 자신의 흔적을 감추고 있어요. 필릭스 태너는 아마 그 사람의 신분을 알고 있었을 겁니다. 그렇지 않다면 살해되지 않았을 테니까."

캐이틀린은 잭이 필사적으로 사무실 전체를 샅샅이 뒤지면서 서류들을 책상 너머로, 바닥에 있는 시체 위로 흩뿌리는 것을 지켜보았다.

그녀의 시선이 사무실 구석에 있는 텔레비전 화면 쪽으로 흘러갔다. 그건 켜져 있었지만 소리는 들리지 않았다. 화면에 보이는 남자는 헐거운 검은색 옷과 스키 마스크 차림이었다. 그 남자는 카메라를 응시하면서 입술을 움직이고 있었다.

"잭? 이리 와 보세요. 당신이 이걸 봐야만 할 것 같아요."

잭은 화면을 쳐다보며 소리를 조정했다. 그와 캐이틀린 모두 귀를 기울이는 동안, 마스크를 쓴 사내는 각 주요 항공사가 5억 달러를 무기명 스위스 계좌로 60분 이내에 이체한다면 어떠한 민간 항공기도 격추시키지 않을 것이라고 설명했다.

"이건 테러 행위가 아니야." 잭 바우어가 말했다. "강탈 행위지."

오후 4:58:25

로스앤젤레스, CTU본부

짙은 먹구름이 상황실 전체에 드리워진 것은 위협 경고 시각이 공격 개시 시간에 근접했기 때문이었다. 상황실은 조용했고, 모든 눈은 벽 크기만 한 HDTV 모니터에 쏠려 있었다.

커다란 화면은 다섯 구역으로 분할되어 있었다—각 분할된 화면은 보스턴의 로건 공항, 워싱턴의 로널드 레이건 국제공항, 시카고의 오헤어 공항, 그리고 CTU 본부로부터 불과 몇 킬로미터 떨어져 있는 로스앤젤레스 국제공항의 경계 구역 내부의 현지로부터 생중계되고 있는 감시 비디오 송출 화면을 보여주고 있었다. 화면의 중앙에 있는 한 구역은 여전히 컴컴한 상태였다.

"뉴욕이 보이지 않는군. 왜 뉴욕은 보이지 않는 건가?" 라이언 슈펠이 고함을 질렀는데, 목소리에 초조한 긴장감이 무심코 드러났다.

"위성은 거의 제 위치에 있습니다." 니나가 대답했다. 잠시 후 맑고 깨끗한 위성 화상이 라과디아 공항의 한 구역 위로 초점을 맞추었다.

"JFK 공항은 어떤가?" 라이언이 물었다.

"알 수 없습니다. 조지 팀코는 카메라 감시 장치를 설치하기 위한 자원들은 가지고 있지 않답니다. 그리고 NSA(National Security Agency, 국가안전보장국)는 단 하나의 위성에만 접속을 허용하겠답니다."

"당치도 않은 러시아 갱단에게 기대하고 싶지는 않은데…."

"우크라이나예요," 도리스가 참견했다.

"당치도 않은 우크라이나 갱단이라니! 단지 잭 바우어가 그들을 믿는다는 이유로 말이야."

니나는 얼굴을 찌푸렸다. "현실을 직시하세요, 라이언. 현지의 지원이 없었다면, 우리가 어떤 선택을 할 수 있었겠어요?"

"59초 남았습니다." 제이미 패럴이 알렸다.

라이언은 커다란 화면을 응시하면서 헤드폰에 대고 말했다. "모든 CTU 전술 부대들은 보고하라. 모두 정 위치에 있나?"

"보스턴, 준비 완료." 마일로 프레스만이 한 워크스테이션에서 말했다. 그는 화면에 보이는 로건 공항의 격자 지도를 지켜보고 있었는데, 그 지도 위에 깜빡거리는 광점은 CTU 전술 팀이 테러범들의 도착을 대비해서 매복 중인 지점을 나타내고 있었다.

"워싱턴, 준비 완료." 눈이 빨갛게 충혈된 신디 칼라일이 말했다. 사이버 수사대 알파 팀의 유일한 생존자.

"오헤어, 준비 완료." 제이미 패럴이 말했다.

"뉴욕 시, 준비 완료." 도리스가 말했다. "조지가 자신의 수하들이 양쪽 공항에 배치되어 있다고 말합니다."

"LA 국제공항, 준비 완료." 그 목소리는 토니 알메이다였는데, 공항의 매복 현장에서 말하고 있었다.

"10초," 니나가 말했다. "9… 8…."

"측면도로 상에 움직임이 보입니다," 제이미가 말했다. "명백한 교전 상황이 오헤어 공항에서…."

"6… 5…."

"JFK에 교전 발생." 도리스가 소리쳤다. "총격 소리가 들립니다.”

HDTV 화면 위로, 위성이 실시간 영상을 포착했다. 총격전의 번쩍임, 움직이는 차량들, 폭발. 섬뜩하게도 아무런 소리도 들리지 않았다.

“3··· 2···.”

“로건에서도 총격전 발생. 전술 팀이 이미 움직이고 있습니다.” 마일로가 소리쳤다.

“0···.”

1 2 3 4 5 6 7 8 9 10 11 12 13 14 15 16 17 18 19 20 **21** 22 23 24

다음 이야기는 오후 5시에서 오후 6시 사이에 일어난 것이다.

오후 5:00:06

로스앤젤레스 국제공항

어떤 목소리가 토니 알메이다의 헤드폰 너머로 새어나왔다. "육안으로 포착됩니다. 두 대의 검정색 포드 익스플로러가 남쪽에서 다가오는 중입니다. 30초 이내에 그들을 볼 수 있을 겁니다."

"전파 방해는?" 토니가 물었다.

"그들이 경계 구역으로 들어선 직후 그들의 핸드폰과 무선장비는 전파 방해를 받고 있습니다." 그 목소리가 대답했다. "알아차린 것 같지는 않습니다."

토니는 쌍안경을 내리고는 은신처로 되돌아갔다.

"그들은 측면 도로 위에 있습니다." 그가 부드럽게 말했다.

토니는 슈나이더 대위 그리고 블랙번의 전술 공격 팀의 대원 한 명과 함께 두 개의 빈 트레일러 트럭 크기만 한 화물용 컨테이너들 사이에 서 있었다. CTU 전술 팀의 다른 대원들 역시 몸을 숨기고 있었다—무리지어 있는 항공기 신호등 뒤, 활주로 아래의 호우용 빗물 배수관 속, 작은 콘크리트 다목적 건물 내부. 모두 상하가 붙은 검은색 전투복과 두꺼운 방탄복 차림이었고, 중무장을 했다. 제시카 슈나이더의 왼팔은 팔걸이 붕대를 한 상태로 가슴에 기대어 단단하게 감싸져 있었다.

슈나이더 대위는 손에 있는 PDA의 작은 화면을 눈을 가늘게 뜨고 보았다. "그들이 6번 활주로 옆으로 움직이고 있어요. 메모리 스틱의 데이터가 그들이 갈 거라고 가리킨 바로 그곳이에요."

"준비해. 그들이 차량에서 빠져나오는 즉시 움직일 거야. 저격수들이 운전수들을 제거했으면 하네. 아무도 도망치지 못하게 말이야." 토니가 명령했다.

"알았네." 블랙번이 콘크리트 건물 내부에서 말했다.

"준비 완료." 특수요원 로세티가 활주로 아래에 있는 은신처에서 말했다.

"저격수들, 정 위치에서 목표물 조준 중." 신호등 주변에 있는 대원들이 보고했다.

토니는 슈나이더 대위를 흘끗 바라보았다. 눈부신 남부 캘리포니아의 태양 아래에서 그녀의 얼굴은 창백하고 긴장되어 보였다. 땀방울이 맺힌 그녀의 윗입술이 가늘게 떨렸다. "준비됐어요?" 그가 물었다.

"아무래도 이번 작전엔 빠져야겠어요." 제시카가 대답했다. "내 팔이…."

토니는 문제점을 즉시 파악했다. 슈나이더 대위는 겁을 먹은 것이었다. 그렇다고 딱히 두려워하는 것은 아니었다. 단지 당황한 것뿐이었다. 그녀는 부상을 당했으니까. 지금 그녀는 망설이고 있었고, 다시 안장에 올라타는 것을 주저하고 있는 것이었다.

"말도 안 돼요." 토니는 미소를 지으며 말했다. "제가 당신을 모처럼 무도회장까지 모셔왔잖아요. 적어도 춤 정도는 추셔야지요."

제시카는 미소로 답했고, 토니는 그녀가 어느 정도 옛 기개를 회복한 것을 보았다. "생각보다 입담이 좋군요, 알메이다 특수요원. 왜 그런지, 내 생각에는 당신이 한 여자를 우쭐대게 만드는 것 같은데요."

토니는 그의 눈길을 그녀에게 고정시켰다. "지금부터는 내게 다정하게 굴지 마세요, 대위님. 나는 이제 막 예전의 '충성'(semper fi, 미국 해병대의 표어) 정신을 되찾기 시작했으니까요. 어쨌든 당신은 이들 촐로(cholo, 스페인계와 아메리카 원주민

피가 섞인 라틴 아메리카인) 녀석들을 한 손은 뒷짐을 쥐고서도 간단히 제압할 수 있잖아요."

슈나이더 대위는 싱긋 웃었다. "글쎄, 당신이 그렇게 평가한다면야…."

그녀의 목소리가 꼬리를 감추는 동시에 그녀는 해병대 지급품인 45구경을 꺼내들었다. 토니는 두 대의 금속 컨테이너 사이에서 밖을 슬쩍 살펴보았다. 고용된 테러범들이—단테 얼리가 LA 사우스 센트럴 지역에서 고용한 멕시코 출신의 길거리 갱단인 '마놀로스'의 단원들—그들의 차량에서 나와서 미사일 발사장치를 설치하고 있었다.

토니는 마이크에 대고 말했다. "저격수들은 조준을 취하도록. 전술 팀, 내 명령에 따라 움직이도록…."

오후 5:07:53

존 F. 케네디 국제공항

조지 팀코는 AK-47을 어깨에 둘러메고 총알로 벌집이 된 SUV 차량을 향해 걸어갔다. 안전 유리가 지면에 흩뿌려져 있었는데, 오후 햇살 속에서 엎질러진 보석처럼 반짝거리고 있었다. SUV 차량의 개방된 화물 적재실 내부에는 젊은 아프가니스탄인 시체의 팔이 짐 받침대 끝부분 너머로 덜렁거렸다. 우크라이나 남자는 그 시체를 지면으로 끌어내렸고 트럭의 문짝에 걸터앉아서 만족스러운 한숨을 내쉬었다. 다른 무장한 남자들이 그 주변 경계를 돌면서 차량들의 내부와, 죽은 사내들의 주머니 속 내용물들을 확인하고 있었다.

저 멀리, 박살나버린 미사일 발사장치 너머에 있는 공항은 6월의 열기 속에서 아른거렸다. 아무도 다가오지 않았고, 아무도 총격 소리를 듣지 못한 것은 조지의 부하들이 테러범들을 매복 기습하는 동안 제트기들이 머리 위로 폭음을 울리며 지나갔기 때문이었다. 이제 총격전은 지나갔고, 위협도 끝났다.

팀코는 자기 옆으로 누군가가 출현을 감지했다. "보드카, 조지 동무?"

눈을 휘둥그레 뜨면서 그는 유리를 마주보았다. "유리, 자네 이거 아나. 자네가 나한테 말을 건넨 게 2년 전 자네를 고용한 날 이후로 이번이 처음이라는 거 말이야. 더구나 자네가 내 이름을 부른 것도 이번이 처음이네, 여태껏 말일세."

늙은 유리는 어깨를 으쓱했다. 그의 웃음 때문에 썩어 문드러진 이가 드러냈다. "이야기할 게 뭐 있겠어요. 내가 맡은 일은 아무짝에도 쓸모없는 일인데. 앉아서 하루 온종일 빈둥거리며 골칫거리를 기다리죠. 당신에게 음식 쟁반들을 가져다주고 뜨거운 차를 끓이죠. 지루한 일이에요. 당신에게 말을 건넴으로써 그 일을 더욱 지루하게 만들어야 했을까요?"

유리는 자신의 고용주에게 금속 휴대용 술병 하나를 건넸다. "마셔요." 그가 툭 내뱉었다.

조지는 한 모금 꿀꺽 들이켰다. 유리는 그 옆에 앉아서 죽은 아프가니스탄인을 바라보았다.

"이 일이 벌어져서 다행이네요." 유리는 고개를 끄덕거리며 말했다. "나는 내 일에 점점 안주하고 있었거든요. 뭔가 도전이 필요했어요."

오후 5:11:59

5번가, 프롤릭스 보안회사, CEO 필릭스 태너의 사무실

잭과 캐이틀린은 화면을 지켜보았다. 스키 마스크를 쓴 남자는 몸값의 송금 이체를 위한 복잡한 지시들을 내리고 있었다.

잭의 핸드폰이 울렸다. 그는 대답했고, 라이언 슈펠의 활기 넘치는 목소리를 들었다. "우리가 그들을 해치웠네, 잭. 모든 조직을 말일세. 워싱턴에 있는 전술 팀은 그들 대부분을 생포했고, 보스턴에서도 마찬가지네. 시카고와 로스앤젤레스 국제공항에서는 그들을 죽일 수밖에 없었네. 그리고 자네의 러시아인 친구…."

"우크라이나." 어떤 젊은 여자의 목소리가 라이언의 말끝에 끼어들며 소리 질렀다.

"그들이 뉴욕 시 조직의 잔당들을 케네디 공항에서 소탕했다네. 위협은 끝났네, 잭. 우리가 해냈다고!"

"라과디아 쪽은 어떤가요?" 잭이 캐물었다.

"아무 일도 없었네, 잭. 팀코의 사람들이 대기하고 있었지만 테러범들은 나타나지 않았네. 니나는 자네가 직접 그 조직을 처리한 것이 아닐까 생각하고 있네. 웩슬러 창고보관 회사에서 말일세."

잭은 그와 싸웠던 남자들을 떠올렸다. 그들 대부분은 늙은 이들이었다. 일부는 팔다리, 혹은 눈을 잃은 사람들이었다.

"전 그렇게 생각하지 않습니다, 라이언."

"어쩌면 그들이 갑자기 겁을 먹은 걸지도 모르지, 잭. 무슨 일이 일어났건 간에, 위협은 끝났네."

"완전히는 아니죠." 잭은 라이언에게 그 화상회의, 마스크를 쓴 사내의 공갈협박성 위협에 관해서 말했는데, 그것들은 그가 말하는 동안에도 계속 진행되고 있었다. 슈펠과의 대화가 막바지에 이르자 잭은 제이미 패럴에게 말을 건넸다. "내 말 들어봐. 자네라면 디지털 영상 자료를 통해서 그 발원지를 추적할 수 있을 거야. 곧바로 프롤릭스 보안회사의 컴퓨터 시스템에 접근해 봐."

"그 사무실에 있는 컴퓨터에 접속해야만 해요." 제이미가 대답했다.

잭은 탁상용 컴퓨터 쪽으로 움직였고, 필릭스 태너가 살해당하기 전에 컴퓨터에 접속해 있었던 것을 알아냈다. 제이미의 지시에 따라서 잭은 은밀한 경로를 열어 그녀가 프롤릭스 컴퓨터 시스템을 접근할 수 있도록 했다.

"신호를 잡았어요." 제이미가 몇 분 후 말했다. "그렇지만 서버 쪽으로 거슬러 간 다음 그 발원지를 추적하는 데에 5분에서 10분 정도는 걸릴 거예요."

"그가 더 오래 이야기할 것 같지는 않은데." 잭이 말했다. "그렇지만, 최선을 다해 줘."

일 분도 채 못 되어 마스크를 쓴 남자는 어떤 문장의 중간쯤에서 이야기를 중단했다. 그는 귀를 만지작거렸는데, 마치 마스크 안쪽에 헤드폰을 쓰고 있는 듯했다. 곧바로 화면이 캄캄해졌다.

"신호가 사라졌어요, 잭." 제이미가 말했다. "그걸 추적할 만큼 시간이 충분하지 않았어요."

"제기랄!" 잭이 욕을 해댔다.

라이언이 전화상으로 돌아왔다. "어째서 그 남자의 이야기가 그렇게 갑자기 끝났을까?"

"왜 그런지 알 것 같습니다," 잭이 말했다. "그는 아마도 공항의 미사일 팀들 중 일부 혹은 모두와 연락을 취하고 있었을 겁니다. 그들이 무력해졌거나, 죽거나, 아니면 생포되었다는 것을 알아버린 거죠—그리고 우리가 그의 신호를 추적하려고 시도할 수도 있다는 것도요."

"우리에게 운이 따르지 않는군. 그 주모자를 결코 못 잡을 수도 있겠어." 라이언이 말했다.

"제게 단서가 하나 더 있습니다." 잭이 대답했다. "자신이 페러 요원이라고 주장하면서 저에게 연락해 온 남자는 가짜입니다. 그건 확실합니다. 내가 그자의 정체를 알아냈다는 것도 모른 체했습니다. 계속 모르는 척하면서 만날 장소와 시간을 정했습니다. 지금 그곳으로 갈 계획입니다. 캐이틀린도 함께요. 미끼로서 말이죠. 만약 내가 이 사칭한 녀석을 잡게 된다면, 그가 입을 열도록 만들 겁니다. 주모자의 신분과 위치를 발설할 수밖에 없도록 말입니다."

"그것이 자네의 계획인가?" 라이언이 의심스럽다는 듯이 말했다.

"그때 그때 상황을 봐가면서 행동해야죠." 잭이 털어놓았다. "다른 선택의 여지가 없습니다."

바우어는 손목시계를 확인했다. "나는 그 접선이 어딘가 적당히 개방된 곳에서 이루어지길 원했습니다. 그 사기꾼이 내게 행동을 취하고 달아나기가 곤혹스러운 곳 말입니다. 뉴욕시에서 가장 혼잡한 장소는 출퇴근 시간 때의 그랜드 센트럴역이죠, 바로 거기가 제가 가는 곳입니다…."

오후 5:29:52

퀸즈, 아스토리아

그리핀 린치는 라과디아 국제공항의 화물터미널에서 곧바로 마지막 목적지를 향해 차를 몰았다. 마지막 출구를 택해서 그랜드 센트럴 공원도로에 올라탄 별다른 특색 없는 밴은 다차선 도로의 부서진 콘크리트를 따라 질주했다. 바로 앞에는 트라이보로 다리로 향하는 완만한 오르막 진입로가 있었다. 그러나 그리프는 그 고가의 도로 요금소로 향하지 않았다. 오른쪽으로 차를 몰면서 그는 아래로 굽은 갈림길을 따라 강의 가장자리까지 줄곧 나아갔다.

강가에 다다르기 전에 그리프는 아스토리아 공원에 이르렀는데, 그곳은 65 에이커(26만㎡)에 달하는 푸른 초목 지역으로 퀸즈 자치구에 위치해 있었고 이스트 강에 접해 있었다. 그리프는 오른쪽으로 돌아서 공원을 따라 난 좁은 도로로 나아갔다. 오른쪽으로는 끝없이 늘어선 아담한 연립주택들이 자리했고, 왼쪽으로는 드넓은 잔디밭이 나무들에 가려져 있었고 긴 의자들이 여기저기 놓여 있었다.

공원의 중간쯤에서 그리프는 유유히 자리잡고 있는 벽돌 건축물을 지나쳤는데, 그 건물은 세계적인 대공황이 절정기를 이룬 시절 WPA(Works Projects Administration, 공공사업촉진국)와 도시의 공공공사위원회에 의해 올림픽 규격의 시설로

지어진 아스토리아 수영장의 탈의시설로 사용되었다. 그 수영장은 여름에는 많은 사람들을 끌어 모았지만, 시즌을 대비해서 6월 말까지는 문을 열지 않을 것이다. 꽤나 행운이었다. 사람들이 많이 모여 있지는 않을 테니까. 지금 공원에는 기껏해야 개를 산책시키는 소수의 사람들, 즉석에서 축구를 하는 사람들, 그리고 십대들만이 무리지어 있을 뿐이었다.

잔디는 아래쪽, 조약돌들로 뒤덮여 있는 강기슭 쪽으로 경사져 있었다. 강 건너편 맨해튼의 스카이라인은 구름 한 점 없는 오후 속에서 반짝거렸다. 공원의 한가운데 부근에 있는 커다란 참나무, 느릅나무, 그리고 너도밤나무들은—그것들 중 일부는 100년이 훨씬 넘었지만—베이지색 화강암 덩어리들로 지어진 거대한 구조물 때문에 왜소하게 보였다. 강의 가장자리에 우뚝 솟은, 꼭대기에 중세풍 요새를 닮은 난간을 가진 100미터 높이의 탑은 퀸즈와 브롱크스 사이를 흐르는 이스트 강을 가로지르는 높다란 아치형 철교를 위한 기반 역할을 했다.

1916년에 건축된 헬 게이트(Hell Gate) 다리가 그 명칭을 가진 이유는 강물이 비정상적으로 소용돌이치는 구역이 경간 바로 아래에 있었기 때문이었다—그리고 많은 사람들이 그 다리를 세우기 위해 애쓰는 동안 바로 그 강물 속으로 추락해 죽음을 맞이한 데서.

그리프는 좁은 도로를 따라 계속해서 차를 몰아 마침내 연립주택들 사이의 한 빈터에 이르렀다. 철조망 울타리가 잠기지 않은 채 세워져 있었다. 그 안쪽, 위쪽의 헬 게이트 다리를 지지하고 있는 거대한 버팀기둥 옆으로 진녹색의 뉴욕 시 공원관리국의 트럭 한 대가 주차되어 있었다. 그리프는 자신의 특색 없는 밴을 그 녹색 트럭 옆에 세우고는 시동을 껐다.

타지가 낡은 공원관리국 차량의 바닥이 평평한 짐칸 위에서 조직의 다른 동료 두 명과 함께 기다리고 있었다. 그들 모두 상하의가 붙은 공원관리국 작업복을 입었고, 확실한 신분증을 착용하고 있었다. 그들의 머리 위로 60미터가 훨씬 넘는 곳에 위치한, 색 바랜 적색 강철의 다리 경간에서는 다른 동료들이 임시로 만든 도르래 장치 옆에서 기다리고 있었다. 그리프가 도착했을 때, 그들은 밧줄 하나를 내려보냈다. 부드러운 바닷바람이 강으로부터 불어와서 그 밧줄이 지면에 있는 차량에 닿을 때까지 거대한 버팀기둥의 앞뒤로 흔들어댔다.

그리프는 밴에서 가볍게 뛰어내린 다음 뒷문을 열었다. 타지가 내려와서 그와 합세했고, 두 사람은 함께 무거운 상자를 화물칸 밖으로 끌어내렸다.

"메모리 스틱이 달린 발사장치 하나. 미사일 셋. 금방 알 수 있을 거요." 그리프가 말했다.

타지는 내려온 밧줄을 붙잡고 상자를 강철 고리에 고정시킨 다음 뒤로 물러섰다. 위쪽 높은 곳에서 남자들이 그 밧줄을 잡아당기면서 롱 투쓰 미사일 발사장치를 다리의 꼭대기로 끌어올렸다.

오랜 탐색 끝에 그리프는 이 장소를 스스로 선택했었다. 헬게이트 다리는 라과디아 공항으로 향하는 비행경로 상에 일직선으로 놓여 있었다. 이 다리는 타지가 완벽한 발사를 하기에 충분할 만큼 꽤 높이가 있었고, 게다가 그들이 발각되지 않고 실행하기에 충분할 만큼 떨어져 외져 있어서 접근하기에도 어려웠다. 어떠한 보행자, 자동차 또는 트럭의 통행도 철교 위로는 전혀 없는 데다가, 그곳을 통과하는 모든 기차는 단지 공원관리국 제복을 입은 사람들만 보게 될 것이다. 아무도 그리프나 타지 또는 그의 일당들 중 어느 누구한테서든 어떠한 사악함도 의심하지 않을 것이다. 심지어 아무도 FBI 요원인 프랭크 핸슬리가 미국을 대한 분노를 폭발시키기 위해 일을 꾸몄다는 것을 추측조차도 못할 것이다. 그것도 헬 게이트 다리 꼭대기에서.

오후 5:55:09

뉴저지, 트렌턴 10km 상공, 보잉 727 CDC 전세기

기장인 스타더드는 자동조종 장치를 작동시켰고, 조종석의 무선통신 장치를 조절했다.

"전세기 939에서 호출합니다. 라과디아 관제탑, 나오십시오."

치직거리는 목소리가 조종실을 가득 채웠다. "라과디아 항공교통 관제소에서 응답합니다. 9-3-9 잘 들립니다."

"우리는 예정된 항로와 시간대로 운행 중입니다." 스타더드 기장이 대답했다. "뉴욕 시 상공 도착 예정 시간, 8-3-8 P.M., 동부 서머 타임. 이상…."

1 2 3 4 5 6 7 8 9
10 11 12 13 14 15 16 17
18 19 20 21 **22** 23 24

다음 이야기는 오후 6시에서 오후 7시 사이에 일어난 것이다.

오후 6:07:12

그랜드 센트럴 역, 중앙 통로

잭 바우어와 캐이틀린 오코너는 그랜드 센트럴 역 내부 2층 발코니에 서 있었다. 그랜드 센트럴 역은 요즈음엔 통근열차들만 운행하고 있지만, 대리석으로 장식된 내부의 인상적인 보자르(Beaux Arts) 양식은 20세기 초 열차 여행의 로맨스를 떠올리게 했다. 그들이 서 있는 높은 발코니 아래로는 탁 트인 중앙 통로가 그들 앞에 펼쳐져 있었다. 그들의 머리 위로 높이 자리잡은 둥근 지붕의 천장은 황도대(태양의 둘레를 도는 지구의 궤도가 천구天球에 투영된 궤도)의 12개 별자리를 묘사한 벽화들로 장식되어 있었다.

잭이 예상했듯이 종착역은 통근자들로 가득했다. 인간의 물결은 중앙 통로 한가운데에 있는 거대한 시계를 위에 얹은 안내 스탠드와, 이 건물이 건축되었던 1913년 당시 조각가 쥘 쿠탕(Jules Coutan, 1848~1939, 프랑스의 조각이자 교육자)에 의해 창작된 조각 작품들 주변에서 소용돌이치고 있었다. 그러나 잭은 감동적인 내부 공간에다 결코 한눈을 팔지 않았다. 그는 군중 속에 있는 얼굴들을 유심히 살펴보고 있었다.

"나는 페러 요원이라고 자칭하는 남자를 오후 6시 정각에 큰 시계 아래에서 만나기로 했어요." 잭이 말하면서도 군중 속을 자세히 들여다보고 있었다.

캐이틀린 역시 바라보았다. 비록 무엇을 찾아야 하는지는 알지 못했지만. 그 가짜 CTU 요원은 퇴근 시간대에 그랜드 센트럴 역에 밀어닥친 수천 명의 회사원들 가운데 어느 한 명일 것이 틀림없었다. 누가 그 사기꾼인 줄 그녀가 어떻게 알 수 있겠는가? 더욱 중요한 것은 잭이라 한들 어떻게 알 수 있겠는가? 캐이틀린은 한숨을 쉬었고, 지금은 그녀의 손목에 있는 잭의 전자시계를 흘끗 보았다.

"만약 그 사람을 6시에 만나기로 했다면, 좀 늦었군요." 그녀가 말했다.

"그게 관건이죠. 나는 몇 분을 더 기다리면서 그 시계 주변에서 서성거리는 사람들 중 용의자일 법한 두서너 명의 인물들을 자세히 살펴볼 작정입니다. 그런 다음 내 핸드폰으로 페러 요원에게 전화를 걸어 어떻게 내가 늦는지를 설명할 겁니다. 만약 우리가 지켜보고 있는 사람들 중 한 사람이 전화로 대답을 한다면, 그가 바로 그 사기꾼이라는 것을 알 수 있을 겁니다."

잭의 핸드폰이 손 안에서 울리면서 이야기를 중단시켰다.

"그 사람인가요?"

"CTU에서 온 겁니다." 잭이 그녀에게 말했다. 그는 대답한 다음, 잠시 동안 니나 마이어스에게 귀를 기울였다. 마침내 그가 말했다. "내가 그녀한테 알려줄게." 잭이 말하면서 통화를 끝냈다.

"무엇을 알려준다는 거죠?" 캐이틀린이 캐물었다.

"CTU 쪽에서, 제이미 패럴이 모든 뉴욕 시 경찰의 주파수들과 응급 채널들을 감시하는 중이에요. 조금 전에 그녀가 경찰청의 사고 보고 하나를 엿들었답니다."

잭이 잠시 멈추었다. 캐이틀린의 무릎이 휘청거렸다. "말해줘요, 잭." 그녀가 말했다.

"샤머스 린치가 죽었습니다. 그는 퀸즈에 있는 어느 주차 빌딩 안에서 알 수 없는 폭발로 인해 살해당했어요. 사고 현장에서 당신의 동생, 리암이 자수를 했답니다. 경찰이 지금 그를 데리고 있어요. 그들이 당사자의 안전을 위한 보호 조치로써 지키고 있답니다."

캐이틀린은 입을 가렸고, 푸른 두 눈에서 흘러내리는 눈물을 멈추려고 눈을 감았다. "오 세상에, 하느님 감사합니다." 그녀는 잭의 목을 두 팔로 감싸 안으면서 울었다.

그는 그녀를 잠시 안아준 다음, 몸을 빼내서 그녀의 얼굴을 들여다보았다.

"내 말을 주의 깊게 잘 들어요. 이 모든 상황이 당신한테는 이제 끝났어요. 샤머스는 죽었고, 그리핀은 CTU에게 쫓기는 신세라 당신을 뒤쫓을 겨를이 없을 겁니다. 당신은 더 이상 이 일에 말려들 필요가 없어요. 지금 당장 경찰관에게 가야만 합니다, 어떤 경찰관이든지요. 그리고 그 사람에게 당신 또한 보호 조치를 해주도록 요청하세요. 몇 시간 내로 이 혼란은 끝날 겁니다. 그 사이에 당신은 안전하게 있어야 해요…."

캐이틀린은 머리카락을 뒤로 넘기고는 고개를 가로저었다. "아니에요, 잭. 저는 이 일을 끝까지 지켜볼 생각이에요…. 보세요. 저와 제 남동생은 이 말도 안 되는 혼란이 시작되자마자 관여하게 되었다고요. 일부러 그렇게 했던 건 아니었지만, 지금 우리가 어떤 상황에 처해 있는지 알고 있으니까 저는 일을 마무리 짓는 것을 돕고 싶어요…. 만약 저와 제 동생이 어떤 고발을 당한다면, 결국에 가선 아무래도 제가 당신을 도운 것이 판사가 우리에게 관대한 판결을 내리는 데에 조금이라도 도움이 되지 않을까 해서요. 이해해 주시겠어요?"

잭은 고개를 끄덕거렸고, 그들은 다시 군중들을 지켜보기 시작했다. 가장 유력한 후보자일 법한 인물을 발견한 것은 캐이틀린이었다.

"저 사람은 어때 보여요, 잭?" 그녀가 가리키면서 말했다.

바우어는 신문 가판대에서 구입했던 소형 관광객용 쌍안경으로 그 남자를 자세히 관찰했다. 그 남자는 30대 중반으로 신체적으로는 적합해 보였다. 딱 벌어진 어깨에다, 원래 가무잡잡한 피부색이든지 아니면 심하게 볕에 탔든지 간에 햇볕에 바랜 금발이었다.

"알맞은 연령대 같네요, 게다가 시간도 다 되어 가니까." 잭이 말했다. "한번 시도해 보죠."

그러나 잭이 막 전화를 걸었을 때, 그 금발의 남자는 시계를 위에 얹은 안내소 뒤로 걸어갔고 시야에서 사라졌다. 그 사이에 어떤 목소리가 두 번째 벨소리에 대답했다.

"패러 요원입니다."

"잭 바우어입니다. 내가 약간 늦을 것 같습니다. 핸드폰을 끊지 말고 제가 도착할 때까지 기다려 주십시오. 난 캐이틀린과 함께 있는데, 지금 그랜드 센트럴 역 밖입니다. 42번가에 있습니다…."

잭이 말하는 동안, 캐이틀린은 금발의 사내가 다시 나타나기를 기다렸다. 마침내 그가 모습을 드러냈는데, 핸드폰을 손에 잡고 귀에 대고 있었다. 그녀는 잭의 팔을 슬쩍 건드렸고, 잭도 고개를 끄덕였다. 잭 역시 그 모습을 본 것이었다. 패러 요원이 계속해서 말을 하는 동안, 잭은 음소거 버튼을 눌러서 상대방이 그들의 대화를 듣지 못하게 했다.

"여기서 기다려요." 잭이 속삭였다. "나는 그 사람과 계속 통화를 하며 그 뒤로 몰래 다가가서 그를 포로로 붙잡을 겁니다…."

그녀는 잭이 거대한 대리석 계단을 급히 내려가 중앙 통로를 향하는 것을 지켜보았다. 몇 초 만에 그는 밀집한, 빠르게 움직이는 군중 속으로 사라졌다.

계단 통로 맨 밑에 다다른 잭은 핸드폰 외장의 숨겨진 칸을 열고, 아주 가는 선 하나로 된 헤드폰을 뽑아냈다. 그는 그 선을 머리 너머로 두르면서 단추 크기만 한 수화 장치를 귓구멍 속에 살짝 밀어 넣은 다음, 아주 작은 마이크를 턱 아래에 붙여서 대화 속 한 토막도 놓치지 않도록 했다. 그런 다음 핸드폰을 재킷 속으로 넣었고 오른손으로는 마크 23 손잡이를 꼭 쥐었다.

헤드셋 덕분에 잭은 주위에 있는 사람들로부터 주변의 소음을 차단시킬 수 있었다—'패러 요원이라는 작자'의 말과 그 남자 주변의 소음들에 집중할 수 있도록.

곧바로 잭은 터미널의 공허하게 울리는 소리들을 배경으로 한 패러의 목소리를 들었고, 그 사기꾼이 정말로 종착역 내부의 어딘가에 있다는 것을 알았다.

중앙에 있는 그 시계 쪽으로 움직이는 동안, 잭은 그 사기꾼이 실제로 얼마나 알고 있는지 확인해 보기로 했다.

"공항 급습 작전들이 어떻게 되었는지 들었습니까?" 잭이 물었다. "그들이 워싱턴 D.C., 로스앤젤레스, 시카고에서 공격을 막았습니까…, 여기 뉴욕은요?"

패러는 잠시 침묵한 다음, 그 질문을 교묘히 피해갔다.

"보안이 되지 않는 전화상으로 이것을 논의해야 하는지 잘 모르겠군요."

"당신 말이 맞는 것 같군요."

"얼마나 가까이 있습니까, 바우어 특수요원?"

잭은 조급함을—그리고 미심쩍어함을—남자의 말투에서 느낄 수 있었다. 그 사이 잭은 무리지어 있는 사람들 사이를 미끄러지듯 지나친 뒤에야 비로소 그 금발 남자의 등을 보았다. 그 사기꾼은 이제 겨우 몇 미터밖에 떨어져 있지 않았고, 여전히 핸드폰에다 이야기를 하고 있었다. 브룩스 브라더스 정장 차림에 서류가방을 손에 든 그 사기꾼은 암살자라기보다는 마치 주식중개인처럼 보였지만, 잭은 겉모습은 속임수일 수 있다는 것을 알고 있었다.

"거의 다 왔습니다." 잭은 말하면서 그 남자의 뒤로 걸음을 옮기고 권총집에서 무기를 살짝 꺼냈다. 총은 여전히 재킷 안에 감춘 채, 그는 45 구경의 총구를 금발 남자의 늑골 쪽에다 찔렀다. "사실, 나는 당신 바로 뒤에 있습니다." 잭이 말했다.

금발 남자는 핸드폰을 내렸고 획 뒤돌아보면서 잭을 마주

보았다. "뭐야, 이 양반아." 그가 소리쳤다. "부딪쳤으면 적어도 사과는 해야지…."

남자는 잭의 손에 들린, 일부분이긴 했지만 재킷 속에 감춰져 있던 총을 보고야 말았다. 그는 뒤로 물러섰다.

"훌륭한 시도였네, 바우어." 목소리가 그의 귓속에서 말했다. "하지만 아무래도 자넨 엉뚱한 놈의 뒤를 밟고 있었던 것 같네."

"어디에 있나?"

"올려다보게. 자네 친구를 좀 확인해 봐."

2층 발코니에서 잭은 케이틀린의 창백해진 얼굴을 보았다. 그녀 옆으로 큰 키에 가무잡잡한 피부색과 탈색된 금발을 가진 사내가 그녀의 팔을 꽉 쥐고 있었다. 그가 서양식 옷차림을 했음에도 불구하고 잭은 PDA에 있는 파일들 덕에 그를 알아볼 수 있었다.

"오마르 바야트." 잭이 속삭였다.

"나를 알아보는군." 바야트가 대답했다. "이거 영광이구만."

"그녀를 보내주게. 대신 나를 인질로 삼아." 잭이 요구했다.

"난 인질을 찾고 있는 게 아닐세, 바우어 선생. 난 단지 자네가 나를 뒤쫓아오는 일 없이 여기에서 빠져나가기를 원할 뿐이야."

"좋아. 내가 어떻게 하길 원하나?"

"한 15미터 떨어진 곳에 우편함이 하나 있네. 그게 보이나?" 바야트가 물었다.

"보이네."

"그 우편함으로 걸어가서 자네의 핸드폰과 무기를 그 안에 집어 넣도록 하게."

"만약 내가 그렇게 하면, 무엇을 보답으로 얻는 거지?"

"이 여자를 보내줄 걸세, 내가 역을 빠져나간 후에 말이야. 그렇지 하지 않으면 나는 이 여자를 이 자리에서 맨손으로 죽여버릴 걸세. 그렇게 해도 많은 사람들 가운데 어느 누구도 눈치채지 못할 거야."

잭은 주저했다.

"내가 그렇게 할 수 있다는 걸 알잖은가, 바우어. 당장 우편함 쪽으로 움직이게. 아니면 여자는 죽어."

"가겠네." 잭이 말했다. 잭이 우편함에서 아직 몇 걸음 떨어져 있을 때 잭이 실수로 말을 걸었던 금발의 남자가 되돌아왔다—두 명의 뉴욕 시 경찰들을 대동한 채.

"바로 저 사람입니다!" 금발의 남자가 잭을 가리켰다. "저 사람이 내게 총을 들이댔다고요!"

잭 주위에 있던 사람들 일행이 금발머리 남자의 외침을 듣고 그 진로에서 비켜나기 위해서 움직였다. 잭은 사람들을 이용해서 자신의 몸을 숨긴 채 몸을 돌려 반대 방향으로 달아나기 시작했다. 그가 통근자들의 인파 속을 헤쳐 나가는 동안, 잭은 오마르 바야트가 비웃는 소리를 헤드폰을 통해 들었다.

"잠깐, 바야트. 그녀를 풀어주게." 잭이 소리쳤다. "그녀는 이제 당신을 방해할 수 없어, 그건 나도 마찬가지고."

"여자는 나와 함께 갈 거야, 바우어." 바야트가 대꾸했다. "그리핀 린치라는 남자가 그녀를 몹시 만나고 싶어 하니까."

잭은 끊어져 버린 통화의 잡음 소리를 들었다. "개자식!"

"멈춰!" 어떤 목소리가 날카롭게 외쳤다. 잭은 비명소리들을 듣고 어깨 너머를 흘끗 보았다. 경찰관들은 여전히 그를 뒤쫓고 있었다. 그들 중 한 사람이 무기를 꺼내들었다. 다행스럽게도 그 남자는 정확한 사격을 할 수 없었는데, 그건 수많은 민간인들이 통로에 있었기 때문이었다. 잭은 계속해서 인파 속을 지그재그로 누비며 빠져나간 후에야 비로소 42번가에 이르렀다.

차량들이 북적댔지만 조금씩 움직이고 있었다. 42번가를 따라 끝이 보이지 않을 정도로 승용차와 트럭 들이 죽 늘어서 있었다. 잭은 주위를 둘러보며 길에서 빠져나갈 방도를 찾아보았다. 어느 순간에 경찰관들이 거리에 모습을 드러내 그 자리에서 그를 저격할지 모르는 일이었다.

그때 길 건너편으로 잭은 어떤 건장한 남자가 시동을 켠 채로 세워 놓은 할리 데이비슨 모터사이클에 걸터앉아 있는 걸 발견했다. 미국 국기가 뒷바퀴 위쪽에 있는 짧은 깃대에 매달려 펄럭이고 있었다. 그 모터사이클은 전체가 크롬으로 되어 있었고, 엔진은 부르릉거리고 있었다.

완벽해. 잭은 생각했다. 차량들을 무시한 채 그는 도로 위로 뛰어들었고 움직이는 차량들 사이로 쏜살같이 달렸다. 한 택시 운전사가 그를 보고 갑자기 멈춰 서려고 브레이크를 밟는 바람에 그는 노란색 엔진 뚜껑 위를 몸을 굴러 건넜다. 폭주족 옆으로 착지한 잭은 그 남자의 긴 말총머리를 붙잡고 모터사이클 밖으로 확 잡아챘다.

남자가 비틀거리며 일어서기도 전에 이미 잭은 엔진을 고속으로 회전시킨 뒤 서둘러서 달아나며 보도를 따라 전속력으로 달렸다. 보행자들이 사방으로 흩어지는 가운데 그는 보도를 따라 한 구역 넘게 돌진했다. 결국 한 호텔의 차양 아래에 모여 있는 한 무리의 여행자들을 맞닥뜨리게 되서야 잭은 차도 쪽으로 방향을 홱 틀었다.

헤드셋을 이용해서 잭은 CTU와 연락을 취했다. 슈펠이 통화에 응답했다. "스피커폰으로 연결하겠네, 잭."

"패러 요원의 신분으로 가장했던 남자는 실제론 오마르 바야트입니다. 타지 알리 칼릴의 동료이자 아프가니스탄의 탈레반 정부를 위한 테러 행위의 주동자입니다."

"어떻게 아나, 잭?" 라이언이 물었다. "그를 생포했나? 죽인 건가?"

"아뇨." 잭이 대답했다. "바야트는 용케 저를 속이고는 캐이틀린을 잡았습니다. 그가 지금 그녀를 데리고 있어요. 제 손목시계 내부에 있는 추적 장치가 작동되고 있습니까?"

"완벽하게요." 제이미 패럴이 말했다. "캐이틀린의 모든 움직임들을 추적하고 있어요. 다행이네요, 일이 잘못될 경우를 대비해서 그녀한테 당신의 손목시계를 준 게."

"그녀는 지금 어디에 있지?" 잭이 물었다.

"어떤 승합차 내부인데, 3번가에 있는 주택지구로 이동하고 있어요. 그 밴은 57번가에 있는데, 오른쪽 차선으로 움직이고 있네요. 내 생각엔 아마도 59번가 다리를 건너가려는 것 같아요, 퀸즈 쪽으로요…."

"캐이틀린의 흔적을 놓치지 않도록 해야 해." 잭이 말했다. "지금 당장은 그녀만이 테러범들에게 이르는 우리의 유일한 연줄이야. 그녀를 놓치면 우리는 그들이 어디에 숨어 있는지 혹은 그들이 무슨 짓을 하려는 건지 알 수 없으니까."

23

다음 이야기는 오후 7시에서 오후 8시 사이에 일어난 것이다.

오후 7:19:43

로스앤젤레스, CTU본부

라이언 슈펠의 워크스테이션에 있는 스피커폰이 삑삑 울어대며 그를 성가시게 했다. 피곤한 데다 심기가 뒤틀린 라이언은 버튼을 눌렀다. "뭔가?"

"니나예요. 방금 국가교통안전위원회의 부위원장인 로저 타이슨과 이야기를 했어요."

라이언은 소리 죽여 웃었다. "말하지 않아도 되네. 공항 현장들의 급습 작전이 뉴스에 보도되었다는 거겠지? 그가 우리의 정보를 의심한 것에 대해서 사과하고 싶어 하던가?"

"현장 급습에 대한 뉴스는 아직까지는 통제되고 있습니다.

타이슨 부위원장은 관료적 경로들을 통해서 그 소식에 관해 들었답니다. 그가 전화상으로 위험을 경고했습니다."

슈펠은 일어나 앉았다. "뭐라던가?"

"오늘 오후 CDC(질병통제센터) 전세 비행기 한 대가 애틀랜타에서 이륙했답니다. 그 비행기는 생물학적 유해 물질을 운반하고 있답니다—치명적인 1918년 유행성독감 변종 균의 표본들이랍니다."

"도대체 왜 우리는 전달받지 않은 거지? CTU도 다른 기관들과 마찬가지로 똑같은 보안 리포트를 받았어야 했잖은가 말이야!"

"그 비행은 일일 DSA(국내 보안 경보) 리포트에 언급되어 있었습니다만, 여기 CTU에 있는 어느 누구도 접속하지 못했습니다. 항공기가 이륙했을 때라도 부차적인 경보를 받았어야 했는데, 우리는 차단되어 있었습니다."

라이언은 얼굴을 찌푸렸다. "차단되어 있었다니 무슨 뜻인가?"

"헨슬리 때문입니다." 니나가 대답했다. "타이슨의 말에 따르면, 그 경보는 FBI 쪽에서 직접 발령되었답니다. 아무래도 헨슬리가 상사들을 설득해서 잭 바우어가 체포되어 심문을 받을 때까지는 CTU를 경보에 대한 중추 그룹에서 배제하도록 한 것 같습니다."

"믿을 수가 없군!"

"라이언, 들어보세요. 상황은 우리가 생각했던 것보다 심각해요. 그 CDC 비행기는 보잉 727기종인데, 단테 얼리가 로스앤젤레스 국제공항에서 표적으로 삼았던 것과 동일한 종의 항공기죠. 목적지는 퀸즈에 있는 라과디아 공항. 착륙 예정 시간은 대략 오후 8시 45분쯤이에요. 동부 표준 시간으로요."

"개자식." 라이언이 폭발했다. "그게 최종 목표였어. 그렇다면 오후 5시에 아무 일도 일어나지 않은 이유를 알 만하군! 그 CDC 비행기는 8시 45분까지는 착륙하지 않으니까 말이야. 그들은 그 항공기를 격추시켜서 유행성독감 바이러스를 온 도시 위에다 퍼뜨리길 원하는 거야—그리고 정말로 그짓을 성공하게 될지도 몰라."

"잭에게 경고해야만 해요…."

"우선 NTSB(국가교통안전위원회)가 명령을 내려서 그 항공기를 다음번 공항에 착륙시키도록 해야 해."

"그러기엔 너무 늦었어요, 라이언. NTSB가 이미 시도했지만 성공하지 못했어요."

"하지만 그들은 명백히 그 비행기를 착륙하도록 지시할 수 있는 권한을 갖고 있다고."

"그건 권한의 문제가 아닙니다. 보안상의 우려 때문이죠. 그 CDC 항공기는 엄격한 '라디오 사일런스'를 유지하고 있어요. 조종사는 매시간 한 번씩만 보고를 하는데, 마지막 시간대를 지금 막 놓쳤어요. 다음번 조종사들이 무선 연락을 취할 땐, 그 비행기는 뉴욕 시 상공에 있을 겁니다."

오후 7:23:13

맨해튼, 59번가

"그들은 지금 어디에 있어?" 잭은 퀸즈보로 다리의 진입로를 향해서 질주하고 있었다. 그 진입로는 탄소강(dirty steel) 대들보들로 이루어진 오래된 구조물로 2번가에서부터 오르막을 시작하며, 양 측면으로는 수백만 달러짜리 아파트 건물들이 이스트 강을 멀리 바라보고 있었다.

잭은 CTU 로스앤젤레스 지국과의 핸드폰 전화 연결을 열어둔 채로 유지했고, 그 동안 제이미 패럴은 퀸즈의 격자 지도 위에 나타난 캐이틀린의 신호를 추적하고 있었다. 33초간의 대서양 연안과 태평양 연안 사이의 통신 지연은 몇 번의 긴장된 순간들을 야기시켰지만, 아직까지는 납치된 여성을 정확하게 추적하고 있었다.

"캐이틀린이 타고 있는 차량은 퀸즈의 31번가를 따라서 여전히 움직이고 있어요." 제이미가 말했다. "그들은 트라이보로 다리로 향하는 것처럼 보여요. 그러니까 그들은 할렘(뉴욕시 맨해튼 섬의 동북부 구역) 쪽으로 갈 수도 있어요, 아니면 사우스 브롱크스 쪽이거나.”

퀸즈행 차량들은 다리의 저층 위에서 가다 서다를 반복하며 움직이고 있었다. 뉴욕은 조금 게으른—늦은 아침에 일을 시작하고 좀 더 늦은 저녁에 일터를 떠나는—도시였다. 그래서 러시아워 시간대의 교통은 아직까진 복잡하지 않았다. 잭의 젊은 시절 산악용 오토바이 경주 경험은 자동차들과 트럭들 사이를 수월하게 돌진하는 데에 많은 도움이 되었다.

잭이 조절판 레버를 비틀어 속도를 올리며 둔하게 움직이고 있는 견인차의 주변을 지그재그로 달리고 있을 때, 니나 마이어스의 목소리가 귓속에서 들렸다. “잭, 다소 걱정스러운 정보를 받았어요….”

그녀는 그에게 CDC 항공기와 그 안에 있는 치명적인 화물에 대한 것과, 어떻게 그 항공기가 뉴욕의 하늘 위로 75분 이내에 진입하게 될 것인지를 이야기했다.

“그것이 그들의 목표야.” 잭은 확신했다. 모든 것이 앞뒤가 들어맞았다.

“여기 우리 쪽 예감도 마찬가지예요.” 니나가 말했다. “그렇지만 라이언은 당신이 헛물만 켜는 게 아닌지 염려하고 있어요. 그 오마르 바야트가 타지의 소재지로 향하고 있는 게 전혀 아닐 수도 있잖아요.”

“아니야, 절대 그럴 리가 없어. 타지와 바야트는 한 팀이야. 그들은 알리 칼릴 일족들이 아프가니스탄에서 모두 몰살된 이후부터 함께 일했어. 2년 전 벨기에 여객기를 북아프리카 상공에서 격추시킨 후, 그들은 국경을 넘어서 리비아로 함께 탈출했어. 그들이 여기에서 벌이려는 계획 역시 그 짓거리라는 데에 돈을 걸겠어."

잠시 동안 전화 연결 양측에 침묵이 흘렀다. 그런 다음 잭이 말했다. "오마르 바야트가 우리를 타지와 또 다른 테러 조직에게 안내하고 있다고 가정해 보자고. 어디에서 그들이 공격을 가하려고 할까? 그들이 필요로 하는 장소는 공항에 가깝고, 도시의 스카이라인보다 위에 있고, 게다가 외떨어져 있는 곳이야—비행기의 발진을 볼 수 있는 어떤 건물 옥상 아니면 빌딩."

"트라이보로 다리는 어때요?" 니나가 말했다. "그 근방에서는 가장 높은 구조물이에요."

"높이는 충분하지만 너무 대중적이야. 수천 대의 자동차들이 그 다리를 매시간 지나가고 있어. 테러범들은 발각되거나, 핸드폰을 가진 누군가에게 신고를 당할 수 있어…."

"잭!" 마일로 프레스만의 목소리였다. "트라이보로에서 약 400미터 상류 쪽에 헬 게이트라고 불리는 철교가 있어요. 그 다리는 아스토리아 공원 바로 위를 지나, 이스트 강을 건너 랜들스 섬으로 이어진 다음, 사우스 브롱크스 쪽으로 향해요."

"그 말이 맞아요." 니나가 말했다. "헬 게이트 철교는 실제로 트라이보로 다리보다 라과디아 공항에 조금 더 가까워요. 양쪽 다리 모두 공항으로 향하는 비행경로의 바로 아래에 있기도 하고요."

"제이미, 지금 캐이틀린의 상황은?" 잭이 물었다.

"그 차량은 트라이보로 다리 쪽으로 회전하고 있어요… 아니에요. 잠시만요. 차량은 호이트 대로로 들어섰네요, 그 도로는 트라이보로와 평행으로 나 있는 도로예요. 아마도 그 아래에는…."

할리의 으르렁거리는 엔진 소리 너머로, 잭은 제이미가 뭔가를 알아들을 수 없는 소리로 외치는 걸 들었다.

"제이미? 뭐라고?"

"호이트 대로요, 잭. 그 도로는 이스트 강의 기슭 쪽으로 곧바로 이르고 있어요. 아스토리아 공원 쪽으로요…."

4,800킬로미터나 떨어져 있는 잭 바우어는 자신이 어디로 향해야 하는지 깨달았다. "헬 게이트 다리…."

오후 7:36:09

퀸즈, 아스토리아 공원

아스트리아 공원과 접해 있는 조용한 주택가 도로에서, 오마르 바야트는 2미터가 훌쩍 넘는 철조망 울타리 가운데 잠겨 있는 문 앞에다 밴을 세웠다. 태양은 뜨거운 오렌지색 공 모양으로 키가 큰 오크나무와 느릅나무들 사이에서 빛나고 있었지만, 밴은 차량 지붕 위로 30미터 높이에 자리한 철교의 강철 경간 때문에 그늘져 있었다.

아프가니스탄 사내는 자신의 어깨 너머로, 몸이 묶이고 입에는 재갈이 물린 채 화물칸 바닥 위에 있는 여자를 바라보았다. "금방 돌아올 거야."

바야트는 차에서 내려 통자물쇠의 빗장을 벗긴 다음 차를 몰아 문을 통과했다. 그는 밴을 목재로 된 작은 차고 안으로 후진시켰는데, 그 차고는 담쟁이덩굴로 뒤덮인 철교의 콘크리트 버팀기둥들 중 하나에 기댄 채 돌출해 있었다. 철교의 경간 아래라서 시원하게 그늘져 있었고, 풍성한 푸른 초목들이 울타리의 안쪽 구역을 따라서 둘러져 있었다.

시야에서 보이지 않는, 차고 내부의 아치형 콘크리트 구조물 뒤쪽에서 바야트는 초록색 뉴욕시 공원관리국 작업복으로 갈아입었다. 그런 다음 그는 뒷문을 열고 캐이틀린의 붉은 머리칼을 붙잡아서 끌어내렸다. 그녀는 비명을 질러보았지만, 소리는 입에 물린 재갈 때문에 나직하게 들렸다.

바야트는 손바닥으로 그녀를 후려쳤다. "입 닥쳐, 안 그러면 네 목을 갈라버리겠어."

캐이틀린은 흐느껴 울었고, 바야트가 그녀의 손목을 풀어주는 동안 불안정하게 몸을 비틀거렸다. 그는 재갈만은 그대로 남겨두었다. 그런 다음 아프가니스탄 사내는 그녀를 차고의 뒤쪽으로 밀었는데, 그곳엔 구멍 하나가 천장 가운데에 뚫려 있었다. 3.5미터 가량의 사다리 하나가 그 구멍을 통과한 다음 위쪽을 향해서 콘크리트 버팀기둥의 옆으로 길을 내고 있었다.

"올라가." 바야트가 고함을 질렀다.

캐이틀린은 위를 올려다보았다. 휴대용 사다리의 상단 위쪽으로는 가로대들이 콘크리트 속에 박혀 있어서 영구적인 사다리를 형성하고 있었고, 그것은 다리의 꼭대기까지 죽 뻗어 있었다. 캐이틀린의 눈이 휘둥그레졌고 그녀는 고개를 거세게 가로저으며 오마르 바야트에게 자신이 너무나 두려워하고 있다는 것을 말하려고 애를 썼다. 그는 그녀를 또다시 때렸는데, 너무 세게 가격했는지 캐이틀린이 무릎을 꿇고 말았다. 그는 손을 아래로 뻗어서 그녀의 머리칼을 확 잡아당겨 일으켜 세웠다.

"올라가, 아니면 죽어." 그가 화난 어조로 낮게 말했는데, 그의 뜨거운 입김이 그녀의 뺨에 와 닿았다. 양손은 떨리고 다리는 후들거렸지만 캐이틀린은 마지못해 첫 번째 가로대를 향해 손을 뻗었다.

오후 7:49:13

퀸즈, 31번가

"캐이틀린은 지금 어디 있지?" 잭이 모터사이클의 으르렁거리는 소리 너머로 고함을 질렀다.

"그녀는 여전히 19번가에 있어요, 21번과 22번 도로 사이에요." 제이미가 말했다. "아마도 거기가 은신처이거나 혹은 집결지인 것 같아요."

잭은 엔진을 고속 회전시켰고 황색 신호등을 무시하며 내달렸다. "얼마나 멀리 떨어져 있지?"

"약 20분 정도요. 만약 교통 상황이 한산하다면 보다 덜 걸릴 거예요." 제이미가 대답했다.

잭이 내뱉었다. "젠장, 너무 떨어졌군."

"잭, 캐이틀린이 다시 움직이고 있어요. 공원을 건너가네요. 그녀가 다리의 경간을 따라가고 있어요. 다리 바로 밑에서 움직이고 있어요."

잭은 얼굴을 찌푸리고 속도를 올렸다. "캐이틀린은 다리 아래에 있는 게 아니야, 제이미. 그녀가 다리 위에 있다는 걸 내 장담하지."

오후 7:59:26

헬 게이트 다리

캐이틀린은 사다리를 기어 올라가는 일이 힘들다고 생각했지만 마침내 경간의 꼭대기에 이르렀다. 공원 바로 위의 높은 곳이라 그런지 부드러운 미풍은 돌풍이 되어서 그녀의 긴 적금색 머리카락을 헝클어뜨렸고, 찢어지고 더러워진 치마를 쥐어뜯었다. 캐이틀린은 네 쌍의 철도 선로들을 보았는데, 은빛의 열차가 지나간 자국들은 강물을 건너 랜들스 섬을 가로지르며 뻗어 있었다. 폭이 좁은 강철 그물망의 교량용 통로는 경간의 가장자리를 따라 선로들과 평행을 이루며 놓여 있었다.

"저쪽이야." 오마르 바야트는 그 교량용 통로를 가리키면서 말했다.

재갈이 물린 캐이틀린은 흐느껴 울며 주저했다. 그녀가 높은 곳을 그다지 두려워하지는 않았지만, 그녀 바로 앞에 놓여 있는 강철 그물망은 거미줄이나 다름 없는 것처럼, 너무나 부스러지기 쉬워서 그녀의 몸무게를 지탱할 수 없을 정도로 보였다. 바야트가 그녀를 떠밀었고 그녀는 재갈 뒤로 비명을 내지르면서 강철 격자바닥 위를 비틀비틀 걸었다. 그녀는 난간을 움켜잡고, 몸을 가누려고 애를 썼다.

저 아래로, 그녀는 아스토리아 공원의 푸른 잔디 속에서 아이들이 놀고 있는 모습을 볼 수 있었다. 그들은 그녀에겐 아주 조그맣게 보였다. 마치 종종걸음으로 달아나는 쥐들처럼…. 그리고 그때 갑자기 어떤 생각이 들었다. *저 아래 사람들은 이 남자에게 그저 보잘것없는 존재일 거야.* 그녀는 깨달았다. *나도 그저 보잘것없는 존재일 테고.* 눈을 감은 캐이틀린은 침을 꿀꺽 삼킨 다음, 어깨를 딱 펴고 계속 나아갔다.

움직임은 시간이 지남에 따라, 그녀가 높이와 좁은 교량 통로의 쇠격자 바닥에 대한 울퉁불퉁한 느낌에 익숙해짐에 따라 조금씩 나아졌다. 다른 상황이었다면, 캐이틀린은 그 전경을 즐겼을 것이다. 저물어가는 태양이 지평선 너머 아래로 천천히 가라앉으며 도시에 황금빛 조명을 비추고 있었다.

아직도 공원 바로 위에 머물러 있던 그들은 높다란 석조 지붕을 가진 베이지색 석탑을 통과하며 지나갔다. 그녀의 머리 바로 위에 있는 석탑의 흉벽들이 이스트 강과 맨해튼 너머를 멀리 내다보고 있었다. 몇 분 후 석탑에서 빠져나왔을 때, 캐이틀린은 또 한 번 전망에 매혹되었다.

400미터 남짓 남쪽으로, 아치형의 트라이보로 다리 또한 강을 가로지르며 놓여 있었는데, 그곳의 도로는 차량들로 막혀 있었다. 그 긴 도로교 너머로, 어퍼 이스트 사이드(뉴욕시 맨해튼에 중앙 공원과 이스트 강 사이에 있는 지역)의 스카이라인이 루즈벨트 섬의 끝자락 너머로 살짝 드러났다. 캐이틀린은 엠파이어 스테이트 빌딩, 크라이슬러 빌딩의 뾰족탑, 시티코프(미국 Citibank의 지주 회사) 센터의 기울어진 지붕, 그리고 더 멀리 로어 맨해튼에 위치한 세계무역센터의 빛나는 쌍둥이 타워들을 볼 수 있었다.

이제까지 케이틀린은 공원 전체 구역의 바로 위를 지나쳐 왔다. 그녀의 한참 아래로는, 폭이 좁은 도로 하나가 이스트 강의 퀸즈 쪽 강둑과 평행으로 나 있었다. 랩과 힙합 음악이, 폭주용으로 개조된 자동차들로부터 바람결에 실려왔다. 아이스크림 트럭의 딸랑거리는 소리와 지나쳐 가는 모터사이클의 으르렁거리는 소리가 미풍을 타고 케이틀린의 귓가로 올라왔다. 그 모습들이 그녀에게는 이상하게 보였다. 어떻게 평범한 일상생활이 순진하게 계속되고 있는지, 어떻게 사람들은 그들의 머리 바로 위에서 벌어지려고 하는 끔찍한 일에 대해서 전혀 알아채지 못하고 있는지.

갑자기 색이 바랜 붉은 강철이 그녀의 발아래에서 진동하기 시작했다. 오마르 바야트는 그녀를 한쪽의 오목한 공간 속으로 밀어 넣은 다음, 그녀와 선로 사이에 섰다. 잠시 후 암트랙 기차 한 대가 굉음을 내며 그들을 지나치며 철교를 거세게 흔들어댔고, 케이틀린은 자신이 떠밀려 나가 저 아래로 추락해서 죽을 수 있다고 생각했다.

마침내 기차가 지나가자 그들은 조약돌이 가득한 강가를 뒤에 남겨둔 채 다시 걷기 시작했다. 이제 케이틀린은 발아래로 이스트 강의 녹회색 강물만을 볼 수 있었는데, 수면은 위험한 조충(다른 조류와 부딪쳐 격랑을 일으키는 조류)과 소용돌이들 때문에 빙글빙글 돌면서 미친 듯이 날뛰고 있었다. 여기, 수면 바로 위로 거의 100미터 정도의 높이인 이곳에선 바람이 계속 거세어져 이제는 다리 위로 팽팽하게 당겨져 있는 고압 전선들을 통과하며 날카로운 휘파람 소리를 낼 정도까지 이르렀고, 그 강력한 돌풍은 그녀의 가녀린 몸을 철교의 가장자리 너머로 휩쓸어갈 듯이 위협해 대고 있었다.

앞쪽으로, 일몰의 눈부심 속에서 캐이틀린은 움직임을 감지했다. 그녀는 녹색 작업복 차림의 세 사람을 가늠했는데, 그들은 한 삼각대 위에 고정시켜 놓은 처음 보는 어떤 장치를 회전시키고 있었다. 그 물건은 망원경처럼 보였는데, 하나가 아니라 두 개의 광학 원통을 가지고 있었다.

오마르 바야트는 한쪽 부츠를 그녀의 엉덩이에 갖다대고 앞쪽으로 밀었다. 캐이틀린이 그 남자들에게 다가갔을 때, 누군가가 어둠 속에서 나와 그녀 옆으로 다가왔다.

"재갈을 벗겨." 화난 목소리로 말한 사람은 그리핀 린치였다. "아무리 미친 듯이 비명을 질러봐야 아무도 이 여자가 여기 위에 있다는 걸 듣지 못할 테니까."

오마르 바야트가 재갈을 벗겨냈다. 캐이틀린은 멍이 든 입술을 문질렀다. "나한테 원하는 게 뭐야, 이 빌어먹을 망할 자식아. 그냥 나를 죽이고 끝내는 게 어때?"

그리프는 캐이틀린의 턱을 낚아채더니, 상처가 남은 데다 아직 멍들어 있는 손 안에서 턱을 힘껏 쥐었다. "걱정하지 마,

아가씨. 너는 머지않아 죽을 테니까. 일이 마무리 되고 여기가 완전히 어두워지면, 난 너를 이 다리 아래로 던져버릴 거야. 운이 좋으면 네 시체는 일주일 정도는 해안가로 밀려가지 않을 거고, 그때쯤이면 샤머스와 나는 사라진 지 오래일 거야. 네가 죽은 동생과 지옥에서 재회하는 동안에 말이지."

캐이틀린의 입이 떡 벌어졌다.

"그래, 이 아가씨야. 내가 샤머스를 보내서 네 동생을 죽이라고 시켰어. 그리고 그 녀석도 그렇게 하기로 동의했지. 네 귀여운 동생이 타지에게 배달하는 일을 망쳐버린 것에 대한 보답이야. 그 녀석이 일을 엉망으로 만든 바람에 내가 이 빌어먹을 다리까지 나와야 했다고. 나와 샤머스는 지금쯤 섬나라를 향해서 절반 정도는 날아가고 있었어야 하는데 말이야. 그대로 리암이 아마도 흔적도 없이 날아가 버렸단 것을 알게 되었으니 그나마 다행이지."

잠시 동안 캐이틀린의 심장이 멈추었다. 그러나 그때 그녀는 그리프의 말들이 모두 틀렸다는 것을 깨달았다. *샤머스야*말로 그 폭발 속에서 죽어버린 사람이었다. 그녀의 동생인 리암은 빠져나와서 자수를 했다. 그는 지금 경찰의 보호 조치하에 있었다. 그녀는 그리프에게 그 사실을 하마터면 말할 뻔했지만, 재빨리 말을 도로 삼켰다. 그리프가 그녀의 동생이 이미 죽은 것으로 생각하도록 하는 편이 더 나았다. 그러면 리암은 자신의 삶을 계속 살아갈 수 있을 것이다. 안전하게, 그리고 건강하게, 그리고 원하건대 행복하게…. 비록 엉덩이를 걷어차주고 앞머리를 다듬어줄 누나가 없을지라도. *그래.* 캐이틀린은 생각했다. *리암은 살아있어. 동생은 괜찮을 거야. 동생은 보호받고 있으니까.* 그 생각만으로도 그녀는 자신의 죽음을 마주 대하는 데에 필요한 용기를 얻었다.

그녀의 눈이 도전적으로 반짝거렸다. 그녀는 그리프의 손을 자신의 얼굴에서 밀쳐냈다. "그래, 잘난 체 떠들어라, 그리핀 린치. 그렇지만 모든 프로보(Provo, 아릴랜드 공화국군IRA의 급진파)들처럼, 당신은 폭력을 밀어붙이는 데에나 적당할지 모르지만 그 이상은 아무것도 아니야."

잠시나마 혐오스러운 미소가 그리프의 돌처럼 차가운 표정에 번득였다. "나도 어서 빨리 너를 죽여 버리고 싶어, 이 아가씨야. 하지만 적어도 네 죽음은 신속하고도 깔끔할 거야. 이 도시에 있는 나머지 사람들보다는 훨씬 더."

캐이틀린은 두려움을 억눌렀다. 그리프의 어깨 너머로 석양의 빛나는 햇살들이 이제 대기 중의 모든 입자를 어루만지며 불그레한 오렌지 빛 기운을 넓게 퍼뜨리고 있었다. 마침내는 지평선 전체가 마치 누군가가 그곳에 불을 지른 듯 보였다. 그때서야 비로소 그녀는 그리프와 그의 일당들이 똑바로 세우고 있는 것이 무엇인지를 깨달았다—한 기의 미사일 발사장치였고, 그것의 불길한 검은 윤곽이 하늘을 가리켰다.

1 2 3 4 5 6 7 8 9 10 11 12 13 14 15 16 17 18 19 20 21 22 23 24

다음 이야기는 오후 8시에서 오후 9시 사이에 일어난 것이다.

오후 8:05:53

헬 게이트 다리

캐이틀린이 차고 있는 시계 속 GPS 신호 덕에 잭은 어디로 가야 할지를 알았다. 그는 19번가에 있는 울타리가 쳐진 구역을 발견했다. 차고, 승합차 그리고 사다리도 찾아냈다.

"그녀는 지금 어디에 있지?" 잭이 헤드셋에 대고 말했다.

"다리의 중간쯤이에요, 잭, 남쪽 방면으로요. 신호가 몇 분 동안 움직이지 않고 있어요." 제이미의 목소리에 긴장이 묻어났다. 잭은 그녀가 무엇을 생각하고 있는지 알았다—그들이 캐이틀린을 다리 아래로 던져버리려는 걸까?

"지금 바로 올라갈 거야." 잭이 말했다. "이어폰은 빼놓을 테지만 이 통신 채널은 열어 놓은 상태로 놔두겠어. 당신은 내 말을 들을 수 있겠지만, 나는 당신의 말을 들을 수 없을 거야."

"과연 그게 좋은 생각일까, 잭?" 라이언이 물었다.

니나가 잭을 대신해서 대답했다. "잭은 그 다리 위에서 모든 감각을 필요로 할 겁니다."

라이언은 얼굴을 찌푸렸다. "좋아. 행운을 비네, 바우어."

잭은 대답하지 않았다.

몸을 낮게 웅크린 잭은 밴 아래로 손을 뻗어서 도로의 흙먼지와 기름을 손에다 문지른 다음 얼굴에 발랐다. 꼼꼼한 위장은 아니었지만 다리 위의 어둠 속으로 몸을 감추는 데에는 어느 정도 도움이 될 것이다—희망일 뿐이지만.

잭은 마크 23 USP를 꺼내 들었고 탄창과, 그가 가진 여분의 탄약을 확인했다. 그런 다음 겨드랑이쪽 권총집에 그 무기를 찔러 넣고, 이어폰을 홱 잡아당겨 빼고는 기어 올라가기 시작했다.

5분을 넘게 기어 올라가서야 꼭대기에 다다랐다. 경간에 도달했을 무렵엔 황혼이 깃들었고, 태양은 지평선 아래로 저물어버린 후였다. 발아래의 공원은 자색의 그림자 속에 싸여 있었고, 밝게 달아오른 가로등 아래의 작은 불빛의 섬들만이 흩어져 있었다.

시계가 없으므로 잭은 PDA를 이용해서 시간을 확인했다.

그는 30분도 채 남지 않은 시간 안에 테러범들을 찾고 미사일 발사를 저지해야만 했다. 그는 폭이 좁은 교량 통로 위를 달려 나갔다.

일반적인 상황이라면, 잭은 적절한 항공 정보와 지원을 받고, 도처에 그를 위한 지원 팀을 두고서 이런 장소로 뛰어들었을 것이다. 또한 방음용 전투화와 케블러 방탄복, 야간 투시용 고글이 달린 헬멧을 착용했을 것이다. 전술적 지원 역시 교량의 양쪽 방면에서 받았을 것이다.

그러나 이번 경우 잭은 혼자였다. 욱신거리는 근육들, 쿡쿡 쑤시는 팔의 상처, 허기짐, 목마름, 그리고 기진맥진함에도 불구하고 그는 강행했다. 잭은 알고 있었다. 지금 자신이 망설인다면, 케이틀린은 죽을 것이고 테러범들은 가공할 만한 전국적인 유행병을 퍼뜨릴 것이다. 그것에 필적할 만한 어느 것도 미국이 지난 1세기 동안 경험해 보지 못했다는 것도.

오후 8:23:25

헬 게이트 다리, 선로변환실

케이틀린은 경간의 맨 가장자리에 접한 지지 기둥에 맞닿아 세워진 한 선로 창고 옆으로 떠밀렸다. 그녀는 돌출부 위 비좁은 공간에 겨우 서 있었다. 아래로는 강의 시커먼 물결이 십여 개의 격렬한 소용돌이들 속에서 빙빙 돌고 있었는데, 그것들은 마치 살아있는 괴물들이 먹을 것을 달라고 보채는 것처럼 제각기 입을 크게 벌렸다 오므렸다 하는 듯이 보였다.

오마르 바야트는 접착용 테이프를 사용해서 그녀의 두 손을 등 뒤로 묶어 놓았지만, 캐이틀린은 용케도 이미 두 손을 풀어버렸다. 이제 그녀는 실낱 같은 가능성에 매달린 채 때를 기다렸다. 그리프가 그녀를 내던져 버리려는 마음을 바꾸기를 말이다—아니면 그녀가 탈출할 수 있는 길을 찾아내거나.

오마르 바야트가 우지 기관총을 손에 든 채 되돌아오는 것이 어렴풋이 보였다. 가까이에서 미사일 발사장치를 조작하고 있는 남자들이 무언가를 가동시켰다. 그 아프가니스탄 사내들은 발사관의 측면에 부착된 검은 상자 위의 조그마한 녹색 화면에 시선을 고정시키고 있는 듯 보였다.

그리프는 선로 창고의 지붕 위에 올라서서 쌍안경으로 어슴프레한 하늘을 세심하게 살펴보고 있었다. 가끔씩 그는 탐색처를 옮기며 선로 아래의 아스토리아 공원을 향해 뚫어지게 쳐다보곤 했다. 그의 표정은 긴장과 걱정으로 굳어 있었다. 캐이틀린은 그가 동생인 샤머스를 기다리고 있는 게 아닌가 생각했다. 그녀는 그가 결코 도착하지 않을 거란 사실을 알고 있었다.

창고의 내부에는 타지가 나무 상자 위에 자리한 프랭크 헨슬리 옆에 앉아 있었다. 캐이틀린은 그 낯선 사람이 잭이 말했었던 그 FBI 요원이라는 것을 알아차렸다. 타지가 그 남자를 호칭하며 이름을 불렀으니까. 아프가니스탄 사내들에게 지시를 내린 사람은 헨슬리였고, 타지가 그들에게 그 지시를 어떤 외국어로 통역을 해주었는데 그녀에겐 익숙치 않은 언어였다.

캐이틀린은 이 남자들이 오가는 것을 계속해서 지켜보았고, 그들이 말하는 모든 말을 귀담아 들었다. 그들의 말 가운데 일부는 그녀를 깜짝 놀라게 만들었다.

"여전히 그 727이 나타날 조짐이 없소." 타지가 전했다.

"아직은 너무 이르오. 오히려 CDC 비행기는 지연이 될 수도 있소." 말을 하면서 프랭크 헨슬리는 자신의 롤렉스를 흘끗 쳐다보았다. "전화를 한 통 해야겠소. 그들에게 임무가 어떻게 진행되고 있는지 알려줘야 하니까."

타지는 누런 이를 드러내며 웃었다. "이 작전은 잘 진행되고 있소. 바그다드(이라크의 수도)에서는 만족해할 거요."

헨슬리의 표정은 어두워졌다. "바그다드에서는 미국이 이라크가 고통받고 있는 방식으로 고통을 받아야 만족해할 거요." 그는 부피가 큰 위성 전화기에 붙은 어떤 번호를 꾹 눌렀다. 잠시 후 그는 또 다른 외국어로 말하기 시작했다. 캐이틀린이 한 번도 들어본 적 없는 언어로.

오후 8:31:13

헬 게이트 다리

캐이틀린이 다리의 남쪽 방면 어딘가에 있다는 것을 알고 있던 잭은 네 쌍의 기차 선로들을 가로질러서 북쪽 방면 가장자리 선로로 향했다. 발각되기 전에 테러범들을 기습하기에 충분할 만큼 가까이 접근할 수 있기를 바라면서. 북쪽 방면의 폭 좁은 교량 통로 위에서 잭은 상류의 전경을 보았는데, 랜들스 섬 위에 유유히 자리잡고 있는 환경보호국 시설이 두드러졌다.

어슴푸레한 하늘은 밝은 보랏빛이었는데, 400여 미터 떨어진 트라이보로 다리와 맨해튼의 스카이라인에서 반짝거리고 있는 불빛들을 제외하면 유일한 조명이었다. 헬 게이트 다리 위에는 어떠한 불빛도 없어서인지 그 철교는 짙은 그림자 속에 드리워져 있었다. 발아래 금속 철망을 통해서 잭은 저 아래로 잔물결을 일으키는 검은 강물을 보았다.

경간의 가운데로 접근할수록 잭은 더욱 신중을 기했다. 그는 45구경을 꺼내 들어 안전장치를 풀고 부서질 것 같은 좁은 교량 통로를 따라 조심스럽게 움직이면서 모든 소리를 감지했다. 불현듯이 잭은 보랏빛 하늘을 배경으로 어떤 구조물의 윤곽을 발견했다—한 남자가 그 창고의 지붕 위에 서서는 쌍안경으로 하늘을 지켜보고 있었다. 잭은 철도 선로들 뒤로 급히 몸을 굽혀야만 했고, 복부가 좁은 교량 통로 바닥에 닿을 정도로 납작 엎드렸다.

잭은 숨을 멈추고, 귀를 기울였다. 바지선 하나가 다리 아래로 칙칙 소리를 내며 지나가는 동안 잭은 그 배의 갑판과, 파문을 일으키는 하얀 물보라의 항적을 조용히 내려다보았다. 전선들을 스쳐 지나는 바람의 울부짖음과 저 아래 세차게 흐르는 썰물 소리 너머로, 잭은 목소리들을 들었다. 조심스럽게 그는 선로 위로 머리를 들었다. 창고 위에 있는 남자는 여전히 등을 돌린 채 지평선을 지켜보고 있었다. 몇 미터 떨어진 곳에서 세 명의 남자들이 삼각대 위에 설치된 롱 투스 미사일 발사장치 주위에 몰려 있는 것이 보였다. 너무 어두워서 그들의 용모를 식별할 수는 없었지만, 잭은 그들 중 한 사람이 타지라고 확신했다. 잭은 변절한 FBI 요원 역시 그들 중에 있기를 바랐다. 프랭크 헨슬리와는 청산해야 할 빚이 있으니까.

잭은 그가 가진 선택 사항들을 검토해 보다가, 적들을 기습하기를 바란다면 결국 좁은 교량 통로를 따라 마지막 남은 50여 미터는 포복을 하는 수밖에 없다는 결정을 내렸다. 만약 일어서거나 혹은 심지어 웅크리기만 해도 잭은 노출될 것이다—쌍안경을 가진 남자 또는 삼각대 주위의 남자들이 그를 발견하고, 그가 가까이 다가가기도 전에 그를 해치울 것이다.

움직이기 직전에 잭은 발아래에 있는 교량 통로가 진동하는 것을 느꼈고, 멀리서 덜커덩거리며 긴 경간을 건너고 있는 열차의 소리를 들었다. 그는 어깨 너머로 기관차 한 대가 공원 바로 위에서 달려오고 있는 것을 보았는데, 그를 향해서 고속으로 질주해 오고 있었다.

잭은 반가워했다. 기차를 활용해 방패로 삼으면 그가 전진하는 것을 엄폐하고, 통로의 철망 위를 밟는 발소리를 숨길 수 있을 테니까. 기차의 옆을 따라 나란히 달리면 테러범들의 맞은편 지점까지 도달할 수 있을 것이다—그가 충분히 빠르게 움직일 수 있다면.

단거리 달리기 선수처럼 웅크린 자세로 도약을 준비한 잭은 기관차가 도달할 때까지 기다렸다. 철교가 로스앤젤레스 지진 때처럼 발아래에서 흔들렸고, 소음이 점점 날카로워지더니 거세게 쿵쾅대는 굉음이 되어 그의 두 귀를 난타했다. 마침내 기차가 그가 있는 곳에 다다랐고, 잭은 달려 나가며 출발했다.

발을 쿵쿵거리면서 잭은 폭 좁은 교량 통로를 따라 큰 소리를 내며 내달렸는데, 그 발자국 소리는 질주하는 암트랙 열차의 천둥 같은 소리에 뒤섞여버렸다. 빠르게—너무나 빠르게—열차의 마지막 칸이 그를 지나친 다음 선로를 따라 내려가버렸다. 잭은 열차의 요란한 소리가 점점 멀어져가자 교량 통로 바닥에 납작 엎드렸고, 잠시 후 머리를 위로 내밀었다. 쌍안경을 가진 남자가 바로 맞은편에 있었는데, 겨우 철도 선로들만이 그들 사이에 놓여 있을 뿐이었다.

잭은 손에 든 무기를 고쳐 잡고, 손바닥에 있는 땀을 닦아 냈다. 여전히 배를 깔고 엎드린 잭은 선로의 측면 쪽으로 기어가서 첫 번째 레일을 넘어갔다—기차가 지나간 마찰열로 인해 아직도 뜨거웠다. 잭은 나무로 된 침목들을 재빨리 가로질러 기어간 다음, 두 번째 레일을 넘어갔다. 그는 선로들 사이에 있는 얕게 움푹 팬 곳으로 미끄러지듯 들어간 후, 그다음 선로 한 쌍을 향해서 움직였다.

잭은 흥분한 목소리들을 들었다. 삼각대에 있던 남자들이 벌떡 일어섰고, 잭은 타지가 창고에서 롱 투스 미사일 발사장치 쪽으로 달려오는 것을 염탐했다. 다른 사람들과 함께 타지는 발사장치에 부착된 녹색 빛이 선명한 화면을 응시했다. 유리한 위치를 잡은 덕에 잭은 화면 위에서 반짝거리는 한 개의 광점을 볼 수 있었다.

그 CDC 비행기가 도착했던 것이다. 시간이 다 되었다.

캐이틀린은 타지가 창고에서 튀어나와 미사일 발사장치 쪽으로 달려가는 것을 지켜보았다. 오마르 바야트는 타지를 따라가서 다른 사람들과 합류했다. 아프가니스탄 사내들이 삼각대 주위에 모여 들었고 흥분한 상태로 말하고 있었다.

캐이틀린은 고개를 들어 그리프가 여전히 창고의 지붕 위에 자리하고 있는 것을 보았다. 하지만 그는 다른 사람들을 쳐다보고 있지 않았다. 그리프는 눈을 가늘게 뜨고 어둠 속을 지켜보며 선로 너머를 응시하고 있었다.

헨슬리가 잠시 후 창고에서 나왔다. 그는 그리프가 어둠 속을 뚫어지게 보고 있는 것을 보았다. "무슨 일이오?"

그리프는 얼굴을 찌푸렸다. "선로들 위에서 움직임을 감지했소. 누군가가 저곳에 있어."

"혹시 자네 동생이 아닐까?"

그리프는 고개를 저으며 계속해서 그 선로 쪽을 응시했다. "동생이라면 우리한테 몰래 다가오지는 않았을 거요."

헨슬리는 그리프의 시선을 좇았다. "난 아무것도 안 보이는데…."

한 발의 총성이 울려 퍼졌다. 타지 옆에 있던 아프가니스탄 사내 하나가 목을 움켜쥐고 다리의 가장자리 너머로 거꾸로 떨어졌다. 다른 사람들은 흩어지며 엄폐물을 찾아 뛰어들었다. 또 한 발의 총성에 이어 울부짖음이 뒤따랐다. 세 번째 총성이 그 부상당한 남자를 침묵시켰다.

"그놈이 저 너머에 있어, 선로들 건너편에!" 그리프가 소리치며 가리켰다. 그리프는 이제 몸을 웅크리고 있었지만, 창고의 지붕 위에 그대로 머물렀다. 헨슬리는 재킷 속으로 손을 뻗어서 FBI가 지급한 권총을 꺼내 들었다.

"저놈은 잭 바우어야. 확실해. 내가 그놈의 측면을 돌아가서 그놈을 끝장내 버리겠어."

"가요." 그리프가 벨트에서 우지 기관총을 꺼내 들면서 말했다. "당신이 그를 죽일 때까지 내가 저놈을 꼼짝도 못하게 만들겠소."

여전히 웅크리고 있던 그리프는 우지를 어둠 속에다 조준하고 연발 사격을 발사했다. 총알들이 강철 레일들에 맞고 튀면서 불꽃들을 일으켰다.

"바우어야!" 헨슬리가 안 보이는 어딘가에서 소리쳤다. "선로들 사이에서 꼼짝도 못하고 있어. 거기에다 퍼부어!"

그리프는 마구 쏘아댔고, 소음으로 귀청이 찢어질 듯했다. 캐이틀린은 거기에서 잭을 빼내야겠다고 생각했다. 거기에서 꼼짝도 못한 채 매복 기습을 당할 우려가 있었으니까. 그녀는 조금도 망설이지 않았다.

날카로운 소리와 함께 그녀는 벌떡 일어서서 그리프 린치를 향해 자신의 몸을 던졌다. 그녀는 그의 다리에 향해 온힘을 실어서 거세게 부딪쳤다. 그녀의 갑작스러운 움직임에 깜짝 놀란 린치는 우지 기관총을 떨어뜨린 동시에 강철 케이블을 향해 손을 뻗었다—그러나 놓치고 말았다.

충격을 받은 놀란 표정을 한 채 그는 다리의 가장자리 너머로 허물어지듯 떨어졌다.

캐이틀린 역시 자신의 탄력으로 인해 창고의 지붕을 넘어가, 시커먼 강물 위로 위태롭게 매달리고 말았다. 총격이 그녀의 주위로 빗발치는 가운데, 캐이틀린은 안전한 곳으로 기어오르기 위해 필사적으로 애를 썼다. 누군가가 지붕 위로 뛰어

올라와서 그녀를 낚아챘다. 캐이틀린은 등 뒤로 몸을 돌리고 올려다보았다—살기가 가득한 오마르 바야트의 두 눈. 그 사내는 우지 기관총을 그녀의 가슴에다 겨누었다—그때 그의 머리가 폭발했고, 뜨거운 피, 뇌수들 그리고 뼈의 파편들이 캐이틀린에게 소나기처럼 쏟아져 내렸다. 머리가 없어진 시체는 철교의 가장자리 너머로 떨어지며, 저 아래 입을 떡 벌리고 있는 시커먼 조류들 속으로 사라져 버렸다.

캐이틀린은 흐느껴 울며 그녀의 얼굴에서 엉겨붙은 핏덩어리를 닦아내려 애썼다. 그때 억센 두 손이 그녀를 꽉 붙잡고 그녀를 끝자락에서 뒤로 끌어당겼다. 잠시 후 그녀는 잭 바우어를 끌어안았다.

"움직여요!" 그가 소리쳤다.

더 많은 총격이 그들 주위에 있는 강철 버팀 기둥들로 비오듯 날아들었다. 잭은 캐이틀린을 좁은 교량 통로를 따라서 떠밀었다. 아스토리아 공원 쪽으로.

"떠날 수 없어요, 잭!" 캐이틀린이 소리쳤다. "저 사람들이 비행기를 격추시키려고 해요."

"아뇨. 하지 못할 겁니다!"

캐이틀린이 놀랄 정도로, 잭은 철도 선로 쪽으로 그녀를 밀더니 레일들 사이의 나무 침목 위에 그녀를 눌러 앉혔다. "여기 있어요." 그가 나직하게 말했다. "그리고 어떠한 소리를 듣더라도 움직이지 말아요."

그녀가 뭔가 주장하려고 했지만, 잭은 이미 가버린 뒤였다.

잭은 미사일 발사장치와 그 주위에 모여 있는 남자들 쪽으로 되돌아갔다. 그는 지속되는 자동화기의 사격 세례 때문에 저지당하고 있었다. 총알들이 강철 기둥들에 맞고 튀면서 팅팅거리는 울림 소리를 냈고 불꽃을 일으켰다. 잭은 타지를 삼각대가 있는 곳에서 보았는데, 그는 급속히 어두워지는 하늘을 향해 미사일 발사장치를 조준하고 있었다. 그 아프가니스탄 사내는 불과 몇 초 후엔 방아쇠를 당겨버릴 것이다.

잭은 미사일이 발사되기 전까지 테러범들에게 다가갈 가능성은 전혀 없다는 사실을 알았다. 게다가 완벽한 사격을 할 수조차 없었다—잭이 조준을 하려고 할 때마다 그의 움직임은 빗발치는 총알 세례들을 마주해야 했으니까. 잭은 위를 올려다보았다. 머리 위쪽으로 솟아 있는 다리의 기둥들이 눈에 들어왔다. 그는 저격수들의 측면을 공격하기 위해 그들을 우회할 수 있는 방도를 찾아 보았다. 바로 그때 선로를 따라서 팽팽하게 매달려 있는 전깃줄들을 발견했다.

당연하겠지!

헬 게이트 다리를 가로질러 달리는 기차들은 전기로 운영되었다, 디젤 동력이 아니라. 수천 볼트가 저 송전선들을 통해서 흐르고 있었다. 그 다음 시선은 아프가니스탄 사내들이 모두 강철로 된 폭 좁은 교량 통로에 서 있는 것에 머물렀다. 그는 몸을 날려 철도 선로들을 가로지르며 굴러서 등이 바닥에 닿도록 안착했다. 나무로 된 침목에 가로로 드러누운 잭은 45구경으로 송전선들을 조준한 다음 탄창을 비워버렸다.

전선들은 그가 마지막 총알을 쏘고 나서야 비로소 툭 소리를 내며 끊어졌다. 잭은 송전선이 교량 통로 쪽으로 떨어지는 것을 지켜보았다. 푸른 섬광이 너무나 눈부셔서 잭은 눈을 보호해야만 했다. 그는 수천 볼트의 전류가 아프가니스탄 사내들 사이로 세차게 흐르면서 그들이 발작을 일으키듯 몸을 꿈틀대다가 결국 화염에 휩싸여버리는 동안, 비릿한 오존 냄새를 맡았고 비명 소리를 들었다. 삼각대 또한 감전이 되면서 롱 투스 미사일 발사장치로 전류를 전달했다. 두 대의 미사일 중 하나가 발사관 안에서 폭발하면서 화염의 혼란을 가중시켰다.

잠시 후 안전 차단기들이 전선들로 향하는 전력을 차단시키자 소음은 사라졌고, 경간은 또 다시 어둠 속에 빠졌다. 잭은 일어서서 선로를 따라 캐이틀린에게 달려갔다. 그 여자는 그가 다가오자 일어나 앉아서 눈을 비볐다. 잭은 캐이틀린이 바로 설 수 있도록 도와주었다.

"오 세상에, 잭. 다 끝난 건가요?"

잭은 입을 벌리며 말하려는 순간 그의 눈이 휘둥그레졌다. 그는 캐이틀린을 옆으로 밀어냈고 그녀는 두 발의 총성을 들었다. 그녀는 잭이 쓰러지는 것을, 그의 총이 그가 쓰러지는 동안 한 번 더 불을 뿜은 것을 보았다. 그녀는 몸을 빙글 돌리자 뒤쪽에 프랭크 핸슬리가 서 있었다. 그 남자는 두 다리로 버티고 선 채 무기를 손에 꼭 쥐고 있었지만, 두 눈에는 어두운 빛이 드리워져 있었고, 그는 바람결에 흔들리는 듯이 보였다.

그다음 캐이틀린은 헨슬리의 가슴 가운데에 난 구멍 하나를 보았는데, 얼룩이 점점 퍼져나가고 있었다. 그 남자가 입을 벌렸고 검은 피가 주르륵 흘러내렸다. 천천히 그는 무릎을 꿇었고, 그런 다음 앞으로 쓰러지면서 선로를 가로질러 쭉 뻗고 말았다.

캐이틀린은 신음소리를 들었고, 잭이 비틀거리며 일어서는 것을 보았다.

"잭, 다쳤어요?"

"그가 한 방 먹이긴 했지만, 아직은 죽지 않았어요."

캐이틀린은 잭에게 달려가서 그의 성한 팔을 그녀의 어깨 너머로 두르고 자신의 팔로 그를 감싸 안았다.

"의사한테 가봐야겠어요." 그녀가 말했다.

"의사는 필요 없어요." 잭이 끙끙거리며 말했다. "내게 필요한 것은 하룻밤 늘어지게 자는 것뿐이에요."

서로 팔을 낀 채 그들은 절룩거리며 다리를 건너갔다. 저 멀리 해변을 향해서.

에필로그

잭 바우어가 그가 관여한 부분에 대한 임무수행 결과보고를 마무리 지은 후, 회의실은 한동안 조용했다. 마침내 리처드 월시가 말했다. "프랭크 헨슬리에 대해서 이야기해 보게나. 자네의 팀에서 어떤 것이든 찾아낸 것이 있나?"

잭은 의자에 등을 기대면서 그제야 비로소 이번 임무의 모든 것에서 벗어났다는 생각에 긴장을 풀었다. "헨슬리는 스파이였습니다."

"그럴 리가, 잭. 그 어떤 스파이도 FBI의 심사 과정을 통과할 수 없네. 그들의 배경 조사는 아주 유명하니까."

잭은 고개를 가로저었다. "제가 니나에게 국방부에 접속해서 헨슬리의 병무 기록들을 조회하도록 부탁했습니다. 토니가 그 모든 것을 세밀히 조사했는데, 헨슬리의 이라크 참전 이전 기록들이, 그의 지문들도 포함해서요, 위조된 사실을 발견했습니다—아마도 국방부 내 어딘가에 있는 또 다른 스파이의 짓이겠죠. 우리는 좀 더 거슬러 올라가 헨슬리가 십대였을 때 웨스트버지니아의 모건타운에 있는 한 지역 백화점에서 경비 보조 일을 하기 위해 지문을 채취한 적이 있다는 사실을 발견했습니다. 우리는 그 오래된 지문들을 출력해서 그것들을 FBI의 인사 부서에 파일로 보관되어 있는 지문들과 대조해 보았습니다."

잭은 월시의 의심스러운 눈초리를 마주했다. "그 지문들은 일치하지 않았습니다. '사막의 폭풍'(Desert Storm, 1991년 걸프 전쟁 때 다국적군의 작전명) 전쟁에 참여했던 남자와 미국으로 돌아온 남자는 동일 인물이 아니었습니다."

"999?" 월시가 어림짐작으로 말했다.

잭은 끄덕였다. "진짜 프랭크 헨슬리는 진정한 전쟁 영웅이었습니다. 그는 사막의 폭풍 전쟁 중 이라크군에게 포로로 잡혔고 바그다드로 끌려갔습니다. 거기까진 사실을 알고 있습니다. 그 후에 일어난 일은 추측입니다만, 그는 고문을 당한 다음 999부대, 즉 이라크 특수보안작전부대에 의해 살해당한 게 아닌가 생각하고 있습니다. 그들은 헨슬리에게서 충분한 신상 정보를 뽑아내서 그들의 부대원들 중 한 사람으로 대체했을 가능성이 있습니다. 그의 부모님은 더 이상 생존하지 않으니까요. 약간의 성형 수술과 냉담한 태도는 전쟁이 끝난 후 그가 민간인의 삶으로 되돌아가는 변화 과정을 형성하는 데

도움이 되었을 겁니다."

"그렇지만 그에겐 아내가 있었지 않은가?"

"전쟁이 끝난 후의 얘기죠. 그는 한 여자를 만나서 결혼을 했는데, 그 여자의 부친은 연방법원 판사였습니다. 그 혼인 관계는 그가 FBI에 들어가는 데 도움이 되었을 겁니다. 수년 동안 헨슬리는 많은 협조 세력들을 구축하면서도 판사들과는 좀처럼 그렇게 하지 않았습니다. 그는 범죄자들과 거래를 하기 시작했는데, 짐작컨대 그가 조사 중인 자들이었을 겁니다. 그러나 거액의 대가를 약속한 필릭스 태너와 피오나 브라이스, 린치 형제들 그리고 단테 얼리, 그들은 모두 속은 거죠. 전부 거짓말이었습니다. 돈을 우려내기 위해서 여객기들을 폭파하려던 계략은 실제로는 단지 각본에 불과했습니다. 헨슬리의 진짜 임무는 CDC 비행기를 격추시켜서 뉴욕 시와 아마도 북동부 해안 지방 전체에 전세계적인 유행병을 퍼트리는 것이었으니까요. 캐이틀린이 우연히 들은 것을 우리에게 말해준 것에 따르면, 타지와 아프가니스탄 사내들은 진짜 음모에 가담하고 있었고 자발적인 공범자들이었답니다."

"그러면 데니스 스페인, 그 치버 상원의원의 보좌관은?"

"그는 사라졌습니다. FBI가 그를 찾고 있습니다만…." 잭은 손바닥을 천장 쪽으로 뒤집었다. "아직까진 아무것도 없습니다."

"그리고 그 상원의원은 결백한가?"

잭은 얼굴을 찌푸렸다. "그야 모르는 일이죠."

월시는 고개를 끄덕였다. 엄지와 집게손가락으로 그는 팔자 콧수염을 매만졌다. "그리고 그 익명의 제보자는 어떤가? 그 사람이야말로 로스앤젤레스 국제공항 사건과 포함한 이 모든 특별 임무를 촉발한 장본인이지 않은가? 뭐라도 신원을 알아낸 게 있나?"

"그 문제는 간단했습니다. 테이프에 녹음된 경고 메세지의 음성 분석 결과가 그 남자의 신분을 확실하게 증명했죠—바로 조지 팀코였습니다. 조지의 남동생은 아프가니스탄에서 소비에트 강점 기간 동안 하인드 헬리콥터 조종사였던 것으로 보입니다. 그의 헬기는 반군들에 의해 격추되었죠. 조지의 동생은 아프가니스탄에서 포로로 감금된 상태에서 죽었습니다. 제 생각에 팀코는 타지와 그의 동지들에게 아직 끝내지 못한 일이 좀 남아 있다고 느꼈던 것 같습니다…."

"그러면 이제 다 끝난 건가?"

잭은 어깨를 움츠렸다. "그럴 수도 있고. 아닐 수도 있죠. 시간이 말해줄 겁니다."

월시는 녹음기의 스위치를 껐는데, 공식적인 결과 보고가 이제 끝났음을 알리는 신호였다. 잭은 일어서서 테이블 위에 흩어져 있는 보고서들을 끌어모았다.

"한 가지만 더." 월시가 말했다. "이 난장판이 너무 빨리 돌아가는 바람에 이번 작전에 대한 명칭을 아직 생각해 내지 못했네. 어떤 안이라도 있나?"

잭은 고개를 끄덕였다. "'작전명 헬 게이트(Operation Hell Gate)'라고 하시죠."

"어째서인가?"

"경찰은 지금까지도 그리핀 린치의 시체를 찾아내지 못했습니다. 한 형사가 제게 말해주기를, 그 이유는 그 철교 아래에 있는 불가사의한 난류 때문이라고 합니다."

월시는 눈을 깜빡였다. "뭐라고?"

"어떤 복잡한 연계가 다리 바로 밑에 있다고 합니다. 그 지점은 할렘 강과 이스트 강이 롱아일랜드 해협과 합류해서 조충들과 치명적인 소용돌이를 발생시키는 곳인데, 아무리 신체적으로 강한 수영선수일지라도 삼켜버리기에 충분할 정도로 강력하답니다. 도시의 일화 중 하나에 따르면 제2차 세계대전 당시 공군 폭격기 한 대가 다리 아래에 불시착했는데 아무런 흔적도 없이 사라져 버렸답니다."

"자네의 요점은?"

잭은 어깨를 으쓱했다. "얼리의 갱단, 아프가니스탄 사내들, 그리핀과 샤머스 린치, 그들은 다리 아래에 있는 그런 강물들처럼 모두 그들만의 목표들을 가지고 있었습니다. 프랭크 헨슬리가 그 소수 그룹들을 한데 합쳐서 뭔가 엄청나게 충격적이고 치명적인 무언가로 이끈 역할을 한 거죠. 그들을 한 장소에 데려오기 위해서."

"헬 게이트?" 월시는 잠시 그 단어를 곱씹어보았다. "괜찮군… 좋은 명칭일세." 그는 책상을 밀어내듯 몸을 뒤로 빼낸 다음 커다란 신체를 펴서 몸을 꼿꼿이 세웠다. "잭, 자네에겐 솔직해야겠군. 워싱턴에 있는 어느 누구도 999와의 관련성을 인정하지 않을 걸세… 프랭크 헨슬리가 이라크의 특수 작전에 의해 심어진 스파이였다는 사실 말일세."

"왜죠?"

"아마도 가장 그럴 듯한 이유는… 그것 때문에 그들의 스타일이 구겨질 테니까."

잭은 좌절감을 억눌렀다.

"어쨌든 간에." 월시가 말했다. "위협은 해결되지 않았나." 그는 손목시계를 확인한 다음 손을 내밀었다. "고맙네, 잭."

여전히 심란해 있던 잭은 악수를 했다. "뭘요. 만약 정보가 더 필요하시면…."

"아니네, 친구. 내 말을 오해했구만." 월시는 미소를 지었다. "진심으로 고맙네, 잭."

〈끝〉

24 DECLASSIFIED : OPERATION HELL GATE

작전명 헬 게이트

초판 1쇄 인쇄 2012년 6월 20일
초판 1쇄 발행 2012년 6월 27일

지은이 마크 세라시니
옮긴이 서 경
펴낸이 허승혁

펴낸곳 화산문화기획
출판등록 제2-1880호 (1994년 12월 18일)
브랜드 마그마북스

주소 서울시 종로구 통인동 5-1 효자APT상가 201호
문의 02)736-7411~2, 02)736-7413(fax), magmabooks@naver.com

ISBN 978-89-93910-16-2 03840